国家社科基金
GUOJIA SHEKE JIJIN HOUQI ZIZHU XIANGMU
后期资助项目

西方文学生命超越主题研究

Study on the Theme of
Life Transcendence in Western Literature

孟　湘　著

中国社会科学出版社

图书在版编目(CIP)数据

西方文学生命超越主题研究／孟湘著.—北京：中国社会科学
出版社，2016.9
ISBN 978 – 7 – 5161 – 8847 – 7

Ⅰ.①西… Ⅱ.①孟… Ⅲ.①外国文学 – 文学研究 Ⅳ.①I106

中国版本图书馆 CIP 数据核字（2016）第 213336 号

出 版 人　赵剑英
责任编辑　任　明
特约编辑　李晓丽
责任校对　张依婧
责任印制　李寡寡

出　　　版　中国社会科学出版社
社　　　址　北京鼓楼西大街甲 158 号
邮　　　编　100720
网　　　址　http：//www.csspw.cn
发 行 部　010 – 84083685
门 市 部　010 – 84029450
经　　　销　新华书店及其他书店

印刷装订　北京市兴怀印刷厂
版　　　次　2016 年 9 月第 1 版
印　　　次　2016 年 9 月第 1 次印刷

开　　　本　710×1000　1/16
印　　　张　18.25
插　　　页　2
字　　　数　328 千字
定　　　价　68.00 元

国家社科基金后期资助项目

出 版 说 明

后期资助项目是国家社科基金设立的一类重要项目，旨在鼓励广大社科研究者潜心治学，支持基础研究多出优秀成果。它是经过严格评审，从接近完成的科研成果中遴选立项的。为扩大后期资助项目的影响，更好地推动学术发展，促进成果转化，全国哲学社会科学规划办公室按照"统一设计、统一标识、统一版式、形成系列"的总体要求，组织出版国家社科基金后期资助项目成果。

全国哲学社会科学规划办公室

谨以此书
献给我亲爱的父亲孟连志、母亲罗玉坤!

——孟 湘

序

　　孟湘教授的专著《西方文学生命超越主题研究》是在主题学范畴内所进行的一项颇具理论意义和实践价值的研究。

　　主题学是 19 世纪德国民俗学者在研究神话故事和民间传说的基础上发展起来的，重在研究同一主题在不同神话传说中的变迁史，代表人物是格林兄弟。但是这种研究在 20 世纪初曾一度遭到非议。反对最激烈的是法国学者巴登斯贝格、阿扎尔等，他们认为主题是无穷无尽的，"会永远不完整"。英美有学者也以这类研究"不具有文学性"为由排斥主题学。直至 20 世纪 70 年代后，美国学者哈里在论文《主题学与文学批评》中，首次用由英文"theme"深化而来的"thematology"一词取代了德语"stoff"（题材）引申来的"stoffgeschiche"（有题材史、主题史之意），才从字面上统一了"主题学"的概念。而韦斯坦因在仅有七章的《比较文学与文学理论》（1987）一书中，就用了整整一章的篇幅研究了主题学。至此，主题学作为比较文学的一个组成部分逐渐成为定论。"主题学"作为专门术语于 20 世纪 70 年代即出现于中国港台地区，约在 80 年代初传入大陆。在本体论意义上的主题学是针对同一主题在不同民族文学中表现的研究，是文学作品与外部产生联系的必然结果，具有客观性。

　　主题学在比较文学领域里长期受到冷遇，以往的主题学研究又多注重实例的收集整理，而鲜有理论上的阐发，因此，主题学的定义长期处于动态之中。尚未划清主题学研究与主题研究的学者，将主题学界定为"研究主题的学问"。重复某些国外学者观点的学者不加辨析地片面认为，主题学就是"题材史"。其实，主题学除研究题材史以外，还有母题、情境和人物等研究层面。也有些学者将题材史从主题学中剥离出来，形成题材学。若对主题学的定义有准确的把握，首先要区别主题和主题学这两个不同的理论范畴。主题探求某一部作品或某一个人物典型所表现的思想，是在提炼题材的基础上、在塑造形象的过程中所形成的思想内核，重点在于揭示研究对象的内涵；而主题学研究的是异域作家对同一主题、题材、情节、人物的不同处理，重点在于考察研究对象外部，是对手段和形式的关注。当然在实际研究中，人们很难将二者划分得泾渭分明。尤其是当主题学的研究对象是神话传说、民间故事或典型形象的思想演变时，不仅与民俗学、思想史的研究合流，而且与研究对象的内涵即主题亦不无联系。

主题是对作品题材的提炼和形象塑造时所得出的高度浓缩的思想结晶。作为西方文论的术语，大略相当于中国古代文论中的"意"、"立意"和"主旨"。比较文学研究领域里所涉及的主题，是指在文学研究的范畴里，从形象思维到形成文本的过程中，将某些情节、某类人物和某种思想概括升华成种种抽象的认识理念，是文学创作内部的重要元素。这些主题跨越文化、国家、民族、语言等界限，并且反复重复，表现人类从古至今的社会复杂性，包括生存困境，思想方法、伦理道德等。主题相对于作者和读者而言，都具有主观性。因为每一时代的异域作家，或不同时代的异域作家，都千方百计地想在相同的主题上推陈出新或异想天开。他们以特定的思想立场、人生态度和审美情趣对题材、情节和人物加以倾向性介入，主题才会逐渐显现。而作为读者无论是同时代的还是历代的，都会以自己独特的视角去发现或诠释文本中的主题，以求新解。主题的这种主观性决定了它的动态性。

本书《西方文学生命超越主题研究》是孟湘教授在2009年通过的博士学位论文——《游走的言说与生命的超越——生命超越主题形态研究论纲》的基础上修改完成的。其关于西方文学生命超越主题的研究，就是在主题学研究领域里的一项大胆尝试。它基于跨文化的视野和主题史的脉络，将生命超越主题置于西方文学发展过程中，既审视其历史演变的动态性，也把握其哲学演绎的逻辑性，在文学世界本身的自足体系中去整合生命超越主题的流变及其价值取向，从而建构了生命超越主题的研究体系。这无疑具有多方面意义。它是在比较文学主题学研究尚有诸多亟待探索的空间里精心构筑的一座碑石，是对主题学研究的丰富和贡献。

本书中提出了一个极其重要的问题，即人面临不同的困境，文学所表现生命超越的方式也不尽相同，但是有一个共同点：追求永恒——时间维度上的永恒，即生命不朽；空间维度上的永恒，即生命自由。人类"生命超越"的本质意义就是生命的不朽和自由。这种以生命不朽和自由为基本内涵的生命超越主题研究，以及主题学在此意义上的形而上的阐释，无疑都会对这一领域的研究具有开拓性、创见性和启迪性价值。正是这种"形而上性质"，"生命超越"才成为文学最深层的主题之一，成为文学作品追求的最高境界。其关于西方文学"生命超越主题"的研究，通过对作品中的社会背景、文化氛围、时代特征、个人遭遇的价值判断，既表现了人类普遍的道德信念和精神追求，也生发了对宇宙人生普遍规律的了悟，对生命的终极价值和意义的反思。

本书就是关注于人的生命形态的生命超越主题研究。它立足于非概念的形象性、非逻辑的想象性、非信仰的情感性探求，以把握人生命存在的终极价值和意义的本质和表现。也就是在主题学视域之下，梳理西方文学生命超越主题的发生、发展的形态类型，阐释"生命超越主题"原型及其置换变形之不同的意义和价值取向。它遵循"理想类型"的学术方法，以"游走"文学为平台——从"神本超越"到"德本超越"，从"性本超越"到"情本超越"，从"虚无超越"到"革命超越"等，以"类型"人物形象为焦点——从"神人"到"完人"，从"凡人"到"至情人"，从"非人"再到"革命者"等，建构了西方文学生命超越主题的研究体系，从而追寻一种超越时空的文化意义。本书不仅强调超越是包括人在内的所有生命进化的最非凡、最重要，也是最富魅力的事实，而且还提出"人可以意识到自己的存在的有限性，并发展出对这种有限性的超越欲望，从而在有限性之中寻求到无限性的发展空间。人来自于物，却能超越于一切物之上，人是生命的存在，却又超越了生命的局限。人不是一成不变的存在，而总是超越现在的存在，是不断以观念方式和实践方式来超越的存在。因此，人的生命价值和意义只有通过超越活动才能体现和实现出来"。这是其他生命存在所不可比拟的。正因为如此，作为"人学"的文学反映在其中的"生命超越"是生命存在的言说，也是最有生命力的言说。这也成就了该书的言说极具思想深度和理论厚度。

孟湘教授撰写本书期间，正值我为博士生开设比较文学主题学研究课程之时。我曾和她多次交换意见，要在"形而上性质"的基础上，进行具体文本的阐发研究。因为"生命超越主题"本身就是一个非常庞杂的问题，几乎所有优秀的作品都或多或少地有所表现，材料繁多，"剪不断，理还乱"，对其探讨必然是一项极为烦琐、极其艰辛的劳动，有时可能会事倍功半。另外，该领域的先行者并未对这一主题做出过细致的研究，缺乏学术史上的系统性，主题史上的整体性，以及学理层面的逻辑性。这些前车之鉴，也使构思写作格外困难。但是她并未畏缩而是选择了接受挑战，勇往直前。可以这样说，其写作的过程也是她实现现实中的生命超越的过程。孟湘教授认为，"人类的发展史就是一部从追求长生久视到自我实现的不断前进的超越史。人类有生命超越的梦想，更有生命超越的言说。文学，作为审美地演绎着人的一切生命活动的载体，更不可避免地担纲着'生命超越'之梦的浓墨重彩。世界上任何民族的文学，都无法摆脱表现人类'生命超越'的记忆和欲望。当我们打开文学的宝库，当我们流连于《神曲》、《浮士德》、《尤利西斯》、《西游记》、《红楼梦》、《追忆逝水年华》……一幕幕色彩斑斓的世界的时候，总能看到'生命超越'的灵光在闪现，总能触摸到'生命超越'情结的脉搏跳动，总能听到来自于人心灵深处的'生命超越'之声在深情呼唤……"

孟湘教授的这种对生命的诠释方式正来自其积极健康的生活态度，来自其人格独立的精神境界。从本科毕业到博士毕业，她一直在高校任教，先后经历了三次工作岗位的转换，而每一次转换都是她的一次"生命超越"。她不是追求物质利益，而是追求自我价值的实现。她在攻读博士学位之前就早已获得了教授职称，毕业后她放弃了先前优厚的教授待遇，放弃了威海这样的"最适宜于人类居住"的海滨城市，毅然到山西师范大学谋求发展，将自己的学术事业放在一个崇高的地位。她在教学自觉与科研自觉的道路上，真正完成了一个知识分子的"生命超越"。正如她本人在本书中所说：生命超越是内在于人的生命之中的一种特殊现象和心理情结，是人超出生命存在的有限性而追求无限性存在的"永恒的情绪或意志倾向"，是人赖以生存的精神支柱和心理动力，也是人生在世的依据、归宿和安身立命之所……这何尝不是她自己生命追求和心灵状态的真实写照呢！

孟湘教授在攻读博士学位期间，孜孜不倦地进行学术研究，先后在各大学专业学术期刊上，发表了十余篇与"生命超越"主题相关的学术论文。在这些研究的基础上，她完成了一部二十多万字的博士学位论文。现在又在此基础上经过较大范围的内容修改和理论提升，形成了这部《西方文学生命超越主题研究》的学术专著，并于 2012 年获批为国家社科后期资助项目。她不仅完成了她学术论文写作的一个个"超越"，也实现着她在学术之栏杆前的一次次"跨越"，而这也正成为其感悟"生命超越"的又一个最好的现实例证。

人总是要有点精神的。在当前学风浮躁的氛围里，能够看到孟湘教授这样的知识分子淡泊名利，固守精神家园，追求有思想的学术品位，努力实践着自己的生命超越，着实难能可贵。祝她今后能够继续发扬这种精神，取得更大的学术进步。

是以此序作为我们师生的共勉。

孟昭毅

2015 年初春于攻玉斋

目　　录

导　　论

"直到现在，一切生物都创造过超越自身的某种东西。"①

人类虽然能够认识到人的生命不可能达到无限和永恒，但是人类从来没有停止过趋于无限与永恒的梦想。这个梦想就是世代相袭而根深蒂固的"生命超越"。"生命超越"作为人类所特有的生命现象，是人类从低级到高级、从蒙昧到文明不断延续的动力。可以说，人类的发展史就是一部从追求长生久视到自我实现的不断前进的超越史。人类有生命超越的梦想，更有生命超越的言说。文学，作为审美地演绎人的一切生命活动的载体，更不可避免地担纲着"生命超越"之梦的浓墨重彩。世界上任何民族的文学，都无法摆脱表现人类"生命超越"的记忆和欲望。当我们打开文学宝库，当我们流连于《神曲》、《浮士德》、《尤利西斯》、《西游记》、《红楼梦》、《追忆逝水年华》……一幕幕色彩斑斓的世界的时候，总能看到"生命超越"之灵光的闪现，总能触摸到"生命超越"之脉搏的跳动，总能听到来自人心灵深处的"生命超越"之声的深情呼唤。

"生命超越"是各学科研究的一个热门话题。其重点不在于经济的成败、政治的兴衰、军事的胜负、历史的真伪等问题，而在于人的存在的意义和价值的"本体"研究，是关于永恒——人的生命的不朽和自由的本质追寻。在哲学、伦理学、心理学、美学、文学等方面都有涉入，诸如本体论、存在论的研究，自由、幸福观的研究，"高峰体验"和自我实现的研究、终极关怀的研究等，其目的就是为人类开拓出一个心灵寄托的精神家园。"生命超越"之于文学研究，则在于人追求永恒和自由的考量与眷注，"生命超越主题"研究就在于此。

---

① ［德］尼采：《查拉图斯特拉如是说》，钱春绮译，生活·读书·新知三联书店2007年版，第7页。

一　生命超越

人类的一切奥秘，都必然存在于生命之中。"生命以及生命的体验是对社会—历史世界的理解的生生不息永远流动的源泉；从生命出发，理解渗透着不断更新的深度；只有在对生命和社会的反应里，各种精神科学才获得它们的最高意义，而且是不断增长着的意义。"①

生命是有规律的存在。它是"由高分子的核酸蛋白体和其他物质组成的生物体所具有的特有现象"。②"当生长活动超过消亡活动时，整个系统也就成长；当两种活动达到平衡时，整个有机体便会保持原状；当消亡活动超过生长活动时，它便会趋于衰老；而当生长活动完全停止时，生命也就完结了……"③新陈代谢和自我复制是其最重要的特征，也是最基本的生理现象。生命通过与外界的物质能量交换，实现新陈代谢；通过自身细胞裂变、合成、互补，实现自我复制。任何生命都是如此。

生命又是不可思议的存在。通过不断的演变和进化，它能够突破自然划定的范围，实现自身的超越。"生命像在非常严肃的场合的一场游戏，在所有生命都必将终结的阴影下，它顽强地生长，渴望着超越。"④从这个意义上说，超越是生命的本质。人类学家巴蒂斯塔·莫迪恩说："自我超越是人特有的行动，通过它，人不断超越自身（超越他所是、他所期盼、他所有）。'这样的自我超越是所有生命和进化的最非凡的、最重要的事实，对人尤其如此。'"⑤哲学家萨特说："人的实在是它自身向着欠缺它的东西的超越，如果它曾是它所是的，它就向着它可能是的那个特殊的存在超越。"⑥人的生命这种特性与动物相比可以看得清清楚楚。"动物

---

① 刘放桐等编著：《新编现代西方哲学》，人民出版社 2000 年版，第 126—127 页。

② 辞海编辑委员会编：《辞海》，上海辞书出版社 1980 年版，第 1727 页。

③ ［美］苏珊·朗格：《艺术问题》，滕守尧、朱疆源译，中国社会科学出版社 1983 年版，第 46 页。

④ ［德］雅斯贝尔斯：《存在与超越——雅斯贝尔斯文集》，余灵灵、徐信华译，上海三联书店 1988 年版，第 44 页。

⑤ ［意］巴蒂斯塔·莫迪恩：《哲学人类学》，李树琴、段素革译，黑龙江人民出版社 2005 年版，第 159 页。

⑥ ［法］萨特：《存在与虚无》，陈宣良等译，生活·读书·新知三联书店 1987 年版，第 133 页。

仅仅利用外部自然界，单纯地通过自身的存在在自然界中引起变化；而人则通过他所作出的改变来使自然界为自己的目的服务，来支配自然界。这便是人同其他动物的最终的本质的差别。"①

生命也是未完成的存在。"自然把尚未完成的人放到世界之中；他没有对人作出最后的限定，在一定程度上给他留下了未确定性"；②"人乃是一个能够无限地'向世界开放自己的未知数'，人的形成乃是依靠精神力量提高到世界开放的过程"。③ 人的未完成性意味着人性发展深藏的巨大能量。人来自物，却能超越于一切物之上；人是生命的存在，却能超越生命的局限；人不是一成不变的存在，而是不断超越的存在。在观念和实践中创造无限的可能性空间，在有限中寻求无限，最终提升自我、实现自我的存在意义。因此，超越是人的生命存在的本质特征，人的生命价值和意义只有通过超越活动才能体现出来。

"超越"一词的本义是指人对于某种界限的一个行为动作。如"跳跃"、"跨过"、"超出"、"越出"等。《说文解字》中说："超，跳也。从走"，"越，度也。从走"。④ 西方语境中的"超越"（transcendence）源自拉丁语，除却上面的意义外，还有更深的哲学意蕴。"超越就是世界筹划"⑤；"是向着神圣之物的运动、趋向、过渡"，⑥ 与某种本质、终极、境界等对象密切相关，意味着"跨过"有限而追求无限（有限通常是指时间和空间的受限制性和有条件性，无限是指时间和空间的不受任何限制性和无条件性），具有形而上的本体论色彩。亦即"真正的人的生活不应该只囿于在物质上和肉体上的满足，而应该还具有一种超越于感性物质之上的形而上学的精神追求"。⑦ 人的生命超越作为一个古老的命题，也深植于人性的自我发展、自我提升的诉求之中。

---

① 恩格斯：《劳动在从猿到人转变过程中的作用》，《马克思恩格斯选集》第4卷，人民出版社1995年版，第383页。

② ［德］米切尔·兰德曼：《哲学人类学》，阎嘉译，贵州人民出版社1988年版，第228页。

③ ［德］舍勒：《人在宇宙中的地位》，见王维达编译《哲学人类学视野中的"人"》，湖北人民出版社1989年版，第60页。

④ 汤可敬：《说文解字今释》，东汉许慎原著，周秉钧审订，岳麓出版社2002年版，第216—217页。

⑤ ［德］海德格尔：《海德格尔选集》（上），孙周兴译，上海三联书店1996年版，第199页。

⑥ ［德］舍勒：《伦理学中的形式主义与质料的价值伦理学》（上），倪梁康译，生活·读书·新知三联书店2004年版，第351页。

⑦ 王元骧：《关于形而上学性的思考》，《文学评论》2004年第4期。

　　所谓"生命超越"，是指内在于人的生命之中的一种特殊现象和心理情结。它是人超出生命存在的有限性而追求无限性存在的永恒的情绪或意志倾向，是人赖以生存的精神支柱和心理动力，是人生在世的依托、归宿和安身立命的所在。本质上是对人的生存困境的方案解决和意义解答。人所以追求永恒，是因为他总得失去；人所以渴求完美，是因为他存有缺陷；人所以渴望高尚，是因为他易于堕落。其"为可能性开拓地盘以反对对当前事态的消极默认"，① 不断推动人走向自我超越，社会走向进步。可以说，一部人类发展史就是人类的生命超越史。

　　"生命超越"以其预设性、超验性、可能性的特点，不仅对现实具有一种批判功能，而且能够推动我们始终向人存在的最高意义和价值领域进发，改变人自身的"不成熟状态"——超越有限、达到无限，从实然世界走向应然世界。"生命"与"超越"永远相伴而行，它不可怀疑、不可亵渎。可见，"生命超越"既是人的一种精神存在方式，也是这种存在所形成的生命意识。

　　"生命超越"存在于各种话语之中，不同时代、不同文化语境对其认识不尽相同。

　　传统视阈中的"生命超越"，是越过经验、现象等有限的各种形式，达到某种预设的、超凡的、无限的终极。这种预设，虽然是虚拟的、超验的、不可验证的，但它"可表现为一种深厚的情感，也可表现为通过参加神圣的仪式活动而获得自我认同，或表现为履行一种合乎宇宙秩序或体现神圣意志的伦理行为，或表现为经历某种超越意识的状态"，② 而自有其存在的合理性。在原始宗教中，这个无限的终极就预设为神灵；在一般宗教中，就预设为上帝、佛祖、真主等；在精神信仰中，就预设为类似于神的道义，等等。人们通过对这一预设的终极的崇拜，力图超越有限，达到无限，从而获得生命的价值和意义。这是一种无条件性的、整体性的、"形而上"的终极关怀，"我们终极关怀的东西乃是决定我们存在还是不存在的那个东西"。"人最终关切的，是自己的存在及意义。……它超越了人的一切初级的必然和偶然，决定着人终极的命运。"③ 传统"生命超

────────────────

① ［德］恩斯特·卡西尔：《人论》，甘阳译，上海译文出版社1985年版，第78页。

② ［法］斯特伦：《人与神——宗教生活的理解》，金泽、何其敏译，上海人民出版社1991年版，第3页。

③ ［美］詹姆斯·利文斯顿：《现代基督教思想》，何光沪译，四川人民出版社1992年版，第697—698页。

越"观彻底脱离有限来探讨无限，把无限视为超验性、终极性、绝对性的无限。因此，这不过是一种在抽象的无限（神、上帝、道义等）中的精神升华。

现代视阈中的"生命超越"，虽然也是对某种超凡力量的崇拜，也把它视为生命价值和意义的依托，但其不是指向某个不可验证的终极，而是回到具体的、变动不居的现实"此岸"，"回到事物本身"，回到"此在"。这不是越过此岸抵达彼岸，越过经验归于先验，越过现象指向"物自体"，而是越过纷繁复杂的现实表面，回到现实本身、人本身。因此，现代视阈"生命超越"的"终极"是"人"。这是人在经验、事实、实践中的一次意义的重建和精神的还乡。如果说传统的"生命超越"意识在人之外，本质上是抽象的超越的话，那么，现代的"生命超越"意识则在人本身，是一种具体的超越，有着许许多多不同的指向。在现代超越理论看来，传统生命超越的"终极"都是想象物、抽象物，是空洞的概念，臆造的"彼岸"，是非对象性存在；而非对象性存在，本质上就是不存在，传统生命超越不是真正的超越，必须扬弃了传统超越的既成性、预定性和终极性趋向，才能体现现实的多样性、具体性、生成性的统一。但现代生命超越意识仍然设置了一个超越的"中心"，仍然保留着一个恒常的"绝对"，生命、意志、情欲等仍然被终极化、神圣化了，实际上也成为不可验证的终极。因此，现代生命超越意识并没有在真正意义上瓦解、摧毁绝对、抽象的无限终极，它仍然是一种在抽象的无限（意志、性欲等）追求中的本能升华。

后现代视阈中的"生命超越"，是一个不可确知、不可证实、不存在的"伪问题"。在后现代主义看来，世界上并不存在指向无限终极的绝对超越，这不过是一种"逻各斯中心主义"，一种用口说的话（即言语）来压制书写的话（即文字）的"语音中心主义"（德里达）而已。言语并不能指向中心、本原、意义，并不是存在的家，它是一种"延异"，一种"不可确定的"的"播撒"，一种没有明确的意义的"踪迹"，就是文字游戏。语言是"游戏"意味着意义的缺失，本质上消解一切超越的本原、本体而导向虚无。然而，这种虚无，并非真正的"无"，而是以杂乱不堪的、不可穷尽的、无根无底的碎片为表征，来找寻他们自认为已经消失的意义世界，归根到底也是一种对世界意义的精神探求。语言游戏不过是另外一种意义上的"乌托邦"超越。因此，揭开后现代这层"紊乱"的面纱，依稀可见其糅合着实验性、探索性的"超越"意向。就如在"等待戈多"的背后，仍然有一个意义和价值存在一样，德里达式的"语言游戏"并不是真正消解生命超越意向本身，只是改变了超越的方式和结果，仍然是一种在多元、异质、相对、差异中的解构升华。其在有与无之间的"飘摇不定"，传达的是一种"充盈的虚无"。

马克思主义视阈中的"生命超越"，扬弃了终极和绝对的无限，落实在表现人改造世界的实践活动的无限发展趋势上，是一种在特定社会历史条件下的"生命超越"。也就是参透了现代人虚幻性和无根基性的精神状态，通过深入剖析资本所蕴含的颠倒、混淆和毁灭价值的本性，将人的生命超越思想建立在"革命"的基础之上。这不是放弃人的形而上追求，而是为此指出了一条现实道路。即对现存生活世界"按照美的规律来构造"，实现"从必然王国走向自由王国"的理想。这是人类真正的生命超越之路。马克思主义观表明，人的生命既不是神的创造，也不是上帝的恩赐，而是从动物进化来的，这种进化不是自然而然发生的，而是通过人自身的劳动发生的。人的生命起源于动物，发生于劳动，是物质实践与精神实践的统一。而人的这一特性就决定了人的生命超越品格：超越自然性达到神性，超越动物性达到人性，超越有限性达到无限性。这个超越目标就是共产主义。

从传统、现代、后现代以及马克思主义等视阈之于"生命超越"的观念可以看出，人面临不同的困境，所表现的生命超越方式亦就不同。然而，不论对"生命超越"存在怎样的认识，有一点却是共同的，这就是：追寻永恒——追寻时间维度上的永恒，即生命不朽；追寻空间维度上的永恒，即生命自由。人类"生命超越"本质意义就是生命的不朽和自由。

人的"生命超越"本质在于生命的不朽和自由，这必然与文学发生最为紧密的联系。文学作为语言艺术的最初功能就是生命存在的言说，它之于人的生命意义的审美表现更不可替代。为什么文学想象地记录着人类的理想和梦想？为什么文学总是与宗教、哲学、道德等紧密相连？为什么文学从原始的巫术、神话传说一路走来而千古不衰？为什么夸父冒着生命毁灭的危险去逐日？为什么屈原去国离家上下求索？为什么但丁穿越时空隧道从地狱走向天国？为什么曹雪芹用满纸荒唐言垒起的大观园让人如醉如痴？为什么卡夫卡的从"饥饿"到极致的"艺术家"的表演最终无人喝彩却令人荡气回肠？为什么只有一英寸大小的"阿莱夫"留给世人无尽的遐想？……这一切的根本原因在于，文学蕴藏着人类生存发展的精神宝库，其最高旨意就是以艺术形象的塑造，来探索人类的终极走向。这是人"诗意地栖居"的一个形而上的维度，其中蕴含着浓烈的生命超越意识。所谓"艺术并不像其他学说所认为的那样使人从日常生活那种琐屑的忧愁烦恼之中解脱出来，而是使人从那种深刻的、终极的痛苦中解脱出来"。①

"生命超越"正是"凭借文学的灵性与独具的魅力，影响人们在困惑、选择、进取中不断超越现实功利的羁绊，实现对人的终极关怀"。② 由于"艺术作品的根本特点是无意识的无限性（自然与自由的综合），艺术家在自己的作品中除了表现自己以明显的意图置于其中的东西以外，仿佛还合乎本能地表现出一种无限性"。③ 因而在文学体验中，人的知、情、意可以达到完美的统一（康德）；不仅能获得美的享受，也能受到美的教育（席勒）；可以像酒神一样的沉醉（尼采）；骚动不安的"意志"可以得到安宁（叔本华）；最野性的"本我"也能解放出来，向上"升华"（弗洛伊德）；被"遮蔽"的存在意义亦可得以"澄明"（海德格尔）……通过文学，人们能俯瞰人类生命的过去，把握人类生命的未来，从而感受到了无限、永恒和自由。正所谓"从生命的角度理解艺术，艺术是生命的存在方式；从艺术的角度理解生命，生命是艺术的自我创造"。④ 文学就是这样有了扶持、颂扬、守护"生命超越"灵魂使命的担纲。我们有理由相信照耀着那些经典文学家之"文心"的，就是一面超越之镜，也是一种博大的生命超越情怀。

当然，"生命超越"并非文学所独有，人们在科学（认识）活动、道德活动和宗教活动中都能够体验到"生命超越"。"伟大的哲学、文学和艺术作品……在一致性的高级层次上，它们对人类面临的一系列为人类相互关系和人与自然关系所提出的基本问题表现了各种全面的态度。"⑤ 从这个意义上说，文学超越与宗教超越、哲学超越一样，都具有人类精神家园的意义。文学，不仅本身具有超越性特质，而且能够象征地表现"生命超越"存在的方式与观念，使之成为人们永久观照的感性形式——生命超越主题。

---

① ［德］莫里茨·盖格尔：《艺术的意味》，艾彦译，华夏出版社1999年版，第143页。

② 陈传才：《论世纪之交的文学精神》，《中国人民大学学报》1996年第2期。

③ ［德］谢林：《先验唯心论体系》，梁志学、石泉译，商务印书馆1976年版，第269页。

④ 余虹：《艺术与归家——尼采·海德格尔·福柯》，中国人民大学出版社2005年版，第40页。

⑤ ［法］吕西安·戈德曼：《文学社会学方法论》，段毅、牛宏宝译，工人出版社1989年版，第83页。

二　生命超越主题

"生命超越主题"是自古就存在的文学主题，使文学充满着"形而上性质"。只不过常常不以这个名称而呈现。

在中国，譬如把"立言"看成"不朽"之盛事，与"立功"、"立德"相比肩，就有着以文学来解除时空的束缚，来获得生命超越的渴望。而以文学解除尘世束缚，也蕴含着生命超越的精神。如果说老子对生命超越的认知是以"玄之又玄"的理趣来涵盖的，那么庄子对生命超越的眷顾则诉诸其激扬文字的逍遥洒脱之中。以此来审视《红楼梦》的主题，其深蕴则是关于人生的哲理性感悟、感兴、感叹和对生命终极意义的追问。这"就是《红楼梦》意蕴中的哲理性（形而上）的层面，是一个最高的层面"①。

西方也是如此。古希腊哲学家有关文学哲理的论述，就隐含着"生命超越"的意义。亚里士多德认为文学比历史更真实、比哲学更富有哲理。这在于"写诗这种活动比写历史更富于哲学意味，更被严肃地对待；因为诗所描述的事带有普遍性，历史则叙述个别的事"。② 中世纪的诗人但丁，曾在《致斯加拉大亲王书》中以摩西带领以色列人走出埃及的故事为例，阐释了文学作品的字面义、譬喻义、道德义和奥秘义等四种意义。字面义就是在摩西时代，以色列的子民离开了埃及；隐喻义就是基督为我们赎罪；道德义就是灵魂从罪恶的忧伤和苦难转向蒙恩的福态；奥秘义就是神圣的灵魂摆脱尘世的奴役而永享自由。他把后三种意义统而言之为寓言义或象征义。③ 我们认为"生命超越"的意义当蕴含在第四种意义——奥秘义之中。后来的黑格尔也说："艺术作品应该具有意蕴，也是如此，它不只是用了某种线条，曲线，面，齿纹，石头浮雕，颜色，音调，文字乃至于其他媒介，就算尽了它的能事，而是要显现出一种内在的生气，情感，灵魂，风骨和精神，这就是我们所说的艺术作品的意蕴。"④
"生命超越"便是含有深刻的"意蕴"。

---

① 叶朗：《胸中之竹》，安徽教育出版社 2002 年版，第 126 页。
② ［古希腊］亚里士多德：《诗学》，罗念生译，上海人民出版社 2006 年版，第 39 页。
③ 陆扬：《欧洲中世纪诗学》，上海社会科学院出版社 2000 年版，第 218 页。
④ ［德］黑格尔：《美学》第 1 卷，朱光潜译，商务印书馆 1979 年版，第 25 页。

这个问题直到在波兰美学家英伽登那里，才开始有了明晰的表达。英伽登关于文学主题"形而上性质"（metaphysical quality）的论述，第一次使人们对"生命超越主题"的认知，有了哲学、美学和文学理论的深厚基础。英伽登从现象学观点出发，把文学作品看成一个意向性的存在，具有四个互为条件、层层深入的结构层次："（1）字音和建立在字音基础上的高一级的语音构造；（2）不同等级的意义单元；（3）由多种图式化观相、观相连续体和观相系列构成的层次；（4）由再现的客体及其各种变化构成的层次。"亦即韦勒克、沃伦所概括的四个层面——声音层面、意义单元的组合层面、表现事物的层面（也就是小说家的"世界"、人物、背景等）和形而上性质的层面。①

英伽登认为，只有伟大作品中才会体现"形而上性质"。"形而上性质"是文学意义的最高层次，"再现的客观情景所能完成的最重要功能就是显示和表现出确定的形而上学性质"。文学中的"形而上学性质"既不是事物的属性，也不是心理的特点，而是只诉诸读者精神直觉的不可言说的东西；既不是指终极存在，也不是指终极解释，而是指文学的终极价值，包括了文学的超越性和生命超越主题。它"是通常在复杂而又往往是非常危急的情景或事件中显示为一种气氛的东西，这种气氛凌驾于这些情景所包含的任何事物之上，用它的光辉透视并照亮一切"。"例如崇高、悲剧性、可怕、骇人、不可解说、恶魔般、神圣、有罪、悲哀、幸运中闪现的不可言说的光明以及怪诞、妖媚、轻快、和平等性质。""形而上学性质的显示构成了生存的顶点和深层基础。"由此说来，英伽登虽未直接言说"生命超越"，但其意义则涵盖其中。这从英伽登关于"形而上学性质"的阐释中可以见出。

在英伽登看来，在现实世界里人们舍本逐末，被功利化和片面化了，人存在的意义和价值被忽略了，生活灰暗而无意义。而在文学世界里，文学的光辉让人感到存在的意义和价值，片面的人升华为整体的丰富的人，生命的本义开始显现。他说："我们心中隐藏着一种期待它们实现并且静观它们的渴望，……可以说，我们没有力量，也没有时间，忘怀于静观之中；然而在我们心中，不知什么原因，却一直存在着一种偏偏追求这种忘怀于静观之中的渴望。"文学作品，尤其是经典文学作品中能够表现"一种灿烂夺目的光辉，不同于灰暗的日常生活"，特别可以使我们得到我们

---

① ［美］韦勒克、沃伦：《文学理论》，刘象愚译，生活·读书·新知三联书店1984年版，第159页。

在现实生活中永远不能获得的东西，"这些时常显示自身的形而上学性质正是让人感到生活是让人留恋的东西，而且不管我们愿意还是不愿意，我们心中一直隐藏着一种期待形而上学性质得到具体显示的渴望……"人们能够庄严宏伟地、热情奔放地、品格高尚地"静观"文学作品，从而变成了品格高尚、庄严宏伟的人。其所强调的正是文学的安身立命之本。因此说，"形而上性质"，不仅是决定文学超越的力量，也同样是决定哲学超越的力量。这是"哲学认识和认识动力的最后根源"，也是"艺术创作力和这种满足的最后根源"，"是两种完全不同然而最终达到同一目标的心理行为的最后根源"。

不仅如此，英伽登还强调，"形而上性质"是文学作品的最高主题，是文学作品的最高境界，是优秀文学作品的标准和试金石。文学是对于现实的超越，而且这种超越是经文学的"形而上性质"的洗涤浸染来实现的。这是任何一部经典作品之为经典的秘密所在。"文学艺术作品通过表现出形而上学性质才达到它的峰顶。"它存在于文学作品中，不是一种静态的知识，而是一种动态的意向。"我们不能蓄意专门引起这些形而上学性质在其中得以实现的情景或经验，恰好是在我们等待和希望它们实现以及想要抓住观看它们的机会时，它们却偏不出现。""它们只是在其具体实现的确定性情景中允许本身被人单独地甚至可以说'出神地'看到。"虽然文学的"形而上性质"是一个意向性存在，但它仍然具有"具体性和完全确定性"。因为回到事物本身的意向性活动可以得到普遍的、带有本质性的东西，而且这种普遍本质性的东西是清晰的。

按照这种认识，生命超越主题恰处于文学主题的最高层。因为，"它们在性质上是完全确定的，而且作为理想本质的体现只能表现为性质上完全确定的东西。在这一方面，它们与其在实际情景中所得到的具体实现也没有什么不同"。"不管这些性质的特有本性是什么，……它们显示出生活和一般生存的'深一层意义'，……它们本身就构成这种通常处于隐蔽状态的'意义'。……在观看和实现它们时，我们也就进入了本然的存在。……因此形而上学性质在其中得以实现并显示给我们的情景是展开的存在中真正的顶点，它们同样也是我们本身的精神——心理本质。它们是使我们生活中其他部分黯然失色的顶点；换句话说，它们引起沉浸于其中的存在的彻底改变，不管它们带来的是解救还是处罚。"①

---

① 以上英伽登观点均引自英伽登的《文学的艺术作品》，见蒋孔阳《二十世纪西方美学名著选》（下），复旦大学出版社1988年版，第258—263页。

正是由于"形而上性质"，"生命超越"才成为文学最深层的永恒主题，成为文学作品的最高境界。纵观古今文学史，无论是再现现实生活还是表现理想情景，无论是世俗化存在还是生命力的升华，无论是信仰的探寻还是信念的坚守，无论是意义的解构还是虚无化的颠覆，如弗莱所说："在每一个时代，对于作为沉思者诗人而言，他们深切关注人类从何而来、命运如何、最终愿望是什么。"① 不是吗？在悲欢离合的"人间喜剧"大舞台，他们倾听来自大自然"飞鸟"的欢唱，他们演绎"神曲"的悲歌，他们体验生命的每一次"喧嚣与骚动"，他们"追忆逝水年华"，他们亲历"巨人"的诞生，他们寻求"道德的自我完善"；在"彷徨"、"忏悔"、"苦难的历程"中不断经历着"罪与罚"的拷问，冀望于摆脱"悲惨世界"，走出困惑的"城堡"、"迷宫"和"荒原"；哪怕"等待"，哪怕"恶心"，哪怕"疯狂"，哪怕"变形"，哪怕"毁灭"，哪怕"百年孤独"，也要让心灵长出"觉醒"或"复活"的翅膀，进而达到生命的飞跃。

总之，生命超越主题是以生命的不朽和自由为基本内涵，以寓宇宙观、人生观的超越意象为焦点，从此岸到彼岸，从有限到无限，去寻觅安身立命的精神归宿，体现形而上的终极价值的文学主题。它凭借诗意的灵性与审美的魅力，影响人们在困惑、选择与进取中不断超越现实，实现对人的终极关怀。

三　生命超越主题研究

"生命超越主题"是文学家历来关注的主题之一，国内外许多专家学者的研究对此都有所涉猎。一些研究以"生命主题"、"超越主题"、"生命超越主题"冠之，另一些研究则称之为"终极关怀主题"、"终极眷注主题"等，都触及了"生命超越主题"的内涵。其中大部分是从宗教意义上来进行解读的。这是由于"宗教是人类精神生活所有机能的基础，……宗教指向人类精神生活中终极的、无限的、无条件的一面。宗教，就这个词的最广泛和最根本的意义而言，是指一种终极的眷注。在人

---

① Northrop Frye. *Fables of Identity*：*Studies in Poetic Mythology*. New York：Harcourt Brace & World，1963，p. 33.

类精神的所有创造性机能中，终极眷注都表现得非常显著"。①

　　然而，"生命超越主题"不单单体现为宗教层面的"终极关怀"，它还有着更加广阔的空间——人对自我、生命、世界等最根本和终极性的思考与追问。事实上，当人创造的宗教世界，神的形象吞噬了人的世界、人的价值后，"终极关怀"便从宗教领域溢出，而扩大到哲学、社会学、伦理学、文学艺术等领域了。文学中的生命超越主题也必然包括了"世俗"层面，如道德的、审美的、情爱的、虚无的、革命的等诸多方面的意义。这从西方文学家常以一种探索精神去展示生命超越的意义的文学现象便可见出。文学创作表明了作家"首先是入世的，……作者所要探索的是自有人类以来人生的悲欢离合与生命的阴阳消长之形上至理，并在宿命与反宿命的神人冲突中开始了为人类救赎之路，引导人类从宗教的幻影中走向一个至情至美的乌托邦世界"。②

　　鉴于此，本书一方面把视角放在天国世界里，探讨生命超越定位于救赎之道所表现的宗教超越意义，探讨其以出世思想来拯救人类生命价值及其意义的失落；另一方面也把视角放在世俗世界中，关注生命超越之于生命意志、生命欲望等所表现的世俗超越意义。不仅把握宗教、道德等层面的生命超越，也强调世俗、审美等层面的生命超越，包括对经验世界的生命超越现象的研究与对超验世界的生命超越精神的探秘，从而阐释文学作品中所反映的超越有限、追求无限的人生价值。同时，鉴于过去生命超越主题研究的单一性、零散性的不足，进行西方文学"生命超越主题"的系统性、专题性研究。

　　本书除了把英伽登的"形而上性质"作为生命超越主题的理论依据外，还以"理想类型"（ideal types）为学术方法。"理想类型"本是马克斯·韦伯的一种学术研究方法，"是以发生学的概念来把握历史个体或者它们个别成分的特别尝试"。③ 其主要任务在于把具体的、混乱多样的个别现象归并为一种"理念的"，即一种观念化的事件过程，以便能够在"混乱无序"中建构某种概念性的秩序。在此基础上，以西方文学经典中的游走文本为依据，围绕生命超越主题的核心意义——生命的不朽和自由，对其传统、现代等不同阶段的主流倾向进行分析和归纳，显示其初始

①　［美］保罗·蒂利希：《文化神学》，陈新权、王平译，工人出版社1988年版，第7页。

②　梅新林：《红楼梦哲学精神》，华东师范大学出版社2007年版，第253页。

③　［德］马克斯·韦伯：《社会科学方法论》，韩水法、莫茜译，中央编译出版社2006年版，第43页。

面貌、中继形态、另类表达及其终结形态。这样做有可能忽略"生命超越"现象的其他细枝末节，但它至少可以帮助我们在纷繁的头绪中把握西方文学"生命超越主题"的主导形态，进而形成一个总体的观念和脉络清晰的认识。

首先，以人的生命现象为切入点，依次界定"生命超越"—"生命超越主题"—"生命超越主题研究"等，从而探讨"生命超越主题"研究的本质：追求永恒，实现人的生命的不朽和生命的自由。

其次，通过"生命超越"观念发生和演变过程的梳理，论述西方文学"生命超越主题"发生的物质前提、意识诱因、理性契机和物化形态。这是一个从天国到人间再到生命本身，乃至非生命的象征及革命运动的表现过程。

再次，阐释"生命超越主题"的原型。以荣格和弗莱的"原型"观作为理论依据，在神话、巫术仪式"原型"基础上，通过生命超越原型的象征——不死的神和死而复活的神或英雄，阐释"生命超越主题"的原型意义：征服自然力、支配自然力。并沿着其"置换变形"的轨迹，以西方文学经典中的"游走"文本为重心，论述生命超越主题原型反复出现于各民族文学中的文学现象，进而阐释生命超越主题所表现的两个基本内涵：超越时间意义上的死亡——追求永恒；超越空间意义上的死亡——追求自由。

最后，探讨"生命超越主题"的象征谱系。主要基于西方文学"生命超越主题"在不同阶段所反映的形上诉求，从"神界游走"到"尘世游走"、从"情爱游走"到"性爱游走"、从"荒诞游走"到"革命游走"等，从哲学思考、文学表征、经典解读等方面，阐释"生命超越主题"谱系的不同形态及其价值取向。

这样，本书至少把握三个重点。

一是廓清什么是生命超越。强调"生命超越"是内在于人的生命之中的一种特殊现象和心理情结，是人超出生命存在的有限性而追求无限性存在的永恒的情绪或意志倾向，是人赖以生存的精神支柱和心理动力，是人生在世的依托、归宿和安身立命的所在。"生命超越"存在于各种话语之中，尽管不同时代、不同文化语境对其认识不尽相同，但本质上是对人的生存困境的方案解决和意义解答。

二是梳理西方文学"生命超越主题"的不同形态。人类因解决生命存在困境及实现意义的方案不同，"生命超越主题"也就相应地有不同的表现形态。西方文学生命超越主题的形态主要包括以"神"为根据的

"神本超越"，以道德为依据的"德本超越"，以情爱为依据的"情本超越"，以性爱为依据的"性本超越"，以虚无为依据的"虚无超越"，以革命为依据的"革命超越"等，其意义和价值取向亦各不相同。

三是通过经典作品的解读，辨析西方文学"生命超越主题"的象征形象，亦即作为生命超越的主体和目标的"人"——从神圣的"神人"到道德上的"完人"，从爱情至上的"至情人"到普通的"凡人"，从荒诞的"非人"到理想的"革命者"等不同形象及其意义。

本书力求做到文学与文化渗透，原型与开放结合，理论阐释与文本研究统一。

西方文学生命超越主题研究，既是一种反映特定生命价值观念的主题研究，也是一种承载不同民族文化传统的文化研究。所谓人的生命就是"人化"过程，而"人化"本质上就是"文化"，因此，本书致力于在文化语境上考察西方文学生命超越主题的形态及其流变，同时更尊重文学本身去阐释生命超越主题的动态趋向。

西方文学生命超越主题研究，既不能脱离对生命超越的原型的"积淀"的观察，也不能忽视其对原型"超越"的审视。所谓只有积淀而无突破的主题，绝不可能成为不朽的文学主题。因此，如果说生命超越主题的原型体现了人类的"集体无意识"遗迹，是传统的文化结构和心理模式的载体，那么，生命超越主题的演变历程就是由此而显示的对固有模式的一次又一次的置换变形。本书除重视生命超越主题的原型研究外，亦重视其面向当下和未来的开放性研究。

西方文学生命超越主题研究，既垂青于理论方面的透视与分析，又依赖于西方文学经典中生命超越主题现象的反映与描述。由于生命超越主题所具有的形而上性质，使之从一开始就与宗教、哲学、美学等结下不解之缘，因而理论阐释便于找寻和阐发西方文学生命超越主题的发生渊源及历史走向；而生命超越主题的文学精髓只有通过经典文本，尤其是其象征体系及其变化规律的观察分析，方能获得。我们冀望在宽广的理论视野中，探寻生命超越主题的价值和意义，从而成就关乎文学、又超越文学的人本境界。如伽达默尔所言："理解就不只是一种复制的行为，而始终是一种创造性的行为。"①

总之，研究西方文学生命超越主题是主题学研究的一项极为有益的尝试。哈利·列文这样说过："如果一个主题能够被具体确定，纳

---

① ［德］伽达默尔：《真理与方法》，洪汉鼎译，上海译文出版社1999年版，第380页。

入一个具体的范围，赋予一种名称，那么主题学的理论范畴就会广泛，更灵活些。"① 因此，这是一项极富意义又具有挑战性的工作。本书渴望能在这一方面有所突破，希望以此澄明"生命超越主题"的价值向度。

---

① ［美］哈利·列文：《批评的各种方法》，见乌尔利希·韦斯坦因《比较文学与文学理论》，刘象愚译，辽宁人民出版社 1987 年版，第 132 页。

第一章 生命超越现象的发生学解读

发生学作为一种研究范式，是从自然科学引入人文科学的，与起源研究不同。起源研究注重事件在历史中的开端，常遵循实证主义方法。而历史上任何事件的开端，很难有绝对时间的划定。这样，发生学研究则不注重事件的历史时间上的实证，而关注逻辑推理，讲求事物从一个阶段过渡到另一个阶段的观念推理，从而避免了研究的绝对化。人类"生命超越"意识的发生，虽说在历史上无法划定具体时间，但在人类知识结构的生成方面，却有着清晰的逻辑轨迹。

首先，人的物质与精神存在是"生命超越现象"的基础。只有人的存在，才有意识的存在，才有"生命超越"意识的发生。其次，原始巫术仪式是"生命超越现象"的初始。这又与万物有灵和灵魂不朽等心理密不可分。再次，认知死亡和超越死亡是"生命超越现象"的诱因。人的死亡意识的觉醒，使超越死亡成为人类生命超越的终极追求。最后，宗教、哲学、文学等是"生命超越现象"的物化。"生命超越"作为一种精神现象和观念，我们通过宗教意识、哲学思考、文学情结等镜像，可以观照其深刻意义。

一 生命超越现象的基础

千百年来人类总是渴望认识自己，虽说对宇宙探索的目光已洞悉于几十亿光年的空间之中，而对自身的了解，却总是谜团重重。传说在古希腊忒拜城，一只怪兽给每一个经过它面前的人出一个谜题：什么动物早晨四条腿走路，中午两条腿走路，晚上三条腿走路，腿最多时最软弱？凡是答不出来的人都被它吃掉了。最终，漂游此地的俄狄浦斯揭出了谜底："人！"这就是著名的"斯芬克斯之谜"。然而，俄狄浦斯真正解开了人的秘密了吗？显然，其所涉及的只是人的生命发展不同阶段变化的表象而已。

悲剧《安提戈涅》第一合唱队的歌唱就是这样开始的："奇异的事物虽然多，却没有一件比人更奇异。"① 事实上，无论是在古希腊，还是在今天世界上的其他地方，对"人"的追问一直没有停止过。"不先研究人的秘密而想洞察自然的秘密那是不可能的。"② "因为其他各种疑问和问题（关于地球、天空、月亮、星辰、空气、水、原子、细胞等物质，甚至关于天主）只有在指向我们的存在时才具有关联意义。"③ 那么，人究竟是什么？

1. 人的物质存在

人是物质的存在，人的生命存在是"生命超越"发生的物质基础。

尽管上帝创造了人的观念在西方统治多年，但达尔文的进化论不啻是一枚重磅炸弹，轰开了探索人类生命科学的一条通道：人是从"猿"演变而来。而这种演变是如何实现的，达尔文并没有深入下去。而达尔文的终点恰恰是马克思的起点。马克思说："全部人类历史的第一个前提无疑是有生命的个人的存在，因此，第一个需要确认的事实就是这些个人的肉体组织以及由此产生的个人对其他自然的关系。"④ 人如何存在？即"有生命的个人"是如何在自然界中发生的？马克思用"对象化"理论给予了科学的解答，从而开启了科学思考人的生命存在问题的最高视界。

在马克思看来，从发生学意义上，人，就是一个"对象化"，即"人化的自然"或"自然的人化"的过程。生命的存在事实上就是一个"对象性的存在"。"一个存在物如果在自身之外没有对象，就不是对象性的存在物。没有任何存在物作为自己的对象。一个存在物如果不是第三存在物的对象，就没有任何存在物作为自己的对象，就是说，它没有对象性的关系，它的存在就不是对象性的存在。非对象性的存在物是非存在物[Unwesen]。"⑤ 人的生命活动是超越主客对立的对象化活动，主体不能独立于客体，客体也不能独立于主体。"人作为自然存在物，而且作为有生命的自然存在物，一方面具有自然力、生命力，是能动的自然存在物；这些力量作为天赋和才能、作为欲望存在于人身上；另一方面，人作为自然

---

① ［古希腊］索福克勒斯：《安提戈涅》，载罗念生《罗念生全集》第2卷，上海人民出版社2004年版，第305页。

② ［德］恩斯特·卡西尔：《人论》，甘阳译，上海译文出版社1985年版，第6页。

③ ［意］巴蒂斯塔·莫迪恩：《哲学人类学》，李树琴、段素革译，黑龙江人民出版社2005年版，第1页。

④ 《马克思恩格斯选集》第1卷，人民出版社1995年版，第67页。

⑤ 马克思：《1844年经济学哲学手稿》，人民出版社2000年版，第106页。

的、肉体的、感性的、对象性的存在物，同动植物一样，是受动的、受制约的和受限制的存在物，就是说，他的欲望的对象是作为不依赖于他的对象而存在于他之外的；但这些对象是他的需要的对象；是表现和确证他的本质力量所不可缺少的、重要的对象。"① 只有在对象化的过程中，"人才不致在自己的对象中丧失自身"②，"而且以全部感觉在对象世界中肯定自己"。③ 并且可以摆脱自然规律的制约，离开肉体的需要，按照"任何物种尺度"和美的规律来塑造。

人的"对象性地活动"，本质上就是生产，包括物质的、人的、精神的生产。也就是"人的本质力量对象化"，使异己的自然界成为对象和客体，使本能的"猿"成为人和主体，不仅包括生理器官，更包括精神和意识。马克思说："不仅五官感觉，连所谓精神感觉、实践感觉（意志、爱等等），一句话，人的感觉、感觉的人性，都是由于它的对象的存在，由于人化的自然界，才产生出来的。"④ 这种把客体看成主体的本质力量的确证，主体通过思维和全部感觉在客体世界中肯定自己的"人的本质力量的对象化"思想，突破了西方长期以来的存在与意识、主体与客体的二分思维原则，在人类思想史上第一次把主体置于与客体并列的地位。

如果说人是对象化的存在，那么他的生活也是实践性的。所谓"环境的改变和人的活动的一致，只能被看作是合理地理解为变革的实践"。实践的核心是满足生存需要的物质活动——劳动。"这种活动、这种连续不断的感性劳动和创造、这种生产，是整个现存感性世界的非常深刻的基础……"人"周围的感性世界，决不是某种开天辟地以来就已存在的、始终如一的东西，而是工业和社会状况的产物，是历史的产物，是世世代代活动的结果……"⑤ 而"劳动首先是人和自然之间的过程，是人以自身的活动来引起、调整和控制人和自然之间的物质变换的过程。……当他通过这种运动作用于他身外的自然并改变自然时，也就同时改变他自身的自然"。⑥ 在人的劳动活动中，自然中的野生动物成为可饲养的家畜，野生植物成为可种的庄稼，山川成为可控制的河渠，山头成为可耕种的梯

---

① 马克思：《1844 年经济学哲学手稿》，人民出版社 2000 年版，第 105 页。

② 同上书，第 86 页。

③ 同上书，第 87 页。

④ 同上。

⑤ 《马克思恩格斯选集》第 1 卷，人民出版社 1995 年版，第 59、77、76 页。

⑥ 《马克思恩格斯选集》第 2 卷，人民出版社 1995 年版，第 177 页。

田……自然成为"人化的自然",成为人真正掌握的客体。不仅自然,就是"整个所谓世界历史不外是人通过人的劳动而诞生的过程,是自然界对人来说的生成过程"。①

正是如此,从简单的无机化合物到原始的有机化合物,从"猿"到"人",就是人类通过"对自然的加工"和"对人的加工"来不断发现自己、确立自己、改变自己、提高自己的过程。自然合规律性的结构、形式、保存、积累在这种实践活动之中,然后才转化为语言、符号和文化的信息体系,最终积淀为人的心理结构,这才产生了与动物根本不同的人类的认识世界的主体性。所以在唯物主义历史观的视野里,人就是劳动实践及其发展的结果。劳动不仅创造了自然,也创造了人。"这里所说的人,不是他们自己或别人想象中的那个人,而是现实中的个人,也就是说,这些个人是从事活动的,进行物质生产的,因而是在一定的物质的、不受他们任意支配的界限、前提和条件下活动着的。"② 人的劳动中的组织、管理、调节等方式就构成了社会的经济、政治结构,人的劳动中的幻想、想象、愿望等精神方式及其成果就构成了社会的文化结构。社会把自然与人统一起来。这样,人的生命本质不再以自然的血缘关系,而是以社会关系来定位。

在实践中,人总是希望摆脱外在自然规律和条件的限制,以劳动来改造这"不如意"的世界,使之与自己心中那个"如意"的世界相契合,征服和改变自然,同时也创造自己的生命。无论人的生命是一切社会关系的总和,核心是生活,还是人的生命是有意识的生命活动,核心是自由自觉——都充分表明人的存在就是人的实践过程,是自为的、能动的生活过程,也是历史地、有意识地改造环境客体和人的主体统一的创造活动——既求生存,也求意义。人的求生存和求意义的存在方式正是通过实践来实现的。从这个意义上说,人之为人关键不在已然的存在而在本然的存在、自由的存在。人就是立足于现实社会而又指向理想自由的存在物,"他必须既在自己的存在中也在自己的知识中确证并表现自身。"③ 其生命意义和价值就是改造现存世界,争取生命自由。

人的实践本质决定了人不甘心受约于有限的感性物质范围,而以"生命超越"意识去认识和把握自己的精神世界。

---

① 马克思:《1844 年经济学哲学手稿》,人民出版社 2000 年版,第 92 页。
② 《马克思恩格斯选集》第 1 卷,人民出版社 1995 年版,第 71—72 页。
③ 马克思:《1844 年经济学哲学手稿》,人民出版社 2000 年版,第 107 页。

2. 人的精神存在

人不仅是物质的存在，也是精神的存在。既然人的"生命超越"有赖于人的实践基础之上的物质存在，那么也必然依赖于人的精神存在。正如巴蒂斯塔·莫迪恩所说："人不断地推动自己超出包围他的空间、时间的限制，上升到整个经验世界之上，评价现在和过去，甚至可以为未来设计、谋划自己，因为在他之内有一个非物质的精神因素，因为他拥有一个精神本性的内在维度：灵魂、意识、精神。""它不受有形物质的束缚，它可以自由地朝着它所希望的方向运动。"① 如果说"生命超越"的生成来自人的生命活动的话，那么作为人的精神存在的生命意识之于"生命超越"则更举足轻重。

意识是人之为人的标志。费尔巴哈说："动物只有一种单纯的生活，人则有一种双重的生活：在动物，内在生活是与外在生活相等的，人则有一种内在生活和一种外在生活。人的内在生活是与他的类、他的本质相联系的生活。人思想，也就是说，同自己交谈，说话。"② 马克思也说："人则使自己的生命活动本身变成自己意志的和自己意识的对象。他具有有生命的意识活动。这不是人与之直接融为一体的那种规定性。有意识的生命活动把人同动物的生命活动直接区别开来。"③ 人不仅存在，而且能意识到自己的存在，并且能够以意识方式，超越自己的存在。他不仅可以直观自身，认识、理解和欣赏自己的生命机能，而且能够重塑自身，充实、发展和追求自身的生命意义。于是，人的生命活力不断得到增强、生命内涵不断得到丰富、生命境界不断得到提升。人的生命赢得了向世界、向未来无限敞开的可能性。

对意识的认识一般有两种态度：一是神秘化、神圣化；二是科学化、物质化。前者认为意识是"灵魂"对前生的回忆（柏拉图），意识来源于"上帝"（圣奥古斯丁），意识是"绝对理念"（黑格尔），意识是生命意志的本身（尼采），意识是"性本能"的宣泄（弗洛伊德）……后者则认为意识不过是物质发展到一定阶段的必然产物，是人脑的基本机能，并以"物质—人脑—意识"的发展过程破解前者的神秘化和神圣化。达尔

---

① ［意］巴蒂斯塔·莫迪恩：《哲学人类学》，李树琴、段素革译，黑龙江人民出版社 2005 年版，第 169、87 页。

② 北京大学哲学系外国哲学史教研室编译：《西方哲学原著选读》（下），商务印书馆 1986 年版，第 467—468 页。

③ 马克思：《1844 年经济学哲学手稿》，人民出版社 2000 年版，第 57 页。

文的"进化论"是这一观念的开启；俄国心理学家巴甫洛夫关于人脑反射原理的发现、美国生理心理学家斯佩里关于意识是大脑活动的突现物的整体特性的研究，以及20世纪70年代末美国科学家约克和金森关于脑电波的特定波形的探索等科学实验，都提供了实证。

马克思的唯物史观既反对以"灵魂"、"上帝"、"理念"等非对象性的存在物来阐释人生命的观点，不承认"意识"神圣、神秘的地位，也反对直观地、机械地理解人生命的思想，也不赞同"物质"的本原作用；而是强调人的"意识"是自觉的、能动的、与实践结合在一起的，是立足于现实而又指向理想的。如前所述，人的本质力量的对象化正是人的生命意识的能动性的体现。人类生命不断从低级到高级、从野蛮到文明、从蒙昧到开化……便是通过认识、控制、征服、创造，能动地实现从必然王国向自由王国的超越。

人的意识的发生经历了一个相当漫长的过程。从约2300万年到约1800万年前的"森林古猿"，到约500万年前到约150万年前的"直立人"，到约30万年前到约25万年前的"智人"，从直立行走到以火取食御寒以及制造工具、狩猎采集等，人类逐步有了意识。意识使人类摆脱了肉体本能的制约，使其活动具有了意指性，与本能相对。"本能"是动物对外界刺激做出的一种无意识的应答，如雄鸟展示羽毛的求偶，蜜蜂飞舞的信息传递，等等。本能决定着动物是按照"物种的尺度"来活动。而"意指性"则是指人类对外界刺激的应答有了特定的意义和意味。经过千万年的进化，人类的意识终于超越了本能，有了补偿、操控等愿望，按照"任何尺度"来思维和活动。就如一个幼小的孩子对世界的感知那样，"要指那件东西时，便发出那种声音。又从别人的动作了解别人的意愿，这是各民族的自然语言：用面上的表情、用目光和其他肢体的顾盼动作、用声音表达内心的情感，或为要求、或为保留、或是拒绝、或是逃避"。①

如，当原始人在模仿野牛动作和呼唤时，野牛突然出现了，原始人就认为模仿野牛动作和声音与野牛的出现有关联，模仿动作和声音的活动就有了"意指性"。列维-布留尔在《原始思维》中提到：北美的原始部落到了狩猎的现场，不断地跳野牛舞，其目的是诱使野牛出现。野牛出现后也不立即袭击它们，而是像对待自己的亲人一样，夸它们，奉承它们，叫它们亲爹、兄弟、叔叔等，在接近野牛群后又停下来，让一个猎人点燃烟

---

① ［古罗马］奥古斯丁：《忏悔录》，周士良译，商务印书馆1963年版，1996年印，第11—12页。

斗，垂头片刻，然后转向野牛群，吐向大地和东南西北各方，以此企图镇住野牛。① 类似的模仿还有很多，只要有一种动物与之有关系，就存在这种动物的模仿舞。通过这些舞蹈，原始人渴望获得某种人类不可企及的神秘能量。

意识的这种"意指性"，经过无数次重复，逐渐发展为头脑里的动作表象，就产生了原始绘画、音乐和诗歌等。有关研究表明，原始绘画不仅是自然的复写，更是心理的主观化创造。诸如，把最凶猛的野兽画在深处是警告，把基本食物的动物画在最显眼处是提示，画受伤的虎是祈祷，画在涉水之中的鹿是传述经验……原始音乐、诗歌也不仅仅是生理快感的表现和剩余精力的发泄，更是一种与日常生产、生活密不可分的、表达内心需求和愿望的"意指性"活动。这些活动是原始部落生活的重要部分，包括庆祝出生、致悼死亡、祈祷丰收、驱除疾病、预祝成功，等等。

"意指性"的结果滋生了"万物有灵"的意识。天地之间，每一块石头、每一条小溪、河流以及每一种植物、动物背后都存在一个具有强大和恐怖力量的神灵。"任何事情，即使是稍微有一点儿不平常的事情，都立刻被认为是这种或那种神秘力量的表现。假如在田地里需要水分的时候下了雨，那是因为祖先们和当地的神灵得到了满足，以此来表示自己的亲善。假如持续的干旱枯死了庄稼和引起了牲畜的死亡，那一定是违犯了什么禁忌，或是某个认为自己受了委屈的祖先在要求对他表示尊敬。"② 当天空爆发可怕的雷电，"他们就把天空想象成为一种和自己一样有生气的巨大躯体，把爆发雷电的天空叫约夫（Jove，天帝），即所谓头等部落的第一位天神，这位天帝有意在用雷轰电闪来向他们说些什么话"。③ 因此，他们就会用舞蹈、图画、音乐和诗歌等意向性活动向神灵述说、献媚，意在与神灵沟通，来实现把握自然、征服自然的愿望。

这种表达主观性意愿的感性化意识，是原始人抗拒自然力和战胜困厄的精神胜利法，同时也开始了原始人生命超越的脚步。在现实中得不到，到精神中去寻找；在现实中被束缚，到精神中去超越。客观的时间不能逆转，那就建立起主观的时间；客观的空间不能超越，那就建立主观的空间。时空已不再是客观的时空，它带上无限的主观色彩，是感觉的时空、心理的时空，而且不受任何规定和限制，以幻象世界超越现实、超越相

---

① ［法］列维－布留尔：《原始思维》，丁由译，商务印书馆1985年版，第221—222、225页。

② 同上书，第418页。

③ ［意］维柯：《新科学》，朱光潜译，人民出版社1986年版，第163页。

对，追求永恒。

可以说，人类从意识诞生的那一天起，就展开了从蒙昧到开化，从野蛮到文明的超越进程。虽然其中有曲折，有淘汰，有消逝，有灭亡，但不断地超越现实、实现理想的历史进程没有改变。人最初越过独立的、异己的大自然，通过物质生产，把自己本质力量对象化，从而创造了"第一自然"。随着人类生命意识产生，人类生命超越活动创造了一个广阔的精神空间，进而创造了"第二自然"。"第一自然"和"第二自然"的生成，显示了人类作为世界上高级生命的一种，达到了生命超越的最高层次和境界。这意味着人类历史进程与人的生命超越现象是一体而不可分割的。"人对于自己而言是个巨大的谜，因为人见证了最高世界的存在。……人是一种对自己不满，并且有能力超越自己的存在物。"①

总之，人是双重性的存在，受物质与精神的双重制约。作为物质的存在，人是一种只能在时空界限中存在的有限性的、有条件性的生物，是一个安命于"地"的固定角色，服从自然规律是其抹不掉的胎记，求生存是其一生的基本维度；作为精神的存在，人又是一种渴望无限性、无条件性的生物，是一种受命于"天"的自然个体，超越自然的不完满性是其天性，求意义是其一生的超越维度，而且更为重要。如果没有了生存，人的存在就没有了基础；如果没有意义，人的存在就是空洞的。当人与外在世界发生关系时，就希望摆脱外在自然规律的限制，实现人与外在自然的和谐关系，超越动物那样的自然奴隶的身份；同时，人更渴望摆脱内在自身的限制，实现人与自我的和谐关系，达到神那样的无限性和神圣性。

二　生命超越现象的初始

正是由于人的存在是物质和精神的双重存在，才导致了"生命超越"现象的发生。原始巫术是人的"生命超越"现象的初始。首先，物质生产劳动催生了人寄予掌控自然、求生幻想的巫术仪式；其次，巫术思维促发了人的主体意识以及生命超越的愿望。

---

① ［俄］别尔嘉耶夫：《论人的使命》，载方珊主编《别尔嘉耶夫文集》第二卷，上海人民出版社 2007 年版，第 51 页。

1. 劳动与巫术

劳动与巫术是原始人物质生产和精神生产的两个重要组成部分。巫术是基于劳动之上的精神控制自然的心理现象，其中蕴含着"生命超越"的意识和情结。

人类不是一开始就有巫术的，而是在维持生存和繁衍中渐渐萌发的。人类要生存，就必须进行各种物质生产活动来满足吃、穿、住、行等需求，劳动便成为人类生存的基础。而要正常地进行物质生产，就必须要认识自然，适应自然，掌控自然。物质生产决定了原始人必须从客观角度去认识自然和社会，形成切合其规律的认识。但由于生产力水平极度低下，原始人对自然环境适应、掌控的能力也非常薄弱，经常出现无法控制的场面和情况。如受到凶猛的野兽袭击，受到自然灾难的侵害，等等。面对恶劣环境，原始人只能服从自然。如马克思所说："自然界起初是作为一种完全异己的、有无限威力的和不可制服的力量与人们对立的，人们同自然界的关系完全像动物同自然界的关系一样，人们就像牲畜一样慑服于自然界，因而，这是对自然界的一种纯粹动物式的意识（自然宗教）……"[1]

在劳动与巫术创造的自然和社会环境中，劳动决定了巫术的基础和方向。例如，"在狩猎社会中，巫术仪式表现为狩猎巫术，目的是确保狩猎生产的成功。到了农业社会，巫术所要操纵的自然力从动物转向了植物和直接关系到植物生长的天象方面去了"。[2] 而巫术则拓展和延伸了劳动的天地。当劳动无能为力的时候，巫术则取而代之，成为必不可少的活动。如马林诺夫斯基所说："人们只有在知识不能完全控制处境及机会的时候才有巫术。"[3] 正因为如此，巫术在原始社会里无处不在，"没有一个活动不是处在功能神祇的指引和保护之下的，而每一类神祇都有它自己的仪式和惯例"。[4] 如接触、传染、转移、远离、献媚、禁忌、祝祷、诅咒、占据、感应等行为，"凡是企图影响神、影响鬼、影响人、影响自然、影响生产、影响猎获、影响繁衍、影响生活所使用的方法和手段，都属于巫术的范畴"。[5]

---

① 《马克思恩格斯选集》第 1 卷，人民出版社 1995 年版，第 81—82 页。

② 俞建章、叶舒宪：《符号：语言与艺术》，上海人民出版社 1988 年版，第 76 页。

③ ［英］马林诺夫斯基：《文化论》，费孝通等译，中国民间文艺出版社 1987 年版，第 53 页。

④ ［德］恩斯特·卡西尔：《人论》，甘阳译，上海译文出版社 1985 年版，第 124 页。

⑤ 张紫晨：《中国巫术》，生活·读书·新知三联书店 1990 年版，第 59 页。

原始人企图以有限的主观判断，来寻求解决问题的方法，来摆脱无可奈何的窘境。他们在想象中期盼加速或阻拦季节的飞逝，他们在幻想中期冀猎取动物，捕获鱼虾，防止灾难，避免遭受与之为敌的外族人的谋害，他们念诵咒语祈望老天降雨，太阳放晴，牲畜繁殖，果实丰收……"当认为其行为能够强迫超自然以某种特定的而且是预期的方式行动时，人类学家通常就把这种信念及其相关的行为称为巫术。"① 如弗雷泽所说："巫术是一种被歪曲的自然规律的体系，也是一种谬误的指导行动的准则；它是一种伪科学，也是一种没有成效的技艺。"②

原始巫术表现为对自然力的崇拜。原始人认为自然的背后有超自然的强大力量，即所谓的神灵。"原始人一旦在自己的幻想世界里生出超人间、超自然的神灵观念，必然产生出对神灵的依赖之感和敬畏之情。随着神灵观念的演进，神的神性愈益崇高，神的权能日渐强大，人对神的依赖感和敬畏感也就相应膨胀。"③ 例如，当原始人看见雷鸣电闪时，一定以为这现象背后有一个和自己一样的灵魂在发怒。于是，雷神就在人们的恐惧中凭借想象被创造出来了。这"叫做神的学问，它在人身上寻求对人类心灵的认识，认识到神作为一切真理的源泉，必须认识到神是一切善的调节者。"④

原始巫术也表现为对动物的敬畏。由于动物在某些方面比人类强大，如鸟能飞，鱼能游，爬虫能蜕皮，能变换生命，且能避居地内，等等，并且"常在体力、机警、诡诈等方面超越于人，又是人底必要食品——凡此种种，都使动物在野蛮人底世界观里占到特等的地位"⑤。这样，原始人对动物神灵总是充满着虔诚、感激、恐惧、敬畏等情感。"原始人不同程度地尊重一切动物的灵魂，对于于他们有用的、或其形体、力量和凶猛

---

① ［美］C. 恩伯、M. 恩伯：《文化的变异》，杜杉杉译，辽宁人民出版社 1988 年版，第 495—496 页。

② ［英］弗雷泽：《金枝》（上），徐育新、汪培基、张泽石译，中国民间文艺出版社 1987 年版，第 19—20 页。

③ 吴大吉、何耀华：《中国各民族原始宗教资料集成·彝族卷》，中国社会科学出版社 1996 年版，第 4 页。

④ ［意］维柯：《新科学》，朱光潜译，人民出版社 1986 年版，第 154 页。

⑤ ［英］马林诺夫斯基：《巫术科学宗教与神话》，李安宅译，中国民间文艺出版社 1986 年版，第 27 页。

程度非常可怕的动物的灵魂，则格外敬重。"① 这样，人类早期都有一种
与动物攀亲的习俗，即常常把自己的氏族或部落与这些动物联系起来，也
有用动物的皮、骨、牙齿和形状来装扮自己的习惯，以示与动物灵魂沟通
和交好，从而影响或控制它们。例如，"西非的班巴拉人称一种野牛为
'爹爹'，南非的贝专纳人称鳄鱼为'父亲'。我国东北的鄂伦春人过去称
公熊为'雅亚'（祖父），称雌熊为'太帖'（祖母）"②。这是动物图腾
崇拜。

　　此外也有植物和其他自然物的图腾崇拜。图腾是神灵的"形象化"：
或用偶像性的实物表征，或用象征性的颜色表征，或用模拟化的形状表
征，或用抽象化的纹饰表征……这等于掌握了控制动植物或其他自然物的
神灵，也就有使人受到保护或免受伤害，或消除惩罚、或传达善意，以期
保障生活安全和安宁，植物生长和再生，以及超越死亡和生命不朽。这就
是以图腾为根据的对现实的超越。

　　巫术活动最初可以随时随地进行，没有固定场所和严格的规则。后来
人们修筑了庙宇、神殿、坛台等固定场景，以示虔诚、庄严与神圣。巫术
也由简单而逐渐演化为程式化的仪式。巫术的仪式通常由能够与神灵沟通
的巫师主持，通过祈祷、诅咒、诵经、舞蹈、吟唱、演奏、模仿、装扮等
形式，形成企图达到敬神、酬神、过关、招魂等趋利避害的特定氛围。如
印第安人在出海捕鱼之前必须斋戒一周，在此周内少进饮食，每日沐浴数
次，唱歌，并用灌木、贝壳等涂抹面部、四肢和全身，好像被荆棘严重刺
伤一样，同时戒绝同妇女交往。我国一些少数民族对待外来陌生人包括旅
行在外的归乡人，在他们走进村庄和家里之前，先要进行一些洒水、涂
膏、扫地、沐浴、跨火等仪式。

　　为向神祈祷或聆听祝愿，扮神仪式应运而生。其中的神灵不过是一种
想象性的在场而已。例如，日食是一种特殊的天文现象。如何让消失的太
阳重现，原始人相信巫术仪式的影响和控制作用。日本的《古事记》就
有这样一段记载：天照大御神（太阳女神）因受到惊吓，躲在天石屋里
面不敢出来。于是天地一片漆黑，各种灾祸一齐发作起来。为此八百万众
神齐集于天安河原，采纳高御产巢日神的儿子思金神的献策。他们召来常
世长鸣鸟（公鸡），让它啼鸣；取来天安河上的天安石，采来天金山的

---

① ［英］詹·乔·弗雷泽：《金枝》（上），徐育新、汪培基、张泽石译，中国民间文艺出版社
　　1987年版，第324页。

② 何星亮：《中国自然神与自然崇拜》，上海三联书店1992年版，第18—19页。

铁，召锻冶匠天津麻罗，让伊斯许理度卖命造镜，让玉祖命做八尺勾玉的珠饰串；让天儿屋命取下天香山公鹿的全副肩胛骨，取来天香山的天之朱樱树皮，占卜神意；连根拔出天香山枝叶茂盛真贤树，上枝悬挂美丽的勾玉饰串，中枝悬挂八尺镜，下枝吊着许多白和币与青和币；由布刀玉命捧持这些供物，天儿屋命致祝祷之词；让天手力男神藏在天石屋的门旁。准备就绪，让天宇受卖命用天香的藤萝蔓束起衣袖，把葛藤挽在发上，手持几束天香山的竹叶，把空桶扣在天石屋门外，用脚踏得咚咚作响，起舞之状如同神灵附体，敞胸露乳，腰带拖到阴部。高天原大为震动，众神大声哄笑。天照大御神感到奇怪，打开石屋门出来观看，被躲在门旁的大力神一把抓住，布刀玉命用稻草绳挂住她，不让再回石屋，于是"天光大亮"。① 显然，这则因日蚀天象而产生的故事保留了其巫术拨云见日仪式的全过程。为了让太阳神"露脸"，扮神与供品、法术一起上阵，并且每一个程序、动作都有其相对固定的意义。

而巫术行为的固定化和程序化，使之与仪式紧密结合在一起，成为一种固定表述：巫术仪式。为什么巫术仪式能够在原始人生活中普遍存在？为什么巫术仪式存在着强烈的超越意识？这与其特殊的心理构成和思维方式是分不开的。

2. 思维与巫术

人类学家的研究表明，巫术种类繁多，但归纳起来不外乎两大类：一类是以实现自身利益为目的的"吉巫术"或曰"白巫术"；另一类是以侵害他人为目的的"凶巫术"或曰"黑巫术"。无论是"吉巫术"，还是"凶巫术"，其运用的目的就是渴望与超自然的力量沟通、交好，从而获得期望的回报。

巫术的发生是基于原始人这样的心理：一种是积极主动的征服、支配心理，通过对神灵的崇拜、敬畏等期望活动，来借助于这一神秘力量的超能力，使自己的生活平安、顺利，使自己的愿望满足、兑现；另一种是消极被动的征服、支配的心理，通过逃避、保守、约束等防范措施，来消除神秘力量的愤怒、惩罚，从而避免不好的结果。"积极的巫术或法术说：'这样做就会发生什么什么事'；而消极的巫术或禁忌则说：'别这样做，以免发生什么事。'积极的巫术或法术的目的在于获得一个希望得到的结

---

① ［日］安万侣：《古事记》，邹有恒、吕元明译，人民文学出版社 1979 年版，第 20—22 页。

果，而消极的巫术或禁忌的目的则在于避免不希望得到的结果……"① 因此，巫术仪式"首先是一种心理过程，人类通过一种意志力的活动去干预冥冥之中的自然物，在自然事件的因果链之间插入自己，也就意味着他要干预自然"。②"干预自然"，就是通过巫术与自然背后的神灵沟通、交好，以达到自己期望的目的，本质上是"征服自然力，支配自然力"。在种种"干预自然"的企图中，也就包含了"生命超越"的情结意向。

先民干预自然的心理，是以自我为中心，从自身情感出发去感悟外部世界的思维使然。也就是把主体对象化到客体，把客体同化到主体之中，即把生命意识投射到客体之上，使客体之象成为主体生命意识的外现，以此去认识自然界、解释自然界、想象自然界、表现自然界。如卢梭所说，正是"由于情感的活动，我们的理性才能够趋于完善。……情感本身来源于我们的需要，而情感的发展则来源于我们的认识"。③ 他们把自身当作衡量一切事物的尺度，也把自身包括身体和心灵都赋予自然万物，以此推测自然事物，使无生命的自然事物具有了生命意识。虽然原始人缺乏推理能力，却具有敏锐的感知力和丰富的想象力。他们"用'首'指'顶'或'初'，用'眼'指放阳光进屋的'窗孔'……，用'心'指'中央'之类。天或海'微笑'，风'吹'，波浪'轻声细语'，在重压的物体呻吟……人把自己变成整个世界了……人用自己来创造事物，由于把自己转化到事物里去，就变成那些事物"。④ 自然客体在精神上与生命主体统一，形成服从主体愿望的幻象，原始人真诚地相信这一幻象的外现，通过把它们现实化来克服主观意愿与客观现实的矛盾冲突，从而在精神上消除疑惑、恐惧等情绪，获得心灵的安慰。这就是巫术思维。

这种对自然力的恐惧、敬畏、惊奇、赞叹、希望的巫术思维，源自"万物有灵"的原始观念，即自然万物存在着和人一样的灵魂。维柯把它称作"诗性的玄学"、"诗性的智慧"。⑤ 泰勒认为它构成了蒙昧人的哲学基础，也构成了文明民族的哲学基础。包括两个信条：其一，一切生物的灵魂在其"死亡之后继续存在"；其二，精灵本身上升到威力强大的诸神

---

① ［英］詹·乔·弗雷泽：《金枝》（上），徐育新、汪培基、张泽石译，中国民间文艺出版社1987年版，第31页。
② 朱狄：《原始文化研究》，生活·读书·新知三联书店1988年版，第480页。
③ ［法］卢梭：《论人类不平等的起源与基础》，李常山译，商务印书馆1997年版，第84页。
④ 朱光潜：《西方美学史》，人民文学出版社2002年版，第332—333页。
⑤ ［意］维柯：《新科学》，朱光潜译，人民出版社1986年版，第161页。

行列，"影响或控制着物质世界的现象和人的今生和来世的生活"，"并与人相通"。① 这种思维可以追溯到原始人的"梦"的阐释。恩格斯说："在远古时代，人们还完全不知道自己身体的构造，并且受梦中景象的影响，于是就产生一种观念：他们的思维和感觉不是他们身体的活动，而是一种独特的、寓于这个身体之中而在人死亡时就离开身体的灵魂的活动。从这个时候起，人们不得不思考这种灵魂对外部世界的关系。"②

弗雷泽称这种思维是"交感思维"，其运行轨迹遵循两条基本原则："第一是'同类相生'或果必同因；第二是'物体一经互相接触，在中断实体接触后还会继续远距离的互相作用'。前者可称之为'相似律'，后者可称作'接触律'或'触染律'。巫师根据第一原则，即'相似律'，引申出他能够仅仅通过模仿就实现任何他想做的事；从第二个原则出发，他断定，他能通过一个物体来对一个人施加影响，只要该物体曾被那个人接触过，不论该物体是否为该人身体之一部分。"③ 比如，一个妇女希望生孩子，她以为通过抱一个木偶孩子的仪式就能实现这个目的。因为木偶与孩子是相似的。这种思维还把凡是接触过的事物都看成是永久连接的事物。比如，一个男人想要加害他的对手，他认为通过焚烧对手的指甲、头发或念咒语等仪式就能实现自己的愿望，因为指甲、头发和这个人是接近的，可以认为是同一事物。这种意识把凡是相近的事物都看成是同一事物。这种错误的联想和主观的类比，在原始人来说则表达了自己特定的思维逻辑。

列维－布留尔称之为"互渗律"，就是一种原始社会集体如何界定它自身和它周围的人类群体与动物群体之间关系的思维规律。这是原始人"最高的指导与支配原则"，"它处处见到的是属性的传授（通过转移、接触、远距离作用、传染、亵渎、占据，一句话，通过许许多多各式各样的行动），这种传授可以在片刻之间或多少较长的时期内使某个人或者某个物与所与能力互渗……"④ 他们总有"一种智力的习惯，即通过存在物的神秘互渗使它们接近和联系起来，以至于把完全不同的事物看作是同一的

---

① ［英］爱德华·泰勒：《原始文化》，连树声译，上海文艺出版社1992年版，第414页。

② 《马克思恩格斯选集》第4卷，人民出版社1995年版，第223—224页。

③ ［英］詹·乔·弗雷泽：《金枝》（上），徐育新、汪培基、张泽石译，中国民间文艺出版社1987年版，第19页。

④ ［法］列维－布留尔：《原始思维》，丁由译，商务印书馆1984年版，第92页。

事物"。① 在他们眼里,"看得见的世界和看不见的世界是统一的,在任何时刻里,看得见的世界的事件都取决于看不见的力量"。② 世界上的任何动物、植物和自然现象,背后都有各自的灵魂而形成一种强大的神秘力量。正是"互渗"原则,可以超越精神与物质、幻想与现实的界限。

随着时代的发展,原始人的情感越来越复杂,从关注自然渐渐转向为关注自身。这样,原始人对独立、异己的自然力的控制,逐渐转化为对死亡恐惧的抗拒。渴望征服自然力的愿望也转化为超越死亡的诉求,这是原始人内心最深层、最强烈、最普遍关切的诉求。这一诉求为人类开辟一个巨大的精神空间,显示出"生命超越"的强烈意志。

三　生命超越现象的诱因

原始人对"生"与"死"的思考,是"生命超越"现象发生的直接诱因。可以说,宇宙间的一切存在者,只有人有能力意识"生"与"死"的问题。因为理解了死,才能理解生;认识了人生的有限,才能看清人生发展的无限。人自身发展的无限性就包含在自身存在的有限性之中。海德格尔说,一旦有了对"死"的觉悟,"人"就成了"存在者",并使"存在"透明起来。也就是说他觉悟或发现,有一个意义世界在那里。如果说,死亡是作为此在的可能性存在的话,那么,此在的存在就是"向死亡存在","向终结存在"。③

1. 否定死亡

远古时代的人最初并不懂得死亡与生命的实质。他们没有对死亡的恐惧,也没有对死亡的认识,而处于"不知悦生,不知恶死"(庄子《大宗师》)的境地。生死就像自然中气的聚散一样,无穷无尽,只是存在和表现方式不同而已。所谓"方死方生,方生方死",人置身于生生不息、循环往复的世界之中。因此,他们感受不到生死之间绝对的界限,感受不到生命悲剧的意味,从而否定死亡。这基于原始人的生命轮回或生命不死的

---

① 朱狄:《原始文化研究》,生活·读书·新知三联书店 1988 年版,第 65 页。

② [法]列维-布留尔:《原始思维》,丁由译,商务印书馆 1984 年版,第 418 页。

③ [德]海德格尔:《存在与时间》(修订译本),陈嘉映、王庆节译,生活·读书·新知三联书店 1999 年版,第 269 页。

观念。

在原始人的观念中，生与死的界限是模糊的。研究者普遍认为："对原始人来说，没有不可逾越的深渊把死人与活人隔开。相反的，活人经常与死人接触。"① 作家的认识也是如此。墨西哥作家帕斯就认为："在古代墨西哥人眼里，死亡和生命的对立并不像我们认为的那样绝对。生命在残废中延续。反之，死亡也并非生命的自然终结，而是无限循环的生命运动的一个环节。生、死、再生是宇宙无止境发展过程中的不同阶段。生命的最高职能是通向死亡——它的对立和补充部分；残废也并非生命的终极；人们以死来满足生的无限欲望。死亡具有双重目的：一方面，人进入生命创造的过程（同时，作为人，偿还上帝的债）；另一方面，供养社会生命和宇宙生命，而社会生命是由宇宙生命供给营养的。"② 这种以别样眼光来打量死亡的事例在各个国家和地区多多少少都留下了痕迹。

在原始人的观念中，生命是有灵魂的，而灵魂又是不死的。恩格斯说："如果灵魂在人死时离开肉体而继续活着，那就没有理由去设想它本身还会死亡；这样就产生了灵魂不死的观念。"③ 泰勒说："低级民族把出现在梦中和幻觉中的死人的形象看作是死人留在活人中间的灵魂，这一事实，不只说明了蒙昧人较为普遍地相信肉体死后灵魂继续存在，同时也提供了一把解决关于这种存在之臆测性研究中的许多问题的钥匙。"④ 灵魂可以永远存留于世间，即便是活人的灵魂离开了身体，也可以用一定的方式使之回归身体。如，原始人的"招魂"仪式就昭示了灵魂不死的信念。"招魂"的本质意义就是让离开肉体的灵魂回来。弗雷泽的研究表明，"中国人一般把人的昏厥和痉挛说成为喜爱抓活人灵魂的某些恶鬼之所为"。⑤ 中国西南的某些部族相信灵魂要离开有慢性疾病人的身体。"遇到这种情况，他们就念一种精心准备好的祷文，呼唤灵魂的名字，要它从迷途的地方——山谷、水流、树木、田野——回来。与此同时，还在门口放着杯碗，内盛水，酒，米饭，供远道跋涉归来倦累的灵魂食用。""当一个婴儿抽搐打滚时，惊慌失措的母亲便赶紧跑到屋顶上用一根竹竿，把孩

---

① ［法］列维－布留尔：《原始思维》，丁由译，商务印书馆 1985 年版，第 294 页。

② ［墨西哥］帕斯：《帕斯作品选》，赵振江编选，云南人民出版社 1993 年版，第 232 页。

③ 恩格斯：《路德维希·费尔巴哈和德国古典哲学的终结》，《马克思恩格斯选集》第 4 卷，人民出版社 1995 年版，第 224 页。

④ ［英］爱德华·泰勒：《原始文化》，连树声译，上海文艺出版社 1992 年版，第 484 页。

⑤ ［英］詹·乔·弗雷泽：《金枝》（上），徐育新、汪培基、张泽石译，中国民间文艺出版社 1987 年版，第 280 页。

子的衣服绑在竹竿的一端，拿着它在屋顶上挥动，不断地喊着：'××× 我的孩子，回来吧，快回家来！'与此同时，家里另一个人在屋里敲着锣，希望引起在外面迷路漂泊的魂魄注意，认出它熟悉的衣服而回到体内。"①

在原始人的观念中，死亡是可以复生的，生命是可以轮回的。据人类学家的研究，古代西亚文明国家和埃及都把一年中季节的更迭，特别是植物的生长与衰谢，描绘成神的生命中的事件，并且以哀悼与欢庆的戏剧性的仪式交替地纪念神的悲痛的死亡和欢乐的复活。他们以为"通过进行一定的巫术仪式可以帮助生命本原的神反对死亡本原的斗争。他们想象可以补充神的衰退的力量，甚至使他死而复生……因为大家熟悉巫术的一条原则就是只要仿效就能产生预期的效果"②。而原始人有关"生命"和"死亡"的巫术仪式也充分说明了这一点。如，"过关"仪式，原始人认为人的成长过程中要过许多道"关"。有的原始部落的成年礼要以肉体受伤作标志，如在皮肤上划一道伤痕或打掉一颗牙齿，或行割礼等。青年人要装作当场死去的样子，最终又"复活"了，他已然成为一个新人——成年人。有的部落就采用隔离方式来模拟这种"死"与"生"的转换，办法是让男孩与部落完全隔绝，经受各种考验后，再重新回到部落中，其意表明，作为少年的他一度"死去"，而作为青年的他又获得"新生"。

如果说这样的做法还带有浓重的象征性的话，那么这种期望人的生命由"死"向"生"的转换，在"杀死神王"的仪式中表现得更为直接。"杀死神王"就是一种让灵魂在不同的肉体中传承永生的巫术仪式，是让生命轮回观念的现实化的表现。原始人普遍相信，生命、灵魂不仅在一个人身上轮回，还可以在部落人之间轮回。"人的灵魂在另一个人的躯体中的新生或是再生，这种永恒的转化是这样发生的，即死人的灵魂促使婴儿的更生。"③ 如果首领病了、年老体衰了，他的灵魂就会半死不活。杀死他，就是把一个生命力充沛的灵魂转给他的继任者。这与自然界的轮回是一样的。植物的生命在冬天衰竭，原始人自然把它说成是草木精灵的衰

---

① ［英］詹·乔·弗雷泽：《金枝》（上），徐育新、汪培基、张泽石译，中国民间文艺出版社 1987 年版，第 277、280 页。

② 同上书，第 472—473 页。

③ ［英］爱德华·泰勒：《原始文化》，连树生译，上海文艺出版社 1992 年版，第 485 页。

颓，所以必须更新，把它杀掉，并以更年轻新鲜的形式使之复活。① 正因为如此，这种习俗存在于世界各地。如柬埔寨神秘的火王和水王是不许自然死亡的，在他病老之前，必须将他刺死；刚果人认为他们的大祭司如果自然死亡，世界就要毁灭，所以在他们健康衰败时，就把他处死。还有白尼罗河的西卢克族、丁卡族，非洲中部的布尼奥罗王国、安哥拉、祖鲁人等，也是如此。② 弗雷泽认为："杀神，也就是说，杀他的人体化身，不过是使他在更好的形体中苏醒或复活的必须步骤。这决不是神灵的消灭，不过是神灵的更纯洁更强壮的体现的开端。"③ 在这种巫术仪式中，无论是主持仪式者或参加仪式的人，抑或赴死的人，都肩负着部落永存的希望的使命，传达的是灵魂重生和生命新生的期盼。这里面包含着一种宏大的愿望和刻骨铭心的信念。由此说来，远古的"杀神"，在当时或许不像我们今天所认为的那样恐怖、残忍，而具有庄严、神圣的意味。

可见，在原始人看来，死亡不过是灵魂暂时离开身体而已，并不是生命的终结，而是新的、更加美好的生命的开始。死亡意味着释放出崭新的生命能量，死亡孕育着生的希望。生命的本质就是轮回。在死与生的往复循环中，生命被无限地延续下去，死亡不能终止生命，而是生命进程中的一个环节。人类生命过程的每一变化——出生、青春期、成人、订婚、结婚、怀孕、为父、死亡……在巫术思维盛行的时代，都被视作一种"濒死"状态朝向另一"新生"状态的过渡。

这是人类处于幼稚、懵懂时期，承受着强大的自然异己力量的统治和压迫所造成的结果。原始人把自己的命运寄托于超自然的神灵，以期趋利避害，获得生存的勇气和信心，也把死亡视作是生命可以不断转换的必经过程。一如自然界太阳的东升西落，四季的冬去春来，植物的花开花谢的循环现象，这使他们在惊异之后认定：生命就是生死往复，循环不已的。"通过对月相（新月、满月、上弦与下弦等等）——也即是它的出生、死亡和再生所作的认识，人类同时知道了自己在宇宙中的生存模式，知道了自己存在或再生的可能性。"④ 正如卡西尔所说："（原始人）对生命的不可毁灭的统一性的感情是如此强烈如此不可动摇，以致到了否定和蔑视死

---

① ［英］詹·乔·弗雷泽：《金枝》（上），徐育新、汪培基、张泽石译，中国民间文艺出版社1987年版，第440页。

② 同上书，第393—401页。

③ 同上书，第439页。

④ ［罗］米尔恰·伊利亚德：《神圣与世俗》，王建光译，华夏出版社2002年版，第89页。

亡这个事实的地步。"①

否定死亡,表达着一个基本的生命超越的意义:这就是超越死亡、追求生命的不朽。不论是津津乐道的死亡描述,还是惊悚的死亡仪式的展现,我们都可以看到早期人类坚定不移的永生信念。否定死亡,意味着人死可以复生,生命可以重新再来,而且更具力量。对死亡的否定和对生命延续的认识,显示着一种超越死亡的强烈愿望和恢宏气魄。

2. 超越死亡

当"理性之光穿透神话的迷雾",对"死亡"的觉悟终于惊醒了原始人永生不朽的迷梦。人们真正意识到,生命是独特的,不可重复的,是一步步走向死亡的过程。那些生命不死、灵魂永在的观念,那些千方百计阻止死亡,生死轮回的巫术仪式,不过是人的一厢情愿罢了。如果说,"人的本体论的光荣,他无条件地保持着的、在某种意义上使他免遭丧失他特有的'自由存在能力'的东西,即在于他之未曾遮蔽死亡的不可理解性"② 的话,那么"线性时间观念对循环时间观念的取代,在原始死亡观的崩溃、人的死亡的发现中就具有非常巨大的意义"。③

可以这样说,对死亡的觉悟,乃是人类真正走向理性的第一步。人类一旦意识到了死亡不仅是终极、整体、绝对、无条件地决定着人的命运之时,也就是人类从蒙昧、野蛮向文明、未来进发的开端。卢梭这样说:"对死亡的认识和恐惧,乃是人类脱离动物状态后最早的'收获'之一。"④ 弗洛姆这样说:人"最基本的存在的二重性是生和死,我们必然要死亡,这一事实对人来说是不可更改的。人意识到这一事实,这种意识极为深刻地影响了人的生存"。⑤

从这个意义上讲,死之痛成了人类最深刻的生命体验。两千多年前的庄子在《大宗师》中说:"夫大块载我以形,劳我以生,佚我以老,息我以死。"孟子更是一声长叹:"死生亦大矣!"便叹尽了人类对死的恐惧与无奈。我们是由时间做成的。"时间是造成我们的物质。时间是吞噬我的

---

① ［德］恩斯特·卡西尔:《人论》,甘阳译,上海译文出版社1985年版,第107页。

② 严平编选:《伽达默尔集》,邓安庆等译,上海远东出版社2003年版,第146页。

③ 段德智:《死亡哲学》,湖北人民出版社1996年版,第35页。

④ ［法］卢梭:《论人类不平等的起源与基础》,李常山译,商务印书馆1997年版,第85页。

⑤ ［美］弗洛姆:《人的境遇》,载林方主编《人的潜能和价值》,华夏出版社1987年版。第105页。

河流，而我正是这河流；时间是摧毁我的老虎，而我正是这老虎；时间是焚烧我的火焰，而我正是这火焰。"① 生命是一去不复返的。无论巨富也好，穷鬼也罢，终将踏上死亡的不归之途。

正是理性地认识到了死亡的不可逆转性，人类才想尽办法超越死亡。"对于人来说，只有当其超越了死亡，即意识到超出生死之外的某些东西时，他们才可能成为具有自我意识的存在。"② 也就是说，"死虽然是有限生命的自然法则，却似乎与自然对立。只有人能够有意识地面对死亡，这是人的伟大和高贵之处。这令人能够从一个确定的起始到一个确定的终结完整地看待生命；这令人能够探问生命的意义——一个使他超越自身生命、感受到自身永恒性的问题。人认识到自己必然死亡，也就认识到自己是超越死亡的"。③

事实上，从原始思维中走出来的人类，从未停止过超越死亡的步伐。他们或以"敬鬼神而远之"来回避死亡，或以坦然面对来训练"死亡"，或以"长生久视"的精神不死来应对死亡……所谓"跳出三界外，不在轮回中"终成人类魂牵梦绕的梦想。这是超越死亡的生命意识，这是进入文明的、理性的情怀。这种情形大约萌发于公元前五世纪前后的"轴心时代"。

古希腊人是以纯粹理性精神来挑战死亡的。在他们看来，既然变幻的世界难以把握，那么世界的背后会有一个不变的本原；如果我们能够把握住这个本原，那么生命也就有了它的希望和源头。而死亡不过是向这个源头的一种复归，万物生成变幻所带来的恐惧和焦虑也就由此而得到克服。他们把灵魂与肉体、理性与感性、精神与物质作二元对立的划分，突出人的灵魂、理性和精神，高扬人的主体性完成对死亡的超越。苏格拉底就强调，"怕死"就是"不智"。只有通过永不停息地求知与思辨，掌握知识、获得真理，才能超越死亡，获得灵魂的不朽。这种纯粹理性精神，不仅催生了柏拉图的"理式"，亚里士多德的"最后之因"等学说，而且诱导出至善"上帝"的观念。

罗马帝国时期，希伯来的宗教和古希腊理性精神合流，奠定了西方知

---

① ［阿根廷］博尔赫斯：《作家们的作家——豪·路·博尔赫斯谈创作》，倪华迪译，云南人民出版社1995年版，第3页。

② 耿幼壮：《重读古希腊悲剧》，《博览群书》2003年第1期，第54页。

③ ［美］保罗·蒂利希著，何光沪选编：《蒂利希选集》（上卷），上海三联书店1999年版，第685页。

识论、宇宙论和上帝论统一的传统，即哲学、科学与宗教融为一体。由此，基督教成为西方人生命中的主宰。人生来就有堕落之罪，只有积德行善，把一切都奉献给上帝，才有希望得到上帝的宽恕而重返伊甸园。基督教通过原罪、末世审判和天堂地狱等观念，通过现世赎罪、出家修炼等方式，企图解脱人的苦难，拯救人的灵魂，实现超越死亡的梦想。

人们只有把握到必然性，才可能主宰命运的航程，才能是自由的。不同民族虽有纯粹理性与实践理性的不同，但在理性觉醒这一点上却是共通的。正是超越死亡意识的不断延展和深化，才使超越死亡、追求永恒的生命超越活动，通过各种形式渗透于人类文明的进程。从这个意义上说，超越死亡与追求永恒有着共同的本质趋向性。

"永恒"是人类对生命的价值、意义等这些终极问题最简明、最扼要地表达。克尔凯郭尔说："无论如何，时代在最深刻的意义上所需要的，可以只用一个词完全和充分地表达出来，它需要……永恒。"① 永恒与否，势必由时空来衡量，因为时空是我们看待永恒的一面镜子。"空间和时间是一切实在与之相关联的构架。我们只有在空间和时间的条件下才能设想任何真实的事物。按照赫拉克利特的说法，世上没有任何东西能超越它的尺度——而这些尺度就是空间和时间的限制。"② 世界上的万事万物，不论以何种形式出现，都存在于时空不断地变化之中。从时间意识上看，我们的意识、命运、前途都与时间相关，时间控制人，人们在冷冰冰的时间之链中出生——成长——衰老——死亡，只有死亡才能结束时间的制约；从空间意识上看，我们的物质、肉体、存在都与空间有关，空间限制人，除非翱翔才能摆脱空间的掌控。所谓"年年岁岁花相似，岁岁年年人不同"、"今人不见古时月，今月曾经照古人"即表现了人们对时空的惶惑与无奈。虽然如此，超越时空，超越死亡才成为人类伟大的创造行为，而这"创造的行为可以引向永恒，永恒可能成为创造的动态进程。"③

这样，超越死亡与追求永恒所具有的两个维度，决定了生命超越的两个基本内涵——时间维度，即超越时间意义上的死亡，追求生命不朽；空间维度，即超越空间意义上的死亡，追求生命自由。生命不朽，是由人的肉体生命和精神生命的特性所决定。肉体生命对存在境域不能不有所依

---

① Soren Aabye Kierkegaard, *The Opinion of View*. Oxford University Press, 1939. p. 110.

② ［德］恩斯特·卡西尔：《人论》，甘阳译，上海译文出版社 1985 年版，第 54 页。

③ ［俄］别尔嘉耶夫：《论人的使命》，载方珊主编《别尔嘉耶夫文集》第二卷，上海人民出版社 2007 年版，第 49 页。

赖，而精神生命却在心灵之光中能够反观自照。长生久视和精神永存当为
生命不朽的基本意义。生命自由，是由人的外向生命和内在生命的特性所
决定。当人的生命作外向度地投射，自由使人受动而又能动于其生存境
遇；当人的生命作内向度地投射，自由使人得以有心灵的自我督责和人格
境界的自我超越。

如果说生命超越是以人的生命、人之为人为条件的，那么，任何人超
越死亡、追求永恒，无不统摄于对生命超越的眷顾。谁没有体验过生命超
越，也就无法理解永恒的真谛，也就至少不是一个完整的人。人的生命的
现象表明：人不仅要生存，而且要更好地生存；不仅要更好地生存，而且
要有高于生存的意义。它意味着人的发展不受任何压抑，人的才智不受任
何限制，人的幸福不受任何禁止，人的尊严不受任何蹂躏。一句话："人
是目的"。

总之，对死亡的超越、对生命的眷恋与对永恒的追求，本质上是同一
的。没有死亡也就无所谓生命，也谈不上对永恒的追求。永恒意味着生命
的不朽和生命的自由。正是死亡造成生命的一次性、有限性，才使生命显
得弥足珍贵。死亡界定和澄明了生命的存在和意义。无论在洞房花烛、金
榜题名时；还是在穷困潦倒、世态炎凉中；抑或在沧海桑田、浮生如云
后；人不仅思考"死亡"问题，往往也会思考"生命"及"生命超越"
问题。这是让人的在世的"沉沦"不断地被"唤醒"，去追问这现实世界
背后的理想世界，这表面事物背后的本真境界，这有限短暂背后的无限永
恒。正如弗洛姆所言，"死亡"，"迫使人永世不息地去寻求新的解脱。人
的历史的动力是内在固有的理性存在，它促使人去发展自己，并通过它去
创造一个属于他自己的世界……人所达到的每一个阶段都给他带来不满和
困惑，而这极度的困惑又驱使人去寻找新的答案"。[①]　就是这样，生命超
越现象被物化为不同的形态。

四　生命超越现象的物化

人的合规律性与合目的性统一的活动，拓展了人的潜能空间，提升了
人的生存能力。人之为人关键不在已然的存在而在本然的存在、自由的存

---

① ［美］弗洛姆：《人的境遇》，载林方主编《人的潜能和价值》，华夏出版社 1987 年版，第
　104—105 页。

在。也正是那种永不满足的超越精神，使之面对世界时，不仅能够现实地改造之，而且能够想象地创造出另一世界，来使自己真正地回归自身。这就是"理想国"、"云中鹁鸪国"、"伊甸园"、"乌托邦"等被创造出来的缘由。

若按生命发生、发展的历史规律看，人的存在根本没有什么终极意义，生命一次性地存在之后，就如过眼烟云一样遁入了虚无。然而人类从来不绝望于此，而是努力抗争，以一种普遍认同的崇高原则，使有限生命获得永恒价值。"人的真正本质，他的神圣的自我意识，作为酵素存在于世界之中，以富有意义的方式推动历史前进。"① 人类把这种意识、观念和情怀，皆诉诸各种物质媒介——文字、线条、色彩、泥土、木头、石块等，形成类别各异的精神形态，赋之以生命意义。这就是宗教、哲学、文学艺术等精神现象存在的目的。

"生命超越"总是以理念形式存在于人们中间，渗透于人类生存的每一生活环节的认识和体验之中，并且伴随人的生命的脚步，永无止境。因此说"生命超越"不仅仅是一种生命现象，一种历史活动，一种心理诉求，抑或一种对死亡超越的理性认识，而且还是在不同的领域固化的一种符号，承载了"生命超越"的深刻意蕴。

1. 诉诸宗教

"生命超越"诉诸宗教，就构成宗教中的"生命超越意识"。宗教承载了人类探索生命永恒和自由的最为古老的意识。这种意识，并非形而下经验性的感知和体验，而是形而上超验性的终极关怀。

"宗教是一种社会历史现象，是人的社会意识的一种形态，是感受不能掌握自己命运的人们面对自然、社会与人生的自我意识或自我感觉，因而祈求某种超越的力量作为命运的依托和精神归宿"，它是"以'终极'、'至上'和'神'为核心的一种信仰和礼仪的模式，人们企图由此凭借通常的现实经验与来世相通，并希望获得有关来世的灵性感受"。② "宗教是对无限的东西的意识"③，"宗教从一开始就是超验性的意识，这种意识是

---

① ［美］沃格林:《没有约束的现代性》，张新樟、刘景联译，华东师范大学出版社2007年版，第136页。

② 陈麟书、陈霞主编:《宗教学原理》（新版），宗教文化出版社1999年版，第46—47页。

③ ［德］费尔巴哈:《费尔巴哈哲学著作选集》下卷，荣震华、王太庆、刘磊译，商务印书馆1984年版，第27页。

从现实的力量中产生的"。① 它通过对神的崇拜，不仅渴望摆脱现实苦难，而且还力求自我完善，最根本的是通过赋予神以无限、永恒等终极意义，向往超现实的来世幸福。简言之，"一切宗教都不过是支配着人们日常生活的外部力量在人们头脑中的幻想的反映，在这种反映中，人间的力量采取了超人间的力量的形式"。②

如果说宗教通过超自然、超社会、超人间的神，来达到集体的整合，行为的规范，实现社会政治的控制的话，那么，"宗教信仰实际上就是以超自然的神秘方式实现社会控制"。③ 这一控制，不是强迫的，而是以心理和社会的认同感为基础，具有心理的慰藉功能。神不仅可以安慰人的痛苦的心灵，舒缓人的不平的心理，而且通过与神的沟通，能够陶冶情操，升华生命，达到精神超越。这是宗教最根本的特征。

由于宗教是以神为中心建立绝对地超越世俗（主要是生死）、实现神圣永恒的信仰系统，所以人们虔诚地信仰神。没有神，也要创造一个神，来求得精神的寄托。没有神，人就失去了存在的根据。托尔斯泰说过："无论对其他人，或者对我来说，生命的意义和生存的可能性，都是宗教信仰提供的。"④ 这就不难理解，宗教中人所做的一个共同的工作就是树立神的权威，借着神的"真道"把属灵的事启示于人。

可以这样说，"在任何社会，宗教涉及的范围都脱离不开生命和死亡的本质"⑤，它规范了一切"生命超越"现象的初始意义。宗教性的"生命超越"的本意就是既超出个体自身、又超出物质世界的范围，寻求某种外在的终极性的、作为人格神的存在。核心是人如何超出自我生命的有限性来追求无限性。其基本方法是以无限、永恒、绝对、终极等超人间、超自然力量为原初预设，想象出上帝或佛祖、或真主等人格化神灵，通过对他们的信仰、崇拜和追求，来实现死后灵魂的不朽，即成仙、成神、成佛、重返伊甸园、升入天堂，等等。宗教性的超越就像一座明亮的灯塔，引导人类熬过漫漫长夜并在不断超越中执着前行，追求生命的无限和

① 《马克思恩格斯选集》第1卷，人民出版社1995年版，第135页。
② 《马克思恩格斯选集》第3卷，人民出版社1995年版，第666页。
③ ［美］塞雷纳·南达：《文化人类学》，刘燕鸣、韩养民编译，陕西人民教育出版社1987年版，第283页。
④ ［俄］列夫·托尔斯泰：《列夫·托尔斯泰文集》第十五卷，倪蕊琴选编，人民文学出版社1989年版，第42页。
⑤ ［美］塞雷纳·南达：《文化人类学》，刘燕鸣、韩养民编译，陕西人民教育出版社1987年版，第281页。

永恒。因此，"人不是从他自己的存在的局限中上升，最终将自己淹没在虚无之中，而是从自身上升，最后浸入天主之中，他能够将人带向完美、永久的现实"。用马克斯·舍勒的话说，"人是某个趋向的承载者，这个趋向超越了所有可能的重要价值，它以神为自己的目标，或者简言之，人就是一个寻找天主的存在"。①

人们创造神仙、佛、上帝这一外在终点和精神家园，目的是想通过对这些神灵的信仰，来取消现世的一切形式的奴役，回归人自由存在的正当性。虽然人把自己交给最高信仰，放弃了自身的主体性，接受一种外在的神灵的奴役，但通过宗教信仰，人既摆脱人间痛苦的不断折磨，又满足了生命永恒的渴望，并且获得了与外界隔绝式的精神体验，感觉到有限生命向无限生命的延伸。当"上帝面前人人平等"成为基本信条后，每个人都可以与上帝直接交流，人对人的奴役就成了对神的权威的僭越。当耶稣被钉上十字架而受难，只不过是为世人的罪恶作了挽回祭仪，而复活、升天则是人向天堂超越的福音象征。这是人类最终走向"理想"神学信仰的依据。

然而，宗教是以虚幻方式带给人精神安慰，以否认现实世界、否认生命来求得精神上的解脱，来达到对现实的超越，来强调人存在的终极价值和意义。这种"无我"的方法似乎获得了进入天堂的通行证，但人却失去了自我甚至生命。人生成为一场注定没有希望的等待和苦熬。这种人的存在价值的异化，不是肯定生命，肯定现实，而是否定生命、否定现实。脱离了现世的宗教超越，只不过是一种自欺欺人的虚幻性的与世无争、消极自保，是丧失人的主体性的超越。因此，当人们看清宗教的生命超越的真面目，才发出了"上帝死了"的惊呼。

即便如此，当今人类还是无法割舍宗教的抚慰，因为在人类心中，宗教"提供了生存的可能性"而表达着强烈的"生命超越"意识。

2. 诉诸哲学

"生命超越"诉诸哲学，就构成哲学中的"生命超越哲思"。哲学传达了人类探索永恒与自由的最为缜密的思想，它思考了一切关于"生命超越"的观念和意义。

哲学"始终致力于用蕴含在理性中的原则来解释世界的总体，解释

---

① 转引自［意］巴蒂斯塔·莫迪恩《哲学人类学》，李树琴、段素革译，黑龙江人民出版社2005年版，第168页。

表现于现象多样性中的统一性"。① "它要探求有形世界背后的无形世界，探求种种现象根基上的规律，探求种种事件背后的意义，探求在现实彼岸的理想。""那永恒的生命，生命的永恒轮回；未来在过去中得到预告和供奉；对于超越死亡和变化之生命的胜利的首肯；……"② 正是在这个意义上，柏拉图在《斐多篇》中借苏格拉底之口断言——哲学是死亡的"训练"，而把求知、思辨与人生的永恒价值联系起来。"这种永无穷尽的探求源于人的一种基本需求：正因为他生活在今世，他亟欲探求某种超世的东西；正因为他身处在个别现象中，他亟欲探求某种普遍的东西；正因为他体验到生死的无穷变化，他亟欲探求某种永恒不变的东西。"③ 这种以"世界究竟是什么"为"总体性追问"（海德格尔）的哲学被称之为"形而上学"。

　　"形而上学"试图通过寻找世界的第一因来认识和把握现存世界，表达了人不满足于现存世界的超越追求。因此，"形而上学"不仅具有了追问精神、逻辑特质，而且有了终极关怀和理想范式。康德说："世界上无论什么时候都要有形而上学，不仅如此，每人，尤其是每个善于思考的人，都要有形而上学……"④ 黑格尔也说："一个有文化的民族竟然没有形而上学——就像一座庙，其他各方面都装饰得富丽堂皇，却没有至圣的神那样。"⑤ 正所谓，"只有形而上学的精神才赋予一切认识，一切其他学问提供的认识以终极的意义"。⑥ 如此说来，超越以及对超越活动的反思即超出经验之外的知识都是形而上学的，没有超越也就无所谓形而上学了。

　　"形而上学"关于人的"生命超越"的观念，不但指出一个超越的目标，同时还揭示如何达到这个目标。最初，"形而上学"把现存的感性的自然元素作为超越的依据，通过对它们的把握来实现超越理想的，这种超

---

① J. Habermas, *The Theory of Communicative Action*. Vol. 1；*Reason and the Rationalization of Society*，Boston：Beacon Press，1985，p. 15.

② ［德］尼采：《偶像的黄昏》，卫茂平译，载刘小枫主编《尼采注疏集》，华东师范大学出版社 2007 年版，第 189 页。

③ ［日］阿部正雄：《禅与西方思想》，王雷泉、张汝伦译，上海译文出版社 1989 年版，第99—100 页。

④ ［德］康德：《未来形而上学导论》，庞景仁译，商务印书馆 1987 年版，第 163 页。

⑤ ［德］黑格尔：《逻辑学》（上），杨一之译，商务印书馆 1982 年版，第 2 页。

⑥ ［德］胡塞尔：《欧洲科学的危机与超越论的现象学》，王炳文译，商务印书馆 2001 年版，第20 页。

越思想处于较低水平。随着人类思维能力的提升，自然元素作为第一因的本原让位于"存在"和"道"等抽象本体，"形而上学"不再把超越依据理解为感性的存在，而理解为本体对现象的超越。"存在是什么"和"道是什么"成为核心问题。这种追问，不仅涉及存在者，而且指向存在者背后的存在；不仅涉及单纯的终极知识的追求，也蕴涵着纯粹的终极价值的追求。随着人的自我意识的觉醒，"生命超越"思想的视角逐渐由外而内，转向了人本身。因而"生命超越"也就理解为自我意识对外在经验对象的超越。"存在何以在"和"得道何以可能"成为一个基础性问题。

近代"形而上学"通过对思维与存在统一的论述，确立了人的理性对自然现象的超越，即通过理性，崇尚人的精神自由；现代"形而上学"虽然也崇尚这种精神自由，但认为只有人的非理性才能达到，通过"生命意志"的阐释，确立人的非理性对自然现象的超越；后现代则以对"形而上学"的摧毁和解构，实现以虚无对抗虚无的生命超越；而马克思主义"形而上学"则从物质生产实践出发，把生命超越看成是人的实践超越，以实现人对现存世界的改造，达到真正的"自由王国"。

可以说，"生命超越"观念之于哲学，就是对人类存在的价值和意义的追寻、反思和体认，为人类在世界中寻找安身立命之本。

3. 诉诸文学

"生命超越"诉诸文学，是通过鲜活的文学形象，反映人类的生命超越意识和现象，甚至形成"生命超越主题"。文学之镜与宗教、哲学之镜所折射的生命超越相比，既有相通之处，又有许多不同。

如果说，"生命超越"是源自人的意识对不自由现实弥补的精神体验和人从现实向理想、从生存向存在、从有限向无限进发的超越情结，其所关涉的是人生命永恒和自由的话，那么，任何时候的人类都不能没有宗教的生命超越意识（如终极关怀和终极眷顾），也不能没有哲学的生命超越哲思（如终极思考和终极阐释），也不能没有文学的生命超越寄托（如形而上性质和终极表现）。人面对一个异化的世界，既无能为力而又心有不甘，他要在单纯的衣、食、住、行背后，确立一个有价值、有理想的世界；他要开启有尊严、有意义的生存；他要追求完美、升华的愿望和梦想。这种对世界的一种精神把握和意向性的超越，本质上来说，就是用确定性、统一性、整体性的神、佛、上帝、真主乃至于仁、义、天理、欲望、情感、美等，抽象出一个永恒、绝对、无限，来体现人的终极关怀和终极价值。这是宗教、哲学、文学中所体现的"生命超越"之思的相通之处。

　　不同在于，宗教中的生命超越意识具有虚幻性，是一种具有麻痹思想的精神空想，如果紧紧抱住其空想而不放，"生命超越"就会游离于现实，陷入梦幻，必然使人在虚无中漂移、游荡；哲学中的生命超越哲思具有抽象性，是一种理论上的精神虚构，所谓头顶上的灿烂星空和心中的道德律令，不过是人的意识和意志中"应然性"的体现；而文学的生命超越意向，则具有形象性，它避免了宗教的生命超越意识的虚幻性，也避免了哲学的生命超越哲思的抽象性，而充满情感的丰富性和复杂性。它以文学特有的形式——用语言呼风唤雨，用想象排山倒海，用幻想改变世界抑或用虚无颠覆现实，而充满着灵动、鲜活的审美精神和独特感性的艺术魅力，使"生命超越"的意义出神入化，并总是把人的生命本身与现实世界和文化历史统摄起来，唤起读者某种未知的、博大的、寓意深远的想象和领悟，把他们引向更具韵味的崇高境界。正所谓："艺术是生命的最高使命和生命本来的形而上活动。"① 而"生命在发展中，变化是常态，矛盾是常态，毁灭是常态。生命本身不能凝固，凝固即近于死亡或真正死亡。惟转化为文字，为形象，为音符，为节奏，可望将生命某一种形式，某一种状态，凝固下来，形成生命另外一种存在和延续，通过长长的时间，通过遥遥的空间，让另外一时另外一地生存的人，彼此生命流注，无有阻隔。文学艺术的可贵在此"。② 文学之于生命超越反映了人类探索生命永恒与自由的象征意蕴。

　　"生命超越"诉诸文学，就转化为生命超越意义的文学关怀。世界本无意义可言，人却要赋予世界以意义。文学便成为这个使命的担当者之一。所谓"诗的语言翻转生存世界的语言，在对整体的世界意义的期待中重构生命。……诗人懂得世界没有意义、通过主动赋予世界以意义来向世界索求意义。意义和真实价值不是世界的本然因素和自然构成，但应该成为世界的构成要素。真正的诗人都懂得，使世界的浑浊显出透明性正是自己的使命。……把超出经验世界之外的绝对价值引入生存之有限性和世界的无目的性。诗的言说成为生存世界的一种扩展——人的生命经验的诗意扩展"。"现世（可见世界）与超验的意义世界（不可见的世界）之间的中介者就是诗人，通过诗的象征，人的生命在这个异己的世界中领承到

---

① ［德］尼采：《悲剧的诞生》，周国平译，生活·读书·新知三联书店1986年版，第2页。
② 沈从文：《抽象的抒情》，载刘一友等编选《沈从文别集》，岳麓书社1992年版，第1页。

绝对的神圣。在诗化了的世界中，绝对价值时时处处内在于人的生命。"①
文学以其审美精神，以其自由的想象和独特的象征显示着它满足人类生命
超越的愿望的能力。

　　"生命超越"诉诸文学，就把生命超越意义演化为超越意象、超越形
象、超越意境。使人们从现实进入无穷无尽的过去和未来，从"在场"
进入到浩渺无垠的"不在场"境域。所谓把无限放在你的手掌上，永恒
在一刹那里收藏。② 无论是"天堂"、"地狱"，"大人国"、"理想国"、
"云中鹁鸪国"，还是"世外桃源"、"乌托邦"，人们在文学创造的生命
超越的世界里，可以破除死亡威胁，从有限中达到无限，满足追求生命永
恒的梦想；也可以解除尘世束缚，从"至小"达到"至大"，满足追求生
命自由的愿望；也可使人消除绝望，战胜恐惧，疗救创伤，寻访光明；亦
可使人在"采菊东篱下，悠然见南山"中怡然自得，在"闲看庭前花开
落，漫随天外云卷舒"中超然物外……如巴什拉所言："为考察我们的孤
独存在，为向我们揭示那为实现我们自己所必须的生活世界"，"诗同时
造就了梦想者和他的世界。"③ "正是通过诗的想象的意向性，诗人的心灵
才找到了通向任何真正诗的意识入口。"④ 从而把人从现实的困顿中解放
出来。

　　"生命超越"诉诸文学，往往铸成文学独具魅力的"生命超越主题"。
如前所述，"生命超越主题"是以生命的不朽和自由为内涵，以寓宇宙
观、人生观的超越意象为焦点，从此岸到彼岸，从有限到无限，去寻觅安
身立命的精神归宿，体现终极价值的文学主题。它"通过艺术意象和情
感中介追求自我心灵的无限自由性和自由感，其精神特质和价值指向在于
个体主体的心灵自由和精神解放。它强调对现实的超越和主体的自我超
越，内心无限自由对外在有限自由的超越，高扬生生不息的生存精神、自
适自得的自由精神和不断升华的超越精神。"⑤ 这种极具"形而上性质"
的超越精神既表现了人类普遍的道德信念和精神追求，也生发了对宇宙人
生的普遍规律的了悟，以及对生命终极价值和意义的反思。从古至今，正

① 刘小枫：《拯救与逍遥》（修订本二版），华东师范大学出版社 2007 年版，第 55—56 页。
② 程祥徽、黎运汉：《语言风格论集》，南京大学出版社 1994 年版，第 256 页。
③ ［法］加斯东·巴什拉：《梦想的诗学》，刘自强译，生活·读书·新知三联书店 1996 年版，第 33、22 页。
④ 同上书，第 6 页。
⑤ 黄南珊：《文艺审美超越论要》，《广西社会科学》2008 年第 1 期。

是文学的这种超越精神，使文学成了人类生命空间的一块净土，表达着人的安身立命的需要，寄托着人的生命存在意义和价值，在给人带来审美感受的同时也带来永恒意蕴的精神享受。

　　总之，"生命超越"在文学世界里就以其世代相袭的面貌而演绎为无穷无尽的生命悲歌。从中国原始神话、民间传说，到诗经、楚辞、汉赋，到唐诗、宋词、元曲、明清小说；从古希腊罗马神话、史诗、悲剧，到中世纪《神曲》、文艺复兴、启蒙运动、浪漫主义和现实主义乃至现代主义文学——几千年的人类文学史不仅是"生命超越"活动的记录史，也是"生命超越"观念的阐释史，本质上是一幅幅渴望成熟、渴望完美、渴望无限的"生命超越主题"的象征画卷。为探讨"生命超越主题"的象征谱系，我们先追索其"原型"。

第二章 生命超越主题的原型学阐释

原型学是西学东渐的产物。"原型"不仅可以分析人的心理，也可以分析文学作品的某些元素，甚至可以分析文学作品的主题。同样，对"生命超越主题"的认识也可以从其"原型"中追索其本质意义。

世界上任何民族文学，总存在一种表现"生命超越"的强烈愿望和情结，虽历经千百年岁月的沧桑，但总是以形式各异又独立的姿态反复出现在文学作品中，成为一种经久不衰、源远流长的文学形态。其中那些恒定不变的"生命超越"元素，就是"生命超越主题"的"原型"。它孕育在人类古老巫术仪式中，经神话故事和英雄传说的记述和流传，在后世文学作品中时隐时现，逐渐由一种朦胧的意识、片段的思想，而演变为一种清晰的观念。其本质就是追寻人类超越死亡、追求生命不朽的梦想。

本章首先概述"原型"理论，以此作为审视"生命超越主题"原型渊源的支点；进而阐释深蕴于神话世界中的"生命超越主题"原型，重点关注那些不死神灵和死而复活的神灵的描绘；然后通过原型"置换变形"的规律的探讨，以西方文学"游走"模式为镜，梳理"生命超越主题"的象征谱系。

一 "原型"

"原型"（archetype）一词，由希腊文 arche（原初）和 typo（形式）组成，本义指原初的形式与结构。"原型"是一个过载的概念，典型的有两种意义。一种是心理学范畴的意义，强调"集体无意识"在人类的心理活动中的承传性和复制性，通过心理原型的探寻，描绘出人类的基本心理类型。代表人物是瑞士心理学家荣格。荣格以此解释心理问题，成为精神分析学中一个重要概念，有原型学派之称。另一种是文学范畴的意义，强调巫术神话在人类的文学活动中的承传性和复制性，通过神话原型的阐释，展示出文学发展的结构，形成了神话原型批评理论。代表人物是加拿大学者弗莱，有神话原型批评学派之称。

1. 荣格的原型观

按照荣格的看法，大多数心理问题都与"原型"受阻相关。它不是来自一个人的记忆表象，而是来自遥远过去的民族记忆和原始经验，是一种深埋在心灵深处的"集体无意识"，常常以神话、传说、梦境、幻想、文学的意象表现出来。

荣格认为，人类的遗传不仅表现在生理机体上，也表现在心理机能上。人生下来并不是"白板"一块，人的心灵就"像我们的身体一样，是一间堆放过去的遗迹和记忆的仓库"，"它也携带着这个历史的痕迹"。"在我们的意识后边还有一条长长的历史的'尾巴'，这是一条踌躇、软弱、情结、偏见、遗传的尾巴"，而"我们的心理有一条拖在后面的长长的蜥蜴尾巴，这条尾巴就是家庭、民族、欧洲以及整个世界的全部历史"。① 重要的是，这些心理的"历史的痕迹"不是来自个人经验的表象记忆，而是来自超越个人生活范围的原始经验在个人心理上的投射。荣格称之为"集体无意识"，也称为"原型"。他说："个人无意识的内容主要有名为'带感情色彩的情结'所组成，他们构成心理生活中个人和私人的一面，而集体无意识的内容则是所谓的'原型'。"② 它在人的无意识中有着"更深的一层"，即"集体无意识"。所谓集体无意识"并非来源于个人经验，并非从后天中获得，而是先天地存在的……不是个别的，而是普遍的。它与个性心理相反，具备了所有地方和所有个人皆有的大体相似的内容和行为存在方式。……由于它在所有人身上都是相同的，因此，它组成了一个超个性的心理基础，并且普遍地存在于我们每一个人身上"。③ "集体无意识是人的演化发展的精神剩余物，它是经过许多世代的反复经验的结果所积累起来的剩余物。"④ "是无数同类经验的心理凝结物。每一个意象中都凝聚着一些人类心理和人类命运的因素，渗透着我们祖先历史

---

① [瑞士] 荣格：《分析心理学的理论与实践》，成穷、王作虹译，生活·读书·新知三联书店1991年版，第41、87页。

② [瑞士] 荣格：《集体无意识的原型》，《荣格文集》，冯川译，改革出版社1997年版，第40页。

③ 同上书，第39—40页。

④ [美] 杜·舒尔茨：《现代心理学史》，杨立能等译，人民教育出版社1981年版，第360页。

中大致按照同样方式无数次重复产生的欢乐与悲伤的残留物。"① 从原始时代开始，人类的这种"集体无意识"经验就不断地重复积累，逐渐积淀在人类的心理结构中，以其巨大的浓缩力和概括力，体现为本能性和遗传性特点，为各个民族所共有。人生中有多少典型的心理情境就有多少原型。如阴影、人格面具、智叟、母亲、阿尼玛（anima）、阿尼姆斯（animus）等。

荣格以"集体无意识"来阐释人的心理问题，以"原型"来追溯人的心理疾病，这缘自他对弗洛伊德"性本能"说的不满。他说："弗洛伊德最初只知道性欲是唯一的心灵动力等，到后来我与他决裂了……我的目的无非是想借此来遏制目前这种用'性'一词来以偏概全的趋势。……性欲只不过是所有生活的本能之一，即许多生理与心理功能的一部分，虽说这种功能有其深广的影响存在。""这是我可以摒除在生物循环史上所受到的束缚力的唯一方法。"② 荣格认为，弗洛伊德的"力比多"，"本质上是一种集体现象，也就是说，是一种普遍的、反复发生的现象，它与个人独特性没有任何关系"；③ "它的本源是来自人类的心灵深处，……是一种人类无法了解的原始经验"。④ 这就是说，弗洛伊德所说的"性本能"也是超越了个人、现实社会，延伸到远古的文化领域中的"集体无意识"。

"集体无意识"虽然存在于当今人们的心理活动中，但最直观、最经典的呈现则是远古神话。荣格说："诗人的创造力来源于他的原始经验，这种经验深不可测，因此需要借助神话想象来赋予它形式。"⑤ 这"形式"就是"关系到古代的或者可以说从原始时代就存在的形式，即关系到那些自亘古时代起就存在的宇宙形象"⑥。在这些神话形象的基础上，荣格找到了许多心理原型，如英雄原型、骗子原型、上帝原型、魔鬼原型、巨

①　［瑞士］荣格：《论分析心理学与诗的关系》，载叶舒宪《神话——原型批评》，陕西师范大学出版社1987年版，第100页。

②　［瑞士］荣格：《探索心灵奥秘的现代人》，黄奇铭译，社会科学文献出版社1987年版，第114—115页。

③　［瑞士］荣格：《本能与无意识》，《荣格文集》，冯川译，改革出版社1997年版，第6页。

④　［瑞士］荣格：《探索心灵奥秘的现代人》，黄奇铭译，社会科学文献出版社1987年版，第114—115页。

⑤　［瑞士］荣格：《心理学与文学》，《荣格文集》，冯川译，改革出版社1997年版，第242页。

⑥　［瑞士］荣格：《集体无意识的原型》，《荣格文集》，冯川译，改革出版社1997年版，第40页。

人原型、树林原型、太阳原型、圆圈原型、武器原型等。例如达·芬奇的名作《圣安娜与圣母子》，虽然表现的是圣安娜、圣母和圣子的形象，却隐藏了"双重母亲"的原型。在古希腊神话里，英雄一般都具有双重出身和双重母亲。身体由母亲所生，生命却由神赋予。这是中世纪基督徒双重母亲——生母和教母的原型。

可见，荣格所谓"原型"，就是人的"集体无意识"在心理中的直觉痕迹、记忆蕴藏、体验凝聚和表象积淀，其表现形式是原始意象和神话形象；其构成内容则是原始经验的遗传。因此，"谁讲到了原始意象谁就道出了一千个人的声音，可以使人心醉神迷，为之倾倒。与此同时，他把他正在寻求表达的思想从偶然和短暂提升到永恒的王国之中。他把个人的命运纳入人类的命运，并在我们身上唤起那些时时激励着人类摆脱危险、熬过漫漫长夜的亲切的力量"。①

2. 弗莱的原型观

如果说荣格是在人的心理活动中探究原型的集体无意识的话，那么弗莱则是通过人的文学活动来探究原型的重述性之于文学发展的形式和意义。按照弗莱的看法，"原型"来自圣经神话和古希腊神话，它们是后世文学的母胎。文学作品中反复出现的各种意象、叙事结构和人物类型，都与"原型"相关。

弗莱认为，"原型主要指可以传播的象征，原型批评在探讨文学时，把文学当作一种社会事实、一种传播的技巧"。②"鉴于原型是可供人们交流的象征，故原型批评所关心的，主要是要把文学视为一种社会现象、一种交流的模式。"③ 可见，弗莱探寻的原型是一种文学原型。弗莱"首先注意到的文学特征之一就是它的结构成分的稳定，如喜剧中的某些主题、情景和角色类型一直持续下来，从阿里斯多芬起直到我们的时代几乎没有变化"。④ 他认为反复出现的文学作品中的题材、主题、故事情节、意象、

① ［瑞士］荣格：《论分析心理学与诗的关系》，载叶舒宪《神话——原型批评》，陕西师范大学出版社 1987 年版，第 101 页。

② ［加拿大］诺斯洛普·弗莱：《四重象征的由来》，《诺斯洛普·弗莱文论选集》，吴持哲编译，中国社会科学出版社 1997 年版，第 104 页。

③ ［加拿大］诺斯洛普·弗莱：《批评的剖析》，陈慧、袁宪军、吴伟仁译，百花文艺出版社 2006 年版，第 142 页。

④ ［加拿大］诺斯洛普·弗莱：《伟大的代码——圣经与文学》，郝振益、樊振帼、何成洲译，北京大学出版社 1998 年版，第 73 页。

体裁、结构和技巧等都有一个源头，而这个源头就是神话。因此，他断定文学起源于神话，神话是文学的"原型"，"原型就是那些反复出现的或传统的神话及隐喻"。① 正是这一原理才赋予文学以千百年来虽经意识形态的一切变化，却仍具有其传播的力量。"神话是主要的激励力量，它赋予仪式以原型意义，又赋予神谕以叙事的原型。因而神话就是原型，不过为方便起见，当涉及意义时我们叫它神话，在谈及模式时便改称为原型。"② 按照弗莱的观点，神话原型分为两类："一类是具有仪式内容的属结构或叙事的原型；另一类具有梦幻内容，属典型或象征的原型。"③

从意义方面看，"神话叙述是一种由人类关怀所建立起来的结构；从广义上说它是一种存在性的，它从人类的希望和恐惧的角度去把握人类的境况"。④ 因此，西方最初的文学模式是古希腊神话故事和圣经故事。这些故事在后世文学中以不同形式反复出现，就在于其置换变形的功能。传奇模式是对神话的置换变形，写实主义模式是对传奇模式的置换变形。例如，关于骑士传奇中的屠龙故事，是一个繁殖之神使荒原恢复生命神话的置换变形；艾略特的《荒原》中寻找圣杯、使荒原得以拯救的故事，则是对骑士传奇的置换变形……弗莱把一部西方文学发展史描述为从神话、传奇、写实主义的原型模式的不断置换变形，而"文学就其叙事部分而言，构成其中心的神话便是英雄探险的神话"。⑤

从形式方面看，弗莱认为神话之所以具有这样强大的生成力量和传播力量，在于神话原型的表现形式——象征或意象的承传性和复制性。原型不仅"将一首诗和另一首诗联系起来的象征，可以把我们的文学经验整合起来"⑥，而且常常在文学中出现，并作为一个人的整个文学经验的一个组成部分。在弗莱看来，神话衍生出四种叙事结构：喜剧、传奇、悲

① ［加拿大］诺斯洛普·弗莱：《心明眼亮茅塞顿开》，《诺斯洛普·弗莱文论选集》，中国社会科学出版社1997年版，第166页。

② ［加拿大］诺斯洛普·弗莱：《文学的原型》，《诺斯洛普·弗莱文论选集》，吴持哲编译，中国社会科学出版社1997年版，第89页。

③ ［加拿大］诺斯洛普·弗莱：《四重象征的由来》，《诺斯洛普·弗莱文论选集》，吴持哲编译，中国社会科学出版社1997年版，第105页。

④ ［加拿大］诺斯洛普·弗莱：《现代百年》，盛宁译，辽宁教育出版社1998年版，第80页。

⑤ ［加拿大］诺斯洛普·弗莱：《文学的原型》，《诺斯洛普·弗莱文论选集》，吴持哲编译，中国社会科学出版社1997年版，第92页。

⑥ ［加拿大］诺斯洛普·弗莱：《批评的剖析》，陈慧、袁宪军、吴伟仁译，百花文艺出版社2006年版，第142页。

剧、反讽。这四种结构与春、夏、秋、冬四季循环和英雄的出生、成长、死亡、再生极为相似。由此，他认为西方文学发展史就是一个以神话为起点，依次经历了传奇、悲剧、喜剧、讽刺，周而复始地循环演变的动态结构。他还称他的"《批评的解剖》把文学想象并描述成一个完整的图式体系"，内部则由他所谓的原型串联起来。① 如对《圣经》而言，"作为一部跨越时空、囊括现实的有形和无形秩序的明确的神话，一种由创业、堕落、放逐、赎罪及新生五幕构成的具有喻世故事性的戏剧结构，《圣经》所具有的正是一种整体性和连续性的意义"。②

　　可见，弗莱所谓"原型"，本质上就是一种流变于各民族文学中的可以独立交际的较稳定的意义单位和叙事结构。其表现形式是原始意象和神话形象，其构成内容则是神话。

　　从荣格和弗莱的原型理论可看出，"原型"是人类集体无意识的积淀，是文化传统和心理结构的承载者、复制者与传播者，它与原始巫术与神话密不可分。我们可以说"原型"是反复出现的神话，神话则是巫术仪式的记述；也可以说，巫术仪式映射于神话，神话是文学的"原型"。如此说来，文学原型正来自人的心理欲求和古老神话的承传。"生命超越主题"原型即形成于人类征服自然力、支配自然力的愿望，反复表现于那些不死神灵和死而复活的神灵的神话记述之中。

二　生命超越主题原型

　　生命超越主题是以生命的不朽和自由为基本内涵，以寓宇宙观、人生观的超越意象为焦点，从此岸到彼岸，从有限到无限，去寻觅安身立命的精神归宿，体现形而上的终极价值的文学主题。其形成，是人类心理的积淀，也是神话的延伸。确切地说，"生命超越主题"原型是孕育于人类征服自然力、支配自然力的愿望，萌发于古老的超越死亡的巫术仪式，形成于神话传说对人类生命愿望做出永恒性反应又不断流传和复制的一种神话主题，核心是超越死亡。概言之，超越死亡神话即为"生命超越主题"

---

① ［加拿大］诺斯洛普·弗莱：《心明眼亮茅塞顿开》，《诺斯洛普·弗莱文论选集》，吴持哲编译，中国社会科学出版社1997年版，第166页。

② ［加拿大］诺斯洛普·弗莱：《批评的剖析》，陈慧、袁宪军、吴伟仁译，百花文艺出版社2006年版，第485页。

原型。它经过岁月沧桑的浸染，流变于世界各民族的文学作品之中。

如果说原始人最初表达的"生命超越主题"是一种不自觉的、朦胧的表现，是寄托于神祇或英雄的话，那么，随着人的理性思维和主体意识的觉醒而逐渐形成的以人的形象为核心的"生命超越主题"的文学创作，则是自觉而有意识地表达了对永恒——生命不朽和自由的追求与向往，是凭借诗意的灵性与审美的魅力，影响人们在困惑、选择与进取中不断超越现实，实现对人的终极关怀。

1. 神话记述

神话是幻想的产物。但它不是原始人异想天开的蒙昧之作，也不是其天马行空的悠悠古情，更不是其玩笑捣蛋的恶作剧，而是他们生产、生活及其愿望的写照，是他们生存历程的"活化石"。如马克思对希腊神话的认识："希腊艺术的前提是希腊神话，也就是已经通过人民的幻想用一种不自觉的艺术方式加工过的自然和社会形式本身。"①

而神话与原始人精神生活的一个重要组成部分——巫术仪式密切相关。如果说，巫术源自人类征服自然力、支配自然力以及超越死亡的愿望的话，那么，"人类对自身必死性的认识以及超越死亡的愿望是神话产生的原动力"。② 从这个意义上说，神话与巫术具有同源性，神话是巫术仪式的记述。

正是如此，人类学家爱德华·泰勒就把神话等同于巫术；著名学者默里、赫丽生等也将神话和巫术仪式视为原生性的共存体。马林诺夫斯基更是直言："在任何时候，神话都是巫术真理底保状，是巫术团体底谱系，是巫术权利（说它为真实可靠的权利）底大宪章。……我们可以不致言过其实地说原始社会里面最模范最发达的神话，乃是巫术神话。神话底作用，不在解说，而在证实，不是满足好奇心，而是使人相信巫术底力量，不在闲话故事，而在证明信仰底真实。"③ 或可说，原始人通过对自然现象的模拟和扮神等巫术仪式，来获得征服自然力、支配自然力的能力，来实现自己内心的愿望和梦想。他们对巫术仪式力量的深信不疑，施以各种方法加以保存，从而催生了神话。我们今天认识原始巫术仪式，大都从神

---

① 《马克思恩格斯选集》第 2 卷，人民出版社 1995 年版，第 29 页。

② Joseph Campbell. *Myths to Live By*. New York Bantam Books 1980，p. 20.

③ ［英］马林诺夫斯基：《巫术科学宗教与神话》，李安宅译，中国民间文艺出版社 1986 年版，第 71—72 页。

话记述中获知。例如，古巴比伦的阿多尼斯、阿蒂斯，古埃及的奥西里斯，古希腊的得墨忒耳、佩尔塞福涅等死而复生的神话，就是原始人关于农事的巫术祭祀仪式的模拟；古希腊的阿喀琉斯与奥德修斯、赫拉克勒斯与伊阿宋等漂泊漫游的神话，就是原始人关于航海的巫术祭祀仪式的表演；那些天神婚嫁的神话，就是原始人关于成年的巫术礼仪的记录；《伊利亚特》中的希腊联军统帅阿加门农，为了顺利出征特洛亚，把自己心爱的女儿伊菲革涅亚献给狩猎女神，就是献祭仪式的记录。同样，中国的后稷、刑天等断头神话，就是原始人关于杀人祭谷巫术仪式的叙述。可见，巫术仪式和神话也因其相同的目的而连在了一起，并有着一个共同的社会基础。正所谓，神话是消逝的巫术仪式，巫术仪式是行动的神话。

　　神话对巫术仪式不仅具有记录和复述作用，而且具有描绘和隐喻功能。马克思说："任何神话都是用想象和借助想象以征服自然力、支配自然力，把自然力加以形象化。"[①] 如果"自然力"是神灵，那么其总是隐身于山林、大海、原野、地下，人们并不能真正目见，而只存在于人们的想象之中。如何让他们现身，其灿烂的光芒使人"有目共睹"？只有"形象化"。"他们不用抽象演绎的方式，而用凭想象创造形象的方式，把他们最内在、最深刻的内心生活转变成了认识对象。"[②] 这是"一种终极的意象——一种非理性的和不可用语言表达的意象，一种诉诸于直接的知觉的意象，一种充满了情感、生命和富有个性的意象"。[③]

　　"生命超越主题"的原型意象就是那些表现生命不死的神话意象。各民族神话中主要有三种生命不死的意象：一种是生命不死的神；一种是死而复活的神；一种是得到神助起死回生的英雄。他们有一个共同特征，就是永生。

　　生命不死的神，在神话中比比皆是。他们神通广大、逍遥自在，不但能控制自然生命的循环往复，也能控制人类生命的运势，甚至包括人的精神生命。例如，古希腊神话中的神都是不死之身。如宙斯，这个主宰天界与雷电的天神，既是奥林匹斯之王，也是地上万物的最高统治者，能够自由自在来往于天上与人间，而且变幻莫测。其权力至高无上，无所不能。非但能够永生，也能以其神力让死者复活。

---

① 《马克思恩格斯选集》第 2 卷，人民出版社 1995 年版，第 29 页。

② ［德］黑格尔：《美学》第 2 卷，朱光潜译，商务印书馆 1979 年版，第 18 页。

③ ［美］苏珊·朗格：《艺术问题》，滕守尧、朱疆源译，中国社会科学出版社 1983 年版，第 134 页。

　　神话中还有一些死而复活的神。他们可以像东升西落的太阳一样，像花开花谢的植物一样，死而复活。如古埃及的神奥西里斯被弟弟害死后，他的妻子伊西斯用眼泪把他救活（一说还未来得及救活他），当他又被弟弟肢解后，伊西斯请神相助将其拼接使他复活，成为冥界之神；古巴比伦的谷物神阿多尼斯每年春秋在冥界与人间的转换，既是万物的冬去春来，又是生命的死亡和复活；古希腊的酒神狄奥尼索斯被提坦神撕碎后，宙斯下令将其拼合起来，让其灵魂再次投生，恢复了生命。

　　除了神外，神话中也有一些起死回生的英雄。他们死后在神的相助和庇佑下，也能够复活，获得永生。例如，大力士赫拉克勒斯浴火重生，成了奥林匹斯之神，并享有永恒的青春女神的爱情；英俊威武的猎人奥赖温死后变成了天上的猎户星座，永远和他的心上人月亮女神在一起……中国神话中的盘古尸身化为万物、炎帝死后成为灶神、大禹死后成为社神、祝融死后变为火神、夸父化为邓林等，莫不如此。

　　不仅如此，神话还具有解说、阐释的功能。"它解释一切起因不明的自然现象，或一些来源于业已遗忘的仪式的功用。"① 它"以一种富于哲理的方式看待事物，起着一种对周围现实或非现实事物的解释作用"②；它"以极大的严肃性讲述了某些最为重要的事情。……它还是这个世界的一种生活方式，一种摆正自己与物的关系和寻求自我探索答案的途径。"③ 可以说，"没有什么自然现象与人类生活现象不可以被作出一种神话的解释"。④ 就生命超越现象而言，"正是生命的本能创造了神话创作的功能"。⑤ 以超越死亡来面对和解决死亡问题所凸显的就是生命超越的情绪和意愿。因此，神话对巫术仪式所模拟的那些自然现象、神灵、人类的死亡与再生过程的记述和描摹，那些以歌舞等各种形式来掌控自然、获得新生的能力的展示和阐释，就是生命延续、永生不死的愿望的表达；神话中对那些不死的神、死而复活的神和英雄的津津乐道，正反映了原始人超越死亡的人生向往。"在某种意义上，整个神话可以被解释为就是对死亡

---

① ［美］阿兰·邓蒂斯：《西方神话学文论选》，朝戈金等译，上海文艺出版社1994年版，第206页。

② ［法］埃里克·达戴尔：《神话》，载阿兰·邓蒂斯《西方神话学论文选》，朝戈金等译，上海文艺出版社1994年版，第206页。

③ 同上书，第299页。

④ ［德］恩斯特·卡西尔：《人论》，甘阳译，上海译文出版社1985年版，第93页。

⑤ 同上书，第131页。

现象的坚定而顽强的否定。"① "对神话而言，死亡不再是存在的明灭，而只是通向存在的另一种形式。"②

因此，那些生命不死或死而复活的神话意象所带来的超越死亡的信念，打开了一扇通向不朽的大门，并在神话的记录、描绘和阐释的过程中，形成了神话的一个基本主题——超越死亡，追求生命不朽。这正是"生命超越主题"原型。

随着社会的发展，人类理性的觉醒，巫术仪式和神话的通神功能逐渐消失，神话就成为传说、故事或谣曲，巫术仪式就成为戏剧、舞蹈、音乐等艺术形式。它们在后世宗教、文学、艺术中继续存在。"它们虽然失去了一切客观的或宇宙论的价值，但是它们的人类学价值继续存在着。在我们人类世界中我们不能否认它们，不能失去它们；它们保持着它们的地位和它们的意义。"③ 神话原型所生成的"生命超越主题"，也经过岁月沧桑的浸染，不断承袭和推演，流变于世界各民族的文学作品中，百变不离其宗地存在着，显示其永恒的价值和意义。

正因为如此，我们从神话中不仅能够回望人类曾经的生命信仰和超越死亡的梦想，而且能够追索人类当下的生命超越情结和寻找精神家园的文学源头。

"生命超越主题"原型就这样发生于生命不死的神话，表现在对生命不死和死而复活的意象描绘及其对超越死亡、追求永恒的阐释，并且经过不断流转和复制而活在后世的文学之中。而神话的这种重生性，则在于神话的"置换变形"。

2. "置换变形"

"置换变形"原是弗洛伊德"释梦"的一个心理学术语。

在《梦的解析》中，弗洛伊德认为梦的生成源自一种被压抑的愿望即"力比多"（libido）"置换变形"的宣泄。"力比多"是人的心理的原动力和内驱力，包括性本能和死亡本能。弗洛伊德认为，生命起源于无机界，它的繁殖、延续的需要就构成性本能；根据"强迫重复原则"，人的生命活动必然要重返无机界，其最后的归宿是死亡，这就产生了死亡本

① ［德］恩斯特·卡西尔：《人论》，甘阳译，上海译文出版社 1985 年版，第 107 页。
② ［德］恩斯特·卡西尔：《神话思维》，黄龙保、周振选译，中国社会科学出版社 1992 年版，第 178 页。
③ ［德］恩斯特·卡西尔：《人论》，甘阳译，上海译文出版社 1985 年版，第 98 页。

能。而按照弗洛伊德的人格理论，人根据三种原则行事。一是快乐原则，人时时要冲出一切限制去寻求快乐，这就是人的"本我"（id），是生命最原始的能量；二是现实原则，人时时要压抑"本我"的胡闹来遵循现实的要求，这就是人的"自我"（ego），是介于"本我"和"超我"之间的平衡力量；三是理想原则，当"自我"驾驭不了"本我"时，理想和良心就来帮助，更严格地压抑"本我"，这就是人的"超我"（superego），是生命中的道德力量和完美品质。人的生命活动就处在压抑和反压抑的过程之间。由于"本我"被压抑，人就常常处于痛苦、焦虑的境地。为此，"本我"常常以其他的形式把原始本能宣泄出来。梦就是这种宣泄形式之一，而梦的宣泄方式就是"置换变形"。

所谓"置换"，就是把重要的元素替换为不重要的元素，把唐突的东西替换成可以接受的东西；所谓"变形"，就是把多种隐含之意压缩成一种具体的、融合的、怪诞的、变形的形象，并使之秩序化。梦就是隐含之意的象征。弗洛伊德就是通过梦的象征来寻找生命的隐喻。当然，在弗洛伊德看来，这个隐喻就是性本能。任何梦中的形象都是性欲的表现。弗洛伊德把这一释梦的方法运用到文学研究中，认为文学就是性欲压抑和宣泄的象征。例如，《俄狄浦斯王》是用命运来伪装弑父；《哈姆雷特》是用复仇来伪装恋母等。按照弗洛伊德的观点，多种多样的文学形象，其本质都是人类性欲压抑和宣泄的象征，只不过以"置换变形"的方式表现出来。

我们在此借用了弗洛伊德的"置换变形"说，当然未必延续其"性学"缘由。在我们看来，神话的"置换变形"现象恰恰体现了神话的"原型"特质及其重生性。

一方面，巫术仪式与神话，是后世文学的胚胎。"神话兼有一个理论要素和一个艺术创造的要素。我们首先得到的印象就是它与诗歌的近亲关系。"① 后世文学总是渗透和遗存着大量神话原型的痕迹，当然并非神话的简单复制。"神话本身是变化的。这些变化——同一个神话从一种变体到另一种变体，从一个神话到另一个神话，相同的或不同的神话从一个社会到另一个社会——有时影响架构，有时影响代码，有时则与神话的寓意有关，但它本身并未消亡。因此，这些变化遵循一种神话素材的保存原则，按照这条原则，任何一个神话永远可以产生于另一个神话。"②

① ［德］恩斯特·卡西尔：《人论》，甘阳译，上海译文出版社 1985 年版，第 96 页。
② ［法］克劳德·列维－斯特劳斯：《神话是如何消亡的》，载《结构人类学》，陆晓禾、黄锡光译，文化艺术出版社 1989 年版，第 259 页。

另一方面，作为记述了巫术仪式的神话，在文学中具有强大的重生力量。因为"古代神话乃是现代诗歌靠着进化论者所谓的分化和特化过程而从中逐渐生长起来的'总体（mass）'。神话创作者的心灵是原型；而诗人的心灵……在本质上仍然是神话时代的心灵"。① 许多学者都是从人的神话本性上探讨这种重生性与文学根深蒂固的关系。在他们看来，神话不仅是人类文化中的一种过渡性因素，而且还是永恒性因素。人并不完全是理性的动物，他现在是而且将来仍会是一种神话的动物。②

神话的重生性，表现在题材、主题、故事情节、意象等内容上，也表现在文类、程式、结构等形式上。例如古希腊悲剧几乎都采自古希腊神话，《俄狄浦斯王》、《阿伽门农》、《美狄亚》都是如此。所谓，"由乱伦禁忌的仪式所表演的杀父娶母的原型，在文学产生之际生成为一个原始神话，即古希腊神话中克洛诺斯杀父娶母的故事。到了希腊城邦国家发达时代，这一原型故事置换成了新的俄狄浦斯神话。……这一置换反映了文明时代的人类对远古乱伦风俗的强烈批判态度，反映了文明对野蛮的痛苦超越。到了基督统治下的中世纪，杀父娶母的现实已成遥远的过去，为了使同一原型叙述为时人所理解，为当时的道德标准所容许，俄狄浦斯神话又置换成了圣乔治屠龙的故事：俄狄浦斯由国王之子置换成了国王的女婿，他所杀的狮身女妖置换成了巨龙，而乱伦的情节则完全被置换掉了"。③以至于纳博科夫这样说，"所有的小说从某种意义上说都是神话。"④

其他时代的文学也是如此。中世纪的《神曲》中充斥着大量的古希腊神话故事；莎士比亚的剧作也抹上了鲜明的神话色彩；17世纪的古典主义悲剧《菲德尔》、《安德洛玛克》也笼罩着浓厚的神话气氛；启蒙时代歌德的《浮士德》的故事也包孕着神话情结；19世纪的浪漫主义诗人也非常钟爱神话人物；20世纪西方文学的主旋律则是神话的回归，艾略特、乔伊斯、卡夫卡、劳伦斯、奥尼尔等杰出作家，都把古老神话注入了新的生机，把文学提升到了人类学本体论的高度。所谓"但丁的幻象披着遨游天堂与地狱的形象外衣；歌德必须介绍布劳克堡和古希腊地狱般的

---

① ［美］普雷斯科特：《诗歌与神话》，见［德］恩斯特·卡西尔《人论》，甘阳译，上海译文出版社1985年版，第96页。

② ［德］恩斯特·卡西尔：《符号　神话　文化》，李小兵译，东方出版社1988年版，第193—194页。

③ 俞建章、叶舒宪：《符号：语言与艺术》，上海人民出版社1988年版，第182页。

④ ［美］弗拉基米尔·纳博科夫：《文学讲稿》，申慈辉等译，上海三联书店2005年版，第1页。

地区；瓦格纳需要整个北欧神话；尼采回到僧侣时代，重新创作了史前时代传说中的先知，布莱克独创了一些难以描述的形象，斯毕特勒则借古老的名字用于想象中的新人物……"①

有学者还发现，莎士比亚悲剧中英雄人物的死亡表达着宗教意义上的牺牲仪式。耶稣·基督牺牲仪式潜存于莎士比亚的悲剧英雄的死亡仪式中，是其深层结构的表现。所谓"莎氏笔下的英雄，每个都是一个小型的基督"。② 而基督牺牲仪式则有一个更为远古的渊源，这就是原始的巫术仪式如谷物神的祭祀仪式。实际上，西方文学史上无数悲剧作品，都是生命不死或牺牲仪式与原型的转换和变体，都能找到"生命超越主题"原型的遗响。我们从《哈姆雷特》、《堂吉诃德》中可以看到普罗米修斯的执着；从《浮士德》、《分成两半的子爵》中可以感到狄奥尼索斯的呼吸；从《复活》、《日瓦戈医生》中可以听到基督的声音；从《老人与海》、《等待戈多》中可以窥见西西弗斯的背影……

可见，神话题材延续了后世文学的母题，神话人物延续了后世文学的形象，神话故事延展了后世文学的情节，神话主题发展了后世文学的主题。"神话所内在的人类文化基因，决定了神话即便远离人类神话时代依旧'神力'无限，不仅为人类提供了诗性智慧，也为人类提供了返归自身的航向与能力。"这就是为什么"19 世纪是西方理性宣布神话消亡的世纪"，而"20 世纪是神话全面复兴的世纪"的原因所在。③ "生命超越主题"同样经历了一个从原型到发展到演变的历程。

为什么神话能够重生，能够"置换变形"？为什么"生命超越主题"从原型可以发展成庞大的谱系？因为它们有着如生命一样的"生成法则"。

3. 生成法则

"语言与神话乃是近亲。……不管在哪里，只要我们发现了人，我们也就发现他具有言语的能力并且受到神话创作功能的影响。"④ 而从现象、思维和心理来看神话的影响与原型的流变，都是感性的、朦胧的；只有到了 20 世纪语言学对神话研究的介入，才有了一个明晰的解释。

---

① 张首映：《西方二十世纪文论史》，北京大学出版社 1999 年版，第 110 页。
② ［英］威尔逊·奈特：《莎士比亚与宗教》，载杨周翰编《莎士比亚评论汇编》下卷，中国社会科学出版社 1981 年版，第 422 页。
③ 叶舒宪：《神话如何重述》，《长江大学学报》2006 年第 1 期。
④ ［德］恩斯特·卡西尔：《人论》，甘阳译，上海译文出版社 1985 年版，第 140 页。

索绪尔把人们以前认识的普泛的语言分为两个方面：言语和语言。人们说的话、写的书都是言语，言语是个别的、具体的。言语之所以能交流，就在于它存在共同的内在结构——语言。其本质就是语法。语法是决定一切言语的语言规则，使表层的言语具有意义的深层结构。在索绪尔看来，不管是狭义的自然语言，还是如姿势、手势、表情、呼叫、呐喊、吟诵、道具、服饰、用品、文本等广义语言，都具有这种结构，也都有以个别的、有限的感性手段表现普遍的、无限的事物本质的语法规则。"不仅一切语言，而且一切指示系统都具有同一种语法。这语法之所以带有普遍性，不仅因为它决定着世上一切语言，而且因为它和世界本身的结构是相同的。""人类的天性不在于口头言语，而在于构造语言——不同的符号与不同的概念相符合的系统——的天赋。"① 因而索绪尔认为"语言是一种表达观念的符号系统。"② 这个符号系统的语法规则就是符号的能指与所指的组合，是任意性和线条性的。

语言语法的这一普遍的、本质的属性被美国当代语言学家乔姆斯基所揭示。乔姆斯基把索绪尔的"言语"称为"语言行为"，把他的"语言"称为"语言能力"。前者是语言的表层结构，后者是语言的深层结构。表层结构是易变的、无限的、个别的，而深层结构则是固定的、有限的、普遍的。有限的词汇通过从深层到表层结构的"转换规则"，便可生成无限多的话语。他说："一个人的语言知识是以某种方式体现在人脑这个有限的机体之中，因此语言知识就是一个由某种规则和原则构成的有限系统。但是，一个会说话的人却能讲出并理解他从未听到过的句子以及和人们听到过的十分相似的句子。而且，这种能力是无限的。如果不受时间和注意力的限制，那么由一个人所获得的知识系统规定了的特定形式结构和意义的句子的数目也将是无限的。"③ "在康德哲学的意义上说，这种天赋的限定是获得语言经验的前提条件；而且，看起来也是决定语言学习的过程和结果的关键因素。"④ 实际上，这是一个无意识的心理转换过程，因为这精神是超出现实的，甚至超出潜意识的范围之外的。

---

① ［英］特伦斯·霍克斯：《结构主义和符号学》，瞿铁鹏译，上海译文出版社1987年版，第97、12页。

② ［瑞士］索绪尔：《普通语言学教程》，高名凯译，商务印书馆1980年版，第37页。

③ 黑龙江大学外语学刊编辑部：《乔姆斯基语言理论介绍》序言，黑龙江大学出版社1984年版。

④ ［美］诺姆·乔姆斯基：《语言与心理》，牟小华、侯月英译，华夏出版社1989年版，第106页。

　　当索绪尔把人类符号视为广义的语言，当乔姆斯基把生成性视为人类语言的普遍属性，就为神话的深层研究打下坚实的科学基础。他们不仅涉及了神话的结构，神话的本质，神话的意义，也阐释了神话"置换变形"的语言机理。普洛普就通过这种语言学视角，看到了民间故事"语言性"结构和本质，认识到神话不过是"有限手段的无限运用"，与语言一样。民间故事在他眼里，也就呈现出一种表层结构与深层结构组合而成的体系。他因此找到了民间故事叙事的基本语法。列维－斯特劳斯也把神话视为一种"语言"，表露在外的神话形象相当于言语，在形象背后潜藏的语法结构相当于语言。因而他要从一个具体神话中找出这种结构。通过对俄狄浦斯神话的系统分析，他断定神话是远古信息的传达，只不过受到时间的干扰，它的传达总是重复的，只有把每一次的传达排列起来，才能破获其精神密码，这必然呈现一种深层的语言结构：人来自何处？是从母亲那里还是源自泥土？

　　人类无意识心理的"置换变形"方式也必然在其物化形式——语言上表现出来。因为我们的感觉、知觉、想象、理解等心理机能与语言符号的表现是同一性的。索绪尔认为，"语言符号连接的不是事物的名称，而是概念和音响形象。后者不是物质的声音，纯粹物理的东西，而是这声音的心理印迹，我们的感觉给我们证明的声音表象。它是属于感觉的"。① 所以，文学创作既是神话的"置换变形"，也是语言的语法生成。可以这样说，神话是远古的文学，文学则是现代的神话，链接它们的是"置换变形"与语言的"生成法则"。

　　神话重生性不仅是神话意象的"置换变形"，也是语言的"语法生成"，这必然体现在社会文化、文学艺术的方方面面，也必然在主题方面有所体现。这正如弗莱所说，原型，"实际便是民间故事的主题及其反复出现的成分扩展到其他体裁的文学作品中的结果"。② 弗莱认为"很难找到与神话主题不一致的文学主题"。③ "生命超越主题"就是来自巫术仪式与神话中表现超越死亡、生命不朽的意志所向，是对"人的生命从哪里来"、"到哪里去"、"人存在的价值和意义"等问题的不断追问。

---

① ［瑞士］索绪尔：《普通语言学教程》，高名凯译，商务印书馆1980年版，第101页。

② ［加拿大］诺斯洛普·弗莱：《诺斯洛普·弗莱文论选集》，吴持哲编译，中国社会科学出版社1997年版，第60页。

③ Northrop Frye. *Fables of Identity*: *Studies in Poetic Mythology*. New York: Harcourt Brace & World, 1963, p. 33.

从巫术神话中走来的人类，从来没有停止过超越死亡的步伐。"让我们在抗争中死去，倘若等待我们的是虚无，也别让这成为理所当然。"①他们或以"敬鬼神而远之"来回避死亡；或以坦然面对来训练"死亡"；或以"长生久视"来直面死亡；或以精神不死来超越死亡……虽然其原型已随时代的不断变化而变化，但这远古的"幽灵"总能穿越时空隧道，时隐时现、时浓时淡地游走在后世文学作品里，变成内容上真实可信的、艺术上完美和谐的、道德上可以接受的一种隐喻、一种暗示、一种象征。而这一切都是通过具有生成逻辑的语言来实现的。

总之，文学中所描述的抗争死亡的境界——无论是抵达圣境、长生久视、幻化无穷，还是与神同在、道德完善、精神永恒乃至于蹈入虚无等，都能看到"生命超越主题"原型的语法生成。这一原型在西方文学发展史上不断复制和繁衍，源远流长，历久弥新，显示出一个具有顽强生命力的谱系。

三　"生命超越主题"的谱系

生命超越的神话原型经过不断地"置换变形"，使西方文学"生命超越主题"经历了一个意义嬗变的动态过程，从而形成了一套自足、严整的象征谱系。而要完整地呈现这一谱系，梳理其历史和逻辑轨迹，非一部论著能够完成。故本书以"游走"文学模式为视点，以其"形而上学"性质为轴心，在生命的永恒与自由两个层面上，把握西方文学"生命超越主题"的象征谱系。

1. "游走"模式

人的生命无时无刻不处于连续的运动状态，是从诞生到死亡的"游走"之旅。从这个意义上说，"游走"是人的生命本质。

"游走"既体现为个体的生存状态，也体现为民族发展深层的奥秘。所谓"人们用脚度量世界。"② 其意如此精辟。因为人类迈出的第一步就是从树上下来的直立行走，这是人与动物的最初始的区分。不管人从哪里诞生，何去何从，但没有人会否认人是"走"出来的。诸如，犹太人从埃及走出来，

---

① ［法］加缪：《反抗者》，载格勒尼埃《阳光与阴影——加缪传》，顾嘉琛译，北京大学出版社1997年版，第212页。

② ［法］勒·克莱齐奥：《战争》，李焰明、袁筱一译，译林出版社2008年版，第8页。

古希腊人从地中海走出来，炎黄部落从黄土高原走出来……"冰期、旱涝和环境的改变（冰川化或沙漠化），造成的食物匮乏，把一群又一群的原始居民从一个大陆驱逐到另一个大陆，从一个角落挤压到另一些新的天地。"①没有带有周期性的追逐猎物的民族迁徙活动，人类就没有今天的面貌。

所谓"我是光/巡行在空旷的宇宙"②。如果说人类是宇宙的过客，个人是世界的过客，人的生命犹如奔流的江河，一去不复返，那么，对生命的流逝的哀叹、对生命永驻的渴望，也铸就了人生命超越的"精神游走"。对人类生存意义的沉思也必然贯穿在"路漫漫其修远兮，吾将上下而求索"之不懈不倦地游走过程之中。

"游走"既投射着人类在宇宙中匆匆过客的梦魇，也蕴藏着其渴望超越的理想。"游走"必然有一个"从哪里来"的前提，也必然有一个"到哪里去"的结果。从起点和终点的追寻，则意味着人的生命必然要有一个归宿。如果人没有生命的价值和意义的归宿，"游走"就成了无所皈依、无法逃匿的噩梦。"游走"不仅是表现人类历史的发展、个人生命的成长，乃至于思想精神的游历（包括梦幻的历程），更重要的是在其中潜藏着更为深层的诉求。这就是寻找人类最后的归宿——寻找安身立命的精神家园，寻找存在的终极价值和意义。这样，人类的"游走"与生命的"超越"就必然地联结在一起。可以说"游走"是生命的旅程，也是"生命超越"的过程。

人的生命"游走"如此，文学"游走"也是如此。如果说文学"游走"是一种历史的整理，那么"生命超越"就是一种哲学的剖析；如果说文学"游走"是一种显意识的描述，那么"生命超越"就是一种潜意识的揭示；如果说文学"游走"是一种象征的呈现，那么"生命超越"就是一种意义的探求。生命超越主题往往通过"游走"模式表现出来。例如表现漂泊、游历、游侠或流浪的"游走"，这在文学史上比比皆是。

这种"游走"模式，大致分为三种类型：第一种是现实的游走，如《俄狄浦斯王》、《堂吉诃德》、《哈克贝里芬历险记》、《复活》等；第二种是幻想的游走，如《神曲》、《格利佛游记》；第三种则是现实与幻想的结合，如《浮士德》等。不管是哪种类型，只要是优秀的作品，一定体现着精神的游走。透过"游走"的沙砾人们可以发现一个乐园，跟随

---

① 谢选骏：《神话与民族精神》，山东文艺出版社 1986 年版，第 33 页。

② ［英］凯丝琳·瑞恩：《不被爱者》，载傅浩《二十世纪英语诗选》，河北教育出版社 2003年版。

"游走"的脚步人们可以看见一个天堂。西方文学家以异想天开的想象，描绘了千姿百态的"游走"过程，诸如"神界游走"、"尘世游走"、"情爱游走"、"性爱游走"、"荒诞游走"、"革命游走"等，显示出从天国到人间再到人自身，以及荒诞的甚至革命的艰难历程，同时也表现出极富庄严悲壮又极具穿透力地对生命整体的重建和存在的隐喻。既保持了生命的天然本相，又蕴含无尽的意义和深邃的情感。所谓藉有形寓无形，籍有限映无限，藉刹那抓住永恒，使人们在梦中或出神底瞬间，瞥见遥遥的宇宙变成近在咫尺的现实世界。①

这种"游走"模式的特征，最鲜明的一点就是象征性。从表层看，表现为线型的，时间化的，遵循从早到晚，从近到远，抑或从生到死的游走轨迹；而从深层看，则蕴含"生命超越"的象征意义，反映为立体的，空间化的，体现"形而上"的精神境界。这样，文学"游走"不仅能够展现人的生命徜徉、生命游历和自我的精神突围，也能表现人生命本质的一次又一次的升华，更能体现人生的悲剧品格和"生命超越"的意义。

实际上，生命的永恒与自由，始终是西方文学家魂牵梦绕的所在。无论是再现现实生活，还是表现理想情景；无论是世俗化的存在，还是生命力的升华；无论是信仰的探寻，还是信念的坚守；无论是意义的解构，还是虚无化的颠覆……西方文学通过"游走"表现的最高主题，就是富有"形而上性质"的"生命超越主题"。其核心则是：超越时间意义上的死亡——生命永恒；超越空间意义上的死亡——生命自由。我们通过文学"游走"模式，即可窥视西方文学"生命超越主题"的价值和意义。

拿俄罗斯文学来说。"俄罗斯是一个精神无限自由的国家，是一个流浪着寻找上帝之真的民族。"别尔嘉耶夫如是说。"对俄罗斯而言，一个漫游者的形象是那么富有个性，那么光彩照人。漫游者是大地上最自由的人，他漫游在大地上，但他的自然本性却如空气一般轻盈。他并非是在大地上成长起来的，而是超尘脱俗的。漫游者独立于'世界'之外，整个尘世和尘世生活压缩成为肩膀上的一个小小的背包。俄罗斯民族的伟大和他对最高生活的使命都集中于漫游者的形象上。这个典型形象不仅在人民的生活中，而且在文化生活中，在知识分子精英的生活中都得到了体现。在此，我们熟悉了不依附任何事物的精神自由的流浪汉，寻找无形之城的永恒旅人。"在俄罗斯文学里，"在普希金和莱蒙托夫那里便已存在，然后便是托尔斯泰和陀思妥耶夫斯基。拉斯柯尔尼科夫、梅什金、斯塔夫罗

---

① 梁宗岱：《诗与真·诗与真二集》，外国文学出版社 1984 年版，第 71 页。

金、维尔西罗夫、安德烈公爵和彼埃尔·别祖豪夫都是精神漫游者"①，他们共同构筑了俄罗斯的伟大灵魂。而其撼人心魄之处恰恰在于"流浪着寻找上帝之真"的过程，在于寻找道德的自我完善的过程，更在于寻找生命之真的过程。

其实，西方文学史上的许多作品，都是通过"游走"表现"生命超越主题"的典型之作。这可以追溯到久远的古希腊、罗马的神话、戏剧与史诗。如，赫拉克勒斯这位在"无边的大地与海洋无止境的漫游"的英雄，其生命历程，就是追问生命自由和永恒的过程；俄狄浦斯王不断挣脱命运羁绊而求证自我的人生行旅，也是寻找和确证生命意义的过程；《奥德赛》中奥德修斯是以进入冥界来拷问人类的"死亡与生命"问题，《埃涅阿斯记》中的埃涅阿斯也以同样的方式进行着生命超越的思考……如此表现生命超越的文学创作，也表现在但丁《神曲》的主人公游历地狱、炼狱、天堂三界的伟大诗篇中，也表现在班扬的《天路历程》、弥尔顿的《复乐园》、斯威夫特的《格利佛游记》、雨果的《悲惨世界》中，也表现在马克·吐温的《哈克贝里芬历险记》、詹姆斯·乔伊斯的《尤利西斯》、奥尼尔的《进入黑夜的漫长旅行》以及塞林格的《麦田里是守望者》等作品之中。

这些文学现象表明了"游走"与"生命超越"结合所凝聚的生命力，从而为表现"生命超越主题"创造了无尽的可能性。它们在几千年来的西方文学世界中顽强生长，不断复制和延续着。

当然，西方文学家并不是抽象地表达"生命超越主题"的内涵，而是通过一些"神人"、"完人"、"至情人"、"凡人"、"非人"、"革命者"等形象的塑造得以具体地表现出来。虽然这些形象具有阐释的"不确定性"，但也为"游走"与"生命超越"提供了阐释的中介，也为拯救生命、渴望完美和意义的生发敞开了无限广阔的空间。

正是这样，西方文学家孜孜以求于"生命超越主题"的表现，在不同时代的文学世界里，通过文学"游走"模式与"生命超越"意志所达成的"视阈融合"，构成了"生命超越主题"的象征谱系。

2. "意义"形态

我们知道，生命超越主题是以追求永恒——生命的不朽和自由为基本内涵，以寓宇宙观、人生观的超越意象为焦点，从有限到无限去寻觅安身

---

① ［俄］别尔嘉耶夫：《俄罗斯灵魂》，载汪剑钊选编《别尔嘉耶夫集》，上海远东出版社 2004 年版，第 12—13 页。

立命的精神归宿，体现形而上的终极价值的文学主题。循着西方文学"游走"模式的发展轨迹，我们可以清晰地看到西方文学"生命超越主题"的表现规律及其意义嬗变。

由于生命超越是人面对生存困境心有不甘的精神产物，人面临不同的困境所表达的生命超越主题倾向就会不同。也就是说，生命超越依据的不同，生命超越主题形态类型亦就不同：或以"神"为本；或以"德"为本；或以"情"为本；或以"性"为本；或以"虚无"为本；或以"革命"为本等，从而构成一个比较严整的意义谱系。既有生命超越主题的古典意蕴，如"神界游走"之于"神本超越"、"尘世游走"之于"德本超越"；也有其现代的韵味，如"情爱游走"之于"情本超越"、"性爱游走"之于"性本超越"；也有其后现代的解构，如"荒诞游走"之于"虚无超越"；更有其理想化的建构，如"革命游走"之于以革命为本的"革命超越"，等等。

"神本超越"，是以"神界游走"为线索，表现了"生命超越主题"的初始形态，也是其古典化形态之一。"神本超越"指文学家以"神"为凭据来超越死亡，追求生命不朽的表现。这是把生命超越的希望寄托于神明的思想体现。如斯宾格勒在《西方的没落》中所说："人类信仰的本质和标记就是对于目不能见的事物的恐惧。神是人所揣测的、想象的、默察到的光的现实，关于'无形的'神的观念是人类超越性的最高表现。"①在西方文学中，更多地是表现了对基督教上帝和耶稣基督的推崇。事实上，上帝也好，耶稣也罢，他们已成为崇高、完美、永恒的象征了。"神"之超越，成为文学家的生命诉求，主要表现为重返伊甸园、回归天堂等文学的"神界游走"的描写。通过"神人"形象，如《神曲》之于"但丁"，《天路历程》之于"基督徒"，《复乐园》之于"耶稣"等形象，在通往神界的超越之路上的生命游走来表现。

"德本超越"，是以"尘世游走"为线索，表现了"生命超越主题"的中继形态，也是其古典化形态之一。这是人们在意识到"神界游走"的虚幻性之后，把生命超越的希望寄托于人间，超越的脚步便从天国踏入到人间大地的思想转向。正所谓以人的道德至善为根据的超越成为"上帝死后"的必然选择。"德本超越"把生命超越寄托于设计一种理想的、完美的、典范的社会制度的"乌有之乡"，即人间乐园，文学家渴望在人

---

① ［德］斯宾格勒：《西方的没落——世界历史的透视》上册，齐世荣、田农等译，商务印书馆 1991 年版，第 91 页。

间建立这样一个地上的天堂和人间的乐园，来作为安身立命的精神家园。这样，人成为理性的人和自由的人，不再为子虚乌有的上帝而活着，而是追求人间的幸福。主要体现在游"乌托邦"、游险、游世文学之于"尘世游走"的描写中，并通过"完人"形象，如塞万提斯笔下的游侠骑士堂吉诃德，陀思妥耶夫斯基笔下的"圣愚"梅什金、列夫·托尔斯泰笔下的列文等形象，在通往道德超越之路上的生命游走来表现。

"情本超越"，是以"情爱游走"为线索，表现了"生命超越主题"的现代性形态。当"英雄死了"之后，"情本超越"成为文学家表现生命超越的必然选择。文学家依托于审美体验，在最富审美意蕴的爱情世界里企图重新建立起一个人间乐园，以此对抗人奴役人、摧残人的现实，显示出审美主义的疾呼和生命力量的强劲话语。"情本超越"主要表现为言情文学对"情爱游走"的描写。通过"至情人"形象，如莎士比亚笔下的罗密欧与朱丽叶、列夫·托尔斯泰笔下的安娜·卡列尼娜、易卜生的《当我们死者醒来》中的鲁贝克等形象，在通往情爱超越之路上的生命游走来表现。

"性本超越"，是以"性爱游走"为线索，也表现了"生命超越主题"的现代性形态。当人们意识到幸福就在人间，"尘世"的本质在于生命时，就把生命超越的希望寄托于欲望本身，从而抛弃神圣的权威，推崇个体的自由意志，在自身寻求生命意义的确证。因此，西方文学"生命超越主题"的"性本超越"就此发生。"性本超越"是把希望寄托于生命本身之中，从生命欲望中去寻找家园。人不再是失去活生生血肉之躯的苍白的神人，也不再是道德完善的完人，也非遥不可及的至情人，而是充满了自然、强烈的生命力的真实的人、普通的人。这样，依托于感受体验，以生命欲望为根据的"生命超越"就为文学家所关注。"性本超越"，通过"凡人"形象，如惠特曼笔下的"亚当的子孙"、劳伦斯笔下的查泰莱夫人的情人等形象，在通往欲望的性爱超越之路上的生命游走来表现。不过，"性本超越"虽然带来人的感性的空前解放甚至瞬间的感官满足，但沉醉于刺激与放纵自我，往往也带来心灵的缺失甚至心理扭曲，尤其是那些对性的极力渲染和欲壑难填的津津乐道，无疑降低了人性的品位及价值。

"虚无超越"，是以"荒诞游走"为线索，表现了"生命超越主题"的后现代性形态。这是因为，人们寄希望于神，渴望从神那里得到安慰和升华，但"上帝死了"；冀望于德，渴望从道德中获得永世的快乐和幸福，但"英雄"死了；冀望于审美，渴望从审美之情中获得心灵的安慰与升华，但是"情爱"没了；而寄托于生命本身，希望通过性欲的纯洁、享乐与和谐，使人类免予沉沦，成为真正意义上的自由人，但它的技术化、标准化和功利化，标志着"人"也死了。人类再没有什么神圣可言，成了宇宙中"无家可归"的孤独者，只能在无望又无奈的世界中游荡。人们意识到生命不过是沧海一粟、宇宙一瞬，生命不论游走到何方到头来都是虚无。人感到了自身的不确定性，感到了自身的"无根"性，也感到了与这个世界的整体的无关联性。人就是这样游走在一个"荒诞"世界里，"生命超越"也就成了心中的谜团和疑虑。以"荒诞游走"描写为特征的西方文学，虽主题多种多样，但其终极指向则是虚无。"虚无"将一切都化为乌有、使一切都回到初始的状态。

　　"虚无"本应是"生命超越主题"的大敌，它表明世界的一切都是没有真实的依托。因此说，"虚无"追寻具有不可判定性的悬置和否定性。然而，文学经典中的"虚无超越"并不会使人走向沉沦，相反，其无意义的表现本身就是一种"意义"的探求。那些经典的表现虚无倾向的作品，看似是悲观主义的，本质上却是"在凄如挽歌的语调中，浸满着对受苦者的救赎和遇难灵魂的安慰"。① 也就是这悲观失望的背后，隐藏着作者最为强烈的对世界、对人类前途和命运的深切忧虑与终极关怀。所以说，真正表现"虚无"的作品，不是人生的价值和意义的绝望否定，而是对生命超越的体验和把握；也不是对"生命超越主题"的摧毁、消弭，而是对"生命超越主题"的深层追问，是对生命的价值、意义等这些终极问题的另类表达。它能带给读者无限沉思，尤其是对生命的意义，对"生命超越"的无尽思考。"虚无超越"主要通过"非人"形象，如卡夫卡笔下的"变形人"格里高尔、加缪笔下的"局外人"、约瑟夫·海勒笔下的陷于"第二十二条军规"中的尤索林、贝克特笔下的"等待戈多"的流浪汉等，在"虚无"之路上的荒诞游走表现出来。

　　"革命超越"，是以"革命游走"为线索，表现"生命超越主题"的理想化形态。这是人们意识到从来就没有什么救世主，从来就没有什么神仙皇帝，相信人是自己命运的主宰，自己是社会的主体的时候，便把生命超越寄希望于社会变革，不仅在于打破一个旧的世界，而且在于建立一个新世界。

　　"革命"一词早在武王伐纣时期就有了，意在以武力改朝换代。所谓

① 建钢、宋喜、金一伟编译：《诺贝尔文学奖颁奖获奖演说全集》，中国广播电视出版社 1993 年版，第 539 页。

"天地革而四时成，汤武革命，顺乎天而应乎人"。（《周易·革卦·象传》）。"革"就是变革，"命"就是天命。西方的革命（revolution）之说，源自天文学，最初指循环或旋转，意指星体在轨道上旋转一周后，回到最初的出发点，可以理解为重头再来。而到了西方启蒙运动时期，则被理解为创造一个崭新社会的政治运动，具有"和平演进"和"暴力颠覆"两种含义。后来有不少哲学家、思想家、政治家家等从不同角度阐释了"革命"的社会意义和政治意义，如资产阶级革命和无产阶级革命等。马克思主义赋予了"革命"以特定含义，这就是改天换地的社会剧变，是向自由王国前进的共产主义运动，也是劳动者成为真正意义上的人的变革，极具人的彻底解放的深刻意义。

"革命超越"主题在西方不同时期的具有"革命"意义的文学中都有所表现。例如。屠格涅夫的《前夜》（1860），就是一部歌颂革命者的作品。它通过贵族小姐叶莲娜放弃舒适的贵族生活毅然嫁给保加利亚革命者英沙洛夫，并与他共赴保加利亚参加反对土耳其奴役的民族解放运动的故事，表现了忠诚革命信仰和自我牺牲的革命精神。爱尔兰女作家艾捷尔·丽莲·伏尼契的《牛虻》（1897），也是一部歌颂意大利革命党人的作品。主人公"牛虻"为了革命信仰而放弃了宗教信仰，参与了反对奥地利统治者、争取国家独立统一的斗争，最后献出了自己年轻的生命。"我将走进院子，怀着轻松的心情，就像一个放假回家的学童。""我就知道如果你们这些留下的人团结起来，给他们予猛烈的反击，你们将会见到宏业之实现。"① 这是牛虻临刑前写给他的挚爱琼玛的信中所表达的革命者视死如归的最后遗言。诚如那首小诗所写的那样："不管我活着/还是死去/我都是一只牛虻/快乐地飞来飞去。"②

"革命超越"主题，典型地体现在以"革命游走"为主要形式的无产阶级文学中。无产阶级文学在人类的文学史上是伴随一个划时代的惊天动地的伟大壮举应运而生。尤其是巴黎公社以来的无产阶级文学，不仅表现无产阶级的伟大运动，也表现了人类丢掉空想、付诸实践，由此岸向彼岸进发的超越特质，从而表现生命超越的价值和意义。文学家通过对无产阶级革命实践的反映，将人的生命超越思想建立在"革命超越"的基础之上。"革命超越"所昭示的生命不朽和生命自由的内涵，不仅仅是劳动者的当家做主，更为重要的是实现人的全面自由的发展，所谓"任何一种

---

① ［爱尔兰］伏尼契：《牛虻》，庆学先译，漓江出版社1995年版，第37页。

② 同上。

解放把人的世界和人的关系还给人自己。"① 从而为"生命超越主题"开辟了一条理想道路。因此,"革命超越"预示了"生命超越主题"的终极归宿。"革命者"形象,如《母亲》中的尼洛夫娜、《钢铁是怎样炼成的》中的保尔·柯察金等形象行进在革命征途上的生命游走就是如此。

千百年来,"生命超越主题"因其形而上性质而一直是文学表现的深刻主题,这种因袭的传统虽然被后现代主义所颠覆,但它并没有衰败,仍然以变形的意义和方式继续繁衍于我们的时代。如果说,以"神"、"德"、"情"、"性"作为超越依据,来实现永恒——生命不朽和自由,是"生命超越主题"的可思、可言之路,本质上就是建构之路的话;那么,以"虚无"作为超越的根据,来实现永恒——生命不朽和自由,则是"生命超越主题"不可思、不可言之路,本质上就是解构之路;而以"革命"作为超越的根据,来实现永恒——生命不朽和自由,表达的却是"生命超越主题"的理想之路,是可思与不可思、可言与不可言、存在与虚无、建构与解构的统一之路,本质上是重构之路,它成为西方文学"生命超越主题"表达的最高境界。

综上所述,"生命超越主题"原型就是超越死亡,它以永恒不死的神和死而复活的神为原型意象,通过"置换变形"的生成法则,播种在西方各个时代的文学之中,并以"神人"、"完人"、"至情人"、"凡人"、"非人"、"革命者"等超越形象的塑造,演绎了"生命超越主题"的不同形态,从传统到现代,乃至后现代,表达着人类永恒的生命渴望和精神诉求。

以下诸章将分别从哲学思考、文学表征、经典文本等方面阐释和解读西方文学"生命超越主题"的象征谱系。让我们畅游期间,领略"生命超越主题"的意义和魅力。

---

① 《马克思恩格斯全集》第 1 卷,人民出版社 1956 年版,第 443 页。

第三章　生命超越主题之"神本超越"

　　刚刚迈进文明门槛的人类，虽然以理性思维作总体性的追问，通过自然元素、物质实体和抽象概念来把握世界的终极，但仍然没有摆脱神话思维的困惑。就如原始人的思考一样，仍然旗帜鲜明地把永恒追问的终极导向了神。只不过神话中的"神"是不死的或死而复活的"众神"，是原始人的不自觉、无意识、非理性思维的产物；而文明话语中的"神"则是自觉的、有意识的、理性思维的产物，包括宗教中的仙、佛、上帝和哲学中的总体性、统一性和形而上存在等。

　　古典文学中的"神"如仙、佛、上帝等虽然占据至关重要的位置，人因最终走向"神"的怀抱，成为古代文学话语的核心；但这并不是说，人完全淹没在神的光芒之中。当人与神在文学世界达到"视阈融合"，不仅具有当下、此岸的现实意义，也具有未来、彼岸的超越意义。人依托于"神"在内心体验和精神幻想中实现了生命本体的超越，我们称为"神本超越"。"神本超越"显示了西方文学"生命超越主题"的初始意义，其本质是以"神"为依托使人的生命存在获得自由和永恒的神圣意义。

一　"神本超越"的哲思

　　在原始社会，人类像动物一样浑浑噩噩地活在这个世界。虽然存在，却不是真正的存在，生命像过眼云烟一样没有意义。当人类有了神灵观念，并把看不见的神灵通过人格化，塑造成一个个鲜活的形象时，渴望成神的巫术仪式成为原始社会中基本的文化语境，"神"是其一切生活和希望的依托。而当人们以理性眼光拨开神话的重重迷雾之时，重新确立人与自然、社会、自身的关系的"存在"之思就成为一种必然的选择。这从不同的文化圈都出现了影响深远的贤哲便可得到充分的例证。无论是西方的苏格拉底、柏拉图、亚里士多德，还是中国的老子、孔子、墨子，还是古印度的释迦牟尼，古犹太的先知等，都有一个共同特征，那就是穷追不舍地对世界的本原、本质进行总体性探寻。

1. "存在"之思

西方哲人起初把对世界的探知锁定为自然物质，所谓"万物由它产生，最后又复归于它"，这是"自然元素之追问"。如古希腊人或用"水"（哲学之父泰勒斯），或用空气（阿纳克西美尼），或用数（毕达哥拉斯），或用"逻格斯"（赫拉克利特），或用"原子"（德谟克利特）等，来把握自然世界的本原、本质和存在。渐渐地，哲人们开始抽象自然之物，形成一个总体性概念去认知和把握世界。巴门尼德认为，"水"这样的自然物质元素是可生可灭的，不能表达世界本原，只有唯一的、不动的、不可分割的、无始无终、不生不灭的东西，才可以视为自然的起点和基础。他称这个东西为"存在"（being）（可译为"是"），亦即本体（substance 或 essence）。从而把对物质本原的探寻转向了"存在"。

西方"存在"之思的基本思维方式是主客二元对立。从客体角度，把作为"大宇宙"的自然世界分为现象与本质（或物自体）两个世界，以本质世界为中心；从主体角度，把作为"小宇宙"的人的世界分为感性和理性两个世界，以理性世界为中心。希冀通过理性来超越现象界，把握世界的本质。因此，"存在"之思就是以主体的理性对世界的本体作无穷无尽地追寻。

这一追寻依靠的是逻辑的推理和证明。所谓一步一步定义，一步一步推理，一步一步证明，直至逻辑链的最前面的"元概念"，它不证自明，又无法证明。想解决这一问题只能代之以假说，委之于神灵。因为人类理性无法穷尽世界，只能导向神秘主义。"早期的希腊哲学坦率地建立在对可见世界的观察基础上面。到了苏格拉底和柏拉图手中，哲学的探讨更进一层，从现象问题追究到背后的实在，从自然哲学走到一种带有唯心主义和神秘主义倾向的形而上学。"① 这种在自然现象中不断追求世界本体之终极原因的思考，只能寄托于神明。以神为依托生命超越的意识由此而生。柏拉图的《斐多篇》记述的苏格拉底的灵魂不朽的超越信念，就是代表。

在苏格拉底看来，灵魂与神圣者、不朽者、永恒者有亲缘关系，不仅

---

① ［英］丹皮尔：《科学史及其哲学和宗教的关系》，李珩译，商务印书馆1975年版，1997年印，第109—110页。

能领悟和分享真善美这些永恒的东西，而且能够认识神，在神那里拥有某种与永恒和不死相似的东西。因此被判死刑的苏格拉底在临刑前的"行为和语言都显得相当快乐"，以至于人们认为"在他去另一个世界的道路上都有神的旨意在指引，如果人可以去那里的话，那么他到那里时一切都很好"。① 在濒死的瞬间，苏格拉底留给世人的最后一句话是嘱咐克里托向医神阿斯克勒庇俄斯奉献一只公鸡。② 按照希腊的旧俗，人们在疾病痊愈之后要向医神献祭。可见，对苏格拉底而言，他此番不是走向死亡，而是在世病症的"痊愈"，是正在进入一种神秘的、更加丰富的生命。因为灵魂是不朽的。

柏拉图的看法比苏格拉底的灵魂不朽的生命体验来得更为精致和神秘。柏拉图认为，世界由可见世界和可知世界组成。前者包括事物本身和事物的影像，后者主要是指理念世界和事物的本质，即事物的形式、存在本身；前者是一个不确定、不真实的现象世界，后者则是一个永恒的、真实的超验世界，这个超验世界他称之为"理念"。"理念"具有绝对性、实在性、真实性、先在性、无限性，是世界的本原（本体、本质）。关于理念的知识才是真知识，人只有获得真知识，其存在才有价值和意义。但人的感性只能认识可见世界，只有人的理性才能认识理念世界。可理性的认识不过是灵魂的回忆和精神的迷狂。因为在我们来到这个物质世界之前，就拥有过真实的理念世界了，所谓我们的灵魂在我们出生前就已存在。③ 所以，对理念的把握只是灵魂的追溯、剥离，是神附着在人身上的迷狂。可见，柏拉图对理念世界的追寻，弥漫着浓厚的神秘主义色彩，也具有生命超越的意义取向。

亚里士多德不同意柏拉图的"理念"说，遂代之以"实体"。他把个别事物看作"第一实体"，把事物的属和种看作"第二实体"。后来他又把"实体"看成形式，即"是其所是"。④ 认为个别事物是由质料和形式（包括变化因和目的因）组成，如砖石是质料，房子形状是形式，房子是质料和形式的统一。质料是潜能，形式是现实。质料对形式的追求是个别事物与普遍属性达到的统一———"纯形式"，是永恒的现实。人存在的价

---

① ［古希腊］柏拉图：《柏拉图全集》第 1 卷，王晓朝译，人民出版社 2002 年版，第 53 页。

② 同上书，第 132 页。

③ 同上书，第 79 页。

④ ［古希腊］亚里士多德：《亚里士多德全集》第 7 卷，苗力田主编，中国人民大学出版社 1993 年版，第 32—33 页。

值和意义即在于获得这种至上的知识。但"纯形式"是一切存在物的最初本原，是所有形式的形式，是所有实体的实体，是所有目的的终极目的，是所有运动的推动者而自己不动，是宇宙秩序的最终安排者。因此，亚里士多德对实体的追寻，最终也导向了神秘主义。

古希腊的"存在"之思，为中世纪确立永恒至善的神奠定了基础，并逐渐演变为"神"之追问。

2. "神"之追问

"神"之追问，起初并非针对神话中的人格神，而是一种总体性的追问。"这个神本身是长期的抽象过程的产物，是以前的许多部落神和民族神集中起来的精华。与此相应，被反映为这个神的人也不是一个现实的人，而同样是许多现实的人的精华，是抽象的人，因而，本身又是一个思想上的形象。"①

世界除了人们能够认识的现象界，还有一个超出我们认识范围的本质界。虽然我们不能认之为真，却能信之为真。这就是无限性、永恒性的象征，具有超越空间、时间的权能。那些被名之为"神"的东西：上帝、真主、佛、玉皇，等等，他们无所不在，超越时空；他们无所不能，超越一切。如果世上真的有这样的神明存在的话，那么，成为神一样的人则成为人的生命诉求。人们通过想象，把人类真善美的智慧和能力抽象出来，并把它与自然力量和社会力量组合在一起，塑造了全知全能、至高无上的神的形象，表达人类永远的梦想和渴望——永恒和自由。正所谓"人类信仰的本质和标记就是对于目不能见的事物的恐惧。神是人所揣测的、想象的、默察到的光的现实，关于'无形的'神的观念是人类超越性的最高表现"。② 所以，神是人的生命超越意志中最初始、最独特、最不可化约的要素。不仅涉及存在者，而且指向存在者背后的存在；不仅涉及单纯的终极知识的追求，也蕴含着纯粹的终极价值的追求。可见，"神"之追问，除逻辑特质外，还具终极关怀的形上风范。

当西方人的这种追问与犹太人的宗教信仰合流之后，便进入了彼岸的神的世界，而指向了上帝——上帝成为一切存在的本质，真理的本质。正

---

① 恩格斯：《路德维希·费尔巴哈和德国古典哲学的终结》，《马克思恩格斯选集》第4卷，人民出版社1995年版，第236页。

② ［德］斯宾格勒：《西方的没落——世界历史的透视》上册，齐世荣、田农等译，商务印书馆1991年，第91页。

如圣奥古斯丁所说的那样，我们自己灵魂的眼睛模糊地看到的不是别的，而是在我们的灵魂的眼睛之上、在我们思想之上的永恒之光。这光，不是肉眼可见的普通的光，也不是同一类型而比较强烈的、发出更清晰的光芒普照四方的光。而完全是另一种光。这里所谓的另一种光乃神之光，上帝之光。"谁认识真理，即认识这光；谁认识这光，也就认识永恒。惟有爱能认识它。"① 从古希腊的"存在"之思，到中世纪的"神"之追问，"上帝"最终成为人安身立命的依据。

"上帝"成为人类安身立命的依据，为这一信仰建立宏大而完美的体系的就是基督教。基督教教义的一个基本脉络就是上帝的应许（新约）答复了上帝的诫命（旧约）。基督教的上帝，就是万能的主，就是宇宙的本原，也是一切的目的。上帝缔造了一切，也统治着一切，人们要把他视为真正的父亲——精神之父。上帝不仅创造了人类，也惩罚了人类，最终则拯救了人类，而且为人类安排了一条进入永恒的天堂之路。这条路强调的就是"神"的价值导向，它超越了人的自然人性，也超越了一切客观规约的限制。一句话，只有主宰人类的上帝，才能赋予人以终极意义的根据，也只有对上帝的信仰才会使人类与上帝合一。无论天主教教义还是东正教教义，都是以实现这一目标为宗旨。

因此，尊奉上帝，不是诉诸现实历史经验，也不是依靠理性原则，而是植根于人们对人生痛苦解脱的一种强烈的愿望，一种超越的意志。信仰为人的存在提供了超越的可能性。只有对上帝无条件地服从和绝对地信仰，把一切都奉献给上帝，才能得到上帝的宽恕和拯救，才能在死后摆脱苦难，获得灵魂的永恒。这样，上帝不仅是存在者的存在目的，也是存在者生命超越的终极目标。

"基督教在塑造西方文化的传统和价值方面起到了极其重要的作用"②。以"上帝"为依据的生命超越，也对后世产生了深刻的影响。艾略特说："我们的艺术正是形成于和发展于基督教中；……我们的一切思想也正是由于有了基督教的背景才具有了意义。一个欧洲人可以不相信基督教信念的真实性，然而他的言谈举止却逃不出基督教文化的传统，并且必须依赖于那种文化才有其意义。"③ 列夫·托尔斯泰说："神力的明确无疑的表现，就是借着启示而向人们显示善的法则，而我感觉到它就存在我

---

① ［古罗马］奥古斯丁：《忏悔录》，周士良译，商务印书馆1963年版，第126页。

② ［英］麦格拉思：《基督教概论》，马树林、孙毅译，北京大学出版社2003年版，第1页。

③ T. S. 艾略特：《基督教与文化》，杨民生、陈常娜译，四川人民出版社1989年版，第205页。

的心中。"① 其根本原因在于,"上帝"、"基督"是灵魂救赎的象征,表征着人类"生命超越"的法则。虽然"基督是我们身上的那种非我们所是的存在"②,但在基督的信仰中却是如此清晰地存在,如陀思妥耶夫斯基说:"世界上唯一肯定的美好的面容就是基督。"③

因此,"基督教关于人类存在和人类行为的悖论式描述,成为以表现人类命运为主向的西方文学最根本的基础。"④ 这就是"神本超越"。"神本超越"最经典的叙述模式是"神界游走",并通过"神人"形象体现出来。

二 "神本超越"的表征

如果说,西方哲学对生命超越的思考,强调人超越感性世界的"洞穴"而上升为"理智的世界",集中在"存在"之思、"上帝"终极上;那么,西方文学则主要通过"神界游走"模式与"神人"形象表现出来,最终落足在"神本超越"主题形态上。"这种关于人类本质、处境和归宿的全面悖论不仅在基督教经典中贯穿始终,而且也在西方文学中激荡着久远的回声。"⑤ 所以,西方文学"生命超越主题"的"神本超越",是"神界游走"的象征,也是"神人"形象的生成,本质上是以"神"为凭借而到达人的生命永恒的隐喻。

1. "神界游走"

"神界游走",表面看是一种跋山涉水的游历,实质上却不具有真正的"现实"过程,而是一种超脱于尘世而向往天国的精神漫游。也就是说,作品中的游走过程并不具备现实的轨迹,也不是人物真实的游走,而是"灵魂"的游历。是"梦游"或"神游"。西方文学这一模式主要表

① [俄]列夫·托尔斯泰:《安娜·卡列尼娜》,周扬、谢素台译,《列夫·托尔斯泰文集》第十卷,人民文学出版社1992年版,第1093页。

② [瑞士]卡尔·巴特:《社会中的基督》(演讲),见刘小枫《走向十字架上的真》,上海三联书店1995年版,第63页。

③ [德]赖因哈德·劳特:《陀斯妥耶夫斯基哲学》,沈真等译,东方出版社1996年版,第347—348页。

④ 杨慧林:《基督教的底色与文化延伸》,黑龙江人民出版社2002年版,第116页。

⑤ 同上。

现在"重返伊甸园"、"重返天堂"的文学作品中。用老舍的话说，就是"灵的文学"。①

　　"重返"的渊源，从《圣经》中即可见出。人类的始祖亚当和夏娃本来是天真无邪地生活在美丽富足的伊甸园中，他们靠近上帝和天使，终日无忧无虑，自由自在。当他们违背了上帝诫命而偷吃了禁果之后，他们失去了这个永恒不死的理想之地，流浪在人间。② 因此，"重返"伊甸园成为人类的永恒追求和梦想。

　　中世纪的神学家对《圣经》的"重返"之路给予了精致化的阐释。如托马斯·阿奎那在《神学大全》中把"重返"描绘成一个从地狱到天堂的动态结构。他认为人的幸福不在世俗享乐，而在于回到上帝的怀抱。因为上帝是世界的"第一推动力"和"终极"所在。他说：《圣经》就是"以有形物事为喻象阐明属灵真理。"③ 类似的描述，在被称为"灵修作家"巴尔马的休的《通往锡安之路》中也可看到。"锡安之路"就弥漫着浓重的"重返"色彩。巴尔马的休认为，"这条通向上帝的道路有三个阶段：即包含'炼净之路'（via puregativa），在这里人们的心思受到对付，使他能辨别何为真智慧；'光照之路'（via illuminativa），在这里人心在思想上帝之爱的炽烈时，也同时被这火点燃；还有'联合之路'（via unitiva），在这里心思由上帝独自引领向上，这种引导是任何理由、悟性和智识都无法企及的。"④ 这正是基督教认可的"一条把受苦受难的人从我们苦难的尘世引入永恒的天堂的出路。"⑤

　　而要达到天堂的道路，通常有三种方式。

　　第一种是购买"赎罪券"⑥。这是一种轻松愉快、为中世纪基督教会

---

① 陈鹤鸣：《但丁〈神曲〉宗教灵魂观念探源》，《外国文学研究》1998 年第 3 期。

② 《圣经·旧约全书》（中英对照），中国基督教两会（中国基督教三自爱国运动委员会、中国基督教协会）2008 年版，第 3—5 页。

③ ［英］麦格拉思编：《基督教文学经典选读》（上），苏欲晓译，北京大学出版社 2004 年版，第 238 页。

④ 同上书，第 241 页。

⑤ 恩格斯：《论早期基督教的历史》，《马克思恩格斯全集》第 22 卷，人民出版社 1979 年版，第 542 页。

⑥ 赎罪券，就是获得神恩、赦除罪过的证明。中世纪基督教认为，人除了生下就有"原罪"，一生中还会因违背教诫犯下更多的罪。这些罪必须用"善功"来抵销，死后才能避免地狱之苦，重返天堂。一个人要积累"善功"需要花费很多时间，经受许多磨难。教会蒙受神恩积累了许多善功——是耶稣基督及其弟子，历代"圣徒"所创造，可以用来抵销信徒的罪孽。教会有权支配这些善功，以有价方式贷给信徒。

最为推崇的方式。它通过教徒为有罪的在世者或已逝者购买教会的"赎罪券"的办法，使人赎去罪孽、获得宽恕而重返伊甸园。这种办法让人相信教会的权威和难以抗拒的力量。因为教会是上帝之城在世上的体现，是上帝之城的一个部分。人只有通过教会才能进入上帝之城，获得永生。

第二种是"炼狱"考验。这是一种通过在"炼狱"中洗涤生前所犯之罪而重返天堂的方式。也就是说，凡信奉基督教者，即使生前犯有未经宽恕的轻罪、或已蒙宽恕的重罪及其他各种恶习的，经忏悔也能够获得拯救，死后暂时经受磨难以炼净罪过，仍可进入天堂，获得灵魂的不朽。

第三种是进入"窄门"。这出自新约《马太福音》："你们要进窄门。因为引到灭亡，那门是宽的，路是大的，进去的人也多；引到永生，那门是窄的，路是小的，找着的人也少。"① 那么"窄门"在哪儿？按照圣经的说法，沿着基督指引的路走下去就是。在《约翰福音》中基督说，"我就是门，凡从我进来的，必然得救"②。"我就是道路、真理、生命，若不藉着我，没有人能到父那里去。"③

这三种方式早已成为基督徒的生活信条和价值标准。对于第一种购买"赎罪券"的方式，西方文学家大都采取揭露和批判的态度，认为这是教会腐败和黑暗的根源之一；对于后两种方式，西方文学家一般都给予肯定，有的把它们视为灵魂朝圣之路，甚至生命超越之路。

约翰·弥尔顿的《复乐园》（1671）就是展示"炼狱"而趋于"重返"之路的典范之作。《复乐园》本身就有"重返"之义，它与诗人此前的《失乐园》（1667）正构成"失而复得"的结构和寓意。也就是说，《失乐园》是亚当和夏娃受撒旦蛊惑走向堕落而失去乐园的悲剧；而《复乐园》是耶稣抵御撒旦诱惑，坚持信仰而"重返"乐园的喜剧。其中，撒旦的种种"诱惑"，则意味着是经历"炼狱"途中的考验。

约翰·班扬的《天路历程》是展示由"窄门"而走向"重返"之路的典范之作。身为清教徒的班扬，是一个恪守《圣经》教诲，只"读一本书（圣经）的人"。他认为只有对基督的至诚至爱才能摆脱人间的一切苦难。因此，他终生希望从基督所谓的"窄门"进入天堂。班扬把这一希望诉诸他的文学创作之中。《天路历程：从今生到永恒》，以梦幻文学

① 《圣经·新约全书》（中英对照），中国基督教两会（中国基督教三自爱国运动委员会、中国基督教协会）2008 年版，第 12 页。
② 同上书，第 178 页。
③ 同上书，第 187 页。

的形式，叙述梦中人"基督徒"从"毁灭城"到达"天国"的历程。小说一开始，"基督徒"手拿《圣经》，满脸愁云。因为家乡"毁灭城"将要被大火烧毁。在宣道师指点下，他独自一人从"一扇小门"去寻找。他的邻居"顽固"和"柔顺"询问他寻找什么，他说："我寻找的是一个不会毁坏、没有玷污、不至消失的产业；它是安安稳稳地存在天上，在一定的时候会赐给那些勤勤恳恳寻求它的人。"① 为了这一寻找，他开始了勇往直前的"天路历程"：经过了灰心沼、窄门、十字架山、艰难山、屈辱谷、死荫谷、怀疑堡垒、快乐山、着魔之地、死河等险境，最终到达了朝思暮想的"天国城"。表面看，这是一条寻找之路，实质上则是一条获得幸福安宁、生命永恒的救赎之路、超越之路。

西方文学表现"重返"之路的集大成者，则是但丁的一部从地狱到炼狱，再到天堂的永恒史诗《神曲》。（后文详述）

总体看，"重返"作品中的"神界"之旅，主要有两个价值取向：形而下与形而上。从形而下层面看，虽然用基督教教义的灵魂游历，来展示社会，渲染人生，有其迷信荒谬的一面，对现实不能达到真正的改造，甚至有所歪曲，但它毕竟表达了人类对社会丑恶的不满和不平之气，成为批判黑暗现实的一面镜子。因为"宗教里的苦难既是现实的苦难的表现，又是对这种现实的苦难的抗议"。② 从形而上层面看，以神为本的生命游走与超越，本质上是对人生命的关注。"不管上帝是不是真的按照自己的形象造人，人却肯定是按照自己的形象造神的。"③ "即使是最荒谬的迷信，其根基也是反映了人类本质的永恒本性。"④ 因此，以宗教的"神界游走"来演绎、诠释、衡量现实，虽然其中不排除有精神鸦片似的毒素，但对于人生命终极意义的追问，则具有激励希望的意义。这也是基督教文化传统在西方文学中根深蒂固的缘由所在。

"神界游走"不仅是西方文学家一个描写现实的视角，更是一个表达理想的境界。诸如浮士德的"凡自强不息者，吾辈皆能拯救"的思想之行，冉·阿让得惠于米里哀神父感化的仁爱救赎之道，列夫·托尔斯泰基于基督虔诚的"良心发现"之旅，两个流浪汉弗拉基米尔和爱斯特拉冈的"戈多"等待……都折射着这一游走的身影，其中都

---

① ［英］约翰·班扬：《天国历程》，西海译，上海译文出版社1983年版，第21页。
② 《马克思恩格斯选集》第1卷，人民出版社1995年版，第2页。
③ ［英］丹皮尔：《科学史及其哲学和宗教的关系》，李珩译，商务印书馆1975年版，第42页。
④ 《马克思恩格斯全集》第1卷，人民出版社1956年版，第651页。

表达了哲理的意蕴。当然，这一意蕴并非只表现于西方文学家对"神界游走"孜孜不倦地描述，还表现于对其象征形象锲而不舍地塑造。这主要诉诸"神人"形象的塑造上。

2. "神人"形象

"神人"就是像神一样的人。他们因被赋予了神的力量，而具有了神性。如果说神话中的"神人"，是早期人类把神性赋予超凡的英雄身上去征服自然力的话；那么，宗教文学中这种"神人"形象的神性，则是上帝赋予的。"宗教的普遍信息，是召唤人们去有意识地实现自己与无限精神的合一，去从一个纯人，变成一个'神--人'。"① 这可以从《圣经》的"创世记"的故事中见出。上帝创造世界是按照一定等级顺序进行的，人的顺序位于神与动物之间。这暗示人既具有神性，又具有兽性。就如人们常说的：人，一半是天使，一半是野兽。

西方文学中有许多"神人"的形象。归纳起来大致有两种类型：终极型"神人"和过程型"神人"。

终极型"神人"，是被天主惠选、神恩照耀的形象。最有名的是来自"伊甸园"的亚当和夏娃。按照圣经的观念，人类的"始祖"——亚当是上帝按照自己的面目用泥土创造的，夏娃是上帝在亚当熟睡时从亚当身上抽取一根肋骨创造的。他们都具有"神人"特质——神的永生不死的本性。之所以能够如此，是因为当初上帝把一口灵气吹入他们身上，使之有了上帝之灵，否则只是一个躯壳而已。如此说来，上帝与人，本质上是一致的。那些神人形象，像神一样，无所不能，自由自在。希伯来语中，"亚当"乃"人类"之意，"夏娃"的发音近于"生命"。虽说他们在上帝那里犯下"原罪"，但在人类这里却体现了不满现状，富于创新和进取精神。他们的结局，恰恰反映了人类"生命超越"情怀的悲壮。文学作品中的那些"圣者"、"圣女"就是这类形象的体现。

贝雅特丽齐，这个《神曲》中所表现的永恒女性，活脱脱就是终极型夏娃形象的翻版，是上帝选中的一个死后进入天堂的"神人"。这是一个圣洁永恒的灵魂，不仅永享天堂的幸福，还能带人进入天堂的圣境。正如《神曲》开篇维吉尔对但丁所说："如果你愿意上升到这些人中间，一位比我更配去那里（指天堂）的灵魂会来接引你。"② 天堂，是使徒心中

---

① 何光沪：《多元化的上帝观》（增订版），中国人民大学出版社2009年版，第202页。

② ［意］但丁：《神曲·地狱篇》，田德望译，人民文学出版社1990年版，第3页。

向往的最高境界，只有被无所不能的上帝挑选的人，才能安居于此。所以
对上帝的信仰意味着一种驱人向上的神的意志和力量。诗人表明，贝雅特
丽齐能够永沐天恩，不仅在于她有着天使般的美貌和纯洁的善心，更在于
她对上帝的坚贞信仰。在但丁笔下，贝雅特丽齐就是"真理与智力中间
的光"，是"信、望、爱"三者合一的集中体现，本质上是信仰的化身。
正因为如此，她成为万能的主与尘世中人的中介。通过她，人类可以
"驱散"困扰心中的"迷雾"①；通过她，人类才可以沐浴上帝的圣爱之
光，与上帝的原爱合一；也正是通过她，诗中的"我"在重返天堂的道
路上也着实过了一把"神人"的瘾，甚至可以说，"我"也成了一个能够
攀升神界、来到上帝面前的"神人"，是贝雅特丽齐的美好灵魂才为身为
人的"我"——但丁完成他的生命超越之旅提供了保障。

　　如果说来自"伊甸园"的亚当、夏娃是"神人"形象的原型，那么
耶稣基督则是"神人"形象的典范。

　　弥尔顿《复乐园》中的耶稣基督是一个典型的终极型的神人形象。
这个形象，也是上帝天恩的结晶。他集神性与人性于一身，既是天神之
子，又是"女人的后裔"②。就如俄狄浦斯战胜了斯芬克斯解救忒拜全城
一般，耶稣显示了为人类重返乐园的坚不可摧的意志和信念，从而实现了
生命向永恒的飞跃。《复乐园》中的耶稣形象，主要通过三重境界去实现
其重返伊甸园的超越之旅。

　　第一重是磨砺意志。耶稣孤身一人在旷野之中绝食四十天。他风餐露
宿，与自然为伴，与野兽为伍。正所谓天将降大任于斯人也，这一切正来
自上帝的考验——磨砺其意志以承担使命——即拯救人类，重返伊甸园。
正是凭借对上帝的爱与服从，耶稣在经历了一系列考验之后，在广袤的旷
野之中复兴伊甸园。

　　第二重是抵御诱惑。即抵御撒旦这个魔鬼的种种诱惑——几乎囊括了
人间各种诱惑，无论是金钱、财富，还是荣誉、地位，或者欲望、权力
等，但都没有俘获耶稣的坚强意志，也没有动摇他对上帝的忠诚信仰。如
果说奥德修斯用封蜡的办法抵御塞壬的歌声凭的是智慧的话，那么，耶稣
战胜撒旦凭的就是信仰。否则他无法坚守人性，坚守自我。与其说耶稣战
胜了撒旦，莫如说耶稣战胜了他自己。

　　第三重是神性复归。在成功地战胜了撒旦之后，耶稣遂被天使的队伍

---

① ［意］但丁：《神曲·地狱篇》，田德望译，人民文学出版社 1990 年版，第 381 页。
② ［英］弥尔顿：《复乐园》，朱维之译，上海译文出版社 1981 年版，第 6 页。

接引到一个美丽的山谷，享用了丰盛的天国大餐，在天使赞美的歌声中"走上欣喜的路"，"回到母亲的家"。① 这看似是回"家"，更深层的意蕴则是耶稣的精神回归，也就是耶稣在灵魂上真正达到了神性的复归——永恒。

就是这样，从磨砺意志——到抵御诱惑——到神性回归，耶稣生命超越的脚步实现了向永恒的跨越。这样的结局，倒像是"神人"生命超越所体现的一个悖论，正如希尔（Christopher Hill）在《弥尔顿与英国革命》（Milton and the English Revolution）中所分析的那样，同样是生命超越，"亚当夏娃因向往成为神而堕落，但耶稣却通过坚守人性而被赋予神圣的力量，……"② 如果说作为革命者的弥尔顿以此来反思英国资产阶级革命，那么，作为诗人的弥尔顿则是以此表达了对人的生命的终极关注。

过程型"神人"，是走出错误和迷惘而重返天堂的神人形象。来自"尘世"的亚当和夏娃就属于此类，与来自于"伊甸园"的亚当和夏娃大为不同。亚当和夏娃因偷吃"禁果"失却了伊甸园，同时也失掉了"神恩"。如上帝所说："你本是尘土，仍要归于尘土。"③ 人死化为尘土，意味着他们那像神一样的资格的丧失。所以，这类形象就是不断努力地要获得神性、重返天堂的形象，从而成为人的自我生命超越的象征，表达着生命不朽和自由的追求。《神曲》写亚当后来在林勃（Limbo，地狱的边缘），在维吉尔搭救但丁的时候，他在那里已经有四千三百零二年了。最后才被基督带到了净火天。这类形象之所以会重新获得失去的神性，是因为其神性并没有真正失去，并没有脱离人身而完全消失，它只是深埋在内心，上帝一直与之同在，也就是一直驻在人类的心中。《圣经》宣扬，只有追随上帝，不断地发掘内心中上帝所寄予的灵魂，就能够重返天堂，再一次成为上帝怀抱中的人。只要信仰上帝，努力进取，就能成为"神人"。

《天路历程》中的"基督徒"也是"过程型"神人的形象。这个"基督徒"成"神人"的过程，在其天国之旅表现得最为明晰。"基督徒"开始之所以"满面愁容"，是因为家乡将被毁灭，从而思考"我怎么才能得救"如圣经使徒行传一类的问题；之所以下定决心离开家乡独自

---

① ［英］弥尔顿：《复乐园》，朱维之译，上海译文出版社1981年版，第113页。

② 转引自吴玲英《论〈复乐园〉耶稣基督的神性与人性——兼论〈基督教教义〉中耶稣基督的身份》，《外国文学研究》2013年第1期。

③ 《圣经·旧约全书》（中英对照），中国基督教两会（中国基督教三自爱国运动委员会、中国基督教协会）2008年版，第5页。

前往天国，是因为宣道师所指点的走向天国的救赎方向。于是，他一边喊着"生命！生命！永恒的生命！"① 一边跑向原野。他坚信，"有一个永存的国度可以居住，永恒的生命可以赐给我们，使我们可以永久居住在这个国度里"。② 沿着这个伟大目标，凭着这股坚强信念，"基督徒"一步一步向成神的境界迈进。他的褴褛衣衫和沉重的包袱，不过是他尘世间罪过和烦恼的象征；他去天国的路上所经历的恐怖磨难，亦与唐僧师徒西天取经的磨难类似，不过是成神意志的考验。凭着坚定的上帝信仰，他一步步走近天国。渐渐地，他身上的"包袱"也越来越轻，最终抵达天国，成为上帝身边的人。从本质上说，从磨难到幸福，从"毁灭"（毁灭城）到"永生"（天国），"基督徒"的成神之路也是一条生命超越的终极之路。

《神曲》中的"我"（但丁）则是一个特殊的"过程型"神人的形象。那场从地狱经炼狱到天堂游历的梦幻之行，典型地表现了一个"人"经历艰难困苦从黑暗走向光明成为"神人"的超越历程。与一般"过程型"神人不同的是，这个形象不是虚构的人，像《天路历程》中的"基督徒"那样，而是来自现实中的人；也不是死后魂灵升天的人，像使徒圣约翰那样，而是有着鲜活生命的人。（后文详述）

如果说终极型"神人"形象的特点是蒙神特选，只有结果，没有过程，天生具有慧根、善缘，所思所为都是至善；那么，过程型"神人"形象的特点则是有过错、有迷惘，经过孜孜不倦地努力，不断认识和改正错误，不断进取向上攀登，最终皈依上帝。不论是终极型神人还是过程型神人，都意味着人只要有虔诚的信仰，天国之门始终都是敞开着的。在文学家的想象中，神性不再是神所拥有的本质属性，而变成人的一种生命超越意向，它体现了人突破有限存在而趋向无限完满的内在动力。通过"神人"的历程，人类的过去、现在、将来达到永恒合一，从而得到超越于尘世时空的拯救。"神人"由此也获得了优越于其他存在物的绝对权利、意义和价值。升入天堂，享受永恒的幸福——这是成"神人"的秘密。本质上表达着人的终极目的，即生命的不朽和自由。这使得这类形象成为西方文学形象中最具魅力的形象之一。

在表现生命永恒方面，"神人"形象一般是排斥肉体不朽的。这与中国文学表现"生命不朽"为身体不朽，即长生不老，表现"生命自由"即倾向于内在自由，大为不同。西方文学的"神人"形象多表现为

---

① ［英］约翰·班扬：《天国历程》，西海译，上海译文出版社1983年版，第20页。
② 同上书，第22页。

灵魂的不朽。尤其是与基督教有关的文学。"基督代表精神世界，撒旦代表物质世界；我们的灵魂属于精神世界，身体属于物质世界。"① 而身体耽于享乐，往往成为生命超越的阻碍。奥古斯丁说："我的罪恶恰就从我的身体中长起来。"② 只有灵魂能够战胜肉体，不朽的灵魂才是善的，这要寄托于基督。果戈理临终遗言就是："你们要成为复活的灵魂，而不是死灵魂。除了耶稣基督指出的大门，没有别的大门。"③ 西方人相信人的复活，但"所谓复活不是指墓地中具具死尸的复活，而是指上帝重新创造或再次构成人类的身心合一的个人，不是作为已死的有机体，而是作为灵性的身体居住在一个灵性的世界"。④ 可见，西方人更强调灵魂的永恒，其精神化倾向非常突出。故"神界游走"也没有"枯骨生肉"之类物质性的成"神人"的方式的描述。西方文学家总是从精神角度来探讨生命不朽的问题，他们所勾勒的生命不朽往往是灵魂永恒的写照。但丁的梦想，就是通过理性与信仰的召唤，肯定人的追求至善的精神，以让道德灵魂的完善去实现像神一样的不朽；雨果的努力，就是在神性的启示之下去完成对人性的超越；而列夫·托尔斯泰的探索，更是以"复活"的精神意志，以自身的道德完善成就了生命超越的价值观。

在表现生命自由方面，"神人"形象突出的是外在自由。由于基督教是"两希"文明的交汇，是柏拉图、亚里士多德的理性和犹太先知的信仰的整合，其中有蒙昧主义思想，也有进步的思想倾向，也就是在强调上帝权威的同时，更强调人的价值。古希腊就是通过改变社会制度来达到现实自由，如政治选举、言论自由等。然而通过对现实的改造来达到理想实现的精神，又使他们认识到任何精神自由都无法改变奴役的命运。因此，西方文学中"神人"追求与现实抗争总是密不可分。《神曲》中"我"这个特殊的"神人"所目睹的"地狱"，既是对人性中淫欲（豹）、强暴（狮）、贪婪（狼）的批判，更是对现实中意大利黑党、法国国王、教皇势力的反抗。因而才在理性的智者维吉尔和信仰的天使贝雅特丽齐的指引下走向天堂。与其说"神人"所表现的生命超越精神是自我的超越，莫如说他们基本上是凭借外力来实现生命的飞升：《天路历程》中的"基督徒"走向天堂靠的是上帝的恩泽；《神曲》中的贝雅特丽齐魂归天府是在

① 殷国明：《西方狼》，上海文化出版社 2005 年版，第 59 页。

② ［古罗马］奥古斯丁：《忏悔录》，周士良译，商务印书馆 1963 年版，1996 年印，第 29 页。

③ ［俄］叶夫多基莫夫：《俄罗斯思想中的基督》，杨德友译，学林出版社 1999 年版，第 70 页。

④ 何光沪：《多元化的上帝观》（增订版），中国人民大学出版社 2009 年版，第 207 页。

于上帝的惠选，"我"（但丁）的生命能够实现由地狱到天国的超越则在于贝雅特丽齐的朝向上帝的指引；《复乐园》中的耶稣绝食四十天，他征服饥饿是缘于天启，而恢复了神力则是饱餐了天国的盛筵……这一切都是外力作用的结果。如果没有了这一点，也就失掉了其"神人"的本色。

就是这样，"神人"形象带着文学家极大的文学想象力和生命超越的热忱，以神为依托言说着人的生命不朽和自由的渴望。

总之，在西方文学世界里，文学家通过"神界游走"模式和"神人形象"塑造，体现了以神为超越依据去实现人的生命永恒和自由的意义，从而构成了生命超越主题谱系中最初始的内涵——"神本超越"。其本质不是"神的超越"，而是"人的超越"。它就像一盏永不熄灭的明灯，闪亮在愈久弥新的经典中，使读者达到一种超凡脱俗、灵魂出窍的入神状态，体会人的"生命超越"的意义和境界。

三　"神本超越"的经典：《神曲》

但丁（1265—1321）创作的《神曲》（1307—1321），以一场梦游展示了人类生命超越的过程。如果说它是一次"灵魂"的游历，那么，这绝不是非理性的意识流动，而是有意识地在宗教世界里从地狱到炼狱、再向灿烂星空中的天堂上升的过程。《神曲》堪为西方文学"神本超越"的经典。

《神曲》的主题，多少年来存在多种不同的认识。或认为是"善恶报应"；或认为是反抗现实（"反封建"、"反教会"）；或认为是"为人类寻求解放的道路"；或认为是"个人拯救"；或认为是"权力"和"情欲"的异化；或认为是人文主义的萌芽……这些认识都言之有理，每一种观点在《神曲》中都能够找到充足的论据。但丁自己也认为，"这部作品的意义并不简单，相反，可以说它具有多种意义"。[①]"仅从字面意义论，全书的主题是'亡灵的境遇'，……但是如果从寓言意义看，则其主题是人。"[②]"全书和部分的主角是人，这一点贯穿全书"，"目的就是要使得生活在这一世界的人们都摆脱悲惨的境遇，把他们引到幸福的境地。"[③]

---

① ［意］但丁：《致斯加拉大亲王书》，见伍蠡甫主编《西方文论选》，上海译文出版社1979年版，第159页。
② 同上书，第160页。
③ 同上书，第162页。

因此说，《神曲》既反映了现实主题，也反映了宗教主题，更反映了人的主题。关于人的主题，虽然目前学者关注很多，但常常忽略"人"之超越的精神内涵。笔者以为，这恰恰是《神曲》最核心的主题，即"神本超越"，它从灵魂的拯救、信仰的指引和意志的自由等方面，通过神界游走的言说，表达了人的生命超越的终极关怀。

1. "人"的拯救

《神曲》主人公"我"（但丁）穿越地狱、炼狱到天堂的过程，即处于危难之中从被拯救——到得道——到实现生命超越的过程，也就是人的灵魂拯救的过程。用田德望先生的话说，"乃灵魂进修的历程"①。

这一历程，首先是通过象征虚构出来的。薄伽丘在《但丁传》中说："要使真理经费力才可以获得，因而产生更大的愉快，记得更牢固，诗人才把真理隐藏到表面看好像是不真实的东西后面。他们用虚构的故事而不用其他方式。"② 但丁正是通过"虚构的故事"的方式，在《神曲》中建构起一个自足的、超现实、超能力的象征世界："黑暗的森林"是动荡现实的象征；"地狱"是人间苦难的象征，"炼狱"是磨难和希望的象征；"天堂"是理想境界的象征；"豹"、"狮子"、"狼"分别是"淫欲"、"强暴"、"贪婪"的象征；两个向导"维吉尔"和"贝雅特丽齐"分别是"理性"和"信仰"的象征；就是整个梦游也是人的精神和意志求索的象征。围绕这些象征，但丁诉说了亡灵的境遇，表达了灵魂拯救的梦想。

这一历程，处处显示的是上帝的权威和天主教的观念。例如，《神曲》整个故事依据的是基督教的上帝信仰；死后灵魂的去向、被惩罚的力度是依据基督教的"原罪"观念；救赎的等级（如骄、妒、怒、惰、贪、食、色七种罪孽）、恩惠的程度（九重天堂由低至高）也是依据天主教的"救赎"思想。还有来世主义、禁欲主义和道德说教等也充满了天主教色彩。诗中的"我"这个神人，可以上天入地穿越于不同境界，别说是凡人，就是一般的灵魂都无法办到。如维吉尔可以帮助"我"，却无法像"我"一样进入天国。因为"我"有来自天堂的旨意。当地狱判官米诺斯看见"我"这个"活人"跟着维吉尔的亡灵走进地狱时大惑不解，

---

① ［意］但丁：《神曲·地狱篇》，田德望译，人民文学出版社1990年版，第14页。

② ［意］薄伽丘：《但丁传》，载伍蠡甫等编《西方文论选》，上海译文出版社1979年版，第176页。

于是挡住去路叫嚣起来。这时维吉尔上前呵斥了米诺斯："不要阻止天命注定他作的旅行。这是有能力为所欲为者所在的地方决定的。"① 这里的"天命"即神的旨意，"为所欲为者"便是天地万物的主宰，宇宙的最高统治者——上帝。它意味着"但丁"此行是授意于天恩的，从而才打破了只有亡灵才能来地狱的惯例。正因为如此，在"我"向地狱、炼狱和天堂游走的过程中，凡是有鬼魂质疑"我"，怎么会"呼吸"，阳光下有"影子"，也都被维吉尔或贝雅特丽齐"护驾"而畅行无阻。

这一历程，更是但丁对人的问题终极追问的结果。但丁在《飨宴》中就说："人的高贵，就其许许多多成果而言，超过了天使的高贵，虽然天使的高贵，就其统一性而言，是更神圣的。"② 但丁把人看得比神要更加高贵，这在神学取得万流归宗地位的中世纪恐怕前所未闻。那么，人从哪里来，又到哪里去？人的生命究竟有怎样的意义？人为什么会置身于险境？为何如此孤独、如此无助？人的灵魂将归于何处？……其实，但丁对人的问题的追问早已孕育心中，只不过从被驱逐佛罗伦萨那一刻才有了更为清醒的切肤体验。整部《神曲》的梦游历程就是这一追问的结果。确切地说，这一追问从但丁"在昏暗的森林中醒悟过来"时就已经开始了；随着维吉尔的前来搭救，这一追问进一步展开；在跟随维吉尔见到地狱、炼狱亡灵受罚受难的景象，这一追问便不断深入；在到了炼狱的顶点，喝了神奇的河水获得"新生"，这一追问便渐渐清澈；从被贝雅特丽齐接引到天堂，见到了有福的亡灵永享圣恩的情景，以及关于"爱"等问题的讨论，这一追问便愈加明朗；最后在天堂之上沐浴上帝之光，那至圣至善的本体之光，"我"发出这样的赞叹："永恒的天意的固定目标，你使得人性如此高贵，以至他的创造者都肯使自己成为他的创造物。"③ 《神曲》以人的灵魂的游走与回归，实现了人的终极追问：人从上帝那里来，就必将回到上帝那里去。而人从昏暗到光明的灵魂之旅，就是从罪恶的人到悔过的人再到纯粹的人的"复活"过程，也是人的灵魂获得拯救的过程。

《神曲》就是这样，通过"我"梦游三界的所见所闻，所思所想，一遍又一遍地拷问人的存在及其意义，最终走向上帝怀抱，则意味着人的灵魂的回归，本质上是走向道德至善的最高境界。因此，与其说

---

① ［意］但丁：《神曲·地狱篇》，田德望译，人民文学出版社1990年版，第31页。

② 北京大学西语系资料组：《文艺复兴到十九世纪资产阶级文学家艺术家有关人道主义人性论的言论选辑》，商务印书馆1971年版。

③ ［意］但丁：《神曲·天国篇》，田德望译，人民文学出版社2001年版，第224页。

"我"是皈依上帝，莫如说是向人的本质回归。这不是人的肉身的回归，而是人的精神的回归，是以人的灵魂的拯救为终极目的的生命超越。这是为什么？为什么在但丁的象征世界里，通过上帝、天主教观念，能够表达以人的灵魂的拯救为终极目的的生命超越？这与但丁的"人"的意识密切相关。

但丁的"人"的意识的萌动，来自对现实人生的参悟和对自身的政治悲剧的反思。人的存在究竟是此在的存在，还是来世的存在，能否达到幸福、实现人的解放，在但丁的著述中有了越来越明确的认识，并通过《神曲》给予了最后解答。但丁多次说过，《神曲》"从寓言意义看，则其主题是人"[1]。"全书和部分的主角是人，这一点贯穿全书"，"目的就是要使得生活在这一世界的人们都摆脱悲惨的境遇，把他们引到幸福的境地。"[2] 尽管天主教宣扬的"来世主义"在《神曲》中有明显的表现，但是诗人在许多地方仍然突破了天主教的某些束缚，凸显了人的现实解放的超越境界。不能不说诗人把人类苦难的解脱和自己被流放的命运的解放也暗含其中了。从诗中可以看到，诗人的梦游，表面上是重返天堂的努力，而实际上是摆脱人生苦旅的探索，更具有对现实抗争的意味。诗人就像一个背负苦难的受难者，为把人们"引到幸福境地"而上下求索。且不说诗人怎样穿过了幽暗、恐怖的地狱和炼狱，仅凭能登上天堂即可让人感受到人的生命意志所带来的强烈的冲击力。而达到最高境界来领受上帝的恩泽，并非是在"来世"，而是在"现世"。这分明意味着人们所追慕的神性灵光的本质，也并不在来世，而在今生今世。这种强烈的现实感以及通过对现实的改造来达到理想实现的精神，使诗中的这个"我"的形象与人类的救世主耶稣形成了同质对应关系了。可以看到诗人更希望人类的真正解放和新生。

这种"人"的意识的体现也与天主教观念实难分开。我们知道，基督教来源于希伯来人的犹太教。犹太教把上帝看成万能的主，他创造了一切包括人类，人类要把他视为真正的父亲——精神之父。由于人类的始祖亚当、夏娃犯下不敬之罪，而使后来的人类蒙受苦难。只有努力赎罪，把一切都奉献给上帝，人类才能得到上帝的宽恕和拯救，死后的灵魂才能重返伊甸园和天堂。但这只有上帝的"选民"犹太人能够享有。这就是犹

---

① ［意］但丁：《致斯加拉大亲王书》，见伍蠡甫主编《西方文论选》，上海译文出版社1979年版，第160页。

② 同上书，第162页。

太教的"一神论"、"原罪论"、"救赎论"和"选民论"。基督教继承了这些基本观念，但抛弃了"选民"思想，取而代之的是"上帝面前人人平等"，使之在古罗马时期成为了国教。"基督教的出现，其实是欧洲人脱离开自然本能的羁绊而走向人类精神世界的进步标志。"[①] 随着古罗马帝国的分裂，基督教也分成了东正教和天主教。前者以拜占庭城为中心并以希腊语为特点，把用希腊哲学观点和论证方法来探讨神学问题的奥利金视为"希腊教父第一人"，其教会被称为希腊教会；而后者以罗马城为中心并以拉丁语为特点，把基督教神学体系集大成者奥古斯丁的神学理论视为正统思想，教会被称为拉丁教会或罗马教会。但丁生活在天主教统治的拉丁地区，受到天主教的影响自不细说。

而天主教在当时存在两种倾向：一种是进步倾向，在宣扬上帝权威的同时肯定人的价值，"即通过肯定人所独有的理性和信仰的能力，通过肯定人自身固有的追求至高精神的行为，来实现地上的天国与神学天国的沟通和和谐关系的达成"。另一种是落后的、反动的倾向，"强调人绝对遵守神的戒律和信条，通过克制自己的欲求来获得神的天国拯救"。"前者是中世纪宗教文化领域中的形而上的思维模式的体现，是基督教阐释中的人文神学表现形式；后者则是形而下的思维模式的体现，是反动的宗教神学观。……前者的思想模式主要体现在中世纪伟大的宗教文化学者、进步的神学思想家以及中世纪伟大的神学科学家的神学著述中，反映着真正的历史文化精神的发展历程；后者主要体现在现世的封建教会和反动的僧侣们为维护自己的反动统治对人们的思想欲求加以控制的企图上，是赤裸裸的禁欲主义和蒙昧主义。"[②] "基督教在塑造西方文化的传统和价值方面起到了极其重要的作用"[③] 就是其进步性使然。

但丁正是站在进步的神学立场，利用天主教的合法外衣，从古希腊文明中汲取"人学"营养，来表现人的灵魂拯救的超越之路。《神曲》包含了对教会的批判，对禁欲主义的批判，对蒙昧主义的批判以及对知识美德的歌颂，一句话，是人的精神的张扬。而任何违背人性者，尤其是作恶多端的灵魂，将永世不能超生。即便是教皇尼古拉三世、克力门五世、卜尼法斯八世（当时后两者还活在人世）这样的位高权重者，也不能逃脱在地狱遭受倒栽于石穴、火烧双脚的惩罚。显然，《神曲》表现了强烈的离经叛

① 刘建军：《基督教与文艺复兴运动时期的欧洲文学》，《外国文学研究》2007 年第 5 期。

② 刘建军：《基督教文化与西方文学传统》，北京大学出版社 2005 年版，第 61—62 页。

③ ［英］麦格拉思：《基督教概论》，马树林、孙毅译，北京大学出版社 2003 年版，第 1 页。

道的思想。所以，但丁的梦游，大有"天主教其表，神学进步精神其里"的动意。这里的上帝已然成为正义、至善、理想的化身。因此，与其说这是"灵魂"的拯救，不如说是"人"的拯救。

如果说但丁的神学思想已透露出人文主义的曙光，那么，他的"上帝"已经从具体的物化形态过渡到人类纯精神的形态了。这就是人的"信仰"。

2."信仰"指引

《神曲》中对人的终极追问，是以"上帝信仰"为前提的。作品处处表明"上帝信仰"与人的价值意义的关系。诸如，当诗人身处"昏暗的森林"面临野兽的威胁时，是维吉尔的引领，才使之脱离险境；当诗人在从乐园向天堂的跨越时，是喝了欧诺厄河的水而获得了"新生"①；当诗人被圣约翰的"灵的光芒"刺得眼睛看不见时，是贝雅特丽齐的神奇目光，使之恢复了视力；当诗人到达天国时，是贝雅特丽齐的引领，才一步步向上帝靠近……"信仰"上帝，就是依靠上帝的力量来获得生命超越。这与西方人希望建立一个外在的虚幻世界来求得人身的超越的观念不无关系。

基督教诞生于犹太民族多灾多难的时期。犹太先知把民族的苦难归因于对上帝的不敬。只有对上帝无条件的和绝对的信仰，才能摆脱苦难。基督教把犹太教这种对上帝的信仰变成一种可感知的人间形式，即"道化肉身"。无所不能的"上帝"通过少女玛利亚诞下基督使之成为有形的救世主，不仅把天国的福音以有形的方式带给人类，而且以耶稣被钉在十字架上的死来承担人类的罪孽。基督的"降临"、"显圣"和"复活"，就是为人类承担起全部的苦难，用自己的肉体和血液滋养人类心灵的善和爱，并昭示生命复活的奇迹，从而达到对人类拯救的目的。陀思妥耶夫斯基曾指出："全部的信仰在于肯定'道成肉身'。"②基督教把无形的救赎变成有形的救赎，把被动的救赎变成主动的救赎。它在中世纪又被天主教会进行了改造：当耶稣升天后，拯救的职责就落在了教会头上。教会掌握着人们重返天堂的通行证，这也滋生了教会的腐败堕落。西方的宗教改革就是要剔除其种种弊端，让人获得直接与上帝沟通的权利——"信仰"的救赎，即通过对圣父、圣子和圣灵"三位一体"的信仰而重返天堂。

---

① ［意］但丁：《神曲·炼狱篇》，田德望译，人民文学出版社 1997 年版，第 463—464 页。

② ［俄］叶夫多基莫夫：《俄罗斯思想中的基督》，杨德友译，学林出版社 1999 年版，第 90 页。

简单说，这是希求通过外在力量的作用而达到的救赎。

但丁相信人的理智能够制约和引导本能欲望，更重要的是信仰的引导，而反对教会的救赎。"由于盲目相信赦罪券心理，世人的愚蠢行为大大增加，以至于人们对每一种赦罪券都赶快跑去设法弄……"① 因此，但丁从古希腊罗马的理性中寻找人的精神依托，在上帝信仰中去追求人的生命超越。他认为，理性固然能让人认识罪恶、悔过自新，却无法保证人进入至真、至善、至美之境。只有对上帝的"敬"与"信"，人类才能得到终极的拯救。《神曲》中炼狱的灵魂，就是靠着对上帝的信仰，勇敢地背起罪孽的重石，将刻在额上的罪孽标记逐渐清除，而向天堂迈进。从黑暗走向光明，"从人间来到天国，从时间来到永恒"② 成为人行动的目标和灵魂的归宿。依靠信仰的力量，不仅使《神曲》对现实罪恶的批判倾向更加强烈，而且反映了西方人在现实中通过外在超越追求人类自身完美的心理意识。

西方人对上帝的信仰，经历了从盲目信仰到理性信仰的过程。古希腊人很早就建构起"逻各斯中心主义"。"逻各斯"就是本质、理性，它意味着人用自己的理性去追求自然本质的精神。柏拉图用"理念"穷尽人们对自然本体的认知；亚里士多德则代之以"实体"和"形式"。其"最后之因"终为神留下了重要位置。到中世纪这种思想与希伯来信仰合流之后，形成了基督教的基本观念：理性与信仰。这就有了"信仰后的理解"和"理解下的信仰"两种形式。

一种是东正教所持的"信仰，然后理解"的立场。认为理解的起点和终点都是纯粹的信仰，理解的整个过程笼罩在信仰的光照之下，德尔图良和圣·奥古斯丁是主要代表。德尔图良认为理性不能认识上帝的奥秘，唯一的途径是信仰；圣·奥古斯丁则强调信仰的先决作用和优先地位。另一种是天主教所持的"理解，然后信仰"的主张。认为理解的终点是对信仰的判断，理解的整个过程则笼罩在理性的光辉之中。因此，希腊理性主要功能在于证明希伯来的信仰。托马斯·阿奎那和阿伯拉尔是主要代表。托马斯·阿奎那认为真理有理性真理和超理性真理之分，并且都来源于上帝，神学可以用理性来完成理论体系，来论证信仰的权威；阿伯拉尔在《神学引论》中则反对盲目信仰，强调用理性来探索和理解信仰。

但丁所坚持的就是"理性引导下的信仰"的价值观。就如在他的笔

---

① ［意］但丁：《神曲·天国篇》，田德望译，人民文学出版社 2001 年版，第 200 页。
② 同上书，第 213 页。

下，那些在地狱里受苦的亡灵都渴望"第二次死"①，目的是希望生命从头再来一样，这种企图，既充满着理性思考，也充满着信仰的渴念。这种理性和信仰相伴始终的超越模式，贯穿于《神曲》从地狱到天堂的生命历程之中，突出表现为"上帝信仰"与人的精神的融合，如情感、智慧、勇气、力量、美德、爱，等等。

《神曲》中的但丁，在经过地狱的时候，常常为那些亡灵而感到痛惜，更多的是因为人间之情所致。当看到两个相爱的人——弗兰齐斯嘉和保罗的灵魂在地狱受尽折磨却依然不忍分离的时候，但丁非常同情他们的命运，也极度伤感。他对弗兰齐斯嘉的灵魂说，"弗兰齐斯嘉，你的痛苦使得我因悲伤和怜悯而流泪。"后来他"仿佛要死似的昏过去""像死尸一般倒下了。"② 当看到尤利西斯在烈火中受尽煎熬，他同样耿耿于怀："当时我感到悲痛，现在回想起我看到的情景，我重新感到悲痛。"③ 但丁尤为崇敬尤利西斯航海探险、建功立业的英雄壮举，非常仔细倾听维吉尔与尤利西斯的交谈。尤利西斯复述的他生前与同伴所说的一番话，深深触动了但丁思考人性、把握人生的心中之想："想一想你们的来源吧：你们生来不是为的像兽类一般活着，而是为追求美德和知识。……"④ 尤其是对尤利西斯克服一切障碍去探索"太阳背后的无人的世界"⑤ 的雄心壮志，更使他发出了由衷的赞叹。因为在尤利西斯的身上彰显的是人的个性思想和独立意志。

《神曲》中贝雅特丽齐作为永恒女性的化身是众所周知的。如果说但丁把对贝雅特丽齐的崇拜放在了信仰的位置的话，那么，他把对上帝的信仰与对一个人间女子的爱融为一体了。但丁之于贝雅特丽齐，先是有来自于尘世的爱欲，继而又将其神圣化。作为但丁生命中最为重要的一个人，贝雅特丽齐已从《新生》中的一个优雅温柔的女人，而变为《神曲》中一个圣洁的灵魂了。但丁把年少时对一个女子的爱慕之情转化为信仰的力量，不能不说其中包含着强烈的人间之爱，他把一生挚爱却不能真正拥有的这份情感全部寄寓其中，并时时在心怀荡漾，始终不渝。在地狱，正是

---

① ［意］但丁：《神曲·地狱篇》，田德望译，人民文学出版社1990年版，第3页。但丁所描绘的亡灵是不死的。地狱里的受苦灵魂大声乞求灵魂灭亡，以求解脱无尽的痛苦。

② ［意］但丁：《神曲·天国篇》，田德望译，人民文学出版社2001年版，第33—34页。

③ 同上书，第200页。

④ 同上书，第202页。

⑤ 同上书，第202页。

维吉尔说明了前途有贝雅特丽齐的接引，但丁才会在痛苦中看到希望；在天堂，他最大的快乐就是与贝雅特丽齐在一起。他们一起领略圣境，畅谈神学，他们眉目传情，心心相印。贝雅特丽齐若一时隐没于天堂的光芒之中，他便四下寻找；即使看不到，他也能感觉到她的存在。她的美丽，她的智慧都让但丁爱得刻骨铭心，无以复加。甚至在他被天光刺得看不清东西的时候，也相信她会为他恢复视力："愿她挽救我这双眼睛，迟早随她喜欢，她曾怀着烈火从这门里进来，使我燃烧不息。"① 这简直就是在天堂谈的一场缠绵的人间爱情，或可说是人间爱情在天堂的演绎。而问题的关键在于：这份真情不是源自天堂，而是来自人间。没有这个"因"，也就没有后来的"果"——它远甚于一般世俗之爱，如同基督徒对圣母那样的虔诚，使但丁那颗爱的灵魂变得更为高尚。直接一点说，但丁笔下的贝雅特丽齐不仅仅是上帝信仰的象征，也是人间至情至爱的象征。

在《神曲》的最后，诗中的"我"——但丁，也同那些居于天堂的"被创造成有福者灵魂"一样，观照"永恒的生命之光"——上帝，也映入上帝的光芒之中。如果踏入天国在人来说是不可能的，那么，但丁做到了；如果只有人的灵魂凭借理性、信仰可以到达天国，那么，但丁也做到了。因此说，这种对上帝的信仰，也包含着对人的肯定，对人的价值的肯定，对人的信念和力量的肯定乃至生命自由意志的肯定。

3. "自由"意志

《神曲》有关人的终极问题，既是但丁基于"上帝信仰"的立场，使人走出苦痛达到解放的一种现实体悟和情感需要；也是使人达到至善的理想境界和宗教情结。这一点已为许多人所认可。但是，支撑但丁理性和信仰的内核是什么？关于这一点，却被人们所忽视。笔者以为，这就是诗人强烈的自由意志。因为人有了自由的意志，才能创造和享受生活，才能获得真正的解放，从而实现生命超越。自由意志在《神曲》中得到了充分肯定和赞扬，就如但丁借维吉尔之口所说的那样：自由是一件宝物，值得用生命去换取。

当但丁在危难中听到维吉尔称是受贝雅特丽齐的嘱托来搭救自己时，他"像获得自由的人似的……"② 激动地紧随其后。也正是自由意志驱使但丁完成了灵魂的旅程。在带领但丁穿越地狱的路上，维吉尔对疲惫不堪的

---

① ［意］但丁：《神曲·天国篇》，田德望译，人民文学出版社2001年版，第206页。
② ［意］但丁：《神曲·地狱篇》，田德望译，人民文学出版社1990年版，第12页。

但丁这样说:"把一生消磨过去的人在世上留下的痕迹,就如同空中的云烟,水上的泡沫一样;所以,你站起来吧;用精神克服气喘吧,如果不和沉重的物体一同倒下来,精神是战无不胜的。"① 这里的"精神"指的恰恰就是"自由"的意志。正是自由意志,但丁才有足够的信心继续他的奔向天堂那最高境界的超越。

当但丁踏入炼狱时,维吉尔请求炼狱监管官卡托放行。维吉尔强调,他是负上天的重托来引导但丁的,而维吉尔说服卡托的一个最有效的理由就是:"他(但丁,笔者注)是来寻求自由的"。因为维吉尔知道卡托是古罗马有名的政治家,最后为自由而自杀,"为自由舍生的人知道自由如何宝贵"。② 自由就是人的生命。不过,卡托是自杀者,又是异教徒,若按《神曲》的设计,这个亡灵应该在地狱的第七层受罪。为何但丁把他安排在炼狱里,而且还是炼狱的监管者? 从诗中所表达的对卡托的那种"宁可作为自由人而死,也不作丧失自由者而苟活"的敬意,可以看出,但丁极为崇尚自由、珍视自由。在他的眼中,自由是无比高尚、可贵的美德,以身殉自由与一般的自杀者有着本质的不同,那是人格的自由,意志的自由。诗人希望这样的灵魂有一个最好的归宿。让卡托在炼狱即预示着他有机会魂归天国。这不仅表达了但丁对自由的热爱,而且也意味着自由是对人生的超越。

当但丁由贝雅特丽齐引入天堂后,多次发自肺腑地赞美贝雅特丽齐,不只为她的美德,更为她所带给自己的自由。"啊,圣女呀,我的希望在你身上得到生命力,你为拯救我,不惜在地狱里留下你的足迹,我承认,我获得了恩泽和能力,使我得以看到在旅途中所见的一切,完全是因为你的力量和你的好心。你在有权做到的范围内,通过一切途径,通过一切方法,把我从奴隶境地引到了自由。愿你守护好你赐予我的慷慨礼物,使得我经过你的教诲变得纯洁的灵魂,能在令你欣慰状态下脱离身体。"③ 足见在但丁心里,从地狱到天堂,即意味着从奴役到自由。贝雅特丽齐对但丁这样说:"上帝在创造时,出于慷慨而授予的最大、最与其本质相称而且最为他所重视的礼物就是意志自由,只有一切有理智的被造物以往和如今都被赋予这种自由。"④ 如果说,是上帝赋予了人的自由的话,那么,

①　[意] 但丁:《神曲·地狱篇》,田德望译,人民文学出版社 1990 年版,第 183 页。

②　[意] 但丁:《神曲·炼狱篇》,田德望译,人民文学出版社 1997 年版,第 2 页。

③　[意] 但丁:《神曲·天国篇》,田德望译,人民文学出版社 2001 年版,第 213—214 页。

④　同上书,第 34 页。

自由就是人与生俱来的本质。

虽说现代西方人重视外在的物质自由，但在基督教占统治地位的中世纪，也强调精神战胜物质的自由感。这种自由感在《神曲》中表现为对复活亡灵的渴望。但丁在《神曲》中把死亡可再生的观念，置换为"不幸的状况"（死亡）向"幸福的境界"（永生）的超脱。这种从原始人的"肉体复活"到文明人的"灵魂不朽"的转变，就是人类自由本能的欲望的昭示。为了这个目的，但丁把亡灵招来，不仅要展示灵魂复活和永生的过程，而且要探求人类精神自由的奥秘。《神曲》表明，人的生命从死到复活，到永生，进入绝对永恒之境即天堂中，最基本的做法就是理性地对待尘世中的一切。

但丁所追求的自由，是理性控制下的自由。如果一味按照自然本性行事，按照个人的自由意志去享受快乐和幸福，则是违背理性的。如弗兰齐斯嘉与保罗的恋情、尤利西斯的冒险，在得到但丁肯定的同时，也受到了谴责。因为在但丁看来他们是有罪的，一个是僭越法度，一个是对神不敬。更深的原因则在于丧失理性，他们要对自己的行为负有道义的责任。在但丁的意识里，爱是人类自然的情感，而人的理性可以控制人的情感。"假定在你们心中燃起的爱都是必然发生的，抑制它的权力还在于你们。贝雅特丽齐称这一高贵的能力为自由意志。"① 缺乏理性约束的自由，只能导致罪恶。只有听命于上帝，人类才能得到拯救。而人的理性是人生命升华的基础，没有理性也就无法拥有信仰，二者合一方能显现人性的自由意志。但丁的梦游以维吉尔和贝雅特丽齐为向导就是明证。这也是那些升入了天堂的、"急忙早来获得真正生命的人"② 所具备的基本条件。因此，但丁才会强调：《神曲》的主题也是"人们在运用其自由选择的意志时，由于善行或恶行，将得到善报或恶报"。③ 而只有经历"炼狱"的磨难，才能避免"地狱"的沉沦，才能达到"天堂"的永恒。因此说，《神曲》关于人的精神超越，无论是"灵魂"的回归，还是"信仰"的指引，都是围绕"自由"来进行的。

当然，但丁对自由的憧憬是矛盾的。他一方面想表现人的自由意志，使人类真正享有永恒的自由；另一方面又企图通过一个永恒的天堂和上

---

① ［意］但丁：《神曲·炼狱篇》，田德望译，人民文学出版社1997年版，第218页。

② ［意］但丁：《神曲·天国篇》，田德望译，人民文学出版社2001年版，第219页。

③ ［意］但丁：《致斯加拉大亲王书》，载伍蠡甫等编《西方文论选》，上海译文出版社1979年版，第161页。

帝，使过去、现在、将来统摄合一。正如他一面追随着维吉尔的脚步，一面又把他打入地狱一样，《神曲》没有正面提出现代意义上的自由，但在《地狱篇》中对某些"不自由"进行了否定。可是对上帝的信仰，不仅意味着把自己交出去，失去自身的主体性，也意味着对世俗权利的放弃，这又是极端的不自由。但丁企图用上帝的信仰取消现世一切奴役存在的正当性去呼唤自由，上帝面前人人平等，这是进步世界观的体现；但这一切止于上帝，又带有一定的局限性。况且，但丁所观照的天堂也并非平等，里面的灵魂也是有等级的，他们分列于九重天而享受不同程度的上恩。"那时我才明白天上到处都是天国，虽然在那里'至善'的恩泽并非以同等程度降于各处。"① 即使是在最高层的净火天（一译水晶天），也有不同等级的位列，还有天使、圣徒等"朝臣"。这会让人感到，天国俨然就是一个封建王朝的宫殿，上帝就是这王朝的国王，而但丁就像是一个孤独前往这个王国的朝拜者。如果说平等是自由的前提，那么，但丁所畅想的自由也只存在于虚幻的精神世界中。

《神曲》固然显示了博大、庄严艺术魅力，却也无法改变"天堂"的描写逊色于"地狱"的事实。这恐怕来自诗人对自由的意志所感到的困惑吧。人生来是自由的，却无往不在枷锁之中。如果说，"放弃自己的自由，就是放弃自己做人的资格，就是放弃人类的权利，甚至就是放弃自己的义务"②，那么，人类能否通过幻想摆脱一切制约、获得自由？能否按自己的意志支配一切？自由仅仅是自我内心的意念产物，或者是彼岸世界的自在之物？从《神曲》结束于"我"看到上帝本体时的"一道闪光"③，我们似乎看到了但丁的眼中的迷茫。正所谓"每一位诗人都企望成为爱默生所谓的解放之神，但是却愈来愈感到难以做到这一点"。④ 不论怎样，但丁"从一个天国之梦魇中得到诞生意味着拥有一种伟大而强有力的精神，而不是别的什么。这种精神远远超越了人类现世之软弱"。⑤如此说来，《神曲》以蕴含深刻的宗教框架，演绎了人类以自由意志寻求精神天堂的梦想。虽然精神自由无论如何都无法改变不自由的现实，但还

---

① ［意］但丁：《神曲·天国篇》，田德望译，人民文学出版社 2001 年版，第 21 页。

② ［法］卢梭：《社会契约论》，何兆武译，商务印书馆 2005 年版，第 12 页。

③ ［意］但丁：《神曲·地狱篇》，田德望译，人民文学出版社 1990 年版，第 227 页。

④ ［美］哈罗德·布鲁姆：《影响的焦虑》，徐文博译，生活·读书·新知三联书店 1989 年版，第 113 页。

⑤ 同上书，第 105—106 页。

是能够给予人类永恒的希望；虽然精神自由在宗教的乌托邦里是麻痹人的幻影，但在文学世界里则会带来一种振奋人心的正义理想。

综上所述，《神曲》所反映的生命超越主题之"神本超越"是耐人寻味的。它通过穿越地狱、炼狱而到达天国的超越之旅，表达了人越过超验界限探索生命之谜及自我发现的终极探索。其"神界游走"，追求的是人性中理性与信仰的一种最完满状态；其"神人形象"，表明的是人的"灵魂回归"须有"信仰的力量"来支撑，只有人的解放，才能实现"人的自由"——反映了关怀人类终极命运的深刻思考和追求最高真理的执着信念。作为人文主义的先驱者，但丁以"上帝"的神圣之光肯定的是"人"的生命意义和精神超越。因此，与其说《神曲》表现的是人在寻找上帝，莫如说是人在寻找自己，或者说是借寻找上帝之名寻找自己。在但丁这里，上帝已幻化成人的生命超越的全部意义之所在，成为人的追求基础和终极目标。这是《神曲》"神本超越"的真正内涵。

作为欧洲中世纪到近代的一部划时代的巨作，作为表现"神本超越"的典范之作，《神曲》表明，西方文学家的"神本超越"总是心系家园又心存幻想；总是在此岸与彼岸、理想与现实之间彷徨喟叹。它以神为终极目的虽然给人希望，却难免流于虚幻和空泛，不过是在精神幻象中踏入通往自由王国的一场又一场"高峰体验"。因此，近代人以"德"（人文关怀）架空了神；现代人又以"上帝已死"抛弃了神，从而把生命超越的诉求从天国落入尘世之中。

第四章　生命超越主题之"德本超越"

当人类把希望寄托于"神"来作为自己安身立命的精神家园，发现"神"已渐变为与人对立的、奴役人、摧残人的异化物，"神"成为虚构的神话，于是把目光转向人的追问。人之为人在于理性，包括纯粹理性和实践理性。纯粹理性追求世界的本原，因主客观诸多因素而局限重重；实践理性则超越了纯粹理性的阈限，在人类不可知的地方树立起了"信仰"的界碑。

这一"信仰"不是"神"，而是至善的"道德"。这样，"生命超越"之"神本超越"的依据则让位于以道德为本、至善为目的的话语。人的命运不能由上帝掌握，而是由自己主宰，人性的升华和不朽，构成了"生命超越"的价值和意义。这就是"生命超越主题"之"德本超越"。

一　"德本超越"的哲思

早期人类总是以神秘的神话思维来解释自然界和社会发生的一切现象。不死的神、死而复活的神成为原始人生命追求的目标。所以，在很长一段时期里，人类"生命超越"的思考，总是离不开"神"，总是通过"神性"来显示人的神圣性，神是人类的指路明灯。当人们发现用神话思维无法完全解释世界时，思想解放旋即开始。在孔子"伤人乎"的询问中，在苏格拉底"认识你自己"的呼吁中，人成为主旋律。人存在，世界就存在；人不存在，世界也就不存在。世界因人而有意义，人是一切存在物中的最高存在者。正所谓："彼岸的圣经信仰已经彻底此岸化了。简单不过地说，不再希望天堂生活，而是凭借人类的手段在尘世上建立天堂。"① 这一手段主要是理性。

1. "理性"之思

人是什么？西方哲人回答：人之为人，就在于理性。他们认为，人之区别于动物的根本点在于理性，只有用人的理性来控制人的情欲、物欲，人才能得到幸福。因为理性的本质在于自由意志，自由意志的根本指向是至善。人只有通过理性才能规范道德，而通过道德完善才可达到生命超越。

西方的形上思考，是以理性为出发点的。在古希腊哲人看来，理性能够掌握宇宙的秩序和规律。巴门尼德的"可以被思想的东西和思想的目标是同一的"② 命题，说明了世界本原的追问与感知无关，其关键在于纯粹思维——理性。巴门尼德确立了以理性来追问世界本原的逻辑理路。苏格拉底继承了这一思路，而且使世界本原的追问摆脱了原始素朴性，真正走上了运用逻辑工具进行理论论证的道路。这从苏格拉底的"知识即美德"的命题中可以见出。柏拉图在《理想国》中提出了"三驾马车说"。柏拉图认为人由"理性"、"激情"和"欲望"组成，理性居于统治地位。理想国中的哲学家之所以成为统治者，就在于他具有理性，是最有智慧的人，故他也是最有道德的人，最能够把国家治理好；而那些武士、商人因为主要受激情和欲望控制，往往缺乏至上的道德，故只能被统治。理性、道德不仅是一种让人遵守规矩的价值规范，而且更是一种让城邦有秩序的价值形态，是一种拯救人的灵魂的意义求索。所以，柏拉图的理想国是一种超越现实世界的形而上学的精神指向。理想国是一个充满理性、道德意味的乌托邦，而乌托邦则永远与生命超越精神不能分离。③

早期哲人是用理性——证明、判断、推论来解释世界的本原，一旦理性无法穷尽世界本原，就只能委之于"神"，从而走向神秘主义。这种理性与神秘主义的相关性，为中古神学的形上思考提供了温床。虽说基督教以上帝为核心，但支持这种信仰的核心仍然是理性。神学家们用理性证明宗教观念，以宗教观念来解释自然界和社会发生的一切现象。如奥古斯

---

① ［美］列奥·斯特劳斯：《现代性的三次浪潮》，贺照田主编《西方现代性的曲折与展开》"学术思想评论"（第六辑），吉林人民出版社 2002 年版，第 87 页。

② 北京大学哲学系外国哲学史教研室：《西方哲学原著选读》上卷，商务印书馆 1981 年版，第 33 页。

③ ［古希腊］柏拉图：《理想国》，郭斌和等译，商务印书馆 1997 年版，第 169 页。

丁、阿奎那等人就运用理性来证明上帝的存在，来确立"上帝"在人们生命中的中心地位。

当人们发现用宗教无法完全解释世界时，思想解放应运而生。"上帝死了"，使人认识到生命永恒不过是空想，是永远不能实现的乌托邦，随之迎来了人类文明"复兴"、"启蒙"的曙光。在莎士比亚的"人是宇宙的精华、万物的灵长"的歌颂中，人的力量再一次被发现。用理性确立人的主体性地位，是西方近代人形上思考的灵魂。这发端于笛卡尔"我思故我在"的命题。

笛卡尔怀疑一切，包括上帝，唯独对"我在"不怀疑。"我"存在是因为"我思"，而"我思"的本质就是理性。理性就是自我意识的自我证明。因此，"我"就是一个思维的存在、理性的存在。世界上的一切的存在，本质上都因为我的存在而存在，包括"上帝"。上帝的存在必须依靠我的理性思考，上帝是"我思"的产物，"我思"在逻辑上是先于上帝的。[①] 通过这种理性至上的深刻思考，笛卡尔把"上帝"改造为理性之神。理性是世界的本原。理性从古希腊的证明工具一变而为"存在"的本体。掌握理性的人必然取代上帝，成为世界的本原、本质。这种理性反思为人的超越本性提供了思维基础。

理性不仅仅规范人与人关系的现实状态，而且也着力于人与人关系的超越性状态，具有改造现实存在状态并使之趋于理想的超越性本质。一方面，理性可以节制、控制、消灭恶，结束"人与人像狼一样"的争斗状态；另一方面，理性也可以追求、表现和创造善，实现"让世界充满爱"的理想状态。西方近代的道德的"权利"申诉，不仅在于保证体现社会政治的律法履行，更是导向对人权的终极关怀。这是一种超越有限追求无限、超越欠缺追求完满、超越现实追求理想人格的价值观念。理性以根据客观现实为认识基础，以"至善"为终极的、普遍的理想目标，把人们引向超功利的、超现实的本体境界的追求。康德的"三大批判"（《纯粹理性批判》、《实践理性批判》、《判断力批判》），终结了西方以神为本的形上思考，使它回到了人本身，从而开启了以研究人为根本的"道德形而上学"。

---

① Rene Descartes, *Meditationson First Philosophy*, trans. by John Cottingham, China Socal Sciences Publishing House, 1999, pp. 22 – 24.

2. "德"之追问

康德并不反对神本形而上学的安身立命的价值观，他有时把自己的"道德形而上学"称为"神学"就是明证。他主要反对神本形而上学的"独断论"。通过"纯粹理性批判"，在划定现象界和本体界中对神本形而上学进行清理；在划定人的两种不同理性中把神本形而上学从"独断论"中拯救出来。更重要的是，康德力图超出"自然形而上学"的范围探讨人的超越问题，重点研究理性的自由意志对自然界必然规律的超越，试图建立一种以实践理性为研究对象、以掌握伦理价值世界中的"应当"规律为原则，以实现"自由"为目的的道德形而上学。他的实践理性强调的是人自身的一种"义务"，一种"应当"体系，一种自我的自律，一种理性的自觉，一种能够证实悬设本体确实性的信仰。一句话，就是道德，其指向的是"人类真正的、持久的幸福"。①

康德把人的生命超越追求理解为道德领域中的意志自由活动，这种自由只能是存在于主体意识领域中的自由，表现为意志对道德法则的自愿遵守。因此，生命超越还只能是一种期望和"应该"的超越，是人美好而崇高的理想。人要立足于内心的自由意志，怀着灵魂不朽和上帝存在的信仰，才能真正实现生命超越。意志自由保证道德成为主体理性的自主的选择；灵魂不朽保证主体理性能世世代代超越自身，趋向完满；上帝存在则保证有限人生无法完成的超越在天国中完成。理性通过永恒不朽的道德努力，将永远不断地超越自身的有限性，无限趋近于最圆满的至善境界，与上帝同一的境界。

上帝在神本形而上学中是纯粹理性推出的永恒本体的悬设，而在康德的形而上学中则是实践理性推出的自由本体的悬设。从表面看康德"与上帝同一"的"至善"只能在天国里实现，有基督教神学意味，但康德的上帝，并非宗教意义上的上帝，而是自由。自由哲学是一种道德形而上学，是一个以"绝对命令"为中心的人类学体系。因此，实践理性能够超出纯粹理性的内在局限，超出经验因素的限制，实现道德主体的自由。自由如何可能？"判断力批判"把自由概念引入审美领域之中。强调自由只有经过审美化才是可以直观的，才真正属于人的世界。人只有在审美活动中才能成为知、情、意统一的整体，成为自由的人。这就是康德"人是目的"命题的真正含义。

---

① ［德］康德：《康德书信百封》，李秋零译，上海人民出版社 1992 年版，第 19 页。

康德对审美自由的高扬源于他拯救形而上学努力中对人的生命超越的思考。他所有关于理性的研究可以归纳为三个问题：我能知道什么（形而上学）、我应做什么（伦理学）、我可以希望什么（神学）。但"从根本说来，可以把这一切都归结为人类学"①。"康德的目的只有一个，使人能够变得更富有人性，使人生活得更美好，使人幸免于无谓地抛洒鲜血，不再受愚妄和幻想的摆布。"② 康德以道德方式来满足人类理性，以超越自身有限性达到无限性的追问，实现了形而上学从客体向主体转换的革命。在康德之后，主体代替客体、人代替上帝、自由代替不朽，构成了整个形而上学的基础和最终指向。

尽管西方形而上学关于"生命超越"思想从上帝经理性而走向了自由，但这一自由归根到底仍是主体主观领域中的意志自由，不是人的现实的具体的自由。生命超越成了绝对的、静态的、缺失人的实体的超越。自由的抽象概念吞没了真正人的感性世界，完全停留于人的精神领域。从这个意义上说，从古希腊苏格拉底的"认识你自己"、柏拉图的"理念"、亚理士多德的"实体"，到中世纪神学的"上帝"，都是本体的绝对超越，而人并没有成为其真正的主角。即便从苏格拉底开始转向，也不过是获得知识、追求真理的一种表述，是以科学为基点的思考。真正转变的是康德，他建立起来的道德形而上学具有"哥白尼式的革命"的意义。西方近代人把一切寄托于理性，渴望从道德领域中规范人性、完善人性，进而形成"德本超越"的生命理念。

当然，道德不是靠外在的约束，而是靠内在的自律，具有信念"应当"的体系。这意味着道德的超越性与宗教的超越性具有异质同构的意义。正如康德的墓志铭所言："璀璨星空在我头顶，道德律令在我心中。"只不过"神本超越"预设在彼岸世界，是"上帝存在"和"灵魂不朽"；而"德本超越"预设在此岸世界，是"自由意志"和"至善至美"。康德否定了宗教神学领域中的上帝存在，但在实践理性范畴悬设了一个新的"上帝"——"道德"。它包含自由、人性、完美等因素，核心是"至善"。

西方道德价值观之所以能够流传至今，就在于其有一个相对恒定的价值元素，这就是"爱"——不仅是对上帝的爱，也是对真理的爱，更是对人的爱。它没什么功利目的，也不依据任何东西，而是来自本体世界，

---

① ［德］康德：《逻辑学讲义》，许景行译，商务印书馆1991年版，第15页。

② ［苏］阿尔森·古留加：《康德传》，贾泽林等译，商务印书馆1992年版，第1页。

表达着超越的情感和创造的能量。正所谓：由爱，把恶转化为善，把善升华为至善，至善有着永恒的意义，本质上就是热爱生命；由至善，让生命从有限进入到无限，实现生命超越的目标；由至善的道德，把人类的终极关怀从死后世界转移到此在世界，以热爱生命的社会之道作为终极目标，将人的动物性的生命本能提升到超越死亡的层面。这意义就是人对最高价值的领悟，显示出充盈的、自足的、创造性的幸福感。

从神秘到理性，从自由到善，古代人的形上思考，最终落脚在以人为本的"德本超越"上。这一哲学的理性思考，表现在文学的感性世界里，则通过"尘世游走"模式与"完人"形象表现出来。

二　"德本超越"的表征

文学家笔下的"尘世"有两种指向：一是理想的所在，如"乌托邦"、"大人国"；二是现实的所在，如陆地、大海、乡村、城市等。"尘世游走"，就是以文学家的现实感遇为前提，借助于主人公四处游历、冒险漂泊的行程，在理想或现实世界中，孜孜不倦于成为"完人"的想象。尽管这是一种贴近现实的叙述，但仍然表达着人类精神追求的企图，具有生命超越的意义。因此，"尘世游走"就成为西方文学家表现"生命超越主题"之"德本超越"的一个现实的视角，一个表达理想道德的区域，一种说不尽的话题，其主要表现在"乌托邦"文学和游历文学中。

1. "尘世游走"

西方文学中的"尘世游走"，一般从两个方面展开：一是超越于现实的"幻想尘世"之旅；二是贴近于现实的"真实尘世"之旅。二者都是表现人们所期望的人间境界，只不过前者是幻想的人间，如《乌托邦》、《格列佛游记》所描绘的理想之邦；后者是真实的人间，如《堂吉诃德》、《悲惨世界》所描绘的现实之境。无论是"幻想尘世"的游走，还是"真实尘世"的游走，都与道德情怀密切相关；无论是现实批判，还是人生追求和生命超越，都是以"道德"为支点，表征着道德为本的生命永恒和自由。

"幻想尘世"的游走往往借助游历者一个偶然机遇，意外地发现一个超然于世外的"好地方"，通过游历者的记述和描绘，"好地方"的美好景致一一展现。这是人类现实的一个理想国度。这个理想国度并不是宗教信仰的乐土，不具有神学和宗教的意义，它是尘世中理想的天堂，充满着道德伦理的虚构和想象。

"幻想尘世"游走最经典的表现就是"乌托邦"的建构和书写，其中充满了道德的追索。例如，古希腊诗人赫西俄德在《工作与时日》中设想的"乐园"，其道德意味就非常浓厚，那里的人像神明一样生活着，心里无忧无虑，既没有繁重的劳动，也没有苦恼和贫困；"喜剧之父"阿里斯托芬在《鸟》中展示的"云中鹁鸪国"，也是一个没有战争、人与人之间相亲相爱、充满和平的道德理想的所在；而柏拉图构想的"理想国"本质上是古希腊人道德理想的呈现。

古希腊的"乐园"在英国作家托马斯·莫尔（1478—1535）笔下就成为了《乌托邦》（*Utopia*，1516）。"乌托邦"一词就是托马斯·莫尔从希腊语杜撰出来的，表达"乌有之乡"之义。莫尔笔下的"乌托邦"是一个与世隔绝、按需分配、人人平等、人人幸福的理想国度。在那里，没有剥削、压迫和欺诈，也不存在私有财产和贫富差异，人人享受免费的教育、医疗，实行6小时工作制等。这种从道德而不是从神的信仰角度来建构乐园的意图，成为后来"乌托邦"文学建构的主流话语。诸如意大利作家托马斯·康帕内拉就据此创造了一个充满光明的"太阳城"（《太阳城》）；英国作家培根也据此创造了用科学来战胜自然、战胜死亡的"新大西洋"（《新大西洋》）；H. G. 威尔斯则据此创造了充满快乐、自由、幸福的《现代乌托邦》，等等。这些"乌托邦"皆指向光明、公正、自由、幸福的道德之境。虽然西方实际的城邦是混乱黑暗的，但西方文学家有意滤去这些真实的元素，而把理想置之于现实之上，让"乌托邦"超越于现实，成为一个与现实鲜明对照的民主、有序、幸福的所在。就这样，道德色彩充斥于"乌托邦"文学之中。即便后来的"异托邦"、"反乌托邦"文学，也都是从人性、人的道德伦理的立场来描绘"乌托邦"的异化现象。

可见，西方文学中的"乌托邦"建构，是以道德为基础的。一方面，坚守道德的功利性、现实性、工具性，描绘人人幸福的乌托邦世界，那里"无剥削，无压迫，无贫富，无贵贱，大家都过着朴实无华、丰衣足食的生活"。[①] 这幸福不是来源于神的崇拜，而是得益于人的道德完善。正是由于那里的人们相亲相爱，公正仁义，其制度才完美，生活才符合人性，人生才幸福。另一方面，又宣扬道德的超功利性、超现实性、超工具性，

----

① 陈正炎、林其𫘧：《中国古代大同思想研究》，上海人民出版社1986年版，第189页。

描绘"乌托邦"中的人像神一样长生不老、自由自在。这不是靠神的信仰，而是靠人的道德理念。正是道德的力量，在"乌托邦"中，人们用制度公正来解决冲突争端、用科学技术使人康健永寿、靠人性向善来实现自由。

当然，虽说"乌托邦"是一个"好地方"，但它虚无缥缈，遥不可及。当人们意识到它并不能改变现实，"乌托邦"就成为了存在于人们心中精神理想的一个"好时光"了。因此，生活在世上的人们不愿再沉浸于乌有之乡和世外桃源的空想，而是把生命超越诉诸现实了。也正因为如此，一些文学家也常常通过"真实尘世"之旅，来表达这一超越。

"真实尘世"游走，有止境、有返程，但其追求的则是一个永无止境的精神境界。文学家借助于主人公在乡村、城市、海上、山野等四处游历和漂泊，或释放苦恼，或批判现实，或追求享乐，或梦想未来，但贯穿始终的则是对道德理想的不懈追寻和深刻体味。

"真实尘世"的游走，多种多样，而最经典的是那些"冒险文学"、"游历文学"的建构和抒写。这可以追溯到古希腊的神话和史诗。从伊阿宋率众勇士乘"阿尔戈号"盗取"金羊毛"的冒险，到俄狄浦斯孤身一人躲避命运的历险与自愿放逐；从荷马史诗《伊利亚特》和《奥德赛》的征战与漂泊的旅程，到维吉尔笔下埃涅阿斯的传奇游历等，大抵如此。其后诸如堂吉诃德的行侠、鲁滨逊的漂流、威廉·迈斯特的漫游、哈克贝利·费恩的历险等，亦数不胜数。这样的文学，总是与那些有道明君和英雄们建功立业的壮举联在一起，其中也倾注了浓厚的道德情怀。

"冒险文学"强调荣誉、人格、责任等英雄道德操守。如《奥德赛》的十年冒险经历，既是一个出发和回家的故事，也是一个以游走来叙述的英雄传奇。由此，《奥德赛》奠定了西方"冒险文学"对英雄的道德内容和价值追求的基本框架。虽然时代不同，社会有变，但追求责任战胜情感、正义战胜邪恶的道德梦想则是永恒的。类似的，《埃涅阿斯纪》之帝国寻梦的游走，就是英雄的责任和荣耀的建立过程；《亚瑟王与圆桌骑士传奇》之"忠君、护教、行侠"的行旅，是骑士"正义"的原则和风范的展现。此外另有一种形象，如鲁滨逊这样的形象，虽然没有武士的风度，也没有权贵的威望，但在冒险方式和心理体验方面仍有着道德英雄的品质。他乐此不疲地扩大自己的事业，是新历史条件下的"奥德赛航海"冒险故事的延续，并且以其坚强的毅力和道德精神昭示了人类由文明战胜野蛮之生命超越的伟大意义。而堂吉诃德的游侠冒险的行旅，虽说可笑可悲可叹，却成就了堂吉诃德那种匡扶正义、抱打人间不平的英雄气节，使之成为以至善为目标的道德英雄的集大成者。

“冒险文学”除了有一些带有传奇色彩的故事外，还有一些则体现了现实的真实性，如“流浪汉文学”。相比那些贵族英雄、资产阶级英雄，流浪汉既非英雄，亦非社会群体的中坚，甚至是反英雄。但从道德立场上讲，他们比之前者也毫不逊色。他们往往以自身的善心与美德成就某种“英雄”的品质。理查逊的《帕梅拉》中的帕梅拉，我们暂且不论她由女仆变为贵妇的“灰姑娘”模式，单是她始终以道德标准坚守贞操，面对男主人种种威逼利诱、宁死不从这一点上来说，则成就了这个小人物的道德人格的意义。这是她最终获得爱情的最大理由。菲尔丁的《汤姆·琼斯》中的琼斯，虽然浪迹天涯，但依然以一种博大的胸襟包容了这个世界。为了索菲亚的安全，他奋不顾身拦截惊马；为了救援莫莉，他不惜满身血污；他原本受人诬陷，却反过来宽宏大量地为之求情。经历了种种磨难的琼斯最终以自己的美德赢得了世人的尊重和美满的婚姻。可以说，汤姆·琼斯以其在人间流浪的故事，将人与人之间道德和谐关系的思考呈现出来。此外，勒萨日的《吉尔·布拉斯》中的同名主人公从流浪汉到骗子的转变，是以“一种伦理精神的表达方式”呈现的，因为吉尔·布拉斯心中总是有善与恶的矛盾和挣扎。小说第三部分写他获得成功，有了社会地位后又恢复了诚实的本性，成为一个关心他人疾苦的善良人。作家在此呼吁的正是一种做人的良知和道德的品质。因此，流浪汉的生存冒险，最终表现的仍然不离人生道德。正所谓“不少西部流浪汉小说中的‘追寻’母题和对‘流浪’的叙述，其实质是经由哲学式的精神远游或朝圣来完成‘流浪者’的‘成人’仪式，使‘追寻’母题走向某种类似于宗教情绪的终极性之维”。①

如果说，“冒险文学”是以冒险精神表现了道德关怀的话，那么，“游历文学”则是以朝圣一般的气度凸显了道德内涵。这可以从《圣经》中找到其源头。《圣经》里面的游历，既有失乐园、复乐园的“神游”，也有着族长、士师、先知、使徒等的“游世”。无论是亚当夏娃的失去乐园，还是大洪水灾难下的诺亚方舟，抑或以色列人走出埃及，都有一个共同倾向，即回到上帝的怀抱。那是一种信仰的跋涉、圣地的朝拜——“或为求福、赎罪，或为感恩还愿，或为死后灵魂进入天国。”② 与之不同的是，这里的“游历”无异于“游世”。“游世”不是宗教意义上的，而

① 杨经建：《西方流浪汉小说与中国当代流浪汉小说之比较》，《社会科学》2004 年第 5 期。
② 张锦池：《中国古典小说新解》，黑龙江人民出版社 2000 年版，第 216 页。

是指对尘世中神圣的道义的追寻。用雨果在《九三年》中借郭文之口表达的观点就是："在绝对正确的革命之上，还有一个绝对正确的人道主义。"① 因此说，西方文学中除了宗教游历，还有一种对真理、知识、仁爱的游历，它包含了对永恒意义追寻的精神。如拉伯雷《巨人传》中"神瓶"的寻找，是对真理的朝圣；歌德《威廉·迈斯特》中威廉·迈斯特的四处游学，是对知识的朝圣；雨果《悲惨世界》以及狄更斯《双城记》等，则是对仁爱的朝圣。

"尘世游走"就是以这般"幻想尘世"之旅和"真实尘世"之旅，与"德本超越"紧密相连，成为文学家创作征途中欲罢不能、挥之不去的情结。那一个个前往道义的朝圣者，冥冥之中总是听到某种声音在召唤，"出发吧!"召唤他们走向远方。出发，意味着行旅的开始，也意味着路途的飘忽不定，或是流浪，或是历险，或是无家可归，通过道德和谐的思考（道德功利性）和人的价值、意义的终极追问（道德超功利性），改变人类在茫茫宇宙中永世流浪的状态。因此，"德本超越"便是人们摆脱心灵荒芜、情无所系、梦无所归的精神依托。这集中体现在文学家对"完人"形象的塑造上。

2. "完人"形象

西方文学中的"完人"，是低于神人、高于凡人的人。一方面他们与游走于神界的神人形象有些类似，只不过他们不是游走于神界，追寻神的信仰，而是游走于人世间，以仁义道德成就自己。另一方面他们也不同于一般的凡人，而是极具道德力量的完美的人。用叶舒宪先生的话来说，这就是永久型形象。叶舒宪先生曾把文学史上的人物分为神话型、时代型和永久型三类。其中永久型就是"超越一时一地，具有永久的人生哲理启示意义的形象，如堂吉诃德、哈姆雷特和浮士德。他们是人类在文学这一领域中所孕育出来的最幸运的宠儿，他们身上没有神性，也没有超人的智慧或力量，他们仅仅是血肉之躯，却具有了真正不朽的生命活力"。②

追溯起来，西方文化语境中的这类形象，源自远古的人格神崇拜。擅自盗天火给人类的普罗米修斯，这位被马克思称赞为"哲学日历中最高

---

① ［法］雨果：《九三年》，郑永慧译，人民文学出版社 2004 年版，第 323 页。
② 叶舒宪：《〈浮士德〉的辩证思想——文学与思想史研究片论》，《海南广播电视大学学报》2003 年第 3 期，第 1 页。

尚的圣者和殉道者"①，可看作此类形象的先驱。此外，神话中的雅典娜、阿波罗、赫拉克勒斯等都被赋予了人的道德、智慧、勇敢和力量的特征，他们可以称得上是"完人"形象的原型。文学家们塑造这类文学形象，终极目的就是表达生命永恒和自由的情怀。

"尘世游走"中的"完人"形象，大体分为两类：天赋型和过程型。

天赋型"完人"，是指在作品中一出场就承担了"天赋使命"，甘愿为道义献身的形象。这类形象或不畏强暴，舍生取义；或济世扶困，替天行道；或铲除暴君，重整乾坤；或善良仁爱，自我完善……当然，人无完人，他们也只是相对完美的"完人"。西方文学史上的这类"完人"不乏其例。如莎士比亚笔下的哈姆雷特的形象。表面看，哈姆雷特与他叔父的斗争是为报杀父之仇，实质上，哈姆雷特"是自我对'时代'、'历史'的使命的自觉"②，为重整乾坤，为维护人文主义的理想而最终被推向了道义的祭坛。陀思妥耶夫斯基《白痴》（1868）中的梅什金，在作品的自始至终就以其宽厚仁慈，勇于承担别人的痛苦而超凡脱俗，但在世人眼里则是"白痴"。这个带有"白痴"特点的完人，具有天生的侠骨柔情和圣愚人格。塞万提斯笔下的堂吉诃德堪称这类完人形象的典范，既是一个"天赋使命"的完人，也是一个"失败"的道德英雄。他的云游四方、扫荡邪恶、解救苦难的宏图大志，他的行侠仗义、屡战屡败却勇往直前的坚定信念，成就了他带有疯癫特质的"完人"形象。

过程型"完人"形象，都经历了一个渐趋完美的过程。他们往往诉诸历史传奇的悲剧、史诗的演义等作品中。其形象充满着动人心魄的道德能量和人格魅力。主要包括在追求道义的路程中逐渐成为的冒险英雄或人文英雄。

冒险英雄是经历了漂泊、征战、游侠、开拓等过程而形成的英雄。古希腊古罗马时期建功立业的帝王；中世纪忠君护教、讨伐征战的骑士；近代社会多方求财的资产者以及到处漂泊的流浪汉就是其典型的代表。诸如讨伐征战的亚历山大、寻觅圣杯的亚瑟王、抗争命运的俄狄浦斯、战胜磨难的奥德修斯、创建家园的埃涅阿斯、历尽艰辛的鲁滨逊以及探索真理的先贤等便在其中。这些形象通过无数次的冒险——或出生入死摆脱险境、或西征东讨征服世界、或漫游天下发掘财富……在人生的征程中一次次地

---

① 《马克思恩格斯全集》第 40 卷，人民出版社 1982 年版，第 190 页。

② 钱理群：《丰富的痛苦——堂吉诃德和哈姆雷特的东移》，北京大学出版社 2007 年版，第 25 页。

书写着人的风范和生命的传奇。

这类形象当首推古希腊索福克勒斯的悲剧《俄狄浦斯王》中的俄狄浦斯王。俄狄浦斯王的人生行旅表面看是为躲避命运的钳制，其实就是一种集勇敢与智慧于一身的道德历险。简言之，俄狄浦斯的人生，就是冒险的人生。还是在襁褓中的他被抛入山野，意味着其"冒险"人生的开始；他离开养父母，是为了躲避"杀父娶母"的厄运；他的四处流浪，是他人生旅途的真正"冒险"。尤其战胜怪物斯芬克斯解救了忒拜城百姓而被拥戴为王，在他身上体现的恰恰是亲子爱民、贤德开明的君主品质。只是由于命运的捉弄，使俄狄浦斯在不知情的情况下，杀死了自己的父亲，娶了自己的母亲并与她生育了两双儿女。同样是为了忒拜人的利益，他不惜一切代价追查导致瘟疫的"凶手"，不能不说也暗含了他人生中的又一次"冒险"。而当一切疑点越来越接近自己时，他没有隐瞒，没有退缩，更没有逃避，而是追查到底，直至真相大白。他自甘受罚，自刺双目，自愿放逐，从而完成了他自我救赎的最后"冒险"。从俄狄浦斯的人生冒险经历可以看出，他的悲剧更多的是掺杂着道德的因子：俄狄浦斯还在娘胎里的时候就已经背负了"杀父娶母"的"无道"厄运；他的父亲在他一出生时就弃之，是缘于恐怖的神示，才有抛弃婴儿这有悖伦常的"不道"；获救的俄狄浦斯在别国长大而选择远游——远离"父母"（实则是养父母），奔走他乡，也是为了避免"无道"恶果的发生，应该说是出于"善道"的初衷；而他最后自我戕虐、自愿放逐的做法本身也是出于一种高尚的"道义"，不仅仅是解除忒拜城的瘟疫之灾，更重要的是惩罚违背伦常法则的自赎。人伦道德不容践踏，这在传统西方语境中也不例外。无论是谁，违背之，不论是有意还是无意，终将受到命运的谴责与惩罚。俄狄浦斯抗争的结果是，非但没有逃离出命运的羁绊，反倒愈是挣脱愈是离杀父娶母的结局越近。如果说俄狄浦斯的悲剧是命运悲剧的话，那么，更确切地说，他的悲剧是一出被推上道德法庭的悲剧。为此，他用自己的一生演绎了一个道德英雄的悲壮。

人文英雄则往往是积极追寻安身立命的家园的"圣者"。这类形象成"完人"的过程是曲折的、艰辛的，或寻找家园，追寻真理；或践行善举，安贫乐道；或宽厚仁慈，胸怀坦荡……是一次次摆脱错误、拨云见日的过程。例如，雨果的《悲惨世界》中冉阿让就是一个践行仁爱的道德形象。他一生的漂泊就是演绎了心灵向着最高的人道主义迈进的历程，他的救世情怀和仁爱精神播撒在人生流浪之途的奋斗耐人寻味。列夫·托尔斯泰《复活》中涅赫留朵夫是一个良心发现的道德形象，是作家破解一个人如何"道德自我完善"、如何成为道德上的圣人乃至如何超越生死的鲜明写照。这个形象执着追求"道德自我完善"的忏悔过程发人深省。狄更斯的《双城记》里的梅尼特医生也是一个宽厚仁慈的人道主义的形象，他的看似在来往于巴黎和伦敦的双城奔波，却是他一生找寻真理、彻悟人道的发现之旅。他所遭遇的人生磨难与豁达包容精神的巨大反差带给人无限的道德回味。而歌德笔下的《浮士德》更是这种仁爱之道的集大成者。歌德以其最深远而崇高的道德意识，通过浮士德的人生游走的种种悲剧——从渴求知识到寻求真爱，从审美寄托到宦海沉浮，最后成就建功立业的宏图，其苦苦探索人存在的价值和意义，无疑成为道德乌托邦超越的最高典范。浮士德那永不满足、永远进取的精神更是激发了人们对人生道德的终极追求。

　　由此可见，西方文学中的"完人"形象，既有"英雄"，又有"圣人"，他们或漂泊，或征战，或冒险，或朝圣——无论是雄才大略的帝王将相；还是满腹经纶的圣贤哲人；还是除暴安良的仁人志士，抑或是行侠仗义的勇武之躯，宽厚仁慈的道德义之士……无论他们游走何方，他们都注重道德涵养和人格境界的塑造，把守身行道作为自身生命价值实现的根本法则，具有超越历史的恒远意义。他们游走于路途的故事每每一咏三叹、回肠荡气，常常会让人在情不自禁中踌躇满志，热血沸腾。如果没有他们的聪明才智，没有他们的侠肝义胆，更重要的是，没有他们的道德精神，游走就成为真正的无家可归，永世流浪，抑或毁灭，游走也就毫无价值。而对其生命旅程的观照，会唤起人们的浪漫热情和历史投入，会让人领悟到道德的圣境所体现的生命的意义和惊世骇俗的力量。因为在"完人"形象的身上寄托着人类生命救赎的期盼和生命超越的梦想。

　　虽然这类"完人"形象在文学中凤毛麟角，却是这个世界上最令人永生难忘的、极富生命力的形象。古往今来，文学家赋予其美好、希望、理想、自由等闪亮的字眼，使其承载着人类的道德精神，表达着人类灵魂自由升华的渴望，足以显示其令人神往的生命超越的价值取向。

　　"尘世游走"中的这些"完人"形象的生命超越，是通过外在自由，即通过外在向度的努力来实现的。这与此前论及的"神本超越"有些相似。也就是说，在追求生命的永恒与自由这一点上，"德本超越"与"神本超越"都是通过外在自由去实现生命超越的目标。不过，"神本超越"重于"我的身体感受经历到的悲欢只是感觉而已……我的身体必须沾染神明的光润才能不朽，不朽的意思在这里也不是不死的，而是美好的

（即神性的，笔者注）"；而"德本超越"则重于"我的身体感受经历到的悲和欢属于我，不朽的意思不是不死的，而是属我的（即属己的，笔者注）"①。因此，"尘世游走"的"完人"与"神界游走"的"神人"，有着很大的不同。"尘世游走"的"完人"，在生命超越的依据上，不是依据复活和灵魂在彼岸世界永生的信仰来实现生命不朽的，而是在"生命本身"的基础上展开的，是通过立德，即以全部生命投入高尚的道德行为中，以人格的卓绝显示道德的必然性的存在，从精神无限的角度来追求生命的自由。正所谓"道德生活总是要求自由，道德评价总是面对自由"。② 而在生命超越的目标上，同样可以获得类似于神灵拯救的体验，同样可以反抗外在的奴役，同样可以寻求生命创造的意义，亦同样可以建立起崇高的精神家园。只是这个家园不在天上，而在人间。可以这样说，从道德出发的行旅，即意味着人类历史不断从低级向高级，从简单到复杂，从野蛮到文明，从自在到自为，最终会奔向至善至美的终极境界。

　　应该指出的是，"德本超越"是以个人利益的某种节制和牺牲来换取对公众利益的追求和维护，其内涵应该是符合人性的发展，符合人的生存发展的需要的。道德的追问不在理想目标上，而在现实生活中。但它的现实性、功利性极易被别有用心者利用，使其成为谋取个人利益的手段和途径。因而，道德的追问有时会随着伪装和欺骗成为利己主义的远虑和算计，甚至成为借道德之名，来行践踏人性，毁人害命的"假道德"、"伪道德"或"消极的道德"。一些所谓的道德不过是被蒙上了道德的面具。曼德威尔在他的《道德起源论》中就指出："道德的发端，乃为了使野心家极容易又极安全地从大家那里获得更多的利益，并且统治他们的大多数人。"③

　　如果"完人"只是变成极少数人利益的维护者，那么，将很难实现真正意义上的超越，"德本超越"的理想也必然陷入虚幻的困境。因此，人们在文学家创造的道德英雄那里，在津津乐道其超凡脱俗的文韬武略、克己奉公的善行美德、济世救困的雄心壮志的同时，也会留下一串长长的问号而陷入深深的沉思。

---

① 刘小枫：《沉重的肉身——现代性伦理的叙事纬语》，华夏出版社 2004 年版，第 77 页。
② ［俄］别尔嘉耶夫：《论人的使命》，张百春译，学林出版社 2000 年版，第 18 页。
③ 周辅成编：《西方伦理学名著选辑》上卷，商务印书馆 1987 年版，第 788 页。

三　"德本超越"的经典：《堂吉诃德》

在西方文学史上，《堂吉诃德》是表现生命超越主题之"德本超越"最经典的文本之一。这主要在于这部作品成功地塑造了经典的"完人"形象——堂吉诃德。

西班牙作家塞万提斯（1547—1616）创作的长篇小说《堂吉诃德》（1605—1615）自从 17 世纪初期问世以来，便因其同名主人公堂吉诃德的复杂形象而著称于世，成为世界文学经久不衰的研究课题之一。诗人海涅（Heinrich Heine）认为，塞万提斯因《堂吉诃德》而与莎士比亚和歌德"结成诗人的三头统治，在诗艺表现的三个门类里，即在叙事类、戏剧类和抒情诗类里，取得了最高成就"。① 据传，这部杰作几乎被翻译成世界上所有的文字。到目前为止，它在西方的发行量仅次于《圣经》。难怪 2002 年由瑞典文学院等有关机构举办、54 个国家和地区的 100 名作家参加的"人类伟大作品"的评选活动中，塞万提斯的《堂吉诃德》以绝对之势压倒群典赫然名列榜首。无疑，塞万提斯因《堂吉诃德》而站在经典作家的行列，而堂吉诃德这一形象的塑造是成就其经典地位的重要原因。

对于堂吉诃德的认识，历来存在很多说法。早在 17 世纪，堂吉诃德就被认为是对神圣罗马帝国的英雄理想主义惟妙惟肖的模仿批判。② 渐渐地，人们看到了其所具有的人性内涵。在当代，人们的认识则更倾向于多元化，认为其表现了诸如现实的、理想的、道德的、人文的等多重意蕴。在这个基础上很多人又强调其中的两个意义：一个是理想，认为小说以堂吉诃德形象的塑造，表达了作家的理想主义精神。如：周作人认为"堂吉诃德代表信仰和理想"，鲁迅认为堂吉诃德精神是"专凭理想勇往直前去做事"。③ 国内权威的文学史也指出，堂吉诃德是"文艺复兴时期人文

---

① ［德］海涅：《〈堂吉诃德〉引言》，见《海涅全集》（第七卷），胡其鼎译，河北教育出版社 2003 年版，第 273 页。

② Attanasio, S. & Bergin, T. G., *Giants of World Literature：Cervantes*. New York：American Heritage Press, 1970：157.

③ 鲁迅：《〈解放了的堂吉诃德〉后记》，《解放了的堂吉诃德》，人民文学出版社 1954 年版，第 131 页。

主义作家心目中的理想人物"。① 人们承认塞万提斯"在作品中抨击了骑士文学，却并不打算丢弃骑士风范，尤其是其中的理想主义精神"。② 另一个是道德，认为这部小说充满了塞万提斯的道德意识。拜伦、海涅、歌德、司各特、雨果、法郎士、屠格涅夫，还有马克思、恩格斯等都赞扬过堂吉诃德的高尚道德。因而倾向于"堂吉诃德是一种高尚的理想或道义的象征"③ 的说法，我们也对此深信不疑。可问题在于，堂吉诃德为什么要去追求他的理想或道义？这个理想的核心到底是什么？

在我们看来，这部小说在表现理想的背后，深藏着一种伟大的、超越于现实的意志和情结，这就是追求生命永恒与自由的超越情怀。基于这份情怀，塞万提斯不单是仿拟骑士小说来打击骑士小说，更重要的是通过堂吉诃德的形象假以"骑士道"而追求一种"人间正道"，或可说是以道德为基准去实现其生命的超越。即从超越"骑士道"、超越"爱情"、超越"现实"的层面，构成了《堂吉诃德》多重主题的一个至关重要的内涵——"德本超越"。

1. 并非"骑士道"

读过《堂吉诃德》的人，无不感到堂吉诃德的形象是可笑可怜而又可悲的，虽然如此，却并不影响这个形象的可爱与可敬，这恰恰是堂吉诃德魅力无限的原因。这部小说是在西班牙小说难登大雅之堂的末流态势下写成的。它描述了一个来自西班牙穷乡僻壤的乡绅去行侠仗义以"扫尽人间不平之事"的游侠传奇，在戏拟骑士小说的"奇情异想"中塑造了主人公堂吉诃德的形象。塞万提斯曾明确指出，他创作的初衷是借用骑士小说这种体裁，去借题发挥，这种戏拟可以放笔写去，海阔天空，一无拘束，自然而然地达到讽刺骑士文化和批判社会的目的。然而，人们发现，作家"借题发挥"的意图并未止步于此。这个身着铠甲，手持长矛，驾驭一匹瘦马，满面愁容又义无反顾地冲向黑暗世界的形象，却背负了一个"英雄"的使命，使他远远超越了一般意义上的游侠骑士，更堪比横空出

---

① 朱维之、赵澧主编：《外国文学史·欧美卷》（修订本），南开大学出版社 1994 年版，第 80 页。

② 陈众议：《经典的偶然性与必然性——以〈堂吉诃德〉为个案》，《外国文学评论》2009 年第 1 期，第 20 页。

③ 周宁：《幻想中的英雄——论〈堂吉诃德〉的多重意义》，《厦门大学学报》1996 年第 1 期，第 9 页。

世、叱咤风云的英雄豪杰。四百年来，这个形象已走遍千山万水深深镌刻在人们的心间，并时时激起一代又一代人的浪漫情愫。

表面来看，堂吉诃德这个形象的所作所为是立足于"骑士道"的准则。即在忠于皇室、取悦于贵妇人、报效于封建国家的前提下，去追求锄强扶弱、行侠四方，扬名天下的壮举，也就是用过时的骑士道与现实的恶势力作斗争，并试图恢复往日的秩序。堂吉诃德是以游侠骑士，确切地说是以文弱绅士的面目出现在作品中的。小说记述了他的三次游侠经历，这个过程总是在崇高与滑稽、理想与现实的矛盾中进行的。他想恢复"黄金时代"，即"古人所谓黄金时代真是幸福的年代、幸福的世纪"① 的努力也终未能实现，反倒处处碰壁，显得滑稽荒诞。因此，有人说堂吉诃德是可笑的、把幻想当作现实的疯子；有人说他是个可怜的、丧失理智的傻子；有人说他是可悲的、不谙世道的幻想者，抱打不平、行侠仗义只是他幼稚的表现……如屠格涅夫所说，"我们常常把'堂吉诃德'这几个字简单地理解为小丑，'堂吉诃德性格'这几个字在我们这儿是与荒唐、愚蠢这几个字意义相等的……"② 若是如此，堂吉诃德就是一个逆历史潮流而动的喜剧小丑了。

然而，随着时间的推移，人们更相信这是一个可敬的形象，并且是一个耐人寻味的形象。透过堂吉诃德的"骑士道"的理想，我们看到了这个形象自觉肩负的正义使命及其追求崇高、自由和奉献的道德本质。

首先，堂吉诃德的使命感，体现着生命超越的道德诉求。一心想做一名骑士的堂吉诃德，从他做"骑士"的命名、受封、比武到向贵夫人献殷勤等，都是在仿照古代骑士制度的有关仪式的一系列程序中亦步亦趋。虽说其情节滑稽之至，可笑之至，不乏作家的夸张戏拟，如在肮脏的马棚里接受利欲熏心的店主"受封"，草料账本成了立誓的"圣经"，客店的妓女为他佩剑……但在堂吉诃德看来，这一切都无比庄严而神圣，包括甘愿为意中人杜尔西内娅去建功立业的壮志豪情也如骑士精神的罗曼史一般不容冒犯。他始终坚信他肩负着匡扶正义的伟大使命。他对桑丘说："桑丘朋友，你该知道，天叫我生在这个铁的时代，是叫我恢复金子的时代，一般人所谓黄金时代，各种奇事险遇，各种丰功伟绩，都是特地留给我的。

① ［西班牙］塞万提斯：《堂吉诃德》（上），杨绛译，人民文学出版社 1983 年版，第 73 页。
② 转引自陈众议《经典的偶然性与必然性——以〈堂吉诃德〉为个案》，《外国文学评论》2009 年第 1 期，第 25 页。

我再跟你说一遍，我是有使命的。"① 他还说："我虽然罪过多端，却已经献身于骑士道；那些骑士毕生致力的事业，就是我的事业。"② 好一个天降大任于斯人也。为此，他让自己具备骑士所应有的装备和要件，奉行着自己的道德信条。

但事实上，堂吉诃德像他的作者一样也"借题发挥"了"骑士道"。换句话说，他的"骑士道"已超越了其狭隘意义而变为真正的人间正义了。因为"世道人心，一年不如一年了"。所以，堂吉诃德自觉担负起解救那些受压迫、受欺凌、受苦受难的人们的使命，把伸张正义视为自己这个"骑士"的责任和义务。他披挂破旧的铠甲，擎起锈迹斑驳的长矛，骑上他的驽马，与"风车"大战，与"羊群"搏斗，与"酒囊"厮杀，与狮子挑战，与虚伪斗、与欺诈斗，与他所认为的一切邪恶较量义无反顾。堂吉诃德还关心和保护那些柔弱的女性和孩子。如他救助落难的"公主"，他为少女玛赛拉鸣不平。所谓"建立骑士道就是为了保障女人的安全，保护童女，扶助寡妇，救济孤儿和穷人。"③ 为此，他必须投入"正义的战争"④。这不是用过去的"骑士道"来恢复道德，而是用超越旧时代的骑士精神来铲除现实的不人道。人们尽管可以怀疑他的荒诞做法，但没有人会怀疑他的道德真诚。从这个意义上看，堂吉诃德的形象就极富人文底蕴和道德力量，非但不是什么"小丑"，而是一个拥有道德信仰的英雄。

其次，堂吉诃德的高尚观，体现了生命超越的道德内涵。堂吉诃德始终把美德看成是高尚的。这与当时的血统论、等级论大相径庭。在他看来，人的高贵不在于出身，他借多若泰之口说："真正的高贵还在于道德品性。"⑤ 堂吉诃德这样告诫桑丘："桑丘，你记着：假如你一心向往美德，以品行高尚为荣，你就不必羡慕天生的贵人。血统是从上代传袭的，美德是自己培养的；美德有本身的价值，血统只是借光。"⑥ "凡是没有知识的，尽管是王公贵人，都称为凡夫俗子。"⑦ 堂吉诃德推崇的是做人的高尚。他总是以个人的品行高尚为荣。"凡是堂吉诃德认为骑士应有的学

① ［西班牙］塞万提斯：《堂吉诃德》（上），杨绛译，人民文学出版社 1983 年版，第 145 页。

② 同上书，第 87 页。

③ 同上书，第 74 页。

④ 同上书，第 58 页。

⑤ 同上书，第 334 页。

⑥ ［西班牙］塞万提斯：《堂吉诃德》（下），杨绛译，人民文学出版社 1983 年版，第 296 页。

⑦ 同上书，第 113 页。

识、修养以及大大小小的美德，他自己身上都有……他的忠贞、纯洁、慷慨、斯文、勇敢、坚毅，都超常过人。"① 他善良仁慈，对任何人都真诚平等相待；他知识渊博，对世间的历史掌故，没有一样不如数家珍；他伸张正义，以行侠仗义、救危扶困为己任，为荡涤社会的一切丑恶不惜肝脑涂地。

堂吉诃德的高尚观，还表现在对自由的追求中。他选择冒险游侠本身，就是渴望自由的本质。他说："自由是天赐的无价之宝，地下和海洋的一切都比不上，自由和体面一样，值得拿性命去拼。不得自由而受奴役是人生最苦的事。"② 他还说："我认为人是天生自由的，把自由的人当奴隶未免残酷。"③ "我们的意志是自由的，不受药草和符咒的强制。"④ 因此，他特别赞赏那位洁身自好、"悠游自在"、"选中了田野的清幽生活"⑤ 的美丽的自由人玛赛拉，并愿意保护她，不能不说是他向往自由的体现。

更为重要的是，堂吉诃德的高尚观，还表现在他身上所具有的人类最真挚、最崇高的思想情感，表现在为求正义而百折不挠、屡败屡战的行为中。他的行侠仗义、锄强扶弱，不仅仅是身为"骑士"的行为准则，而是为了建立一个没有阶级、没有压迫的社会；他的扶危救困、济世救人也不仅仅是为获得骑士建立功勋的这份荣耀，而是要干一番千古流芳的大事业，即实现一个幸福、有道的理想，这才是他的无上荣光。正因为如此，堂吉诃德才不是可笑、可怜的，而是可爱、可敬的，是一个拥有道义信仰而捍卫真理的悲剧英雄。

最后，堂吉诃德的奉献精神，也体现了生命超越的道德目标。堂吉诃德不屈不挠的行侠历程，"有着崇高的自我牺牲的因素"⑥，即为弘扬道义而无私无畏的牺牲精神。堂吉诃德决意去行侠仗义的时候，正处在西班牙社会人欲横流、颠倒黑白、一切都功利化的时代。在人们纷纷为捞得财富而去冒险攫取的时候，在为一己私利或一官半职而坑蒙拐骗的时候，在弱肉强食、盗贼横行的时候，堂吉诃德没有关心财富，更没有关心自身的利

---

① 杨绛：《堂吉诃德·前言》，见《堂吉诃德》（上），人民文学出版社1983年版，第14页。

② ［西班牙］塞万提斯：《堂吉诃德》（下），杨绛译，人民文学出版社1983年版，第404页。

③ 同上书，第175页。

④ ［西班牙］塞万提斯：《堂吉诃德》（上），杨绛译，人民文学出版社1983年版，第171页。

⑤ 同上书，第101页。

⑥ 转引自陈众议《经典的偶然性与必然性——以〈堂吉诃德〉为个案》，《外国文学评论》2009年第1期，第25页。

益。他所关心的是，盼望人人行善，哪里有苦难他来解救，哪里有冤情他来申冤，哪里有不平他来铲除。这个仅有几间房产、几亩薄地的穷乡绅这样宣称，"我的职业是救援一切苦人，不问死的活的"。① 有道是，他以悲天悯人的情怀，在把自己装扮成骑士的时候已在无意中把自己变成了一个救世主了。他自认为是恢复过去的骑士道，他的那些所作所为，说到底，是对道义的执着。

在那个基督教神学取得"万流归宗"的时代，堂吉诃德的这种奉献道义的精神，与教士奉献上帝的所为似乎相当。而堂吉诃德可不这样看，"教士们是平平安安地向上天祈求人的福利，而我们战士和骑士却要实现他们的祷告，凭勇力和剑锋来保卫世人的福利，而且这些事不是在室内，却是在野外干的……所以把战斗当职业的，比平平安安求上帝扶弱济贫的教士显然来得辛苦。……常常挨打，得忍饥耐渴，受种种困苦，而且穿的破烂，浑身虱子"。② "一生要遭遇千百次的危险和磨难。"③ 可见，他深知作为战士和骑士的艰辛，并且早已做好了这种牺牲的准备："我离开了家乡，抵押了家产，抛弃了舒服日子，把自己交托给命运，由他摆布。我要使衰亡的骑士道重新兴盛……"④ 而事实上，堂吉诃德的这种牺牲已远远超越了所谓的"骑士道"，而包含的正是善良、勇敢、真诚、正义的道德本质，这才是他用整个生命来坚持的信仰。一旦放弃，则意味着他生命的完结。小说最后写堂吉诃德终于"认清"骑士道而"幡然悔悟"，即在他的弥留之际。

正如有的学者所指出的那样，"堂吉诃德想建立的与其说是'骑士道'，不如说是《圣经》中耶稣描绘的末日审判后人人平等、自由幸福的彼岸天国。这虽然虚幻，却表达了人类最普遍、美好、崇高的理想"⑤。此乃人间正道。虽说堂吉诃的道德理想与基督教的天国如出一辙，但是，它们到达的方式却迥然有别。一个是顺从、宽容、忍耐地去修得来世，一个却是追求自由、平等、博爱创造今世；一个逆来顺受与忍耐，一个努力进取与超越。正是这个形象所体现的超越精神——对自我的超越，对骑士

---

① ［西班牙］塞万提斯：《堂吉诃德》（下），杨绛译，人民文学出版社 1983 年版，第 391 页。

② ［西班牙］塞万提斯：《堂吉诃德》（上），杨绛译，人民文学出版社 1983 年版，第 87—88 页。

③ 同上书，第 108 页。

④ ［西班牙］塞万提斯：《堂吉诃德》（下），杨绛译，人民文学出版社 1983 年版，第 109 页。

⑤ 蒋承勇：《〈堂吉诃德〉的多重讽刺视角与人文意蕴重构》，《外国文学评论》2001 年第 4 期，第 106 页。

道的超越，使得堂吉诃德这个形象的生命才获得了不朽与永恒。正因为如此，我们说，堂吉诃德不是一个滑稽可悲的喜剧小丑，而是一个效忠理想而富有自我牺牲精神的真正"斗士"。

2. 并非"爱情"

如果说堂吉诃德行侠仗义的路程所表现的是超越了"骑士道"精神的话，那么，他所表现的对杜尔西内娅的效忠，则远远超越了爱情的范畴，而具有"德本超越"的内涵。堂吉诃德对杜尔西内娅的信仰也不仅仅是空幻的柏拉图式的精神之爱，而是具有终极关怀意义的自由意志。与其说这是堂吉诃德追求的"爱情"，莫如说是他追求的"美德"。

首先，堂吉诃德对杜尔西内娅的爱是神圣的。在堂吉诃德的整个冒险旅程中，最令他念念不忘的不是家人，不是朋友，而是他的意中人、他心中挚爱的、也是奉为神圣的女人——杜尔西内娅。应该说，堂吉诃德抱打不平所坚守的那份心灵的支柱便是杜尔西内娅。堂吉诃德这样向人描摹她的美："她的头发是黄金，脑门子是极乐净土，眉毛是虹，眼睛是太阳，脸颊是玫瑰，嘴唇是珊瑚，牙齿是珍珠，脖子是雪花石膏，胸脯是大理石，皮肤是皎洁的白雪。"[1] "杜尔西内娅·台尔·托波索小姐简直美得难以想象，不是语言所能形容的。她的丽影印在我的心上呢。"[2]

他痴情于她。"哎，杜尔西内娅公主，束缚着我这颗心的主子！你严词命我不得瞻仰芳容，你这样驱逐我、呵斥我，真是对我太残酷了！小姐啊，我听凭你辖制的这颗心，只为一片痴情，受尽折磨，请你别把它忘掉啊！"[3] 无论怎样，他对她"一往情深"，无人取代，如堂吉诃德自己所说："因为游侠骑士非如此不可。我的爱情不出于色欲，而是高尚纯洁的心向神往。"[4]

他取悦于她。为了杜尔西内娅，堂吉诃德像个野人一般去黑山苦修，还把"衬衫后襟撕下一大片"挽成结子当念珠。[5] "杜尔西内娅·台尔·托波索啊！我黑暗中的光明！痛苦中的快乐！前途的北斗星！命运的主宰！我求天保佑你的称心如意！我离开了你，到了这种地方，落得这步田

---

[1]　［西班牙］塞万提斯：《堂吉诃德》（上），杨绛译，人民文学出版社1983年版，第90页。

[2]　［西班牙］塞万提斯：《堂吉诃德》（下），杨绛译，人民文学出版社1983年版，第232页。

[3]　［西班牙］塞万提斯：《堂吉诃德》（上），杨绛译，人民文学出版社1983年版，第17页。

[4]　［西班牙］塞万提斯：《堂吉诃德》（下），杨绛译，人民文学出版社1983年版，第228页。

[5]　［西班牙］塞万提斯：《堂吉诃德》（上），杨绛译，人民文学出版社1983年版，第216页。

地，求你顾怜我，不要辜负了我的一片忠贞！"① 孤独的他，在那里为她写了许多缠绵的诗篇。什么"堂吉诃德在此哭哭啼啼/思念远方的杜尔西内娅·台尔·托波索"之类。②

他信赖她。当他解救了什么人时，他会让这个人去拜见杜尔西内娅，或由她发落，或向她报告自己的功劳；当他意志不坚定时，他会以杜尔西内娅压抑内心的冲动；当他感到恐惧来袭时，他会凭杜尔西内娅舒缓紧张的情绪；当他遇到危险时，他会祈求她的帮助，"啊！我心上的主子、美人的典范杜尔西内娅！你的骑士为了不负你的十全十美，招得大难临头了！请你快来帮忙呀！"③

他思念她。堂吉诃德无时无刻不在想念这个"意中人"。当他愁闷的时候，他会向她倾吐心声："哎，美丽聪明、有才有德的杜尔西内娅·台尔·托波索小姐呀！全世界敬爱的典范呀！你这会儿在干什么呢？听你驱使的骑士为了向你效劳，甘心冒险遭难，你想到他吗？变幻着三副脸的月亮啊！请把她的消息传报我！……她大概在自己宫殿的廊下散步或阳台上凭栏，左思右想：我为她心碎肠断，她怎样按自己的身份体面，给我些安慰呢？我吃尽了苦，她给我什么幸福呢？我受足了累，她让我怎样休息呢？而且怎样让我死里得生，怎样报酬我的功劳呢？她准是在想这些事吧？太阳啊！你这会儿准忙着驾马，赶大清早瞧我的意中人去。你见了她请替我问候。……"④

他忠诚于她。如果有谁企图亵渎他对她的那份虔诚的爱，他会怒不可遏，甚至拼命。即便他自己有时稍一走神而背离了杜尔西内娅，他也会马上纠正自己。例如，一次他遍体鳞伤躺在客栈，幻想店主女儿爱上了他，瞒着父母来投怀送抱。但很快，他就为自己的这一闪念惶恐不安起来，于是"他暗暗拿定主意，即使希内布拉王后带着她的金塔尼欧娜夫人前来亲热，他也绝不会亏负他的杜尔西内娅·台尔·托波索小姐。"⑤

可见，堂吉诃德对杜尔西内娅爱得铭心刻骨，对她的信仰堪比上帝，甚至超过了上帝。

---

① ［西班牙］塞万提斯：《堂吉诃德》（上），杨绛译，人民文学出版社 1983 年版，第 204—205 页。

② 同上书，第 217 页。

③ 同上书，第 60 页。

④ 同上书，第 398—399 页。

⑤ 同上书，第 115 页。

其次，堂吉诃德的爱是虚幻的。堂吉诃德对爱情所坚守的这一切都不是真实的，而是来自他臆造的幻想。他先是幻想了绝色佳人杜尔西内娅，接着又生发出幻想中的幻想——幻想他与杜尔西内娅的子虚乌有的爱情关系，幻想种种不可企及的爱情故事。显然，这不是爱情，也并非为堂吉诃德的游侠历程多了一抹浪漫色彩那般简单。

爱情是人类情感中最美丽动人的情感之一，而对于堂吉诃德却不曾拥有。在他的看来，"我们这个可恶的年代，没有一个女人是安全的了。即使再盖一所克里特迷宫，把女人关在里面也没用。爱情的瘟疫凭着它那股子该死的钻劲儿，会从隙缝里、空气里传透进去，尽管把她们藏得严严实实，也会失身丧节"。① 或许我们可以因此推想他年过五旬仍孤身一人的缘由，但这并不意味着他没有过爱的憧憬。或者某种程度上，正是他太过苛求完美而终难寻觅。在堂吉诃德立意要做一个骑士的时候，他知道，按照惯例，每位游侠骑士必有一位意中人，"没有意中人，好比树没有叶子和果实，躯壳没有灵魂"② 一般。他说："游侠骑士哪会没有意中人呀！他们有意中人就仿佛天上有星星，同是自然之理。历史上绝找不到没有意中人的游侠骑士。"③ 他向往这个"意中人"本身，除了使自己更具备骑士的条件外，也表明在他内心深处也藏有一份美好的情感——爱情。于是，他把现实中一位其貌不扬甚至有些粗俗的村姑，臆造成了美丽、高贵、善良的杜尔西内娅了，甚至世界上没有任何一位女子能与之媲美，从而幻化成了一场对她生死不渝的单相思。在他的心中，爱，就是这般虔诚而圣洁。

虽说这个意中人是堂吉诃德的虚构，也不能不说夹杂着几分虚荣和炫耀，但是，堂吉诃德这种柏拉图式的精神之爱，以及对她的浪漫体验和感受却是真实而纯洁的。表面看，这种爱是脱离了现实基础的镜花水月，却是理想爱情的心理寄托，也是纯真爱情与物质现实的巨大矛盾的体现。而堂吉诃德在这份爱中的种种冒险，成为其灵魂深处道德情愫的宣泄口，也成为其走向幸福彼岸的向导。换句话说，堂吉诃德心中的杜尔西内娅这一善良纯洁高贵的女性，早已变成了他超然物外的一种高尚的道德情操的象征——是他的崇高的人生信仰，是他追寻真理的源泉，是他拼杀奋斗的动力，也是他生命超越的目标，更是他生命的全部意义。

---

① ［西班牙］塞万提斯：《堂吉诃德》（上），杨绛译，人民文学出版社1983年版，第74页。
② 同上书，第15页。
③ 同上书，第88—89页。

因此，与其说杜尔西内娅是他时时想念、爱戴、信赖、崇拜的"意中人"，莫如说她是堂吉诃德对圣洁道德的一种憧憬，更是堂吉诃德心中追求"完美和谐"的心理投影。从这个意义上看，杜尔西内娅是堂吉诃德如影随形的、超越自我的一面镜子。这面"镜子"，一方面，时时与堂吉诃德的心灵对话，透露出他内心世界的种种变化与矛盾，包括他的勇敢与坚强，孤独与愁闷，怯弱与压抑等；另一方面，映照出他的人生的信仰和生命超越的真理，是他惩恶扬善的动力之源，正如堂吉诃德所说，"她凭我来厮杀得胜，我靠她生存活命；她是我的命根子，有了她才有我这个人"。①

也正因为如此，与其说他是为杜尔西内娅而战，莫如说他是为建立功勋的荣誉而战，为高尚美德的尊严而战，为平等自由的人性而战，也可以说是为他走向永恒的超越而战。因而堂吉诃德的这份信仰已远远超越了爱情而具有形而上的意义了。这正如屠格涅夫所说："堂吉诃德有着不可动摇的信仰，他坚决相信，超越了他自身存在，还有永恒的、普遍的、不变的东西；这些东西须一片至诚地努力争取，方才能够获得。堂吉诃德为了他信仰的真理，不辞辛苦，不惜牺牲性命。在他，人生只是手段，不是目的。"②

其实，映照堂吉诃德对道德的执着，除了杜尔西内娅外，还有另一面"镜子"，这就是伴随堂吉诃德冒险游侠的农民——桑丘·潘沙。如果说杜尔西内娅是反映堂吉诃德理想精神的一面"虚幻之镜"的话，那么，桑丘·潘沙则是堂吉诃德超越现实精神的一面"现实之镜"。

3. 并非"疯癫"

堂吉诃德和桑丘是相互对应的两个形象。他们一高一矮，一胖一瘦；一个骑着驽马，一个骑着毛驴；一个乡绅，一个农民；一个温文尔雅，一个俗不可耐——二者不仅在外形上相映成趣，而且在出身、教养、知识、品性、思想等方面，都形成鲜明的对照。主仆二人"好比两镜相照，彼此交映出无限深度。堂吉诃德抱着伟大幻想，一心想济世救人，一直眼望着遥远的过去和未来，竟看不见现实世界，也忘记了自己是血肉之躯。桑

---

① ［西班牙］塞万提斯：《堂吉诃德》（上），杨绛译，人民文学出版社1983年版，第268页。
② 杨绛：《堂吉诃德·前言》，见［西班牙］塞万提斯《堂吉诃德》（上），杨绛译，人民文学出版社1983年版，第10页。

丘念念只在一身一家的温饱，一切从经验出发，压根儿不懂什么理想"。①
他们根本的差异在于：一个耽于骑士世界与道德理想，一个正视人间现实
与真实生活。其行为表现是一个"疯癫"，一个"精明"。

　　桑丘总是现实地看待世界的真实存在。堂吉诃德把风车当成巨人，把
羊群当成敌人，把理发师的铜盆当成武士的头盔，在桑丘看来是不可思
议、不可理喻的。除了堂吉诃德初次游侠外，桑丘几乎经历了堂吉诃德
"行侠仗义"的全过程。从出发到回家，堂吉诃德要么是被打得"像干尸
一样"，要么是被锁在笼子里装在牛车上，要么是被街坊邻居假扮的"白
月骑士"打败，总是伴随接二连三地挨打、受骂、被捉弄、受嘲笑而以
失败告终。桑丘亲眼看到了堂吉诃德一心维护正义的尊严和荣誉的理想就
这样一次次地被残酷的"现实"所颠覆，由一个济困救世的拯救者变成
了一个心力交瘁的被拯救者。桑丘既是堂吉诃德把幻想当作现实的见证
人，也是堂吉诃德由"幻想"返回到"现实"的外在推力。多数情况下，
狂热的堂吉诃德屡屡遁入幻象之中拼命冲杀，每每都是清醒的桑丘把堂吉
诃德拉回到现实中来。

　　因此，在跟随堂吉诃德游侠的路上，桑丘颇具"现实"的性格成为
追求道德理想的堂吉诃德的反衬。例如，堂吉诃德是出于一个"骑士"
的行侠仗义的道德使命开始了他的游侠冒险，而桑丘听从了堂吉诃德的劝
说，是由于"海岛总督"有利可图的诱惑。而桑丘的斤斤计较、胆小怕
事也同样衬出堂吉诃德宽厚博爱、勇往直前。例如，当主仆二人遇到险情
时，桑丘总是惊慌失措地躲避起来。因为他有一套保命原则："回避不是
逃跑，凶险很大、出路很少的场合，死挺着算不得聪明。聪明人留着自己
的身子等待来日，不在一天里拼掉性命。……我虽是乡下土包子，还懂得
几分谨慎小心的道理。"② 这又恰恰映衬了堂吉诃德的舍命哲学——每遇
险境从不胆怯，从不退缩，哪怕头破血流，不惜任何代价的斗争精神。他
怒不可遏地训斥地主对男孩安德瑞斯殴打的暴行，他奋不顾身地迎战
"恶魔"，他毫无惧色地揭露恃强凌弱的权贵的罪恶，这些虽然事与愿违，
却无不渗透着堂吉诃德以道义为本探索理想的大无畏的英雄本色。

　　重要的是，在跟随堂吉诃德游侠的路上，桑丘的精明，他的实用主义
和利己主义，正是现实的人所面临种种欲望与诱惑的反映，与堂吉诃德的

---

① 杨绛：《堂吉诃德·前言》，见〔西班牙〕塞万提斯《堂吉诃德》（上），杨绛译，人民文学
　 出版社 1983 年版，第 17 页。

② 〔西班牙〕塞万提斯：《堂吉诃德》（上），杨绛译，人民文学出版社 1983 年版，第 179 页。

疯癫，他的理想主义和英雄主义形成巨大反差，并时时压抑、阻碍堂吉诃德行侠仗义的道德之心，使他在道德超越的征程上总是不断地在理想与现实的矛盾困惑中奋力前行。其实，堂吉诃德的那些"侠义"行动所遭遇的动机与结果的悖反，都是这种矛盾的反映。虽说有时堂吉诃德在这个过程中也会反思自己吃亏上当的行为，但他坚持道德理想从不动摇。例如，堂吉诃德解救了一群押在路上去做苦役的囚徒，遂令他们扛着解开的锁链到他的"意中人"——杜尔西内娅那里去回禀请安，这伙囚徒非但不听，反而恩将仇报，把主仆二人痛打一顿而各自逃走，其中一个还牵走了桑丘的驴子。可想而知这些罪犯放到社会会产生怎样的后果。事后堂吉诃德反省道，自己若是早听桑丘的话就不会吃此大亏了。桑丘反说："你会学乖，就好比我会变土耳其人。"① 桑丘对堂吉诃德把幻想视为现实的做法再清楚不过了，把罪犯当作受难者给放掉也就不足为奇。

不仅如此，桑丘也知道，沉溺于幻想中的堂吉诃德的头脑"简单"得像个孩子，用桑丘的话说，随便一个人的谎话都能让堂吉诃德信以为真。然而，桑丘告诫堂吉诃德的那些眼见的"真实"，却总是被堂吉诃德幻想的理由予以否认。当桑丘说风车不是巨人，或杜尔西内娅不是赛过天仙的佳丽，堂吉诃德的回应是：魔法作怪把巨人变成了风车，把美丽的杜尔西内娅变成了粗壮的丑妇。堂吉诃德所谓的"魔法"，就是他自己的"幻想"产物，进一步说，现实的人们想让堂吉诃德从幻想中醒来，走进"现实"的生活，而堂吉诃德则想让"现实"的人们踏入"理想"世界，而人人向善。不仅包括桑丘在内的那些善意地想让他回归到真实的现实世界的友善者，也包括公爵夫妇在内的那些恶意地把他当作小丑一样戏耍嘲笑的愚弄者。但堂吉诃德善良的道德理想和英雄气概最终被黑暗的现实砸得粉碎，这正是堂吉诃德的悲剧。

更值得玩味的是，"精明"、"现实"的桑丘，有时也竟不知不觉地反被卷入堂吉诃德的"疯癫"和"幻想"之中，甚至被带到堂吉诃德的道德理想的"逻辑"里。小说中有一段这样的情节。堂吉诃德去黑山苦修以表对"意中人"的衷心。神父和理发师为哄他出来，就设计一个骗局，让为情出走的民女多若泰谎称是要继承王位的公主米戈米公娜，因被"巨人"庞达斐兰都加害而落难，恳求骑士堂吉诃德解救。果然，这个法子真的让堂吉诃德离开了荒山。他以一个骑士的名誉起誓，愿意效劳。桑丘竟像他的主人一样，也相信了这个"公主"的落难故事。当听到"公

---

① ［西班牙］塞万提斯：《堂吉诃德》（上），杨绛译，人民文学出版社 1983 年版，第 178 页。

主"承诺事后会遵从父亲预言与骑士婚配，"把自己的王国连同她本人一并交托给他"①，桑丘欣喜若狂，极力怂恿堂吉诃德娶她为妻，盘算自己日后好歹可以捞得一份"公爵的封地"。当然，堂吉诃德凭着对自己"意中人"的坚定不移的爱，气急败坏地把桑丘打翻在地。就在堂吉诃德在客栈与"巨人"大战，最后戳破几只酒囊，以为杀死了"巨人"，而向"公主"请功的时候，桑丘居然也看见"巨人"一命呜呼，"血"流满地，"砍下来的脑袋滚在一边，有大酒袋那么大呢"②。惊魂未定的桑丘到处寻找那颗不见了的"巨人头颅"，疑心受了魔法支使……虽说桑丘重于现实，但耽于"理想"的堂吉诃德又每每越过桑丘，甚至感染桑丘而超越了现实。由此，不能不说追求道德理想的堂吉诃德也影响了桑丘的人生价值与道德判断，从桑丘在做海岛总督时的秉公执法就可看出这一点。从这个意义上说，桑丘就是堂吉诃德疯癫的反衬。

正是杜尔西内娅和桑丘这一虚一实的两面"镜子"，把堂吉诃德以道德为根本的生命超越历程映照得更加鲜明，更加纯粹。

米兰·昆德拉说："当上帝从他指导的宇宙和它的价值秩序的宝座、从他区别善恶及赋予各种事物意义的宝座上缓缓离去，堂吉诃德就从他的住宅动身走进了他不再认识得出的世界。上帝这最高的裁决者不在了，世界突然出现了它可怕的多重性质；唯一的神圣的真理解释为无数的相对的真理，被人们分发开来。"③塞万提斯如何让他倾其心力塑造的堂吉诃德走向他"不再认识"的人世？凭的就是扫荡一切罪恶的道德信念。尽管作家一再标榜他是为打击"骑士小说"而作，但依然遮蔽不了这部作品传达出的真实倾向，就如恩格斯评价塞万提斯所说的那样，他是个"有强烈倾向的诗人"。这个倾向就在于道德至善，不论是塞万提斯的生活、创作，还是他的思想都是如此。塞万提斯在嘲讽骑士小说的同时，更在意义的深处倾向于一种在骑士精神背后所体现的净化了的崇高美好的道德情操。正所谓："堂吉诃德超越现实的理想固然可悲，但他那种积极主动的挑战精神使得他不仅比那些已被阉去了理想的凡夫俗子们伟大，而且也要

---

① ［西班牙］塞万提斯：《堂吉诃德》（上），杨绛译，人民文学出版社1983年版，第266页。

② 同上书，第323页。

③ ［捷克］米兰·昆德拉：《贬值的塞万提斯的遗产》，艾晓明译，台湾《东华大学学报》（社会科学版）2006年第2期，第90页。为行文统一，此处把原译"唐·吉诃德"改为"堂吉诃德"。

比那些虽徒具理想却永远不敢付之行动的丹麦王子伟大。"① 因此，与其说堂吉诃德是"疯癫"的，莫如说他比小说中其他任何人物都清醒和深邃。他的"疯癫"正是那个时代的反讽。

　　堂吉诃德就是这样一个崇尚道义又屡败屡战的道德英雄。为了一个道义的理想，为了一种超越的精神，他如疯子一般地执着。但他的坚持不懈，他的义无反顾，甚至他的头破血流，都不是可笑、不是可怜，而是如此的可爱、可敬！这个"疯子"无异于塞万提斯自己，他的所作所为就如堂吉诃德那样——学识渊博、真诚善良、疾恶如仇、伸张正义、百折不挠、捍卫真理。总之，道德追求是他一生的信仰。正因为如此，许多学者认为，塞万提斯塑造堂吉诃德是为了展示他的"伟大的抱负和理想"。② 而塞万提斯活脱脱就是一个生活版的堂吉诃德。在堂吉诃德在尘世游走的旅程中，我们似乎能看到塞万提斯在战场上冲锋陷阵的英勇，也能看到他在阿尔及尔多次越狱逃跑的反抗，甚至能够看到一个在西班牙与世俗较量的断臂者的无畏……在某种意义上，堂吉诃德的悲剧也正是塞万提斯的悲剧。如杨绛先生所说的那样，"也许塞万提斯在赋予堂吉诃德血、肉、生命的时候，把自己的品性、思想、情感分了些给他……堂吉诃德有些品质是塞万提斯本人的品质"。③ 塞万提斯一生从做人到为文，其实就是凭着他的道德信仰而做的一篇"道德"文章。钱理群先生也说，"实际上是作家在创造堂吉诃德形象过程中，越来越从堂吉诃德身上发现了自己，他在分析堂吉诃德时，同时也在审视着自己及同时代人，于是，自觉不自觉地将自己与同时代人的许多思想、情感、品性，越来越多地倾注到堂吉诃德的身上，堂吉诃德形象'血肉化'的过程，成了作家（同时代人）和他的人物互相渗透的过程。于是，堂吉诃德的仿佛已是'过了时'的'骑士道'里，就吹进了属于作家塞万提斯个人和他所生活的时代的理想与要求……"④

　　如果说信仰是由于人类在实践基础上向往生活最高境界而产生的极度信服的心理状态，并表现出人类对现实生活的自我超越的话，那么，在塞万提斯及其堂吉诃德的信仰中，则将其有限的自为存在与无限的自在存在

---

① 徐岱：《文学本体的人类学思辨》，《文学评论》1988 年第 5 期，第 81—82 页。

② 李德恩：《重读〈堂吉诃德〉》，《外国文学》2001 年第 2 期，第 80 页。

③ 杨绛：《堂吉诃德·前言》，见［西班牙］塞万提斯《堂吉诃德》（上），杨绛译，人民文学出版社 1983 年版，第 15 页。

④ 钱理群：《丰富的痛苦——堂吉诃德和哈姆雷特的东移》，北京大学出版社 2007 年版，第 11—12 页。

统一起来，表现为以道德对作为"人"的生命意义的终极关怀，从而给予其人生以神圣和崇高的意义，进而追寻一种精神上的超越——"德本超越"，追寻一种在骑士精神背后所体现的净化了的崇高美好的道德情操。因之，把所有美好的字眼加在他的身上都不为过。

堂吉诃德的形象总会让人们掩卷之后不住地思考。历经种种冒险，一生穷困潦倒的塞万提斯何以创作出《堂吉诃德》而使之成为全世界最宝贵的财富之一？为什么堂吉诃德的道德悲剧，已不仅仅是塞万提斯及其时代的悲剧？为什么其悲剧所及已涵盖了人类历史上那些用理想反抗现实、那些前仆后继的圣者贤人的真实写照？这难道不是他们执着的道德理想和生命超越境界的集中体现？虽然这种超越在现实中失败了，但在人类精神历史上，因真诚善良、因捍卫真理、因坚持理想而精神永存。堂吉诃德骑着那匹瘦马的背影，已渐渐远去，却并未在人们的视线中消失，过去不会，将来也不会。正所谓："一切有目的的事物中，再没有比道德的目的性更使我们关心，也再没有什么别的东西能超过我们从道德的目的性中得到的快乐。"①

---

① ［德］席勒：《论悲剧题材产生快感的原因》，孙凤城、张玉书译，转引自蒋孔阳、朱立元主编《西方美学通史·德国古典美学》，上海文艺出版社 1999 年版，第 431 页。

第五章 生命超越主题之"情本超越"

当人类把希望投射于脚下的大地，以建立一个以德为中心的人间天堂作为安身立命的精神家园，却发现"德"已演变为与人对立的，奴役人、摧残人的异化物。所谓"满嘴仁义道德，一肚子男盗女娼"。从前那些备受人们推崇的"仁人义士"，在"英雄死了"的声浪中成为虚构的神话。然而，在这个世界上，人无法面对没有价值和意义的生活，无法忍受失去精神家园的空虚和焦虑。在人们失去彼岸支撑之后，审美取得了此岸支撑的位置。没有审美，也就没有对真理、道德乃至生命价值和意义的追求。

从审美出发来设定世界的根基，是西方"上帝死了"、"英雄死了"之后的基本话语。"美可以成为一种手段，使人由素材达到形式，又由感觉达到规律，由有限存在达到绝对存在。"① 从本质上说，审美是一种全身心的体验，一种自由的感觉，一种超越了利害的精神愉悦，甚至是超越一种死亡的人生态度，其核心就是情感。审美情感构成了西方文学"生命超越主题"谱系中的一种魅力无穷的形态："情本超越"。

一 "情本超越"的哲思

西方从古希腊到中世纪，从文艺复兴到现代，"理性中心主义"思想始终占据主导位置。理性是哲学、宗教和道德的神圣性的支撑，也是人的本质属性。所谓"我思故我在"。人因理性而成为"宇宙的精华、万物的灵长"。对理性的推崇，极大地激发了人的创造力，使人类呈现了历史上前所未有的物质和精神的繁荣。然而，资本的物质力量与形而上学的理性力量汇流，如同一把双刃剑，既给人类带来了福，也带来了祸。为了对抗理性的统治，消除"人被从地球上连根拔起"的异化危机，人类付出了

---

① ［德］席勒：《审美教育书简》，徐恒醇译，中国文联出版公司1984年版，第102页。

艰辛努力和沉痛代价。

正所谓，"当人感到处身于其中的世界与自己离异时，有两条道路可能让人在肯定价值真实的前提下重新聚合分离了的世界。一条是审美之路，它将有限的生命领入一个在沉醉中歌唱的世界，仿佛有限的生存虽然悲戚、却是迷人且令人沉溺的。另一条是救赎之路，这条道路的终极是：人、世界和历史的欠然在一个超世上帝的神性怀抱中得到爱的救护"。① 事实上，后一条路在"上帝死了"的喧嚣中已行之不通。因此，通过审美应对人的片面化的前一条路，就成为西方人"生命超越"的必然选择。

1. "审美"之思

以审美作为人类终极关怀的思考，在西方由来已久，文艺复兴之后更趋明朗。席勒就是通过对抽象的人性的先验的分析，把实现自由理想的使命交给了艺术和美，在审美的观照下，人们才可以达到自由。所谓"构成了他使人由自然的人向自由的人过渡的审美的人的理想"②。这"不是我思故我在，而是我体验故我在"，"审美体验即生存，审美体验即世界"，只有"真实地进入审美体验即理想地去生存"，人才能成为真正意义上的人，即"审美体验使人成之为人"，审美"是人之为人的根本，也是人类最为理想的存在的本身"。③ 从近代到现代，西方步入了一个名副其实的审美时代，审美化的浪潮以铺天盖地之势席卷四面八方。在形下层面，日常生活的审美化是一种普遍现象。大到广场、绿地、高楼大厦，小到一个街灯、一块地砖、一柄门把手，都是按照美的规律来构造的；在形上层面，审美救世成为时代的主旋律。因此，从个人到社会，从物质到精神，从实在到虚拟，没有什么能够逃过审美的浸入。

审美，具有一个主观性原理，本质上是一种情感体验和领悟。其表现，不通过概念而通过情感将人带入自我生命之中，既不局限于生命的理性层面的逻辑目的，也不沉湎于生命的感性层面的本能欲望，而是通过心灵的回忆、想象来领悟人性、幸福、价值、意义等存在问题。其生成，既是表象的，又是内在的；既是感性的，又是超感性的。因而呈现一派忘利害、无是非、超时空的自由天地，使人由此去把握人生的真谛、存在的真

---

① 刘小枫：《拯救与逍遥》，上海三联书店2001年版，第33页。

② 蒋孔阳、朱立元主编：《西方美学通史·德国古典美学》，上海文艺出版社1999年版，第427页。

③ 潘知常：《审美体验的本体阐释》，《上海社会科学院学术季刊》1996年第1期。

实、终极的意义，使心灵得到安身立命的归属。可见，审美与人的情感密不可分。

　　情感，从心理学来看分为两种：一种是动力性情感，另一种是对象性情感。动力性情感如激情、心境和热情等，是促使人进行活动的心理动力。激情的强度大而持续性小；心境的强度小而持续性大；热情则既有强度也有持续性。对象性情感是人们对自身情感内容的认识、体验与表现，如亲情、爱情、友情、故土情等，是自然、社会、人的多样性在心理中的反映，表征着人与自然、人与人、人与社会、人与文化之间的关系。"情感实际上就是关系，当然它不是具体的关系，而是关系的关系，也就是使一切关系成为可能的关系。"① 对象性情感是沟通人与自然、主体与客体、客观世界与主观世界的桥梁。

　　由于人与自然、社会、人之间既有功利性关系的一面，也有非功利性的一面，因而对象性情感，还分为功利性情感和非功利性情感。功利性情感是对物质享受、实用利益的悲哀、激动、感伤、绝望等个体情感类型；非功利性情感则是超越了个体情感的普遍情感维度，所谓"相看两不厌，只有敬亭山"（李白）。就非功利情感而言，其源自人类先验的情感愉快与能够普遍传达的生命力量的统一，核心就是一种非功利性的"共通感"。这是一种美妙的，不可名状、不可言说的感受，是在摈弃了一切功利欲望的静观和身与物化的神游等过程中形成的。它不仅仅是当下的情感体验，而且是生命升华的本体力量，本质上是某种"理"、"欲"交融而成的情感快乐，极具宇宙情怀的神秘感与生命升华的快感。"它关注着被非人的力量所压制了的种种潜在的想象、个性和情感的舒张和成长；它又像是一个精神分析家或牧师，关心着被现代化潮流淹没的形形色色的主体，不断地为生存的危机和意义的丧失提供某种精神的慰藉和解释，提醒他们本真性的丢失和寻找家园的路径。"②

　　正是如此，审美之情既能超越现实的鄙俗，恢复被现实异化和肢解了的个体；又能为人类提供心灵上巨大慰藉，把人的理性和感性统一起来，抵制人性异化和沉沦，给漂泊在大地上的灵魂建构一个充满温情和想象力的精神家园。它以敞开的胸怀，完全沉浸到对象中去，使之产生与自然、宇宙交流、沟通、认同、融合的神秘经验，去感悟生命存在的价值，从

① 彭富春：《中国当代思想的困境与出路——评李泽厚哲学与美学的最新探索》，《文艺研究》2001 年第 2 期。
② 周宪：《审美现代性批判》，商务印书馆 2005 年版，第 71 页。

而实现生命的救赎；它以超越性的光辉，上升到一种超然脱俗、泯灭生死的境界，将有限的生活境遇指向无限的生命意义，从而照亮人类心灵解放的前景。

在这个意义上，审美之"情"可以替代"神"与"德"，成为人们安身立命的精神家园。审美之"情"既能超越"神"的虚幻性，把"神本超越"的一往不返置换为往返不已的世俗感性；也能超越"德"的实用功利性，把"德本超越"从理性压抑中解救出来；从而实现人的生命的完美和升华。所以，"情本超越"是人类对精神家园的又一次寻找，也是人类对生命的又一次救赎。

2. "情"之追问

长期以来，以审美之"情"替代"神"、"德"成为人类本体追问和形上关注的一个重要命题。从古希腊的柏拉图，到"黑格尔、康德、席勒、马克思、维柯、克罗齐、叔本华、尼采、柏格森、一直到20世纪的海德格尔、萨特、伽达默尔、法兰克福学派等等，几乎都是'审美救世'的坚定拥护者和热忱宣扬者"①。

柏拉图通过性欲与情爱的比较，表明非功利情感的超越意义。在柏拉图看来，人开初是完整有力的，他们是个球体，有四只手、四只脚、两张脸、两对生殖器，分纯粹男性、纯粹女性和男女混合三种类型。这些人强大、自由、骄傲，不把神放在眼里，宙斯就把他们劈成两半以削弱其力量。"正是从这个时代开始，人类体验到了对另一个人的爱，爱可以通过试图把两个人结合到一起来治疗他们曾经的创伤，使他们回复到古老的自然状态。我们每个人……都只是一块破裂了的符木……，永远地追求着自己失去的另一块符木。"②

人生就是这样努力寻找自己的另一半。只有找到另一半，人才能得到真正的圆满。这种情感是通过爱自己原来的身体，通过交媾来完成的，此谓"阿里斯托芬之爱"。柏拉图对这种情感是反对的，甚至因这种情感而把诗人驱除出他的理想国。但柏拉图并非一概地反对情感，他渴望超越的情爱。这"好像爬梯子，一阶一阶从一个身体、两个身体上升到所有美的身体，再从美的身体上升到美的操持，由美的操持上升到美的种种学

---

① 曹顺庆、吴兴明：《正在消失的乌托邦》，《文学评论》2003 年第 3 期。
② Soble, A. *The Structure of Love*. New Haven：Yale University Press，1990，p.78.

问，最后从美的学问上升到仅仅认识那美本身的学问，最终认识美之所是"①。此谓"苏格拉底之爱"。他描绘道："这时他凭临美的汪洋大海，凝神观照，心中起无限欣喜，于是孕育着无数量的优美崇高的思想语言，得到丰富的哲学收获。如此精力弥满之后，他终于一旦豁然贯通唯一的涵盖一切的学问。"②虽然柏拉图渴望超越肉体的灵魂之爱，渴望占有美善的真正情感，但他陷入了一种迷狂，这种迷狂不过是灵魂的回忆，本质上说是神的附体。神圣的理念世界是他的本体，审美情感不过是动力性的手段而已。普洛丁和托玛斯·阿奎那发展了柏拉图哲学中的这种非理性倾向，将审美情感状态等同于宗教的迷狂，并且认为这是通过上帝领会到无限美的情感状态。在他们眼里，审美情感就是对上帝的皈依。

康德开启了对审美情感的真正研究。康德认为人应该是知、情、意的统一体，但纯粹理性世界与实践理性世界是分裂的，所以渴望诉诸非功利情感来沟通和调和，引领人从有限走向无限，从感性界走向超感性界，而达到永恒超越的自由境界，实现人的终极理想。"我们综合康德的意思，可以把审美意象界定为一种理性观念的最完满的感性形象显现。"③席勒继承了康德的这一美学思想。他认为人既是物质存在，也是精神存在，既具有"感性冲动"，也具有"理性冲动"。"感性冲动"受自然欲望的强迫，是一种"限制"；"理性冲动"受法则的强迫，也是一种"限制"，只有两者统一于游戏时，人才是获得最高的自由。"只有当人在充分意义上是人的时候，他才游戏；只有当人游戏的时候，他才是完全的人。"④席勒认为人还存在第三种冲动，这就是"游戏冲动"。游戏冲动本质上就是非功利情感。只有在非功利情感的游戏中，人才能从有限的感性现实上升到无限的超感性的理性世界，从而达到一种超越有限的自由。康德和席勒最终要做的，就是通过道德化的艺术和审美教育来恢复人性的完整。神圣的道德世界是他的本体，审美情感不过是动力性的桥梁，是道德的象征而已。

康德、席勒之后的西方哲学家，基本上都是从审美"情感"方面寻找人的"存在"的精神依托，而作为最具本体意义的艺术则成为最好的

---

① ［古希腊］柏拉图：《会饮》，刘小枫译，华夏出版社 2003 年版，第 235 页。

② ［古希腊］柏拉图：《文艺对话集》，朱光潜译，人民文学出版社 1983 年版，第 272 页。

③ 朱光潜：《西方美学史》下卷，人民文学出版社 1964 年版，第 52 页。

④ ［德］席勒：《美育书简》，载蒋孔阳主编《19 世纪西方美学名著选》，复旦大学出版社 1990 年版，第 159 页。

视点。在艺术的世界中，人类可以超越现实的鄙俗，恢复被异化的整体，走向澄明的存在。马尔库塞（1898—1979）"爱欲解放"说具有代表性。

马尔库塞在《作为现实形式的艺术》一文中，提出了"按照美的法则重建世界"的构想。他认为，艺术虽不能直接改变世界，但可以改变人的意识，从而推动现实变革。因为"艺术借助一种完全不同于日常语言和交往的方式'目睹'了人类的生存"①。"艺术代表着所有革命的终极目标：个体的自由和幸福。"② 这种通过艺术活动来消除人类的异化，来构建一个"非压抑文明"的社会，就是审美情感的乌托邦。这就是"爱欲"解放。"爱欲"，既包含性欲，又是性欲的升华，是人的全身心的一种持久的快乐情感。"在非压抑条件下，性欲将成长为'爱欲'，就是说，它将在有助于加强和扩大本能满足的持久的、扩展着的关系（包括工作关系）中走向自我升华。"③ 而"性欲因爱而获得了尊严"，"爱及其要求的持久的、可靠的关系以性欲与'情感'的联合为基础"。④

在马尔库塞看来，人类高度文明的发生发展就是"爱欲"的压抑和反压抑的结果。要反抗现代西方文明对人的异化，就必须把"爱欲"作为人解放的支点。"它们的目的不只是反对现实原则，实现虚无，而且要超越现实原则，达到另一种存在。"⑤ "爱欲"解放包括改造和解放里比多，把受生殖至上原则支配的性欲，改造成人格所具有的爱欲。这不仅是一个心理学问题，也是社会政治学问题。他认为，"爱欲"的解放首先是劳动的解放。劳动不仅为"爱欲"冲动提供机会，也为生命提供满足的"支柱"。其次是要实现主体的自由。即人类的"爱欲"是否达到真正的满足。因为人正是在这种"爱欲"满足中，才成了为一种"高级存在物"。可见，马尔库塞的"爱欲"，具有生命超越的立场。文学艺术通过救赎、解放的功能，帮助人类摆脱苦难，获得一个幸福的港湾，从而代替宗教，成了在有限中体悟和沟通无限的舞台。文学艺术可以通过一个超越现实的虚拟世界，担当相应的社会责任，给予人切实的现实关怀；还可以通过一个美的意象，承起心灵的慰藉功能，给予人更深刻的终极关怀。因

---

① ［美］马尔库塞：《审美之维》，李小兵译，生活·读书·新知三联书店1989年版，第160页。

② 同上书，第255页。

③ ［美］赫伯特·马尔库塞：《爱欲与文明》，黄勇、薛民译，上海文艺出版社1987年版，第164页。

④ 同上书，第147、146页。

⑤ 同上书，第77页。

此，文学艺术不仅能够成为映照人类现实、反映人类本性的一面镜子，而且能够成为映照人类未来、寻觅存在价值和意义的一盏明灯。

说到底，文学艺术的本质就是情感的抒发。它为情而生，为情而动，为情而无所不能。艺术是人类创造和把握情感世界的一种方式。用苏珊·朗格的话来说，"艺术是创造出来的表现情感概念的表现性形式"。① 在情感建构的世界里，人性才能完整，人生才能幸福，生命才能无限。无论是远古的神话传说、诗歌、舞蹈、史诗、戏剧，还是现代的文学艺术，都是以生动鲜活的情感世界展示了生命存在的价值和意义。人"在这种种似如往昔的平凡、有限甚至转瞬即逝的真实情感中，进入天地境界中，便可以安身立命，永恒不朽"②。

从审美到审美体验，从文学艺术到审美情感，现代人的形上思考，逐步落实在以情为本之上。以情为本，表现在文学的感性世界里，最为突出的就是"情本超越"主题。"爱情"，作为审美与情感统一的最佳形态，自然成为表现"情本超越"主题的一个最佳视角。

二　"情本超越"的表征

"情本超越"主题之所以在爱情题材中得以最为典型的体现，是因为爱情在人类的多种情感形式中，是最富审美特质的最纯洁、最真挚、最热烈的永恒情感，最能体现人的生命本质。爱情使"人的思想不但非常诗化和带着崇高的色彩，而且也具有超绝的、超自然的倾向"。③ 古往今来的文学家常常在爱情世界寻找文学灵感，进而寄托以情为本的生命超越情怀。西方文学中的"情本超越"主题主要通过"情爱游走"模式和"至情人"形象体现出来。

1. "情爱游走"

"情爱游走"，就是在爱的情感世界里的漫游。也就是文学家以现实感遇为前提，借助于主人公的情爱之旅，通过男女之间的情爱行为、情爱

---

① ［美］苏珊·朗格：《艺术问题》，滕守尧、朱疆源译，中国社会科学出版社1983年版，第108页。

② 李泽厚：《哲学探寻录》，载《世纪新梦》，安徽文艺出版社1998年版，第31页。

③ ［德］叔本华：《叔本华哲理美文集》，李瑜青主编，安徽文艺出版社1997年版，第57页。

心理、情爱关系的文学表现，书写爱情的自足世界。尽管它是一种潜在情欲的隐喻游走，但它不是表达生命原欲，而是表达人性欲望中最深层的生命华章：爱情。

一般来说，人的感官受生理欲望的支配，是自然性的，经过长期的“人化”过程，其动物性欲望已经转化为人的文化心理结构。无疑，人的自然性功能下降和社会性功能上升是一种进化趋势。就人类的爱情而言，虽然离不开人与生俱来的自然禀赋这种生物性的情欲，“有大量迹象表明，爱本身只是在男女之间的性关系中后来才出现的现象”①；但在满足了物质需要之后，爱情，本质上是男女间的相互倾慕和渴望的相依相守，这种情感，主要是一种精神需要，人的“生理上的性需求在人身上很少以纯粹的形式出现，性需求总是伴随着复杂的心理情况以及爱欲的幻想”②。因此，“性欲成为爱情，自然的关系成为人的关系，自然感官成为审美的感官，人的情欲成为美的情感，这就是积淀的主体性的最终方面，即人的真正的自由感受”。③ 文学中的“情爱游走”所体现的就是这样的情感。

西方文学中的“情爱游走”，从表现的内容来说，有单一化和多元化之分；从表现的意义来说，又有世俗化和本体化之别。

单一化的“情爱游走”，通过情爱的倾诉、赞美及其所带来的忧伤等情感的描摹，全神贯注于爱情。既有男女之间的自然吸引，也有纯贞爱情的歌颂；既充满了自然性的幽美、热烈和质朴，也充满了精神性的和谐、甜蜜和美好。这种单一化在爱情诗中的表现最为多见。因为爱情诗主要以抒发感情为主，侧重于情爱的生理、心理的需求，单纯而深刻。从古希腊女诗人萨福的情歌到文艺复兴的十四行诗，到19世纪浪漫主义乃至后来的爱情诗，多以缠绵思绪咏唱着爱情最甜美的歌。如彼特拉克爱的情思：“相思把我一点一滴地耗尽，/它有力、锋利而又如此强劲，/并以迷人的语言作为衣饰相称；/或许她点燃了我的情火而又逃遁，她自己也是这爱情之火的一个部分……”④ 如勃朗宁夫人的爱情礼赞：“不过只要是爱，

① ［奥］弗洛伊德：《群体心理学与自我的分析》，载车文博主编《弗洛伊德文集》第4卷，长春出版社1998年版，第120页。

② ［俄］尼古拉·别尔嘉耶夫：《论人的奴役与自由》，张百春译，中国城市出版社2002年版，第262页。

③ 李泽厚：《美学四讲》，见《美学三书》，安徽文艺出版社1999年版，第515页。

④ ［意］彼特拉克：《歌集》，李国庆、王行人译，花城出版社2001年版，第174页。

是爱，可就是美，/就值得你接受。你知道，爱就是火，/火总是光明的，不问着火的是庙堂，或者柴堆——那栋梁还是荆榛在烧，/火焰里总跳得出同样的光辉……"（《葡萄牙人十四行诗》，方平译）如普希金的爱情表白："娜达丽雅！我对你承认，/我心中充满着对你 的思念，/还是第一次令人羞于出口，/我竟被女性的娇美所迷恋。/整个白天里四处东奔西走，/但是只有你将我的心占据；夜幕降临……还是只有你翩然出现在我空旷的梦乡……"① 如叶赛宁的爱情描绘："传来绝色美人的声音，/像加桑的笛声一样悠扬，/在那紧紧搂抱的怀里/不会有焦虑，也不会失落，/只剩加桑的笛声在迴荡。"② 如雪莱的爱情诉说："还看着我吧——别把眼睛移开，/就让它宴飨于我眼中的爱情，/确实，这爱情不过是你的美/在我的精神上反射出的光明。/对我谈话吧——你的声调好似/我的心灵的回声……"③ 也如博尔赫斯的爱情期待："亲近你节日般光彩照人的面容，/看惯你依然神秘、恬静、稚弱的躯体，/倾听你絮絮细语或默默无言的生命交替，/都算不上神秘的恩惠，/同瞅着你在我无眠的怀中的酣睡/简直无法比拟……"④（《爱的预期》）等等，都洋溢着纯美的爱的激情。

多元化的"情爱游走"，主要是通过男女之间的爱情叙事，反映家庭、经济、政治、文化等诸多方面意义。文学家常以审视、解剖社会问题的眼光，来书写人物"情爱游走"的过程，或可说，以爱情为轴逐步向外延伸，使主题指向纷繁复杂的人生。这种"情爱游走"已经超出了情爱本身的生理、心理层面，而扩大至人类生活的各个领域，被赋予宏大的文化乃至生命存在的内涵。其中的情爱故事也渐渐偏离爱情本身。当爱情与集体、民族、国家纠缠在一起，便承载了多元的价值观：或展示对物质束缚和利益交换的反抗；或表达对腐朽的社会制度的控诉；或揭示某种文化传统对纯洁爱情的扼杀；或体现对虚伪的道德观念的批判；或承担心灵自由、个人幸福、启蒙或革命的时代使命等，使"情爱游走"成为一种社会的批判、历史的反思、思想的载体、宣传的媒介等载道的工具。例

---

① ［俄］普希金：《给娜达丽雅》，载王志耕译《普希金诗选》，花山文艺出版社1995年版，第2页。

② ［俄］叶赛宁：《天空澄蓝而又蔚蓝》，载《叶赛宁诗选》，顾蕴璞译，浙江文艺出版社1990年版，第152页。

③ ［英］雪莱：《给——》，载《雪莱抒情诗选》，查良铮译，人民文学出版社1993年版，第24页。

④ ［阿根廷］博尔赫斯：《博尔赫斯诗选》，陈东飚、陈子弘等译，河北教育出版社2003年版，第58页。

如，席勒的《阴谋与爱情》通过斐迪南与路易丝的爱情惨遭扼杀的故事，揭露了封建强权的霸道与残忍；司汤达的《法尼娜·法尼尼》通过革命者米西芮里与贵族小姐法尼娜·法尼尼的爱情决裂，歌颂了烧炭党人献身革命而舍弃爱情的精神品质；哈代的《德伯家的苔丝》，通过"一个纯洁的女人"苔丝的爱情悲剧，控诉了维多利亚时代虚伪的社会道德……可见，多元化"情爱游走"，不只有期望爱情的美满、歌颂爱情的力量、赞美爱情的尊严、幸福、自由等意义倾向，而且也有爱情以外的某些"言外之意"。

多元化的"情爱游走"，又体现出两种不同的意义取向——世俗化与本体化。

世俗化"情爱游走"，是爱情陷入某种功利或利害的关系之中，而倾向于形而下的维度。有时体现为"虚假"的爱情，"爱情"受到社会利益或个人利益或情欲的驱动与掌控，而遮蔽了对爱情本身的追求，如《漂亮朋友》中杜洛阿的所谓"爱情"。有时体现为"捆绑"的爱情，变成"××+爱情"模式，爱情成为某种功利的附庸，如车尔尼雪夫斯基的《怎么办》中"革命+爱情"，《红与黑》中的"政治+爱情"。我们绝不否认这样的作品反映的思想内容的深刻性，只是从情爱的角度而言，其迷失了爱情的本质。"情爱游走"只有"回到爱情自身"，回到以爱情意义为主的无限丰富而深远的自足世界里，才能体现爱情的本体意义。

本体化"情爱游走"，是通过爱情叙事，表达爱情的本质意义，即眷注于"回到爱情自身"的形而上的维度。这种本体化，不是回到欲望冲动的生理需求上，不是回到生命本真的原欲状态（这是爱情的性欲化）；这种本体化，也不是回到功利的情感上，也不是利害的冲突或日常的庸俗（这是爱情的功利化）。爱情的性欲化和爱情的功利化，只能导致爱情的消解。"回到爱情自身"，就是唯美地对待爱情，强调两情自由，相知相悦，视爱情为"人生第一要义"，既相信爱情的崇高，能够获得生命的新生和自我的实现；也相信爱情的永恒，能够超越一切外界阻力乃至超越生死而达到生命不朽和自由的境界。这种观念在"情爱游走"中的渗透，使之具有了一种圣洁的光芒和崇高的意义。"情本超越"主题即由此生发而来。易卜生的《当我们死者醒来》（1899）中的"情爱游走"就是如此。

《当我们死者醒来》以象征主义手法表达了"情本超越"的深刻主题。戏剧展现了雕塑家鲁贝克与模特儿爱吕尼一起合作时所产生的刻骨铭心的爱情及其失而复得的过程。如果说过去鲁贝克为了献身艺术而拒绝了爱吕尼这个纯情、美丽的女子，这个他唯一真正的所爱，而使双方都深陷痛苦之中的话，那么与之邂逅重逢，则使之幡然醒悟而从"死"了的爱情中"复活"，以至于最后冲破婚姻和一切名利，与爱吕尼一起走向爱情的巅峰。剧中虽有鲁贝克妻子梅遏与猎人乌尔费姆组成的另一条"情爱游走"线索，但鲁贝克与爱吕尼的"情爱游走"则是全剧的重心。梅遏与乌尔费姆的爱情，不过是一种世俗之爱，而鲁贝克与爱吕尼的爱情，则是一种精神之爱。诚然，这部戏剧的象征意义是繁复的，不乏对人生问题的多重思考，但不管易卜生出于何等初衷，戏剧让我们看到了爱情之于人的生命的重要意义。戏剧表明，人们往往沉浸于醉生梦死的名利场中而茫然不自知地昏死其中，当蓦然回首之时方才醒悟人生的意义，方才在万千思绪中痛感真情实感的流逝。戏剧表明，如果为了献身艺术或者别的而牺牲爱情，那么生命无异于死亡；而从这"死亡"中醒来时才发现过去从未真正地"活"过。从这个意义上，与其说雕塑群像——"复活日"是鲁贝克成名的标志，莫如说那是他的爱情的"死亡日"的见证。因此，鲁贝克是想真正地"活"一回才与他爱的人爱吕尼走到一起。当然，他们的结局是悲剧的：他们在黎明前登上高山，最后葬身于雪崩之中；但他们的爱情却是永恒的：他们在短暂的相守和瞬间的毁灭中获得了爱的自由和灵魂的超越。

可以这样说，真正的爱情不是被社会与文化这些外部条件决定的，而是被终极神圣之光所朗照的。只有爱的终极追问，只有义无反顾地向爱的彼岸超越的勇气，才有爱情之最深情、最久远的品质。或许这样的爱情在生活中难觅其踪，但这样的爱情却在审美世界中得以永生。这是情爱的超越，精神的超越。如同但丁在《新生》末尾的一首短诗中所歌咏的那样："从我的心底里发出的叹息声，／飞越人间直上广阔无垠的远方，／爱神哭着从中把新的智慧培养，／又把那叹息引导到高高的天庭。"①

这种至情至美的爱的表达，虽然在创作上很早就见诸"但丁们"歌咏爱情的诗章，但在观念上的成形则在于浪漫主义运动。浪漫主义文学把启蒙理性注入了想象、情感以及个体性、神秘化等感性元素，在质疑现代文明物质成就是否足以确证人的意义的时候，把审美作为生命存在与价值体现的正当依据。后来的唯美主义、象征主义等进一步强化审美功能，把人的感性生存、意志自由乃至本能解放等都加以审美化。其纯情、纯美的艺术追求，也把爱情推到了唯美、至上的位置。在西方近现代作家看来，爱情是一种寻找人生保障的根本力量和必由之路。

---

① ［意］但丁：《新生》，钱鸿嘉译，上海译文出版社1993年版，第115页。

"情爱游走"能否成为"情本超越"的基点？从文学家塑造的"至情人"形象或许能够找到答案。

2. "至情人"形象

所谓"至情人"，是指把爱情看得高于一切的人物形象。在生命超越主题的人物系列中，"至情人"形象虽然与"神人"、"完人"形象存在很大不同，但在"执着"这一点上却是相通的。如果说"神人"、"完人"形象执着于上帝的信仰、执着于道德的境界，那么，"至情人"形象就是执着于爱情的完美。他（她）们是为情而生，为情而死，以惊天地泣鬼神的爱情，来获得生命不朽和自由的形象。换句话说，他（她）们追求生命的永恒和自由，不在神灵的引领，不在道德的修炼，而在情爱的奉献。

"至情人"形象的突出特征就是，追求至真至美的爱情，宁可在爱情怀抱中死去，也不在死去的爱情里活着。除了前文所及的鲁贝克外，罗密欧、朱丽叶、卡西莫多、卡尔登、希斯克利夫、安娜·卡列尼娜等，即为典型的"至情人"形象。

莎士比亚笔下的罗密欧与朱丽叶，就是西方爱情文学中最纯情、最勇敢、最感人的一对"至情人"形象。他们一个英俊多情，一个美丽纯洁。虽来自两个世仇之家，但他们爱得不顾一切，花前月下，海誓山盟，私订终身。朱丽叶本以"诈死"来躲避父亲的逼婚，却让不明就里的罗密欧信以为真。当看到"死去"的朱丽叶躺在冰冷的墓窟里，罗密欧悲痛欲绝，情愿与朱丽叶生死相依，遂服毒倒在朱丽叶的身边；而当苏醒过来的朱丽叶发现罗密欧为自己而死，也肝肠寸断，甘愿追随爱人而去，遂用短剑结束了自己的生命。他们拥抱着爱情升入了天国……这真是一场经历了生死考验的忠贞不渝的爱情。这就是莎士比亚式的爱情：爱情的火花燃起了人的生命之火，让人感到生命的精彩和未来的美好；但如果没有了所爱，也就失去了生命的意义。罗密欧与朱丽叶的生命完结了，但他们的爱情依然活着，不只活在过去，也活在今天，也将走向永恒。正所谓，他们凄美的爱情故事，演绎了一曲"情本超越"的悲歌。

雨果的《巴黎圣母院》中的敲钟人卡西莫多，是一个外貌奇丑、受人歧视却内心纯美、敢爱敢恨的"至情人"形象。他曾因受副主教克洛德指使劫持美貌绝伦的爱斯美拉达而受到惩罚。当他在行刑台上遭受鞭打和众人的咒骂焦渴难耐时，是她，被他劫持过的爱斯梅拉达给他送去了一碗清水……这个善意的举动，霎时在卡西莫多那颗单纯的心中植入了爱的种子，唤醒了卡西莫多尘封已久的爱的灵魂。从此，他一心一意地爱着爱斯梅拉达，爱斯梅拉达成为他的生命中的一切。卡西莫多这份纯洁的爱，是超越财富、血统、相貌、权力、智慧的"纯粹而长久"的真情。这真情能使罪人得到拯救，亦能使丑人变得美丽。当爱斯梅拉达死后，卡西莫多抚尸徇情。若干年之后，当人们想要分开他们时，他们就化为尘土，永远地融合在一起。这就是雨果理解的爱情：一个纯洁的男人加上一个纯洁的女人，变成美丽的天使。这意味着，无论时代如何变迁，这种真挚的爱情总会穿透历史的时空，闪耀在人类文明的天幕中。

狄更斯的《双城记》中的卡尔登，是一个思想敏锐、道德高尚而又坚定勇敢、崇尚爱情完美的"至情人"形象。他为露茜的美丽、善良而深深爱上了她。卡尔登向露西表白道："为了你，为了你所亲爱的任何人，我愿意做任何事情，倘若我的生涯中有值得牺牲的可能和机会，我甘愿为你和你所爱的人牺牲。"明知露茜名花有主，但对露茜的爱情却没有丝毫改变。卡尔登最终实现了自己的诺言。为了露茜的幸福，他甘愿顶替代尔那而走上断头台。他含着微笑，泰然地走完了一个年轻生命的最后脚步，表达了他对露茜的极致的爱情。这就是狄更斯领悟的爱情：爱不是占有，而是奉献一切。如此视爱情为神圣，以至诚至爱的心灵，去实现"情本超越"的壮举，虽充斥浪漫幻想，却在文学史上永远撼人心魄。

托尔斯泰《安娜·卡列尼娜》中的安娜也是一个"至情人"形象。托尔斯泰正是以安娜的爱情，探索了爱情对人的生命超越的重要意义。（后文详述）

西方文学的"情本超越"，无论以爱情对抗死亡，还是以死亡完成爱情，都实现了生命的崇高与不朽。而其根本的原因则是"审美"之情的驱动。也正是唯美的爱情，使之超越了一切世俗功利。哪怕是死亡，也不再意味着生命的完结，而是生命的一个过程，成为情爱超越的一种象征。它表明，当死亡的结局无法改变的时候，只有爱能够对抗死亡；爱情不仅是美丽的，而且最富于生命的分量和生命的意义；生命在人类至高无上的爱情中才可获得美好的归宿。这正是，"在世界和生命里，最富悲剧色彩的事物是爱。爱是欺骗之子，爱是醒悟之父。爱是悲伤的慰藉。爱是对抗死神的灵丹妙药，因为爱犹如死神的姐妹。"① 不仅如此，"爱情，它高于上帝。这是人类永恒的美和力量。人们世代交替，我们每个人都不免变成

---

① ［西班牙］乌纳穆诺：《生命的悲剧意识》，段继承译，花城出版社2007年版，第163页。

一抔黄土，但爱情却成为人类种族的生命力永不衰败的纽带"。① 这是现代人爱情至上观念的折射，也是远古灵魂不灭观念的遗响。

"情本超越"主题正如神话中不死鸟一样，显示了爱的神秘与永生。

三　"情本超越"的经典：《安娜·卡列尼娜》

《安娜·卡列尼娜》是西方文学"情本超越"的经典文本之一。确切地说，这部小说既是"情本超越"的经典，也是"德本超越"的范本。之所以选择这部作品解读，是因为其"情本超越"与"德本超越"所生发的密切联系，二者不只相得益彰，而且后者成为前者的映衬。

列夫·托尔斯泰（1828—1910）作为一位有着探索精神的思想家和艺术大师，其思想既是西方启蒙哲学、基督教观念、俄罗斯文化乃至东方哲人思想的结合，也是当时俄国社会各种矛盾的反映，更是俄国贵族知识分子在苦闷、彷徨、呼喊、奋斗的心理投射。这一切都集中在托尔斯泰大量的政论性著述和文学创作中，尤以三部长篇小说最为突出。如果说《战争与和平》（1869）反映的是托尔斯泰富有正义感的贵族立场的话，那么《复活》（1899）则完全传达了宗法制农民观念。而处于两者之间的《安娜·卡列尼娜》（1875—1877），则显示了其思想转变的过渡。对《安娜·卡列尼娜》的研究，20世纪80年代以前重于社会学批评；90年代到20世纪末重于审美批评；21世纪初则又出现了文化批评。由此，对其解读就具有了社会意义、神学意义、美学意义乃至生命意义等多重性。

在我看来，《安娜·卡列尼娜》是"美"与"情"、"善"与"爱"结合的最好的作品，充满了"至诚至善"和"至情至美"的力量，既包含着"托尔斯泰主义"的思想，也显示了托尔斯泰渴望生命超越的理想。这从列文与安娜的形象便可以见出。列文是道德完善的"完人"形象，通过追求灵魂永生实现生命超越；安娜则是爱情至上的"至情人"形象，通过爱情自由走向生命超越。而要认识这一切，须从托尔斯泰的生命探索谈起。

---

① ［俄］苏霍姆林斯基：《关于爱的思考》，张金长等译，广西人民出版社1986年版，第163—164页。

1. 生命的探索

翻开托尔斯泰的作品及其书信、日记等文献，能够看到，探索生命的不朽和自由，是托尔斯泰一生的情之所系。尽管时而朦胧时而清晰，但超越死亡，实现生命意义的努力从他青年时代就已开始，印证"在每一本书籍中，在每一次谈话里"。①

1847 年，正式入主雅斯纳亚·波良纳庄园的 19 岁的托尔斯泰就反复思考"人生的目的是什么？"的问题，"无论我从什么角度出发来谈这个问题，无论我认为这个问题的根源在哪里，最后我总是得出这样一个结论：人生的目的是尽一切可能促使一切存在的东西得到全面发展"。② 于是，他为自己定下了一个生命探索的目标："如果我找不到自己的生活目的——一个总的也是有益的目的（益处在于一个不朽的灵魂得到发展以后自然会转变为至高无上的适合于它的存在物），那么我就是一个最不幸的人。现在，我毕生都要积极地、不断地追求这个目的。"③ 经过多年探索，1885 年功成名就的托尔斯泰这样写道："我一生从事的全部事业就是认识和表述真理（我觉得遗憾，因为这是一条不好走的，使人容易犯错误的生活道路）。"④ 尽管托尔斯泰追求生命超越路途不乏道德说教，但毋庸置疑，探索人类精神生命，追求人生意义是托尔斯泰文学遗产的精髓。不论是记载了托尔斯泰在贵族之家成长历程的自传体三部曲《童年》、《少年》、《青年》；还是表现了身为地主的聂赫留朵夫的思想觉醒轨迹的《一个地主的早晨》；还是记录了彼埃尔探索贵族精神出路的《战争与和平》以及表现了忏悔贵族聂赫留朵夫精神"复活"的《复活》；还是描述了列文、安娜在幸福与痛苦中徘徊跌宕的《安娜·卡列尼娜》，都留下了托尔斯泰生命探索的遗迹。

托尔斯泰的生命探索与"托尔斯泰主义"密切相关。"托尔斯泰主义"是其"创建的关于世界、人、生命的意义和社会改革的宗教伦理学

---

① ［俄］亚历山德拉·托尔斯泰娅：《托尔斯泰传》（上），郭锷权、戴启篁、贾明译，湖南文艺出版社 1992 年版，第 490 页。

② ［俄］列夫·托尔斯泰：《列夫·托尔斯泰文集》（第十七卷），陈馥、郑揆译，人民文学出版社 2000 年版，第 5 页。

③ 同上。

④ 同上书，第 133 页。

说"①，包括两方面内容：一是关于"社会改革"；二是关于"心灵变革"。二者均关涉了人的生命意义的实现。托尔斯泰的力量和弱点都在此得到鲜明地表现。

托尔斯泰的"社会改革"，在于建立一个人人幸福的尘世天堂，"这是托尔斯泰本体论和伦理学的中心问题"②。在他看来，现存的黑暗社会秩序，都是建立在暴力基础上的，一切国家、民族、阶级之间的矛盾，都源于暴力。他的大多数文学作品，都渲染了这种暴力的残酷性和破坏性。《战争与和平》是暴力造成国家之间冲突的揭露；《哥萨克》（1863）、《哈吉·穆拉特》（1896）是暴力造成民族之间冲突的展示；《舞会以后》（1903）、《为什么?》（1906）是暴力造成阶级之间冲突的揭示；《安娜·卡列尼娜》、《复活》则是其展示和揭露暴力造成冲突的集大成者。托尔斯泰反对以暴制暴，而主张用"仁爱"的方式来化解矛盾冲突。这一思想主要来自《圣经》中"爱人"甚至"爱你的仇敌"③的训诫。在他看来，只要人人都不使用暴力，暴力就不会存在，这个世界就会和睦幸福，人类才能进入理想社会。

托尔斯泰的"心灵变革"，是循着他的"道德自我完善"的方向而来的。他拒绝资本主义思想观念，也拒绝共产主义革命理论，更拒绝教会的清规戒律，而是自己独创了一种有着宗教意味却又在尘世之中的贵族改良实践——不是宗教的修行，而是在俗世中为他人奉献的人生救赎。"道德自我完善"不仅是一种道德修养、思想锤炼，而且是一种知行合一的实践。托尔斯泰在思想和行动上，积极向过去生活告别，通过自己的劳动实践，开始了贵族平民化的历程。他的《忏悔录》就对过去行为进行了深刻的反省和忏悔，也表达了对理想社会生活的向往。诸如为改变农民贫困境遇进行土改，放弃著作权，准备捐出全部家产等。他还实行禁欲，力求使自己的道德像上帝一样纯净。认为有了这样的实践，世界就不会有暴力，也就不会有恶，最终人人获得真正的幸福，社会也由此获得尘世天堂。他在 1855 年的日记里所表达的"关于神和信仰的一番谈话"，使他"想起了一个伟大的了不起的念头"，"这个念头就是创立一种适合于人类

①　Галактионов А. А. Никандров П. Ф. *Русская Философия IX—XIX вв.* Ленинград：Издательство Ленинградского Университета，1989．558．

②　［俄］布宁：《托尔斯泰的解脱》，陈馥译，辽宁教育出版社 2000 年版，第 12 页。

③　《圣经·新约全书》（中英对照），中国基督教两会（中国基督教三自爱国运动委员会、中国基督教协会）2008 年版，第 9 页。

目前状况的新的宗教：……是不应许来生幸福、却赐予现世幸福的实践的宗教"① 的托尔斯泰主义。这缘于他找寻实现从现实到理想路径的企图，更缘于他内心所具有的生命超越情结。

对生命意义的认识，一般重视人性尊严，最大限度地实现在世生命的价值。而托尔斯泰对生命意义的认识，除此之外，则以"道德自我完善"为核心而显示了其独特性和超越性。我们从托尔斯泰的《论生命》可见一斑。《论生命》鲜明地表达了托尔斯泰的生命观。首先是崇尚理性的生命。所谓"理性是人的生命不可或缺的最高能力"。②"爱则是人的唯一的理性活动。"③ 其次是追求幸福的生命。所谓"人生就是追求幸福"④，"希望并争取幸福等于活着"。⑤ 包括使他人幸福，"在爱的扩大中看到自己的生命"。⑥ 真正的爱永远以舍弃个人幸福为基础，并且由此而泛爱众生。最后是超越死亡的生命。在他看来，"生命是永无止息的运动。"死亡不是生命的终结，生命意义从对死亡的认识中得到澄明。只有面对"死亡"，人才能更加关注和领悟生命的存在，从而更加尊重生命，热爱生命，并由此追求生命的终极意义，达到自由而永恒的生命境界。其中超越死亡的生命意识，正是托尔斯泰生命超越情结的本质。

托尔斯泰超越死亡的生命探索，经历了从无奈承受到坦然应对，也就是从恐惧死亡到超越死亡的转变过程。

托尔斯泰超越死亡的意识，与他频繁地接触死亡有很大关系。在托尔斯泰的生命中，死亡的阴影不时在心头笼罩：小时候，一岁半丧母，九岁丧父，十岁失去祖母，十三岁失去姑母；成人后，二十八岁三哥去世，三十二岁大哥去世；成家后，在四十五岁至四十七岁的三年间，有二子一女夭折；在晚年，从五十八至七十八岁的二十年间，又有二子一女先后丧生。就这样，托尔斯泰总是陷于"死亡"带来的恐惧感、痛苦感之中。除了作为一个一岁半幼儿失去母亲可能没有多大的感受外，可以想象，每一次至亲骨肉的离去带给他的痛感该是何等的撕心裂肺。据托尔斯泰的日

① ［俄］列夫·托尔斯泰：《列夫·托尔斯泰文集》（第十七卷），陈馥、郑揆译，人民文学出版社 2000 年版，第 63—64 页。

② ［俄］列夫·托尔斯泰：《论生命》，载倪蕊琴选编《列夫·托尔斯泰文集》（第十五卷），人民文学出版社 1989 年版，第 293 页。

③ 同上书，第 302 页。

④ 同上书，第 304 页。

⑤ 同上书，第 288 页。

⑥ 同上书，第 304 页。

记记载，死亡带给他的巨大恐惧和创伤是 1860 年他大哥尼古拉·托尔斯泰的病逝。这个从小代替了父亲地位而影响了托尔斯泰世界观形成的人的死亡，让托尔斯泰伤心至极。"大哥的死给我留下一生最强烈的印象。""这件事严重地脱离了我的生活轨道。"① 以致长时间托尔斯泰都无法走出死亡的阴霾。这在《安娜·卡列尼娜》的创作中也留下明显的印迹。此外，莫名的恐惧也时时袭击托尔斯泰，如 1869 年 9 月夜宿阿尔扎马斯时，死的恐惧突然袭来，神秘诡异，令作家方寸大乱。遂有"阿尔扎马斯的恐怖"之称。

如果说托尔斯泰超越死亡的思考始于死亡的感性体验的话，那么，他并未在恐惧中迷失。一次次"死亡"的体验，也一次次砥砺托尔斯泰抗拒死亡、超越死亡的生命意识。在托尔斯泰看来，回避死亡、掩盖死亡、忘却死亡，只能得到临时的、短暂的抚慰；只有正视死亡，觉悟死亡，理性地看待死亡，才能超越死亡。托尔斯泰强调，"生命是对世界的态度。生命的运动是确立新的，最高的态度，因此死亡是进入新的态度"。② 他坚信人的肉身的消亡意味着新的生命的开端，而超越了时间和空间的限制。

这从他的创作可以见出。例如在《战争与和平》中，对安德烈之死的记述。托尔斯泰不仅描摹了"死亡"摄人心魄的恐惧和神秘，也表达了以灵魂不死的幻想来应对"死亡"的心理趋向。受伤的安德烈先是惧怕死亡而极力避免死神的来临，后来渐渐消融了对战争甚至情敌的仇恨，感到"死亡"不过是生命新的开始，"是回到普遍的永恒的本源里去"③，因而也就不感到死亡的可怕了。更值得称道的是《伊万·伊里奇之死》(1886)，几乎全篇就是对死亡的形上思考。罗曼·罗兰曾说，这是"激动法国民众最剧烈的俄国作品之一。……因为这部作品是以骇人的写作手腕，描写这些中等人物中的一个典型，尽职的公务员，没有宗教，没有理想，差不多也没有思想，埋没在他的职务中，在他的机械的生活中，直到临死的时光方才懔然发觉自己虚度了一生"。④ 小说描述了一位法官临死

---

① ［俄］列夫·托尔斯泰：《列夫·托尔斯泰文集》（第十七卷），陈馥、郑揆译，人民文学出版社 2000 年版，第 94 页。

② ［俄］列夫·托尔斯泰：《论生命》，载倪蕊琴选编《列夫·托尔斯泰文集》（第十五卷），人民文学出版社 1989 年版，第 307 页。

③ ［俄］列夫·托尔斯泰：《战争与和平》，上海译文出版社 1981 年版，第 1397 页。

④ ［法］罗曼·罗兰：《托尔斯泰传》，傅雷译，商务印书馆 1998 年版，第 130 页。

前的挣扎，却是托尔斯泰一次死亡体验、一段超越死亡的思维轨迹。伊万·伊里奇之死的过程，就是对死亡觉醒的过程。从对医生的不信任，到埋怨上帝，嫉恨妻女，再到在格拉辛的启示下而接受死亡，伊万·伊里奇最后明白了死亡的奥秘：死亡不过是世俗生命的终结，但对于永恒生命来讲，这只是一个开始。"正是人们这种苏醒了的理性意识，结束了那些好像是生命的类似物；而迷途的人们却把它看成是生命。"① 小说以伊万·伊里奇在弥留之际听到有人说了一句"完了"之后，又在自己心里默念了一遍，"死——完了"，"再也没有死了"，② 作为他离世瞬间的一念，正表达着对"死"这一看似简单却极为深奥意义的反思。

非但创作上如此，从托尔斯泰的生活也可见出这种超越死亡观念的投射。托尔斯泰在 1896 年的日记中有这样一段记载："我现在已经没有这种恐惧心理，相反，曾经有过的恐惧已然消释，只剩下恐惧的习惯。"③ 这是为什么？其中一个重要的原因，在于托尔斯泰找到了超越死亡的支点：即"灵魂永生"。1895 年他的爱子，年仅七岁的万尼亚死于猩红热时，他在日记中写道，"小万尼亚的死同尼古拉大哥的死一样——不，在更大的程度上——是上帝的显现，上帝的召唤。因此，我不仅不能说这是一件令人悲伤、难过的事，我要直率地说，这是一件（令人高兴的）——不能说令人高兴的事，这个词真糟糕，应该说，是上帝慈悲为怀、排除人生的虚幻，让人到他那里去"④。同样，1906 年托尔斯泰最心爱的女儿玛莎死于肺炎时，他也"没有感到惊骇，没有感到畏惧，也没有意识到有什么特殊的事情发生了，甚至没有惋惜、悲伤之情。……的确，只是肉身领域里的事，因此无所谓"⑤。托尔斯泰认为，"对死亡的恐惧不过是对无法解决的生命矛盾的意识。"⑥ 从而不再恐惧死亡。他看到了死亡的必然性，与生命紧密相连，同时也认为死是生命的继续。他说："人的真正生命不

---

① ［俄］列夫·托尔斯泰：《托尔斯泰论生命》，李正荣译，团结出版社 2004 年版，第 73 页。

② ［俄］列夫·托尔斯泰：《列夫·托尔斯泰文集》（第四卷）《中短篇小说》（下），藏仲伦译，人民文学出版社 1986 年版，第 115 页。

③ ［俄］列夫·托尔斯泰：《列夫·托尔斯泰文集》（第十七卷），陈馥、郑揆译，人民文学出版社 2000 年版，第 207 页。

④ 同上书，第 181 页。

⑤ 同上书，第 305 页。

⑥ ［俄］列夫·托尔斯泰：《论生命》，载倪蕊琴选编《列夫·托尔斯泰文集》（第十五卷），人民文学出版社 1989 年版，第 307 页。

是在时间和空间中发生的。"① "对于遵照自己的规律生活的人来讲，既没有死亡，也没有痛苦。"② 这就不难理解托尔斯泰后来在面对儿女死亡时没有悲伤的原因了。以"死是生命的继续"来超越死亡，意味着托尔斯泰超越死亡意识的成熟。

超越死亡意识，是托尔斯泰不断探索生命奥秘的结果，也是他的思想从感性到理性的跨越使然。

哲学上，托尔斯泰早年受到卢梭、康德、叔本华等西方哲人的影响；19世纪80年代后又受到了老子、孔子、墨子等东方哲人思想的熏陶，例如托尔斯泰在1884年3月的每篇日记所述几乎都与这些思想有关③。再如，在《老子的学说》中，托尔斯泰承认人是个体与集体、肉体与精神、短暂与永恒、兽性与神圣的统一体，但人要想达到神圣，只有"弃绝一切肉体的东西，表现那种构成人的生命基础的、精神的、神圣的本源"④。在托尔斯泰眼里，这种"神圣的本源"就是"上帝"。如果人的灵魂是不朽的话，那么人因上帝之爱而灵魂不朽。认为只有相信上帝，他才活着。"一个记住死亡的人，不可能为单独的自我而活着。"⑤ 当然，"对于他来说，神就是真正的生命，真正的生命是爱……人只是宇宙生命的一部分，人应当与神的本性融为一体……"⑥

宗教上，托尔斯泰自称五十岁以后才成为了一个基督徒，此前用他自己的话说，是个"没有任何信仰"的"虚无主义者"⑦。他在1881年题为"一个基督徒的笔记"的日记中写道，"两年前我成了基督徒。从那时起，我听、看、感受一切都有了新的角度的"⑧。他还接触过道教、佛教等。

---

① ［俄］列夫·托尔斯泰：《论生命》，载倪蕊琴选编《列夫·托尔斯泰文集》（第十五卷），人民文学出版社1989年版，第306页。

② 同上书，第305页。

③ ［俄］列夫·托尔斯泰：《列夫·托尔斯泰文集》（第十七卷），陈馥、郑揆译，人民文学出版社2000年版。

④ ［俄］列夫·托尔斯泰：《老子的学说》，陈建华编《托尔斯泰思想小品》，上海社会科学院出版社1999年版，第239页。

⑤ ［俄］列夫·托尔斯泰：《小绿棒》，载倪蕊琴选编《列夫·托尔斯泰文集》（第十五卷），人民文学出版社1989年版，第518页。

⑥ ［俄］别尔嘉耶夫：《俄罗斯思想》，雷永生、邱守娟译，生活·读书·新知三联书店2004年版，第181页。

⑦ ［俄］列夫·托尔斯泰：《列夫·托尔斯泰文集》（第十七卷），陈馥、郑揆译，人民文学出版社2000年版，第121页。

⑧ 同上。

因此，他的超越死亡意识便有着基督教的来世说、佛教的生命轮回说甚至道教的得道成仙说的意味。他说："人的肉体和灵魂对幸福的追求是了解生命奥秘的唯一途径。当灵魂的追求与肉体的追求发生冲突的时候，灵魂的追求应该占上风，因为灵魂是不朽的，正如灵魂获得的幸福不朽一样。"① 这样，为灵魂活着的人自然是不朽的。只有"认识生命真谛"的人"没有，也不可能有死亡"。②

其实，托尔斯泰的"上帝"，是借用基督教的"上帝"来表达"爱"的信念和"灵魂"的超越。在他的意识里，人的救赎、人的解放、人的超越不在于外在的"上帝"，而在于内在的"上帝"，也就是通过内在道德人格的培养，克制动物性欲望，使其向精神性自我升华，从而进入更高的境界，去实现爱的自由、精神的自由。在他的意识里，生活的意义在于热爱别人和为他们奉献。"如果你爱上帝，爱善（我似乎开始爱他了），也就是说，以它为生命，视之为幸福，为生命，那么你就会看到，肉体妨碍真正的善……只有当你不存在，因而不致破坏它的时候，你所行的善才会成为真正的善。"③ 他甚至把爱与善的行为称作"播种"，所谓"播种吧，播种吧，如果你播下的是上帝的种子，那么毫无疑问，这种子会生长"。④ 托尔斯泰晚年捐献版权，放弃财产等做法正体现了他生命超越的种种"播种"。这个过程，是人靠近上帝的过程，是人的"道德自我完善"的过程，也是灵魂战胜肉体而从有限中跃入无限的过程。这就是托尔斯泰生命探索的真正底蕴。

因此，以"灵魂"、"上帝"，就是"爱"，就是"善"为内容的"道德自我完善"，不仅造就了"托尔斯泰主义"，也形成了托尔斯泰探索生命意义奉行的不二法则，更显示了托尔斯泰实现生命超越的精神力量。如果说"道德自我完善"构成了托尔斯泰生命超越观的核心的话，那么"超越死亡"则是其本质，而"灵魂永生"则是其内涵。他笔下所创造的一个个灵与肉、生与死、爱与恨等相互缠绕的审美形象，寄托着他生命超越的梦想。

---

① ［俄］列夫·托尔斯泰：《列夫·托尔斯泰文集》（第十七卷），陈馥、郑揆译，人民文学出版社 2000 年版，第 44 页。

② ［俄］列夫·托尔斯泰：《生活的道路》，载倪蕊琴选编《列夫·托尔斯泰文集》（第十五卷），人民文学出版社 1989 年版，第 611 页。

③ ［俄］列夫·托尔斯泰：《列夫·托尔斯泰文集》（第十七卷），陈馥、郑揆译，人民文学出版社 2000 年版，第 124 页。

④ 同上。

从这个意义上说，托尔斯泰是不幸的，在他的生命中很少能有人真正理解他的生命超越的情结和梦想，包括他身边至亲的爱人和子女；托尔斯泰又是有幸的，他的生命超越的梦想，超越了俄国黑暗的现实，超越了时代的局限，超越了他所隶属的阶级范畴，也超越了时间和空间而永远和人类的心灵对话，显示着永恒的艺术魅力和人格魅力。这个梦想在《安娜·卡列尼娜》中通过列文与安娜的形象得以充分体现。

2. 至诚至善

《安娜·卡列尼娜》是由两个主要人物——安娜与列文的故事构成。安娜与列文都是托尔斯泰关于"人、生命意义"的探索者和超越者：列文是追求社会的理想、建立尘世天堂的社会改革者，是追求道德自我完善、向往人间乐园的思想者；安娜则是追求个人的幸福、崇尚生命自由的个性解放者，是向往爱情至上、超越死亡的至情人。列文的道德探索和安娜的爱情探索使小说呈现出一种双线结构。这两条线索，并不相互交织，而是平行相映。

托尔斯泰采取如两匹骏马各行其道的平行结构，大有讲究。托尔斯泰在回答拉契斯基的疑问时曾这样说："我以自己拱桥的接合点不易察觉而引为骄傲。我尽全力做到这一点。这座建筑物的连接不是在情节上，不是在人物的接触（相识）上，而是在内在的内容上……我担心，你在浏览长篇小说时，没有觉察出它的内在内容。"① 托尔斯泰特别强调内容的"接合点"，说明列文和安娜两个形象既密切相关，又富有深意。列文和安娜都是托尔斯泰关于生命意义的探索者和超越者，而以列文的田园诗般的"幸福"映照安娜躁动不安的"爱情"，则表达着托尔斯泰赋予安娜和列文殊途同归的精神探索的意义：一个在道德探索的失败中走向宗教；一个在爱情探索的失败后走向死亡。然而，他们都获得了精神生命的超越。

列文的精神超越在于至诚至善，立足点是以德为本。从这个意义上讲，列文是一个追求道德完善的形象，一个"完人"或至少是接近"完人"的形象，也就是以仁慈、宽恕、爱一切人的至诚至善为特征的形象。这一形象最集中地表现了托尔斯泰道德完善的特质。正像托尔斯泰的那些传记所描述的那样，作家托尔斯泰就是列文的原型。列文的爱情和家庭生活的理想，哥哥的死所带给他的心灵震撼等，都取材于作家自己。"吉蒂的形象、她第一次分娩、她带着婴儿在林中遇到大雪雨的场面，都取材于

---

①　雷成德：《托尔斯泰作品研究》，陕西人民出版社1985年版，第211页。

托尔斯泰夫妇的生活。"① "列文和吉蒂间关系的许多细节——诸如用粉笔来讲解开头的那些字母、朗读他那单身汉日记、结婚那天产生的恐惧和想逃跑的念头、夫妇生活开头几个月的特点以及其他等等"也是如此②。而在"列文身上，也许比在托尔斯泰其他任何一部作品中都更加明显地感觉到他本人的特色。列文的人生观、他对农事的爱好、援助农民的愿望、对地方自治会所持的否定的态度、对妻子的嫉妒、对移民运动的兴趣……这些特点无疑都带有自传性质"。③

　　虽然列文的精神超越是以德为本，但他的道德探索始终没有离开爱情的视角。因为这一探索的初始就是从爱情婚姻家庭开始的。这十分切合托尔斯泰的思想。托尔斯泰曾说："为了写好一部作品，必须喜爱其中的主要思想。……在《安娜·卡列尼娜》中，我喜爱家庭思想……"④ 小说的开头就从探讨家庭问题落笔，所谓"幸福的家庭都是相似的；不幸的家庭各有各的不幸。"⑤ 何为"幸福的家庭"？在托尔斯泰眼里，妇女当在家里，做生儿育女，相夫教子的贤妻良母。安娜正相反，这也是作家同情安娜又把她交由上帝接受"报应"的原因。小说中的列文也是以这样的"眼光"来选择终身伴侣的。为此，他的择偶标准最初有违他的至诚至善而带有很强的功利性目的——他更看重家庭而不是个体对象。在列文看来谢尔巴茨基家的女儿都能成为他婚姻的对象：在学生时代，他差点爱上大女儿多莉，但不久她和奥布隆斯基结婚了；然后他就爱上了二女儿纳塔利娅，可她嫁给了外交家利沃夫；后来认准了三女儿吉蒂。他认为有教养而正直的名门望族家庭培养出的女儿，都充满着神秘的诗意，都体现着他所设想的最崇高的感情和应有尽有的完美。所以，无论哪一个都能够使他抵达幸福的彼岸。当然，列文这种婚姻、家庭观念，与那些要求自由的贵族少女们的想法是格格不入的。当他向吉蒂求婚失败，才真正觉察出自己原

---

① ［俄］亚历山德拉·托尔斯泰娅：《托尔斯泰传》（上），郭锷权、戴启篁、贾明译，湖南文艺出版社1992年版，第504页。

② ［俄］尼·古谢夫：《才华鼎盛时期的托尔斯泰》，转引自杨正先《曲靖师专学报》1996年第1期。

③ ［俄］亚历山德拉·托尔斯泰娅：《托尔斯泰传》（上），郭锷权、戴启篁、贾明译，湖南文艺出版社1992年版，第504页。

④ 雷成德等：《托尔斯泰作品研究》，陕西人民出版社1985年版，第47页。

⑤ ［俄］列夫·托尔斯泰：《列夫·托尔斯泰文集》第九卷《安娜·卡列尼娜》（上），周扬、谢素台译，人民文学出版社1990年版，第3页。本书关于《安娜·卡列尼娜》主要参考此译本，为行文统一起见，个别人名有所变动，如把原译"基蒂"改为"吉蒂"。

初想法的可笑。虽说他后来迎娶了吉蒂，但那是他把求婚的对象，也就是把"人"摆在了第一位。托尔斯泰向我们表明，这才是合乎人性的逻辑。自尊心大为受挫的列文，先是回到乡村，用勤劳、纯洁的农民生活方式使心灵获得安慰。然后，把吉蒂作为"真正命定去爱的"人去追求。当他终于用情用爱而赢得了吉蒂的芳心之后，他把他们幸福的爱巢筑在了美丽的乡村而陶醉其中。

然而，"幸福的家庭"绝不是生活在真空中的，列文的探索也没有止步于家庭。这一点被陀思妥耶夫斯基一眼洞穿，"所有我们俄国现有的一切政治的和社会的问题都集中在一个焦点上"。① 事实上，列文在理想家庭追求的同时，理想社会的追求也随之开始了。"幸福不是我个人的，而是整个世界的。"② 他以变革自己的庄园为对象，以改善贵族与农民的关系为手段，以建构一个贵族善良、农民忠诚、人人富裕和满足的尘世天堂为目标，企图实施一次不流血的革命，对抗资本主义的侵入。然而，他的"农事改革"并未换来农民的信任，结果一事无成，使他陷入无望的苦恼之中而无法自拔，以至于这个生龙活虎、有了家庭幸福的人好几次险些自杀。他的痛苦不是来自家庭的不幸或物质的匮乏，而是社会的不幸和精神的不满。它不满足于有限生命的意义，而试图超越一切暂时的、相对的和有形的物质界限，去拷问生命的终极意义。

在改革社会的理想破灭之际，哥哥尼古拉的病痛与死亡，妻子吉蒂的怀孕与分娩，都成为列文生命意识觉醒的契机。关于列文哥哥尼古拉之死，与托尔斯泰的大哥尼古拉的病故所带来的刻骨铭心的巨大悲哀不无关系。这部小说唯一的一次在章节下面设置标题是在第五部第二十章，仅用了一个词——"死"③。小说用一整章篇幅记叙了列文的哥哥尼古拉之死。"由于死的不可思议、死的接近和无可避免而引起的恐怖心情又在列文心中复活了。这种心情现在甚至比以前更强烈了；他感到比以前更不能理解死的意义了，而死的不可避免在他眼前也显得比以前更可怕了。"④ 不难看出，列文的感觉正是托尔斯泰由大哥之死引发的恐惧的写照。关于吉蒂

① ［俄］康·洛穆诺夫：《托尔斯泰传》，李桅译，天津人民出版社1981年版，第191页。
② ［俄］列夫·托尔斯泰：《小绿棒》，载倪蕊琴选编《列夫·托尔斯泰文集》（第十五卷），人民文学出版社1989年版，第518页。
③ ［俄］列夫·托尔斯泰：《列夫·托尔斯泰文集》第九卷《安娜·卡列尼娜》（下），周扬、谢素台译，人民文学出版社1990年版，第667页。
④ 同上书，第675页。

的分娩，托尔斯泰的朋友、诗人费特在致托尔斯泰的信中写道："描写分娩，这是多么了不起的艺术家的胆量。要知道自从创世以来谁也不曾这样写过，而且今后也不会有人这样写。一些傻瓜叫嚷什么福楼拜的现实主义，可福楼拜的作品里一切都是理想化的。当我读到有两个小洞口直通人的精神世界，我读到终归于涅槃的时候，我不禁跳将起来。这是两个可以看得见而又神秘的窗口：生和死。"① 正如人们所感悟的那样，列文对妻子分娩痛苦的感受，与托尔斯泰日记中的描述长子出世时的感受如出一辙。"可我不想死，而想永生，我爱永生。"② 这充分反映出经历了生与死的激烈震撼之后的列文也如他的创造者托尔斯泰一样，超越死亡、生命不朽的探索一直萦绕心间。

　　当然，列文最令人钦佩的探索更在心灵的完善。托尔斯泰曾经说过："人对人的根本要求是正义。人在自己对世界的关系中寻求的也是这种关系。没有未来的生活就没有这种关系。"③ 与作家托尔斯泰一样，列文的精神探索没有止步于"社会改革"，他的"道德自我完善"已经延伸到关于"世界、人、生命的意义"的"心灵变革"了。遭受了精神危机打击的列文最终接受了农民费奥多尔的说教，以至诚至善的博爱精神，建立了"为上帝、为了灵魂而活着"的信念，这使他"不由得又惊奇又高兴了"。他这样思忖："我什么都没有发现。我不过发现了我所知道的东西。我了解了那种不但过去赋予我生命、而且现在也在赐给我生命的力量。我从迷惑中解脱出来，认识了我主。"④ 也如托尔斯泰所说："上帝的启示在每一个人心中。任何人在自己的心中体会到了上帝，那就是体会到了生命的本质。这种本质不是肉体的，但又是借人的肉体以生存的。"⑤ 列文由此跨过了人生的最大困境，踏进了生命意义的澄明之域，也实现了他的生命超越——他的灵魂获得了新生。"现在我的生活，我的整个生活，不管什么事情临到我的身上，随时随刻，不但再也不会像从前那样没有意义，而且

---

① ［俄］亚历山德拉·托尔斯泰娅：《托尔斯泰传》（上），郭锷权、戴启篁、贾明译，湖南文艺出版社 1992 年版，第 503 页。

② ［俄］列夫·托尔斯泰：《列夫·托尔斯泰文集》（第十七卷），陈馥、郑揆译，人民文学出版社 2000 年版，第 111 页。

③ 同上书，第 94 页。

④ ［俄］列夫·托尔斯泰：《列夫·托尔斯泰文集》第十卷《安娜·卡列尼娜》（下），周扬、谢素台译，人民文学出版社 1992 年版，第 1068 页。

⑤ ［俄］列夫·托尔斯泰：《小绿棒》，载倪蕊琴选编《列夫·托尔斯泰文集》（第十五卷），人民文学出版社 1989 年版，第 514 页。

具有一种不可争辩的善的意义，而我是有权把这种意义贯注到我的生活中去的！"① 因为他以生命超越之情赢得了未来。

总之，列文始终关心着生命意义的实现，虽说他是在他的庄园去打造他的梦想，却如一个独立于世界与尘世之外的人一般。他踽踽独行于绝对真理和生命意义的不懈追求，使这个形象具有了永恒性的意义。正如叶夫多基莫夫所说的那样："俄罗斯人具有的常常被称为'末世品质'的东西……是一种在日常生活琐事中转向终极的存在方式，是一种首先在终极光明中提出存在整体意义的天生习惯。"② 作为托尔斯泰精神的翻版的列文——这个至诚至善的道德探索者在寻找道德完善的自我救赎的方式中，试图借助于宗教，让"彼岸的信仰""彻底地此岸化"，在"尘世建立天堂"③，正是这种俄罗斯品质的集中体现。

3. 至情至美

从 1875 年 1 月在《俄罗斯公报》连载，到 1877 年出版，直至今天在全球的传播，围绕《安娜·卡列尼娜》的同名主人公安娜及其爱情所引发的争论一直没有停息过。许多人认为，因安娜的爱情，使"《安娜·卡列尼娜》和莎士比亚、巴尔扎克、歌德等的创作一同成为爱情伟大力量之不朽的歌颂"。④ 如陀思妥耶夫斯基所赞："《安娜·卡列尼娜》是一部白璧无瑕的艺术珍品。……当代欧洲文学中没有一部作品可以与之媲美。"⑤ 安娜是冲破社会规范、寻求个性解放和爱情自由的贵族妇女的形象，"很少有人像托尔斯泰那样全面而深刻地探讨了爱情的人生意义：爱情与社会，爱情与家庭，爱情与义务，爱情的纯洁与崇高"。⑥ 但也有人认为安娜追求的爱情，是没有道德的堕落行为，非但不能提倡，而且应该

① ［俄］列夫·托尔斯泰：《列夫·托尔斯泰文集》第十卷《安娜·卡列尼娜》（下），周扬、谢素台译，人民文学出版社 1992 年版，第 1095 页。

② ［俄］叶夫多基莫夫：《俄罗斯思想中的基督》，杨德友译，学林出版社 1999 年版，第 32 页。

③ ［美］列奥·斯特劳斯：《现代性的三次浪潮》，载贺照田主编《西方现代性的曲折与展开》，吉林大学出版社 2002 年版，第 87 页。

④ 朱春荣：《苏联安娜形象研究述评》，载倪蕊琴《列夫·托尔斯泰比较研究》，华东师范大学出版社 1988 年版，第 332 页。

⑤ ［俄］亚历山德拉·托尔斯泰娅：《托尔斯泰传》（上），郭锷权、戴启篁、贾明译，湖南文艺出版社 1992 年版，第 504 页。

⑥ 汪一新：《永恒主题及其时代具体性》，载倪蕊琴主编《列夫·托尔斯泰比较研究》，华东师范大学出版社 1988 年版，第 216 页。

反对和谴责。

如果把安娜的爱情只作为一般的爱情故事来看，则有一定的局限性。比如，她脱离了贵族社会，但在思想、感情、道德和生活方式上，却不能完全摆脱贵族社会尤其是上流社会的影响，其爱情是基于贵族特权之上，具有寄生性。再如，安娜在个人的情感世界里，寄托着身体欲望和自私感情，而把上流社会的花花公子视作理想爱情的对象，这就使她的爱情从一开始就改变不了狭隘、庸俗的基因等，何以体现了人类对纯真爱情的理想？

客观地说，安娜是一个为爱而死的俄罗斯贵族妇女的形象。为了爱情，她抛弃了丈夫，离开了儿子，也舍弃了她的社会地位，甚至舍弃了自己的生命。这种对爱情的真诚而勇敢的追求，既非"夏娃"故事的简单翻版，也非寻常的男欢女爱的轻薄，也非一般的"红杏出墙"的风流韵事，而是体现着个性解放的生命诉求。正因为如此，安娜是以极其美丽、友善、和谐的形象走进人们的视野内的。任何人都不会怀疑她的典雅、高贵的美貌与美德。她所到之处都会受到人们的赞誉和崇敬。就连她的情敌、美丽清纯的吉蒂都忍不住夸赞安娜而自愧弗如。

安娜的爱情，与社会中伪善的"良心"、"支柱"、"精华"相比尤显珍贵；而安娜的"出轨"，是要过有感情、有渴望、有人格、有尊严的"真正的人的生活"。如安娜所说："我知道我不能再自欺欺人了，我是活人，罪不在我，上帝生就我这么个人，我要爱情，我要生活。"① 当她认准找到了真正的爱情的时候，她便不顾家庭、不顾孩子、不顾贵族的身份，不顾社会舆论，毅然决然地与弗龙斯基走在一起，公然向黑暗、肮脏、冷酷、虚伪的社会挑战。而当她的爱情无力抗衡这个黑暗、肮脏、冷酷、虚伪的社会的时候，同样毅然决然地选择终止生命。正是在这个意义上，她的死，是对罪恶社会的道德以及几千年的男权文化进行颠覆性地控诉外，也是对爱情的殉情。虽然托尔斯泰对安娜有宿命论看法，然而，现实主义的笔触又使得托尔斯泰情不自禁地对安娜充满了同情，并深刻地揭露了沙俄制度腐朽、没落的种种现实，表达了社会变革的必然性。由此，托尔斯泰倾注了其对社会、人生、人的生命等诸多考量。安娜不啻是个反抗封建道德、追求资产阶级个性解放的贵族妇女的典型形象，也是为实现社会变革，"反抗社会的伟大的典型之一"②。这种看法已然达成学界的

① ［俄］列夫·托尔斯泰：《列夫·托尔斯泰文集》第九卷《安娜·卡列尼娜》（上），周扬、谢素台译，人民文学出版社 1990 年版，第 381—382 页。
② 周立波：《1941 年在延安鲁迅艺术学院的讲课提纲》（二），《外国文学研究》1982 年第 3 期。

共识。

但是，如果安娜的意义仅此而已，不过是一般的爱情悲剧而已，也就无法超越莎士比亚的罗密欧与朱丽叶的生死之恋，也无法逾越歌德的浮士德与格雷琴的爱情怅惘，至多是一个欺骗了丈夫与情人私奔的性爱故事罢了。事实上，安娜成为了人类文学史上光彩照人的形象，除了使人看到了安娜性格中的复杂性，看到了人类命运的情理冲突，看到了宗教信仰的神秘与虚无之外，更在于安娜的精神探索，在于托尔斯泰赋予这个形象的"情爱游走"超越了不同以往的思想深度，使人看到了拷问人生目的、追求爱情永恒的生命超越意义。

人们常以诉诸超验的神灵来获得生命超越的寄托，虽说存在于遥远的彼岸，却往往能为人带来某种心理慰藉。但其麻痹人、毒害人的种种异化也往往使人类陷入痛苦的境地。托尔斯泰也经历了这样的痛苦。虽然他对人的生命意义的探索始终没有一个满意的解答，但从未停止过探索的脚步。从其一生的生命探索便可清楚地看到这一点。列文和安娜的形象，正是作家基于现实又高于现实而映射托尔斯泰心灵苦旅的一面镜子。对此，我们从小说的独特结构中已找出问题的关键，列文和安娜分别反映了作家道德探索和爱情探索的意义。也正是作家不是依赖"神"，而是追求"人"的生命超越，使这两个形象具有了永恒性的经典意义。如果说，列文的生命超越，是求得至诚至善的"德本超越"，而充满道德完善的意味，即以道德为支点，表达其从肉体到精神，从感性到理性，实现生命不朽的终极；那么，安娜的生命超越，则是求得至情至美的"情本超越"，而充满爱情至上的意味，即以爱情为支点，表达其从欲望到爱情、从有限到无限，实现生命自由的理想。

托尔斯泰说过，"在人的精神现象，如爱、诗等最好的精神现象中，不存在合理性。不存在。这一切存在过，可是往往不及表现就逝去了。大自然给予人对诗和爱的要求，从而远远超越了自己的合理界限，如果合理是它唯一的规律的话"。[①] 安娜情爱游走的合理规律便是爱。对托尔斯泰来说，"爱会使人幸福，因为爱是人与神之间的桥梁"[②] 如果说，"爱"在列文那里是道德完善的"上帝"和"灵魂"，是爱一切人的情感；那么，"爱"在安娜这里则是人类情感中极富美感、极为宝贵的东西，它是

---

① ［俄］列夫·托尔斯泰：《列夫·托尔斯泰文集》（第十七卷），陈馥、郑揆译，人民文学出版社 2000 年版，第 94 页。

② ［俄］列夫·托尔斯泰：《托尔斯泰如是说》，中国友谊出版社 1993 年版，第 29 页。

支撑安娜生命的信仰。当弗龙斯基希望得到安娜的爱，又询问安娜为何讨厌那个字眼时，安娜郑重地回答："爱"。她用内心的声音慢慢重复说，"我所以不喜欢那个字眼就是因为它对于我有太多的意义，远非你所能理解的。"① 在安娜的意识中，爱情如生命一样重要，至高无上。没有了爱情便意味着生命的完结。"我要爱情，可是却没有。那么，一切都完结了。"② 因此，与其说安娜以死来反抗现实，莫如说是用生命寻找真爱。"爱"是安娜从心底所发出的生命呼唤，也是她生命超越的支点。

　　首先，安娜的爱情，超越了肉体的羁绊。托尔斯泰曾这样分析自我："我身上有两种要素：精神的和肉体的，它们互相斗争着。我通过切身体验认识两种要素的斗争，并称之为我的生命。"③ 作家赋予安娜这个形象生命的过程就反映了这种肉体与精神的争斗。从这个形象形成的过程看，小说构思于1870年，动笔是在1873年，仅用了五十多天就完成了初稿。起初作家想把安娜刻画成一个宣泄肉欲的形象，既异常得"迷人"，又有着恶魔般的"魅惑"；后来，随着托尔斯泰生命探索的深入，他又花了整整四年时间进行了十二次大的修改，终使安娜的形象由一个生活放荡的女人而变成了一个勇敢追求爱情的个性解放者。从安娜的爱情看，她不顾一切地追求爱情甚至歇斯底里地对待爱情，不排除欲望驱动下的性爱快乐（这也是安娜一直不能摆脱社会舆论压力，总视自己是一个卑贱女人的原因），但小说突出的是这个形象逐渐从压抑的肉体欲望中透露出一些精神超越的思想，也就是，安娜的爱情追求，在于活生生的、充满精神融通的人性幸福，在于纯真的人性本质。事实上，那个时代上流社会的婚姻充斥着虚伪和欺骗，维系于宗教的威慑乃至法律的干预以及社会舆论的监督而名存实亡。安娜的爱情，与上流社会那些偷鸡摸狗的所谓爱情大相径庭，它没有符合封建贵族的道德逻辑，而是撕破了一切虚伪的现实。这使安娜的爱情追求远远超越了肉欲的窠臼，而显示了精神探索的意义。她只是反复求证爱情的有无和爱情的真假，却从未质疑过卡列宁给予她的无爱婚姻对自己精神造成的伤害，也从未反思过在追爱的路上弗龙斯基何以给她心

---

① ［俄］列夫·托尔斯泰：《列夫·托尔斯泰文集》第九卷《安娜·卡列尼娜》（上），周扬、谢素台译，人民文学出版社1990年版，第187页。

② ［俄］列夫·托尔斯泰：《列夫·托尔斯泰文集》第十卷《安娜·卡列尼娜》（下），周扬、谢素台译，人民文学出版社1992年版，第996页。

③ ［俄］列夫·托尔斯泰：《列夫·托尔斯泰文集》（第十七卷），陈馥、郑揆译，人民文学出版社2000年版，第289页。

灵造成的痛楚。这反映了安娜心灵的单纯和爱情的纯粹。因此，安娜一面承受上流社会对自己的冷淡和排斥，一面又为爱情死不妥协。可见，安娜追求爱情的过程是艰难的过程，也是精神的挣扎和超越的过程。

其次，安娜的爱情，超越了宗教观念的桎梏。安娜大胆接受了弗龙斯基的爱情，一开始就笼罩在强烈的罪恶感和恐惧感之中。这离不开宗教观念的制约。当卡列宁发现安娜的行为"有失检点"，就警告她，他们的婚姻不是"凭人"而是"凭上帝"缔结的，如果被破坏，就是"犯罪"，"是会受到惩罚的"①。这是他为惩罚安娜，迟迟不签署离婚书而找到的堂而皇之的"理由"——"依照宗教行事"。"他总是在普遍的冷淡和漠不关心之中高高地举起宗教的旗帜。"② 这使安娜的爱情始终背负着罪与罚的重压。安娜的心理也一直处于爱情幸福与这些规约冲突的隐痛之中。不能不说，安娜有对上帝的信仰。即使在产后病危时，仍不忘祈求上帝的宽恕。小说题词"申冤在我，我必报应"则暗示了这种"惩罚"。当然，这里的"我"不仅仅是基督教的"上帝"，也包括作家自己创造的"新上帝"——道德。尽管如此，安娜仍义无反顾地坚持公开她的爱情，因为这关乎她的生命。"生命问题与宗教问题，对托尔斯泰来说彼此是密切相关的。甚至可以说，它们在托尔斯泰的著述中就是同一个问题。托尔斯泰始终认为宗教不是神秘教条，而是一种人生观，是某一时代对生命、生活的带有强烈人民性的普遍态度。"③ 因此，当安娜绝望地感到眼中的一切，"全是虚伪的，全是谎话，全是欺骗，全是罪恶！"④ 的时候，当她认识到弗龙斯基在她身上找寻的"与其说是爱情，还不如说是满足他的虚荣心"⑤ 的时候，当她看到她苦心经营的爱情，并不是心目中的那个信念和理想的时候，毋宁死。她的死也正是她挑战宗教观念的最后一道防线。安娜的追求表明，真正的生命是人向"上帝"不断靠近又不断超越的过程，这才是人存在的意义。

最后，安娜的爱情，超越了道德的阈限。所谓"说尽一个人的爱情

---

① ［俄］列夫·托尔斯泰：《列夫·托尔斯泰文集》第九卷《安娜·卡列尼娜》（上），周扬、谢素台译，人民文学出版社 1990 年版，第 194 页。

② 同上书，第 370 页。

③ 李正荣、王佳平：《天国在你们心中·译者的话》，见［俄］列夫·托尔斯泰《天国在你们心中》，上海三联书店 1997 年版，第 3 页。

④ ［俄］列夫·托尔斯泰：《列夫·托尔斯泰文集》第十卷《安娜·卡列尼娜》（下），周扬、谢素台译，人民文学出版社 1992 年版，第 1026 页。

⑤ 同上书，第 1020 页。

史，也就说尽了他的生命史"。安娜是为爱情而生的，也是为爱情而死的。表面上，安娜的爱情是不道德的，因为这毕竟是一场"婚外恋"；也是被动的，因为她的爱情觉醒是在弗龙斯基的穷追不舍下爆发的。但本质上，安娜的爱情追问了生命的存在与自由。"在我周围一切中的却只有恶、死亡、荒谬。""人们观察着自己的周围，寻找着答案，却找不到它。""但是，所有的人仍然活着，好像并没有意识到自己境况的悲苦，并没有意识到自己行为的荒谬。"① 安娜则不然，当荒谬的生活惊醒了她的生命意识之后，冲破社会对生命的压抑，在爱情中实现个性解放和生命自由，成为她的生命诉求。如果在现实中寻找不到，那么只能寄托于死。在托尔斯泰的生命逻辑中，死意味着生命的延续；而对于安娜来说，死不仅是对社会的反抗，不仅是对过去的惩罚，而且还是对爱情的期许。于是"她感到庆幸复活的快乐的眼泪正顺着两腮流下。"② 当安娜纵身跳向铁轨的那一瞬间，"那支蜡烛，她曾借着它的烛光浏览过充满了苦难、虚伪、悲哀和罪恶的书籍，比以往更加明亮地闪烁起来，为她照亮了以前笼罩在黑暗中的一切……"③ 这样，安娜献身于爱情，并非一般的殉情，它表明托尔斯泰已朦胧地看到了生命超越的另一个通道，在祛除安娜欲念的基础上，把爱情至上变为一种伦理救赎，通过生命的消失以确证爱情的尊严与永恒。从这个意义上说，安娜的追求，不是仅有性爱，不是腐朽道德的虚伪之爱，不是异化的上帝之爱，而是一种唯美性、崇高性、真挚性的纯洁之爱。这种至情至美之爱非但与当时的道德"不合时宜"，而且也溢出了托尔斯泰道德自我完善所划定的阈限，成为一种灵魂的召唤而显示了生命的本体意义。托尔斯泰以安娜的一己之情而推及人类，通过男女爱情纠葛去叩问生命存在意义，既显示了爱情的强烈诱惑，也显示了"情本超越"跨越世俗爱情的震撼力量。这就是安娜追求爱情的精神深度之所在。

人始终存在着寻找另一半的冲动，因为要弥补自我天生的残缺的一半。然而，"去欲存情"的理想爱情，能否担当此任？能否使生命获取深度内涵？能否实现真正的不朽和自由？"安娜的自杀，迫使人们考虑，为克服心灵的脆弱，人需要什么样的精神力量"④？也让人们感到，爱情何

---

① ［俄］列夫·托尔斯泰：《托尔斯泰论生命》，李正荣译，团结出版社 2004 年版，第 62 页。

② ［俄］列夫·托尔斯泰：《列夫·托尔斯泰文集》第十卷《安娜·卡列尼娜》（下），周扬、谢素台译，人民文学出版社 1992 年版，第 1006 页。

③ 同上书，第 1027—1028 页。

④ 刘小枫：《拯救与逍遥》，上海三联书店 2001 年版，第 49 页。

以产生改变人的巨大力量，又何以造成人的生命的不堪一击？它能否承担起拯救人心灵的重负？更重要的是，纯洁爱情何处寻觅？也许，表达着强烈的审美性的“爱情”具有整合缺损的人性的重要功能，也只能是痴人说梦，爱情的超越也不过是生命意识在表面状态下的心理投影。如此说来，安娜并没有由爱情引导走向光明，却成为了爱情的牺牲品。

由于个体的审美感觉的不同和情感体验的不同，超越意义也很难形成共识。如果还原到生活中来，我们姑且不论作家对安娜这个形象所持的矛盾态度，也不论卡列宁和弗龙斯基对安娜悲剧所造成的影响，单就安娜的爱情而论，当这种自我化的爱情完全退缩到个人的狭小躯壳，就会越来越趋于封闭、自私和虚幻。我们并非赞成安娜的“婚外情”。爱情如果缺乏了道德与和谐的价值重心，其神圣内涵也将大打折扣。只追求美丽的外表、感性的形式，内在的灵魂就会被无情地剥夺，令人沉醉的爱情也就实难给人带来鼓舞和慰藉。但无论怎样，文学形象当以审美的标准来衡量其优劣，而不是以道德属性来否定作品的审美价值。只不过，安娜追求的这种“至情至美”的爱情只能流于理想化的审美幻象，可望而不可即。

综上所述，列文追求的是至诚至善的“德”，安娜追求的则是至爱至美的“情”。虽各自不同，也各有缺陷，但二者在“真情”这一点上却是相通的。他们都一心一意地追逐自己的梦想，不说谎、不矫情、不虚伪；更为重要的是，他们的生命都充满了爱。正如托尔斯泰认为的那样，“爱是真正的生命的唯一充实的活动”，“不懂得自己生命意义何在的人不可能有爱的感情的表现”①。但无论是安娜的“爱己”，还是列文的“爱人”，都是追求人生的完美。正是爱的探索和超越，使二者联在一起。更进一步说，不管作家的用意如何，某种程度上，列文成了安娜的映衬（这也正是列文形象逊色于安娜形象的原因），两者的统一，才真正表达了这部小说“情本超越”的主题，从而体现了托尔斯泰生命探索的崇高境界。

当然，托尔斯泰一方面要尊奉神的意志，要顺从生命的主宰者的法则，而灵魂不朽；另一方面又宣扬情感自由和道德完善，要用自己的力量实现生命超越而人性完美，又恰恰反映了其生命超越观的悖论性，包括被动与主动，外在与内在等诸多方面。哪里是人的安身立命的精神家园？这是托尔斯泰用尽一生的寻找。那份真诚和执着带给人们无尽的感动！亦如

---

① ［俄］列夫·托尔斯泰：《论生命》，载倪蕊琴选编《列夫·托尔斯泰文集》（第十五卷），人民文学出版社1989年版，第306页。

托尔斯泰离家出走的终局一般。列文和安娜之探索和超越的结果，一个走
向了上帝，一个走向了毁灭，他们所诠释的生命意义最后都有让生命存在
悬于虚无之虞。尽管作家一再强调人是理性的生命而非肉体的生命，能够
灵魂不朽，并把安娜的至情与列文的至善都经由个体生命的私人空间而扩
及社会的一切领域，但这两个形象在敞开其生命超越意义的同时，没能遮
蔽托尔斯泰主义的矛盾与局限。

第六章　生命超越主题之"性本超越"

　　无论是"神本超越",还是"德本超越",抑或"情本超越",本质上都是依托于人的灵魂、意识的精神超越。即便是充满感性的爱情,也多是精神之恋。就如但丁对贝雅特丽齐的爱的倾诉只在天国宣泄,堂吉诃德对杜尔西内娅的爱的追寻只在子虚乌有的幻想中一般。当人们发现以"神"、"德"、"情"为基点的精神超越不过是虚幻神话的时候,反观自身就成为一种必然。所谓"人的身体是人的灵魂最好的图画"①;"肉身才为言词或灵魂的在场提供了所必需的空间—时间性的亲在"。② 以"神"、"德"、"情"为依托的"生命超越"话语也就让位于身体欲望的发现。

　　人类身体之欲望,唯食欲和性欲最为重要。所谓"饮食男女,人之大欲存焉"(《礼记·礼运》)。对待"食欲",人们一向非常宽容,甚至有"为天"之说。而对待"性欲",人们却一直遮遮掩掩,欲罢不能,欲说还休。"倘若涉及色情生活,我们当中的许多人满足于最普遍的观念。它的肮脏的表象是一个鲜有人不落入其中的陷阱。"③ 直到 20 世纪,人们才敢直面"性",不再以消极、压抑、恶的观念对待之,开始探索性之于人性的作用。有的期望在这一探索中能发现真理,甚至期望寻求"生命超越"的价值和意义。诉诸文学,就构成了"生命超越主题"谱系中最惹人争议的一个形态:"性本超越"。

一　"性本超越"的哲思

　　"性"作为人类的自然本性,经历了从原始的纯个体生理自然行为而

---

① ［奥地利］维特根斯坦:《哲学研究》,陈嘉映译,上海人民出版社 2001 年版,第 279 页。
② 刘小枫:《沉重的肉身》,华夏出版社 2007 年版,第 91 页。
③ ［法］乔治·巴塔耶:《色情史》,刘晖译,商务印书馆 2003 年版,第 3—4 页。

变为社会、文化的自律行为的过程。西方对"性"的思考，也经历了由最初的边缘而逐渐走向主流的漫长过程。这一哲思生发的契机是意识哲学的现代转向：从边缘的"身体"，向主体的"身体"转向；从卑贱的"身体"向崇高的"身体"转向。"对肉体重要性的重新发现已经成为新近的激进思想所取得的最可宝贵的成就之一。"① 伴随"身体"、"欲望"之思，"性"之追问也全面展开。不仅视"性"为生命基础；也视"性"为生命自由的象征，甚至视"性"为人的"全面解放"的一条通道，具有强烈的终极关怀意味。

1. "身体"之思

西方古代的"身体"之思，因长期受"神"、"德"、"情"的压制，而备受贬斥。柏拉图就对身体充满了敌意，身体"用爱、欲望、恐惧，以及各种想象和大量的胡说，充斥我们，结果使得我们实际上根本没有任何机会进行思考"。② 柏拉图认为，只有灵魂才能获得理性和知识，而灵魂是不死的，它可以离开肉体而独自存在，肉体只能玷污灵魂，成为灵魂的障碍。"只要我们还保留着不完善的身体和灵魂，我们就永远没有机会满意地达到我们的目标，亦即被我们肯定为真理的东西。""如果我们要想获得关于某事物的纯粹的知识，我们就必须摆脱肉体。"③ 亚里士多德也同样贬低身体而推崇灵魂。他说："动物的灵魂（即有生命东西的实体），就是理性实体，是形式，是特定身体的所以是的是。所以灵魂的部分，或者全部，或者部分，对整个生物是先在的，每一个别也都是如此。身体和身体的部分后于这种实体，只有组合物才能分解为这些作为质料的部分，实体却不能。"④ 中世纪基督教神学家对"身体"的贬斥，更是有过之而无不及。在他们看来，肉身是阻挡人们抵达上帝之城最主要的障碍。人们只有摆脱肉身以及由此产生的各种欲望，才能回到上帝的怀抱。

随着文艺复兴和启蒙思潮的到来，"身体"终于冲破了一切传统权威对人性的压抑，将长期以来处于禁锢状态的本能从各种话语霸权中解放出来。但是，个性解放，只是开始摆脱神的束缚，身体受到赞美却被理性所

---

① ［英］伊格尔顿：《审美意识形态》，广西师范大学出版社 2001 年版，第 7—8 页。
② ［古希腊］柏拉图：《柏拉图全集》第 1 卷，王晓朝译，人民出版社 2002 年版，第 63 页。
③ 同上书，第 63—64 页。
④ ［古希腊］亚里士多德：《形而上学》，苗力田译，中国人民大学出版社 2003 年版，第 146 页。

掌控；启蒙也不过是启思想之蒙，是精神的现象学而已，理性才能揭开知识和真理的秘密。笛卡尔罢黜了"上帝"第一性位置，最终代之以理性。"我思故我在"表明，人之为人在于理性的主体作用，也就是说，思维和"我"是无法分开的，思维的停止就意味着"我"存在的停止。他说："严格来说，我只是一个在思维的东西，也就是说，一个精神、一个理智，或者一个理性。"① 这样，身体被怀疑、被边缘在所难免。

从笛卡尔到康德、黑格尔，西方哲学一直是主体意识的天下，身体总是作为一个对象而存在，是"对象身体"，并且总是作为一个反面警告出现。

把身体看成哲学中心，是一个现代性事件。费尔巴哈第一次赋予"身体"以正面意义。在他看来，人的大脑是肉体的，身体是肉体的，肉体是人的基础。人首先是肉体，然后才是灵魂；首先是感性，然后才是理性。他说："我是一个实在的感觉的本质，肉体总体就是我们的自我，我的实体本身。"② 人的本质就是以"身体"为基础的肉体与灵魂，物质与精神、存在与思维的统一体。在费尔巴哈的影响下，一些哲人也将人的本质看成是"身体"的存在，而不是理性。

尼采就主张彻底破除理性的压制。所谓"上帝死了"，就是理性虚构的形而上依据的集大成者死了，不仅揭露基督教形而上学的虚假关怀，也戳穿了理性霸权的真正面目。尼采以高歌生命欲望的哲思，达到了非理性形而上学的巅峰。既然理性形而上学的终极依据"死了"，那么，人们靠什么来安身立命？尼采认为，"存在——除'生命'而外，我们没有别的关于存在的观念"。③ 肉体化的生命是唯一的生命，纯粹灵魂（纯粹理性）的生命是不存在的。"身体"不仅是感知、思维的主体，也是生命力的所在。所谓"肉体乃是比陈旧的'灵魂'更令人惊异的思想"④。"我整个地是肉体，而不是其他什么；灵魂是肉体某一部分的名称。""肉体是一个大理智，一个单一意义的复体，同时是战争与和平，羊群与牧者。""我的兄弟，你的小理智——被你称为'精神'的，是你的肉体的工具，你的大理智的小工具与小玩物。""我的兄弟，在你思想与感情之后，立

---

① ［法］笛卡尔：《第一哲学沉思录》，庞景仁译，商务印书馆 1986 年版，第 30 页。

② ［德］费尔巴哈：《费尔巴哈哲学著作选集》上卷，荣振华、李金山译，商务印书馆 1984 年版，第 169 页。

③ ［德］尼采：《权力意志》，张念东、凌素心译，商务印书馆 1991 年版，第 186 页。

④ 同上书，第 152 页。

着一个强大的主宰，未被认识的哲人，那就是'自己'，它住在你的肉体里，它即是你的肉体。"① 尼采认为，作为肉体的生命本质就是"权力意志"。追求权力的意志，则是一种绝对的、不容抗拒的积极向上的内在生命力，是生命本身也不能抗拒了的意志。虽然权力意志中的生命力有强有弱，但都想支配他者，这必然要发生力的较量，形成生命力的差异运动。这就是权力意志的自我创造与自我毁灭。生命就是"永恒回复"，创造和毁灭永无止境。而且，生命的生成与毁灭是生命自身的事情，与任何生命之外的东西无关。永恒轮回中只有一样的事情，那就是时间。时间是延续性的，生命也是延续性的，给生命以机遇，生命就创造价值，这就是永恒轮回的本质。

尼采从"生命"开始，通过"身体"、"权力意志"、"力的差异"、"一切事物的永恒回复"，形成"生命即唯一的存在"的命题。尼采要用"身体"驱走基督教的上帝和启蒙的理性，从而确立以"权力意志"为中心的"身体"哲学，这预示着超人观的出现。从尼采这里，西方哲学开始了"身体"的转向。这种转向在法国哲学家那里表现得更为突出。

现象学哲学家梅洛－庞蒂力求以"身体"来消解主客对立，而解决生命存在的"统一性"问题。依他所见，世界的问题可以从身体的问题开始。"'世界'一词不是一种说法，而是意味着'精神的'或文化的生活从自然的生活中获得了其结构，意味着有思维能力的主体必须建立在具体化的主体之上。"② 这"具体化的主体"就是知觉化的身体，它既存在着，又经验着；既意识着，又是客观现象。两者交织证明着我就是我的身体，我的身体就是我。因此，在身体的知觉世界里，主体与客体的对立是不存在的。借助于知觉，身体可以演变为"灵化的"身体，主体也演变为"肉身化"主体。

福柯则无意于身心关系的调解，而是继承了尼采的"身体"即"权力意志"的思想，这在他的《尼采·谱系学·历史学》一文中得以最为清晰地阐述，但他更多地是把身体、权力置之于历史过程中而视为一个整体。他认为任何历史都不能离开身体而存在、而运作的；同时也认为任何历史都是身体受权力规训和压制的过程。所以，他的《疯癫与文明》、《临床医学的诞生》、《规训与惩罚》、《性史》等一系列著作，不仅以"身体"为载体思考问题，而且以展示"身体"被压制、训诫为问题的轴

① ［古希腊］柏拉图：《柏拉图全集》第 1 卷，王晓朝译，人民出版社 2002 年版，第 24 页。
② ［法］梅洛－庞蒂：《知觉现象学》，姜志辉译，商务印书馆 2001 年版，第 251 页。

心。也就是"身体刻写了历史的印记，而历史则在摧毁和塑造身体"①。他的系谱学研究就是"揭示一个通体被打满历史印记的身体，并揭示历史摧毁这个身体的过程"。② 权力是一种原始野蛮的冲动，它是造成人类无休止的"权力之争"的根源。现代统治者虽然通过"柔化暴力"训诫出了一个看起来风平浪静的"法规世界"，但其中隐藏着一种潜在的危险，随时随地都可能爆发更为狂暴和血腥的战争和革命。解决的唯一途径就是要摧毁一切训诫权力，如取消各种传统的道德禁忌，尝试各种"极限体验"，彻底改变我们的身体以及认知方式。这样，人类才能找到自身的解放之路。为此，福柯终生迷恋身体的"极限体验"，如游行、酗酒、吸毒、同性恋派对等。"实际上是以其特殊的激进方式提出了现代性的超越问题，而这个问题，是当今世界的每个有识之士都不能回避的。"③

贬抑或崇尚，西方哲学对待"身体"之所以有两种截然相反的态度，就在于它们共有的预判：身体等同于欲望。两千多年前的柏拉图这样认为，两千多年后的哲学家也是如此。"身体的各部分必须完全和意志所由宣泄的各主要欲望相契合，必须是欲望的可见的表出。"④ 如此说来，身体和欲望虽不能完全画等号，但至少身体是欲望的物质载体。

2. "欲望"之辨

与对"身体"一样，西方对"欲望"从一开始也贬之为低下的和邪恶的。苏格拉底就有"未经过理智思考的生活不值得过"的观点，而对欲望横加贬抑；柏拉图在《理想国》中也对"欲望"嗤之以鼻，要求人用理性节制欲望，否则就驱出理想国；亚里士多德虽强调了欲望，但也必须是"合理的欲望"、"合乎正当的欲望"。这些思想，影响到中世纪的禁欲主义，用理性和信仰节制和禁止欲望，成为那个时代的最强音。从文艺复兴开始，个人欲望有所抬头，但理性规范的作用仍大行其道。英国的洛克肯定欲望，但同时更肯定理性对欲望的控制；法国的卢梭强调"在听从自己的欲望之前，先要请教自己的理性"⑤；德国的康德也重视用道德

---

① 汪民安、陈永国：《身体转向》，《国外文学》2004 年第 1 期。
② ［法］福柯：《尼采·谱系学·历史学》，见《学术思想评论》第四辑，辽宁大学出版社 1998 年版，第 387 页。
③ 高毅：《福柯史学刍议》，《历史研究》1994 年第 6 期。
④ ［德］叔本华：《作为意志和表象的世界》，商务印书馆 1982 年版，第 163 页。
⑤ ［法］卢梭：《社会契约论》，何兆武译，商务印书馆 1980 年版，第 29 页。

律令来调节人的欲望和幸福的追求……可以说，西方哲学从古希腊一直到近代，就是"无欲"哲学。

费尔巴哈对感性、身体不遗余力的呼唤，开启了西方哲学的"欲望"之辨。他说："人的最内秘的本质不表现在'我思故我在'的命题中，而表现在'我欲故我在'的命题中。"① 在此，他赋予了人的欲望以本体地位。感性身体是人存在的第一标志，也是人存在的一刻离不开的基础，身体痛苦，人就会阴郁、嫉妒、凶残，身体满足，人就会快活、善良、幸福。当然，费尔巴哈的感性身体还需理性的统摄，其欲望不过是理性的欲望。他说："我的第一个思想是上帝，第二个是理性，第三个也是最后一个是人。神的主体是理性，而理性的主体是人"；② "只有在将人理解为这个统一的基础和主体的时候，才有意义，才是真理"；③ "一个完善的人，必定具备思维力、意志力和心力。思维力是认识之光，意志力是品性之能量，心力是爱。理性、爱、意志力，这就是完善性，这就是作为人底绝对本质，就是人生存的目的"。④ 这样，从感性身体，到理性欲望，到人性完整的"爱"，一直到人对上帝崇拜，费尔巴哈追逐的不过是一种道德性的宗教"理性之爱"，并没有越出西方理性哲学的传统。

叔本华与费尔巴哈最大的不同，就是从非理性角度来确立"欲望"的形而上地位，成为西方哲学用"我欲"突破"我思"，来确定主体性的第一人。他在《作为意志与表象的世界》一书的开篇就说："那认识一切而不为任何事物所认识的就是主体。"而"主体"是一切客体存在的前提条件，"它是随最早一只眼睛的张开而开始存在的；没有认识的这一媒介，它是不能存在的。""没有这主体，就不能是什么。"⑤ 叔本华把人从一个抽象的实体、思维的实体转变为一个感觉的实体、肉体的实体。这个"主体"的本质，不是传统哲学所认为的理性，而是非理性的意志，即"生命意志"、"生活意志"。虽然这种"意志"表现为本能、冲动、奋进、渴望、欲求等，但它不是一种心理品质，而是一种生存欲望和生命欲求，也就是不可遏止的生命冲动。而现象世界不过是这一意

① ［德］费尔巴哈：《费尔巴哈哲学著作选集》上卷，荣震华、李金山等译，商务印书馆1984年版，第591页。

② 同上书，第247页。

③ 同上书，第181页。

④ ［德］费尔巴哈：《费尔巴哈哲学著作选集》下卷，荣震华等译，商务印书馆1984年版，第28页。

⑤ ［德］叔本华：《作为意志和表象的世界》，石冲白译，商务印书馆1982年版，第63页。

志的表象。"世界和人自己一样，彻头彻尾是意志，又彻头彻尾是表象，此外，再没有剩下什么东西了。"① 叔本华反对康德把世界本原（本体、本质）即"物自体"看成不可知的认识，因为世界的本质是意志，主体的本质也是意志，而意志是可知的。

正因为意志的可知，人的痛苦才可以认知，也才可以消除。在叔本华看来，"一切欲求的基地却是需要，缺陷，也就是痛苦；所以，人从来就是痛苦的，由于他的本质就是落在痛苦的手心里"②。只有通过"意志的否定"才能解除这一痛苦。所谓"意志的否定"，就是要压制一切欲求，达到一种"无欲"状态，并沉浸其中，最终获得无限自由。随之，作为意志客体化的表象世界也都取消了，只有剩下"无"。叔本华用形象直观"生命意志"取代抽象的理性，走向了非理性的形而上学。如果说康德还只是限制知识、限制理性的运用，为信仰保留地盘的话，叔本华则用意志的主体代替了理性主体，用非理性的认识方式代替了理性的认识方式，从而完全转向以非理性主义追问世界本原的认识上。尽管叔本华认识到欲望是世界的本质，并确立了欲望的形而上的意义，但他不是通过张扬欲望来实现人的生命超越，而是以泯灭欲望来达到人生命意义的领悟和实现。因此，这种悲观主义和出世主义的思想，仍为禁欲主义的表现，并非真正的欲望超越。

尼采的"哲学的肉身化"的推演，在强调"身体"的正面意义的同时，也肯定了"欲望"的正面性，但他始终认为，人的生命欲望并不是纯动物性的本能表现，也不是享乐主义的恣意纵欲，而是代表激情、冲动和力量的酒神精神。这就摆脱了叔本华的悲观和出世思想。在尼采看来，原始人在祭祀酒神狄奥尼索斯的仪式上尽情地发泄自己的生命本能和欲望的体验，就是对所有的束缚和禁忌的解除，人在狂歌欢舞的放纵中实现了生命的本真。尼采看到了现代社会由于"对人的尊严的信仰，对人的特性的信仰，对人在生物系列中不可替代性的信仰消失了"③，而导致对人的身体欲望的禁锢所带来的人的创造本能的损害，因此，他并不幻想另外一个世界，而是从非理性的生命入手，企图以酒神精神重新开启西方文明，让生命在迷醉与癫狂中超越现实，实现永恒轮回。酒神精神代表着一种原始的迷狂，一种尘世的慰藉，一种审美情感，本质上就是一种形上意

---

① ［德］叔本华：《作为意志和表象的世界》，石冲白译，商务印书馆1982年版，第233页。

② 同上书，第427页。

③ ［德］尼采：《论道德的谱系》，周红译，生活·读书·新知三联书店1992年版，第129页。

义的非理性欲望。"在酒神神秘的欢呼下，个体化的魅力烟消云散，通向存在之母、万物核心的道路敞开了。"① 海德格尔说尼采是最后一个形而上学家，只不过他是以生命欲望作为形而上学的终极。

乔治·巴塔耶和吉尔·德勒兹，基本沿着尼采的思考追问生命，并把尼采的狄奥尼索斯式的迷狂转变为"欲望论"，以反驳和对抗主体理性。

乔治·巴塔耶认为人的欲望有三种形态："动物性的欲望"，即兽性；"人的欲望"，是普遍存在于世俗社会中的理性欲望，即人性；"神圣欲望"，即开启主体性和抵达神圣之域的内在动力，是超越理性欲望的最高层。在他看来，人的精神是面死而生的，就是人性脱离动物性的觉醒。如果说动物是与自然合一的，服从于即时的欲望和本能的话，那么人则经由面向死亡形成的精神觉醒，从混沌的自然状态中超越了现时现地的直接性。② 他说"色情根本就是死亡运动"③，这在于色情与死亡相通，可以让理性暂时停顿，可以达到感性的极限体验，即在摆脱了自我和世界的同时，达到"神圣世界"。因此，巴塔耶总是围绕着死亡和色情去展示人的欲望。在他眼里，人的欲望既有向下维度，走向身体、器官、排泄等色情；也有向上维度，走向纯粹的献祭等。"费德尔的例子"，就有"与性欲和乱伦禁忌相关的特征"④。色情关乎"性"的痛苦和喜悦，更关乎逼近死亡的"临界体验"。"在这个时刻，我不再怀疑自己拥有了总体性，没有总体性，我不过是局外人。"⑤ 这就是人在色情和献祭的体验中向神圣世界无限地接近和回溯。死亡和色情诠释了其过程，一个看似矛盾又是否定之否定的过程，表达着追求无限的欲望。由此，巴塔耶在哲学著作和文学作品中都时时流露出了超越极限的思想。

吉尔·德勒兹承继尼采哲学观的一个主要特征就是视身体为纯粹的欲望本身。他认为，欲望不是匮乏式的、收缩式的、否定式的；而是具有决定性、生产性、主动性、非中心性等创造性特征和革命性、解放性的正面意义。这就是他的身体创造学——"一种能够发挥生命的极限、引领生命走向极限的思想。"⑥ 他把欲望视为一部巨大的机器，一部欲望机器，

---

① ［德］尼采：《悲剧的诞生》，周国平译，生活·读书·新知三联书店1986年版，第67页。

② 汤浅博雄：《巴塔耶：消尽》，赵汉英译，河北教育出版社2001年版，第118页。

③ ［法］乔治·巴塔耶：《色情史》，刘晖译，商务印书馆2003年版，第149页。

④ 同上书，第80页。

⑤ 同上书，第98页。

⑥ Gilles Deleuze: *Nietzsche and Philosophy*, London: The Athlone Press, 1983, p.101.

表明欲望本身可以生产欲望，提高欲望效率。欲望与机器的结合，颠覆了以往欲望本能、人性欲望的看法，从而揭示了人的欲望本质："发现你的无组织躯体，弄清如何去造就它，这是一个关乎生死，关乎青春与衰老，关乎悲伤与快乐的问题。一切都将从这里上演。"①

此外，人本主义心理学家马斯洛通过"欲望"的心理学研究，科学地阐释了欲望结构——一个由生理到心理、由自然到社会逐级向上的排列的金字塔式结构，所反映的人的生命欲望本质。马斯洛认为人的欲望的原始基础是生存欲望，离开了生存欲望，一切欲望都会瓦解，甚至生命本身。它是一切欲望的"第一推动力"，它起博生命的动脉，以绚丽的光彩支撑生命的华章。在生存欲望之上，是安全欲望、归属欲望、爱的欲望、尊重的欲望，其最高层则是"自我实现"的欲望。前一个欲望构成后一个欲望的基础，而后一个欲望则是前一个欲望的升华。一切生命的意识、思想、精神都是建立在身体欲望继承之上的，人格本身就是一个欲望结构。对"欲望"的这一发现，为人的解放奠定一个理论基础，为人类重返伊甸园找到一条捷径，即人在欲望中解放、上升和超越。从这个意义上讲，近现代的进程就是欲望的发现的过程。

类似的思考不胜枚举。从身体之思到欲望之辨，西方哲学从重理性而走上了一条重非理性的道路。这条道路最深层的路基是什么？"性"之追问可以找到问题的症结。正所谓"自然之秘密，不也就是肉体之秘密吗？……最强的自然意向，不就正是性欲吗？"②

3. "性"之追问

西方哲学关于"身体"、"欲望"的话语，最根本的是"性"。心理学家认为，"人生及一般动物的两大基本冲动是食与性，或食与色，或饮食与男女，或饥饿与恋爱。它们是生命力的两大源泉，并且是最初元的源泉"。③ 因为"性是一个通体的现象，我们说一个人浑身是性，也不为过"。④ 恩格斯也说："根据唯物主义观点，历史中的决定性因素，归根结

---

① Gilles Deleuze and Felex Guattari：*A Thousand Plateaus*：*Capitalism and Schizophrenia*，Trans by Brian Massumi London and Minneapolis：The University of Minnesota Press，1987，p.151.

② ［德］费尔巴哈：《费尔巴哈哲学著作选集》下卷，荣振华、李金山译，商务印书馆1984年版，第121页。

③ ［英］霭理士：《性心理学》，潘光旦译，商务印书馆1997年版，第490页。

④ 同上书，第9页。

蒂是直接生活的生产和再生产。但是，生产本身又有两种。一方面是生活资料即食物、衣服、住房以及为此所必需的工具的生产；另一方面是人自身的生产，即种的蕃衍。"① 前者重在维持个体生命，使有机体处于运动和平衡状态；后者重在维持种族生命，使有机体处于延续和繁衍状态。

而远古时代的人们并不懂得"性"的生理机能，"性"总是具有无法言说的神秘魔力，既有如痴如醉的愉悦，也有与神灵沟通、超越死亡的迷狂。进入文明时期，"性"的神话并没有完全消散，部分地遗存于宗教和文学的世界里，成为少数特殊人群掌握的秘密。"谁要是有足够的运气，据说谁就可以在这一功效的作用之下精神得以升华，得到它的特别恩典：对肉体的绝对掌握，少有的极乐境界、忘记了时空、获取人生的极致、是一种对死亡和死亡威胁的回避。"② 但整体来看，"性"受到了文明、理性的压制，成为一种原罪和禁忌。"自亚当和夏娃以来，性冲动就一直是绝大多数烦恼的根源。"③

近现代以来，人们才真正从人性的意义上正视"性"。"自然之一切尊严、威力、智哲和深邃，都集中于和个体化于性别之中"；"一个没有自然的人格本质，正不外是一个没有性别的本质"；"人只是作为男人和女人而生存着"。④ "性"在人们的眼里，或是一种娱乐，其中有否定，也有渴望；或是一种知识，其中有庄重，也有猎奇；或是一面打破固有秩序的旗帜，其中有抗争，也有诗化……因为"人类的性活动不单纯源于'力比多'，而是构成于生物、历史、文化、社会的，全部复杂运动的合力"。⑤

现代人对性的研究，一般遵循两个维度：即科学维度与人文维度。弗洛伊德的学说无疑最具代表性。弗洛伊德作为一个心理学家，作为一个有着深厚的人文关怀思想的哲学家，渴望揭示人的心理结构，更渴望追寻人的本质、人的存在意义和价值。其"性"学既影响到科学之"性"，也影响到人文之"性"，甚至远远溢出科学界和文化界，波及整个社会。

弗洛伊德从科学维度研究"性"，最有影响的是《梦的解析》、《日常

① 《马克思恩格斯选集》第4卷，人民出版社1995年版，第2页。

② ［法］米歇尔·福柯：《性史》，姬旭升译，青海人民出版社1999年版，第50页。

③ ［美］韦克斯：《性，不只是性爱》，齐人译，光明日报出版社1989年版，第146页。

④ ［德］费尔巴哈：《费尔巴哈哲学著作选集》下卷，荣振华、李金山译，商务印书馆1984年版，第123页。

⑤ 张国星：《性·人物·审美——〈金瓶梅〉谈片》，《文学遗产》1997年第4期，第93页。

生活的心理分析》、《少女杜拉的故事》、《性学三论》等。尤其《性学三论》（包括《性变态》、《幼儿性欲》、《青春期的改变》）极富科学创见，堪为"性"研究的经典。弗洛伊德在其中利用精神分析的方法，通过一些病人的临床治疗，从性的对象、性的目的、性的表现等方面对"性"的问题进行了系统研究，从而阐明了人类性欲的本质及其发展过程。这直接影响了西方"性学"的建立和发展，使越来越多的人关注人的性成长、性发展、性交往、性功能障碍乃至性变态、同性恋等诸多问题。

弗洛伊德从人文维度研究"性"，是立足于其哲学的假设。这就是："性"是建立在生命本质的压抑与反压抑基础之上的。在他看来，生命起源于无机界，它的繁殖、延续的需要就构成求生本能，也就是性本能，他称之为"力比多"。而人的生命之源主要包括求生本能和死亡本能。他说："我们相信本能可分两类：性本能常欲将生命的物质集合而成较大的整体，而死亡本能则反对这个趋势，欲将生命的物质重返于无机的状态。这两种本能势力的合作和反抗即产生了生命的现象，到死为止。"① 在生与死的对抗中，人根据三种原则行事，即"本我"之快乐原则、"自我"之现实原则和"超我"之理想原则。（前文已及，不再赘述）由于"本我"被压抑，人就常常处于痛苦、焦虑的境地。为此，"本我"就常常伪装起来，以其他的形式把原始本能宣泄出来。如果宣泄不能实现，人就容易患上精神病；如果宣泄不得当，人就容易成为罪犯；只有一些天赋较好的人，以文艺、科学、宗教或慈善等宣泄渠道而成为成功人士，这就是生命的"升华"。而一旦被压抑的本能升华为艺术活动，人们就会得到强烈的快感，整个肉体处于极度的兴奋、战栗和陶醉中。这是人最为极致的"高峰体验"，人在其中能够进入神圣世界。这样，"性"通过弗洛伊德的"升华"，就具有了生命超越的意义。

弗洛伊德从人的原欲——"性"出发，既剖析了"性"的内涵，也阐释了"性"的功能和表现。更为重要的是，他通过"性"学，从人的心理域的最深处把握人的本质以及人类文明的本质。"弗洛伊德的'俄狄浦斯'情结的伟大之处在于：他并没有使我们每一个人都成为俄狄浦斯，但他的确使俄狄浦斯变成了一个同我们每一个人都一样的人，具有人性的全部卑微和脆弱。"② 人的一切活动都是性本能的宣泄和升华，人类文明的一切也是如此，全是性本能乔装打扮向外的发泄。这种"泛性论"观

---

① ［奥地利］弗洛伊德：《精神分析引论》，高觉敷译，商务印书馆1984年版，第9页。
② 耿幼壮：《重读古希腊悲剧》，《博览群书》2003年第1期，第57页。

点，在科学界受到严厉的抵制和批判，但在人文领域受到了空前关注。一些人认为"性"是野蛮本能的冲动，充满了恶的破坏性，需要宣泄、转移、诱导乃至升华；而另外一些人则认为"性"是摆脱清规戒律获得自由的唯一途径，是产生新道德的征兆。虽然两者观点有天壤之别，但他们都不是依据科学知识，而是诉诸精神想象。

威廉·赖希不同意弗洛伊德"性"的反社会性观点，而在他的《性革命》一书中提出了发人深省的"性欲伦理学"。他认为"性"本身就是善的和爱的，是一种建设性力量，而置于崇高地位，并把性健康与自由和幸福等同起来。在他看来，"生活幸福的核心是性的幸福"，只要有"性"压抑，就不可能有人的真正幸福和自由。他不仅认为性是自然神圣的，而且号召人们进行"性"革命，"应当把性革命看作是一个自由社会的必由之路"。在这个观念驱使下，他主张维护青少年的性权利，反对双亲、教师的干预，要求政府给予法律保障。他还主张婚姻的绝对自由，包括结婚与离婚，甚至希望消灭父权制家庭，恢复母权制家庭，因为父权制家庭是压抑"性"的主要场所。他认为"性"的愉快不需要任何道德，"社会发展的目标是不断地消除次级冲动以及伴随它们的强制性道德，完全用性机制的自我调节取而代之"。① 赖希希望通过"性革命"帮助人们获得"性自由"。

马斯洛则极为重视性的体验。他认为，一次完美的性交，能够给人带来真正卓越、极度幸福的体验，他称之为"高峰体验"。"在高峰体验中，表达和交流常常富有诗意，带有一种神秘与狂喜的色彩，这种诗意的语言仿佛是表达这种存在状态的一种自然而然的语言。……那些真诚的人们可以变得更像诗人、艺术家和先知等等。"② 他不仅描述性爱的超越体验，同时还认为性爱是人通向天堂的途径之一。他说："我敢肯定有一天我们会不再把它当成笑料，而是认真对待并教导儿童，说正像音乐、绘画、美丽的草坪、逗人的婴儿等等许多通向天堂的道路一样，性也是其中之一。"③ 性爱对于马斯洛来说，和倾听伟大的音乐、体育竞技上的卓越成绩、美妙的舞蹈一样，是伴随着"高峰体验"而具有超越意义的生命活

---

① ［美］威廉·赖希：《性革命——走向自我调节的性格结构》，陈学明、李国海、乔长森译，东方出版社 2010 年版，第 20 页。

② ［美］马斯洛：《自我实现的人》，许金生等译，生活·读书·新知三联书店 1987 年版，第 226 页。

③ ［美］马斯洛：《人性能达到的境界》，林方译，云南人民出版社 1987 年版，第 176 页。

动。这种超越性，就是人对无限神性的体验，意味着人从动物中来，而向神走去。

　　总之，西方从"我欲故我在"开始，从欲望来认识生命本质，通过权力意志与生命冲动，又经性本能宣泄，确立了"性解放"的价值指向。这意味着对冷酷、虚伪现存秩序的拒绝和抗议，也意味着对理性中心主义的舍弃和超越。最终目的是要找回人之本能、人之天性，保持人的真实自我和生命力，从而实现人的生命超越。这一哲学思考表现在文学的感性世界里，形成了"性本超越"主题。

二　"性本超越"的表征

　　"性"不仅成为现代哲学之思的突破口，而且也成为现代文学运动的标识，即由过去的欲说还休的幕后堂而皇之地走到了前台，所谓"伟大的文学是眼睛所能看到的：无止境的冒险和欲望。若欲望的漫游不存在的话，文学也不存在"。[①]"如果写人不写性，是不能全面表现人的，也不能写到人的核心，如果你真是一个严肃的、有深度的作家，性这个问题是无法避免的。"[②] 而"当一位作家依据他的哲学观点和价值尺度，观照人的性，做出审美判断，并将其摄入创作中，于是作品所呈现的性的感性形象，也就具含了多种多层的理性内容，成为审美意象，获得了促成作家创作意旨的艺术功能。"[③] 因此，文学之于"性"，既有着形而下的价值——批判与揭露；更有着形而上的意义——追求生命永恒与自由，即以性为依托的超越——"性本超越"。"性本超越"最经典的叙述模式是人的"性爱游走"，并通过"凡人"形象体现出来。

1. "性爱游走"

　　"性爱游走"，有别于在尘世的乡野、街头、山水、海陆之现实游走；也有别于在梦幻、想象、意识流中之精神游走，而是在"欲海"中游走，是潜在的、隐喻的游走。一般称为"性文学"。它"专指两性间的性行为

---

① Northrop Frye. *The Secular scripture*：*A Study of the Structure of Romance* . Harvard University Press，1978，p. 30.

② 王安忆、陈思和：《两个69届初中生的即兴对话》，《上海文学》1988年第3期。

③ 张国星：《性·人物·审美——〈金瓶梅〉谈片》，《文学遗产》1997年第4期，第93页。

和交媾关系，或带有刺激和挑逗意味的性感和情欲描写"。① 存在两个基本维度：向下和向上。向下，以感官刺激为乐事，对"性"采取疯狂、亢奋、迷乱、无休止地描写，目的是刺激读者的性兴奋，人类的"性"变得丑陋、肮脏和堕落；向上，则以思想性和审美性为原则，通过大胆的越界和幻想的探险，在"性"中得到严肃思想和纯真情感的传递，也就是"写作中的身体绝不是纯粹物质意义上的肉体——肉体只有经过了诗学转换，走向了身体的伦理性，它才最终成为真正的文学身体"。② 如沈从文就认为他的文学创作，就是"在身体中发现神"，这"神在我们生命里"。③ 他把男女之间的"性"，看成是神圣的"道场"④，能导人进入神圣的境地。因此，文学之"性"早已不再是一个单纯的生理名词，而是充满了多元意义。

"性文学"概括起来，主要有三种意义形态：一是以性为"诫"，性是邪恶、破败、毁灭的，通过性劝诫人从善如流；二是以性为"乐"，性是快乐、圆满的，通过性的享乐渲染幸福；三是以性为"尊"，性是平等、自由的，通过性宣扬人的解放，这是通过"性"所表现的最高境界——追求生命的不朽和自由。

以性为"诫"，与性恶观有关。不论是自然界的动物，还是早期的人类，为了取得交配权利和优势地位，总是充满了野蛮血腥的暴力。洪水猛兽般的性本能、性欲望总是伴随着一个个健康机体被戕害和屠戮。"性"的兽性、残忍、罪恶，使人类明显感受到它的强烈的破坏性力量。因此，"性行为是被嫌恶的东西，是被西方占统治地位的宗教大加诅咒的替罪羊。它一直被看作是一切邪恶和可耻的东西的示例，并且长期被排除在沉静的、逻辑的科学研究领域之外"。⑤ 古代文学中表现英雄的堕落、死亡，大多与"性"有关。如赫拉克勒斯因"性"被妻子误杀、阿伽门农因"性"与阿喀琉斯将帅不和、伊阿宋因"性"而招致灭顶之灾、费德尔因"性"导致希波吕托斯的丧命和自己的毁灭、弗兰齐斯嘉因"性"而使魂灵在地狱受罚……文学对"性"的这番表现，除却其他方面的意义外，更能唤起人们引以为戒。

---

① 孙琴安：《性文学十讲》，重庆出版社 2001 年版，第 3 页。
② 谢有顺：《身体修辞》，花城出版社 2003 年版，第 39 页。
③ 沈从文：《看虹录》，载《沈从文全集》第十卷，北岳文艺出版社 2002 年版，第 328 页。
④ 沈从文：《道师与道场》，载《沈从文全集》第五卷，北岳文艺出版社 2002 年版，第 291 页。
⑤ ［法］热内·居伊昂：《性与道德》，李迈等译，国际文化出版公司 1988 年版，第 27 页。

以性为"乐",与反抗"性"禁锢有关。"性"禁锢给群体文化心理造成的巨大扭曲,使人们逐步认识到,任由性泛滥而丧失生命尊严不可取,而严酷禁止也会酿成生命的悲剧。当人的身体的美感和欲望牺牲于上帝的崇高与神圣,当人的现世的快乐和幸福冀望于天界的纯粹与超脱而达到极点的时候,对其反拨的诉求成为必然。文学家也因此试图寻找到一条表达人的正当性欲的出路。在对生命本能的肯定和颂扬中,其羞耻感、肮脏感和犯罪感逐渐消失。不可否认,在维吉尔的《埃涅阿斯记》,奥维德的《爱经》中都有"性"的篇章;不可否认,彼特拉克、薄伽丘有追求"性"享乐的大胆描绘;也不可否认,文艺复兴不仅"复兴"了古典文化,而且也树起了为"性"正名的旗帜。经过自然主义、唯美主义、现实主义、浪漫主义思潮的洗礼,性爱描写层出不穷。然而,不论是劝诫,还是享乐,都无法摆脱理性的制约。就如《十日谈》、《坎特伯雷故事集》等人文主义作品,反复重申"性"的理性约束;《安德洛玛克》、《熙德》中的"性"被古典主义理性所遮蔽;歌德的《浮士德》中的"性"也基本成为欲望与理性冲突等,古代、近代文学还是无法逾越"性"被压制的藩篱。

以性为"尊",与"性"意义的张扬有关。性是人类的天性,性是人性中不可遏止、不可回避的最基本、最强烈的需求,构成了对传统的"性"观念的叛逆和颠覆。这是"性文学"在现代思潮冲击下所能表现的最高境界。"只要我们注意起人的主题在文学的觉醒……就有可能在灯红酒绿甚至情欲宣泄中看到人对自我价值的追求与肯定。"[1] 而"文化的各个组成部分都植根于、并最初起源于性爱。不仅是在爱情生活方面,在宗教、文学、艺术、社会生活、公众生活、娱乐消遣、节日、舞台表演,总之,在各个方面性爱都是它们主要的构成部分"。[2] 在现代性视域下,"性"从生命得以存在和延续的功能,而走向体现人的尊严、平等、幸福的人性。一些表现"性"的文学,虽有"性"的压抑与放纵、期待与失望的情绪,但也有"性"的自然和快乐的享受,更有其自由与创造的体验和感悟。不仅仅是生理快感,也不仅仅是精神愉悦,而且是人性完美的高峰体验。劳伦斯的《查泰莱夫人的情人》就是这样的作品。作家所创造的是心灵领受于美的生命形式而达到纯然境界,是人类摆脱困境走向完美的理想途径,是人之为人的价值和意义体现,即以性为本的生命超越。

---

[1] 艾治平:《花间词艺术》,学林出版社2001年版。

[2] ［德］利奇德:《古希腊风化史》,杜之、常鸣译,辽宁教育出版社2000年版,第560页。

这种"性本超越",只有人类才能认识、体验和领悟。

尽管以性为"尊"的这类描写,仅是"性文学"中的一鳞半爪,但我们相信,总有一天,它会成为"性文学"中的核心主题。因为"对于一个作家来说,性,是作家最好的一块试金石,是作家的灵魂的镜子。一个作家的灵魂,是黑暗的还是闪光的,通过写性,是可以考验出来的,不光是考验他的艺术能力,还考验他的灵魂的纯净度"。①

2. "凡人"形象

"凡人",既非崇高的"神人",也非高尚的"完人",而是拥有人性的基本品质,求得人生幸福的最普通不过的人。这里所谓的"凡人"形象,主要指以"性"为生命超越的普通人。这类人物形象在西方文学中数量较少。可以追溯到"睡美人"童话。"睡美人"由"睡"到"醒"的模式几乎成了一种"性"觉醒的仪式。这个仪式的关节点就在感性身体的接触,不排除性意识的觉醒。不能不说这样的形象体现了人类以原始的通神之性来对抗禁欲思想的深层心理。可见,"性"之于生命的重要意义。如果说,古代文学对"性本超越"的表达还处于朦胧状态的话,那么,现代文学则非常清醒而自觉。

惠特曼的组诗"亚当的子孙",就是通过一系列"凡人"形象的"性爱游走",表达了"性本超越"的主题。诗人笔下的"亚当的子孙",并非是旧世界中的王孙贵族,而是社会底层那些像草叶一样的普通人。他们生活的重点,就是"爱欲、生殖与繁衍"。诗人将性欲作为繁衍生息和宇宙发展的力量来写,表达了冲破禁锢、高扬人性的强烈呼声。用惠特曼的话说,"把我的诗歌放在'性'里冲洗"②。如《世界登上了花园》一诗,就表现了亚当和夏娃在伊甸园的自然、和谐和圣洁的生活。"爱情,他们肉体的生活,才有意义,才是实体/很新奇,在这里可以看到我沉睡后的复活",他们"满足于现在,满足于过去"③。

"亚当的子孙"组诗更多的篇幅是直接铺叙亚当后代们的性爱情景和愉悦心理:"那好奇的漫游者——那只手,顺着整个肉体漫游……"(《顺从天性的我》);"'性'包含一切,肉体、灵魂","我将在我现在热情地播种下的诞生,生命,死亡和不朽中寻找热情结出的庄稼"(《一个女人

---

① 阎连科、梁鸿:《巫婆的红筷子》,春风文艺出版社 2002 年版,第 190 页。
② [美]惠特曼:《草叶集》,赵萝蕤译,上海译文出版社 1991 年版,第 180 页。
③ [美]惠特曼:《草叶集》,赵萝蕤译,上海译文出版社 1991 年版,第 153 页。

在等着我》）；"从以前的束缚和习俗中解放出来，我得到了解放，你得到了解放"，"上升，跳跃到已经给我指明的爱情的天堂里去"（《把一小时都献给疯狂与快乐》）……诗中既表现了性的自然、美妙和快感，也展示了性的狂喜、陶醉和销魂，甚至还不加掩饰地歌唱生殖器。在这里，"性"成为组诗的整体结构和意图中的最重要的元素，在这里，人的性欲的萌动和性爱的圣洁一览无余。这一方面表达了诗人让美国的后代都成为"完美的男人和女人"①　的愿望；另一方面则体现了惠特曼基于肉体又超越肉体去实现自我完善和生命永恒的超越激情。

《亚当的子孙》的构思缘起于《草叶集》1855 年初版时有人对其中三首"性"诗的指责。后来诗人力排众议，非但没有删减，反而对这些诗歌进行了扩充。也就是把原来的三首"性"诗扩增为十二首而成为组诗，并冠名"亚当的子孙"。从 1860 年《草叶集》的第三版开始，就这样固定下来。这些形象就这样活跃在《草叶集·亚当的子孙》中，象征着人类从神的掌控乃至于一切"性"的清规戒律中挣脱出来，彰显人性、超越自我。

斯特林堡的《朱丽小姐》中的主人公也是一个企图以"性"超越自我、寻求自由的形象。百无聊赖的贵族小姐朱丽被吸引到仲夏节之夜的狂欢之中，与年轻仆人让一起激情狂舞，最后委身于他。正当两人商量一起私奔时，门铃响起，她的父亲——伯爵大人回来了。结果朱丽带着"从上层阶级那里继承下来的荣誉感"，用一把剃刀结束了自己的生命。无疑，朱丽的悲剧，除了她性格乖戾外，还存在一些偶然性因素：诸如与未婚夫解除婚约的烦恼，父亲的外出，狂欢的魅惑等。而其中一个不可回避的因素即为性的欲望。无论是朱丽小姐，还是让，都沉浸于性冲动的迷狂之中而难以自拔。我们不排除这部剧作的自然主义倾向，也不排除其中所暗示的适者生存的意味，亦不否认其中所寄寓的斯特林堡的某些刻骨铭心的个人情感，包括对女性的憎恶（他一生三次结婚，妻子都离他而去），重要的是，自由意志与性渴望的矛盾，才是导致朱丽悲剧的根本原因。朱丽一心摆脱烦恼和孤独而沉浸于仲夏节夜的狂欢，不由自主地把心灵自由的追寻与力比多的宣泄搅在一起。因此，问题的关键，不在于作家从环境和遗传视角去审视男女之间偶然建立起的性爱关系，以及让似主人一般颐指气使，朱丽如奴仆一般言听计从，抑或激情过后朱丽的梦醒；而在于，

---

① ［美］惠特曼：《草叶集》，赵萝蕤译，上海译文出版社 1991 年版，第 174、170、172、178、172 页。

通过朱丽和让之间的尊贵与卑贱、高雅与低俗所形成的反差与错位，探讨了由"性"去实现生命自由的一种努力。正如巴塔耶所说，色情使"我们靠近空虚，但不是为了堕入空虚"。① 朱丽之死表明，以这种非理性来达到性本超越的努力已化为泡影。

如果说前面所述的是以两性身体接触表现性爱游走的话，那么，还有一种追求身体之爱却没有形成"性"的事实的形象，隐性地表达了性本超越的意向。王尔德（1854—1900）的悲剧《莎乐美》（1893）的同名主人公便是如此。

多少年来莎乐美的形象饱受争议。有人说她是一个残酷的形象，有人说她是一个唯美的典型，也有人说她是反叛传统的浪漫女性（田汉、郭沫若等），更有人说她是一个天使与恶魔化身的性变态狂……这是个令人震撼的复杂形象。透过悲剧，我们可以看到莎乐美形象还有其更为深刻的一面，那就是在多种悲剧因素中的"身体"。进一步说，其显在的是"身体"的欲望，隐在的则是"性"的痴狂。"假如我们能够通过身体思考灵魂与肉体的冲突这一问题的话，灵魂与肉体之间的冲突就会成为一个充满了令人震惊的暴力的形象。"② 王尔德以这个取材于《圣经》的故事，通过"身体"思考了"欲望"、"性"等人性问题，并把性本超越主题寄寓其中。

首先，莎乐美对约翰的爱是由"身体"引发的。她为躲避俗不可耐的宫廷宴席气氛来到宫外，发现了被关押的施洗者约翰并一见钟情，遂把旺盛的生命欲望全部寄托在约翰身上。她不关心他的衣衫褴褛，也不关心他如何被关在水牢，更不关心他对她的蔑视以及对她的母亲希罗底、继父希律王的诅咒，她在意的只是约翰的美的身体。在她眼里，他就像是一尊洁白的象牙雕像，身上映着银色的光辉。她确信他与月光一般贞洁，如同银色之箭。他的肉体必定如象牙一般冰冷。继而产生了对约翰身体的强烈渴望，"我想要你的身体，约翰。"并三番五次欲吻他的嘴唇。当约翰被杀，她捧着约翰鲜血淋淋的头颅亲吻的时候，还在说："约翰，我只会爱你……我爱慕你的美丽，我渴望你的身体。"③

莎乐美是如此地激情似火，施洗者约翰却是极端地冷若冰霜。莎乐美对约翰的痴情或许是出于青春期性的萌动，而约翰则更多的是出于意识中

① ［法］乔治·巴塔耶：《色情史》，刘晖译，商务印书馆2003年版，第90页。
② ［美］简·盖洛普：《通过身体思考》，杨莉馨译，江苏人民出版社2005年版，第1—2页。
③ ［爱尔兰］奥斯卡·五尔德：《莎乐美》，朱建国译，译林出版社2015年版，第26、74页。

根深蒂固地对上帝的无限忠诚，他的灵魂早已属于上帝。前者是一种世俗的身体之爱，后者则是一种宗教的精神之爱。因而莎乐美的爱，是不可能有结果的。没有人会怀疑莎乐美的美丽，也没有人会否认莎乐美的残酷。为得到约翰那俊美而圣洁的一吻，莎乐美不惜借用王权——让希律王割下约翰的头颅。因此，约翰之死，宛如一场献祭，在于约翰拒绝媚俗而全意献给上帝的虔诚意志，其中也包含了希律王的迫害；更直接的因素则是约翰对一个高傲女子主动示爱的羞辱，以及莎乐美狂妄追求个人欲望而不择手段地索取。不能不说这个形象打上了强烈的情色暴力的烙印。

其次，莎乐美的悲剧也是由"身体"导致的。莎乐美清楚地看到了周围的人对她的婀娜身姿投来的垂涎欲滴的目光，尤其是希律王那不怀好意的、透着淫邪欲望的眼神，这让她厌烦。可以说，寻找纯洁之爱是她的生命诉求。希律王只知道她在寻找，他对希罗底说，你的女儿在四处疯狂地"寻找着情人"；却不知她找到的情人不在高高在上的宫廷里，不在达官显贵的门庭里，不在希律王宴请的耶路撒冷人、希腊人、罗马人等那些"上等人"聚集的豪华筵席上，而在阴冷的水牢里。仅凭这一点她已超越了一般重地位、重财富的庸俗爱情。虽说她对约翰的身体欲望算不上高尚，但她爱得果断，爱得坚定，爱得纯粹，当然，也爱得残酷。对于其他男人——无论是爱慕她的美貌的叙利亚军官，还是觊觎她的姿色的继父希律王，她都心如明镜而不为所动。结果是，年轻的叙利亚军官奈拉伯斯在职责与爱情的矛盾难以调和时选择了自杀，而希律王则是在嫉妒与性爱的矛盾无法统一时选择了杀她。

希律王误以为他的王权会赢得莎乐美，就像当初得到莎乐美的母亲那样。而当目睹了莎乐美狂吻约翰血肉模糊的头颅，才真正明白了莎乐美的真情所在。她并不在乎他——他的价值连城的珠宝、他的王国和他的王后宝座，不过是利用他的王权而已。他所具有的一切资本——权力、地位、财富，都不能使她心为所动。可以这样说，希律王杀莎乐美，并不在于莎乐美是否爱他；关键在于莎乐美以对约翰无条件的爱，无情地粉碎了希律王的至高无上的权威。也可以这样说，希律王对莎乐美的兴趣也不是爱，而是占有，是征服，对此莎乐美又何尝不是心知肚明。他的王国美女如云，只要他想要，谁敢不从？然而莎乐美就是这样一个胆大妄为的抗拒者。所以才使恼羞成怒的希律王最后毫不手软地下令杀之。也可以这样说，莎乐美的死，也杀死了希律王对莎乐美的无耻贪婪的欲望。

最后，莎乐美的生命超越也是由"身体"实现的。从戏剧人物所表现的思想倾向来看，约翰和莎乐美恰如宗教世界与世俗世界的两个极端，他们的心中都有一个"圣物"。区别在于，一个把身体欲望看得高于一切，一个把上帝信仰看得高于一切。所以，戏剧展示的不仅有世俗与宗教的冲突，更有欲望与信仰的冲突，信仰与权力的冲突，灵与肉的冲突。其中，作者不乏否定世俗世界之功利以及怀疑宗教世界之神圣的暗示。如果说，约翰的所为是视一切不合人道的世俗权欲为邪恶的话，那么，他是在维护上帝的权威，可是在他面临被杀的时刻，并未得到他所信奉的上帝的护佑；如果说，莎乐美的所为是为肉体之欲而不顾一切甚至有些疯狂的话，那么，她是在挑战世俗的权威与律法，到头来也未能挽回自己毁灭的命运。从这个意义上看，希律王是俗界权力的象征，约翰是神圣信仰的象征，莎乐美则是人间欲望的象征。莎乐美显在的"身体"之欲，暗示了隐在的"性"的欲求，又企图超越于信仰与权力之上，因而既不为宗教所容，也不为世俗所容。

然而，"爱的神秘比死的神秘更伟大"。当我们感愤莎乐美利用希律王残忍地杀死约翰的同时，也为莎乐美被希律王所杀而唏嘘不已。即便莎乐美不死，她的一切都将交付希律王而成为其掌中之物，与其这样毋宁死。这分明是莎乐美早已料到的结局，或者说，在莎乐美设计索要约翰头颅的那个时刻，也为自己设计了这一悲剧的结局：为保持自己纯洁身体的不容侵犯，而把自己的生命豁了出去。因此，对莎乐美来说，她的死也是一场献祭——为了得到约翰的"身体"（显在）最终成为"性"（隐在）的牺牲品。这使莎乐美的形象，体现为一种"性本超越"的倾向，即作家一方面推崇感性至上，把欲望、死亡与审美联系在一起，另一方面以莎乐美呼之欲出的"性"意识，超越了禁欲主义对人性的扼杀乃至极权现实对人性的僭越。这正是莎乐美形象的深刻性所在。如此说来，就像剧终"莎乐美笼罩在银色光线之中"一样，她的生命也在瞬间的定格中获得了永恒。不过，亦如王尔德幻想以他的唯美主义之"最高质量的瞬间"① 超越于世俗的一切丑陋一样，莎乐美以感性至上的肉体之恋去实现生命超越的欲望与结局可悲可叹。

就是这样，文学家笔下的这些追求身体之爱的"凡人"形象，在"性爱游走"的过程中都试图实现自我的生命超越。无论其身体结合与否，其命运如何，以"性"来超越生命的终局，很少乐观，大多是悲剧的。尽管如此，仍阻挡不住现代作家对"性本超越"主题的关注。劳伦斯的创作就是如此。

---

① Walter Pater. *The Renaissance*: *Studies in Art and Poetry*, London: Macmillan, 1913, p. 252.

三　"性本超越"的经典：《查泰莱夫人的情人》

劳伦斯（1885—1930）是英国现代文学史上最有争议的作家。争议的焦点在于他创作中充斥的"性"描写。无论是《儿子与情人》（1913），还是《虹》（1915），还是《恋爱中的女人》（1920），还是《查泰莱夫人的情人》（1928）等，几乎每部作品都在社会掀起波澜。而引起轩然大波的莫过于长篇小说《查泰莱夫人的情人》。

《查泰莱夫人的情人》一经面世就背上了"淫秽"、"猥亵"的骂名。在当时的英国，几乎一边倒地视这部小说是给英国文学抹黑的"有伤风化"的坏书，称其下流程度不亚于地摊上的色情文学，劳伦斯就是一个沉迷于"性"而不能自拔的"色情作家"。同时代的作家约翰·高尔斯华妥、诗人 T. S. 艾略特等人也对他颇有微词。劳伦斯还写下《为〈查泰莱夫人的情人〉的辩护》和《色情与淫秽》两篇文章来为自己辩护。即便如此，劳伦斯生前始终没有得到人们的真正理解。直到1960 年，一场因《查泰莱夫人的情人》是否猥亵之作而引发的法庭控辩轰动英国，以指控企鹅出版社因出版《查泰莱夫人的情人》而"有罪"的原告败诉而告终，从此澄清了《查泰莱夫人的情人》的清白。这成为《查泰莱夫人的情人》遭禁 30 余年后重见天日的一次极富历史意义的事件。恐怕世界上没有哪一部文学作品能受到如此"待遇"。它反映了文学与道德的冲突对世人的影响，更彰显了文学所生发的审美力量。遗憾的是劳伦斯没有看到这一幕。其实，这部作品在其他国家也几乎遭遇了同样的命运，美国是在 1959 年经法庭审理后允许出版发行，日本则是在 70 年代。这部作品也很早就被介绍到了中国，有"英国《金瓶梅》"之称，人们对它的态度也如《金瓶梅》在中国的起伏一样。劳伦斯曾预言，三百年内不会有人理解他的作品；可令他想不到的是，他作品短短几十年就已让世人驻足其间去领受它的价值和魅力了，而《查泰莱夫人的情人》跌宕的命运也恰恰印证了经典经得起岁月的濯蚀和历史的考验。

近年来随着人们对《查泰莱夫人的情人》的重新认识，普遍认为这部作品洋溢着人性的光芒。"它不但在近代文艺界放了一线炫人的光彩，而且在近代人的黑暗生活上，燃起了一盏光亮的明灯。"① 它是"一个温情的反异化神话"②。人们看到了作家以性为"尊"的立场。在我们看来，小说把人生最隐秘，也是最强烈的性欲摇曳在字里行间，以压倒一切之势把男女性爱上升到生命超越的高度，表达了对"性本超越"的探索与思考。

1. 离经叛道的"性"

《查泰莱夫人的情人》中的"性"占据了小说的大量篇幅。这是一个行走在自然世界的健壮的男人同来自文明世界的秀丽的女人之间的性爱故事。这个故事与一般猎奇式的艳遇、征服式的占有、游戏式的玩弄不同，既没有功利的暧昧，也没有卑劣的丑行，也不是性泛滥的淫欲，而是在男欢女爱、平等互爱的真情展露。其性爱描写也与一般"性文学"完全沉浸于夸张的性描写和性渲染不同，既没有道德意义上的丑化，也没有情感意义上的纯化，而是从生理本能到心理意识，在"性"从朦胧到觉醒乃至灵肉融合的过程中，倾注了性之于人的身心解放的生命诉求。这种大胆直面"性"的自然性、真实性与和谐性的表现，在西方文学史上可谓离经叛道。

当偶然看到了洗澡的梅勒斯的那裸露的健硕体魄的一瞬，康妮情不自禁。回到阁楼后她脱光衣服，在一面很大的镜子面前，照着自己的裸体，还有日渐松弛的皮肤……康妮第一次反思与查泰莱在庄园度过的无性婚姻和死气沉沉的生活。开始有了"性"意识的萌动和憧憬。于是，康妮与梅勒斯有了第一次"性"接触。按理这战栗的一瞬会带给康妮激动和喜悦，然而正相反，这时的康妮只是被动、麻木地接受了梅勒斯的爱抚，因为负罪的恐惧感占据了她的心胸，而替代了之前的渴望。这恰恰是康妮畸形婚姻所造成的性心理的扭曲，也表明她的性意识的复苏经历了一个自然而然的过程。渐渐地康妮才有了主动性的变化，她的眼睛能够清晰地观看他们"性"的过程，甚至长时间地定格在梅勒斯的臀部运动。随着康妮"性"意识的觉醒，她已经没有了"性"是羞耻的、罪恶的想法，有的则是性爱带给生命的美好感受。这时的康妮，由最初的不胜娇羞而变成全身心地投入，隐秘于心的"性"的活力爆发了出来，她感到了"另有一个

---

① 饶述一：《查泰莱夫人的情人·译者序》，载［英］D. H. 劳伦斯《查泰莱夫人的情人》，饶述一译，湖南人民出版社1986年版，第1页。

② 高旭东：《一个温情的反异化神话——论〈查泰莱夫人的情人〉的哲理意蕴》，《外国文学》2000年第5期。

自我在她的里面活着……温柔地溶化着，燃烧着"。①"性"使她的灵魂像清洗过一般洁净。劳伦斯通过康妮的"性"心理从封闭到开放、从朦胧到清醒、从被动到主动、从麻木到激越的自然而然的变化过程，充分表明了其对待"性"的态度："性"是正常的，"性"是自然的、"性"也是爱的美好感受和生命的升华。

当康妮与梅勒斯这对情人逐渐越过了地位、教养、俗念等阈限越来越亲密无间的时候，康妮终于"复活"了。她收获了生命中从未有过的喜悦感和自由感，她找到了自我，她的生命获得了新生。小说写道，他们的性活动，不仅两情相悦，心心相印，而且达到了灵与肉的统一。"当他的精液在她里面播射的时候，在这种创造的行为中——那是远甚于生殖行为的——他的灵魂也向她播射着"。②"虽然是有点怕，她却毫不推却地任他恣情任性，一种无羁而不羞怯的肉感，摇撼着她，摇撼到她的骨髓，把她剥脱到一丝不挂，使她成了一个新的妇人。""她是她原来的，有肉感的自我，赤裸裸的，毫无羞怯的自我。……原来如此！生命原来如此！一个人的本来面目原来是如此的！"③就这样，两个人的生命在"性"活动中像花朵一样美丽地绽放。这在康妮裸露全身在雨中狂舞和奔跑的一幕达到了高潮。由"性"带来身心融合的过程所生发的愉悦，已使他们的生命摆脱了一切束缚而获得了升华。在此，劳伦斯使人看到了人类之"性"可以达到的高度。

那么，这个高度是什么？仅仅看到劳伦斯不厌其烦地描写人的肉体，乳、腹、臀、生殖器乃至性交过程，仅仅了解到劳伦斯表现"性"带给人物的身心体验，是远远不够的；重要的是还应认识到劳伦斯从中所寄予的生命超越的情愫。也就是，在支撑人的生存的形而上的价值湮灭于"神"与"德"的虚幻之中，"性"成为了人的生命超越的图腾。只有明确了劳伦斯的生命理念，我们才能洞察到其中的奥秘。

面对生命在现代社会所处的双重异化——感性异化使人成为纵欲的动物，理性异化使人成为机器的奴隶，劳伦斯像那些具有生命超越意识的作家一样，在他的作品包括文论和书信中，不仅揭示生命的困境，也热切地寻找摆脱生命困境的方法。他认为，"什么也不如生命重要"，"生命就是

---

① ［英］D. H. 劳伦斯：《查泰莱夫人的情人》，饶述一译，湖南人民出版社1986年版，第193页。

② 同上书，第405页。

③ 同上书，第382页。

一切"①。"生命"在劳伦斯的词汇里等同于具有生命力的"活生生的人"。所谓"世界是活，而活力又是唯一值得珍视的东西。否定这一基本事实的人和社会都会生病和死亡"。②他说："我只能在活生生的东西中才能找到生命，而不是在别处。大写的生命只能是活生生的人。"③"活着，做一个活人，做一个完整的活人，我要说的就是这个观点。"④

的确，人的生命从诞生的那一刻起，就充满着奥秘。它的野蛮愚昧，它的文明进步，它的扭曲异化，它的复合升华，都定格在历史的长河里，让文学家们言说、表现、探索。生命的这一切，记录了文学艺术基本的轨迹。劳伦斯曾说："每一个人，包括哲学家，他的生命都终止在指尖上，那是活人的极限。至于他的语言、思想、叹息和欲望这些飞出他体外的东西，都是留在空气中的震颤而已。"⑤因而把生命的探索诉诸"性"。在他看来，"性是生命和精神再生的钥匙"，"这是极为严肃的事情。"⑥于是他笔下的康妮之于"性"的渴望和新生，没有什么不道德，相反，它表明了作家看待生命的立场：没有"性"，生命就不完整；没有性和谐的人也就不是一个完整的人。就如恩格斯说过的，没有爱的婚姻是不道德的，这爱中也一定包含着"性"。

劳伦斯把"性"与人的完整生命紧密地联系在一起，使我们已经感受到了他的思想的深刻。正所谓"小说是生命之书。"⑦"我们要尽力去创造一个新的生命，一个新的普通的生命，去培育一棵根植于我们中间的新的生命之树。"⑧因此，与其说《查泰莱夫人的情人》写的是一个"性爱"故事，莫如说是通过"性"诉说了一个"生命"的故事，也就

---

① ［英］D. H. 劳伦斯：《灵与肉的剖白——D. H. 劳伦斯论文艺》，毕冰宾译，漓江出版社 1991 年版，第 10 页。

② 罗婷：《劳伦斯研究——劳伦斯的生活、创作和思想》，湖南文艺出版社 1996 年版，第 133 页。

③ ［英］D. H. 劳伦斯：《小说何以重要》，《劳伦斯文艺随笔》，黑马译，漓江出版社 1994 年版，第 19 页。

④ 同上书，第 242 页。

⑤ ［英］D. H. 劳伦斯：《灵与肉的剖白——D. H. 劳伦斯论文艺》，毕冰宾译，漓江出版社 1991 年版，第 10 页。

⑥ ［英］弗兰克·克默德：《劳伦斯》，胡缨译，生活·读书·新知三联书店 1986 年版，第 207 页。

⑦ ［英］［英］D. H. 劳伦斯：《劳伦斯文艺随笔》，黑马译，漓江出版社 1994 年版，第 21 页。

⑧ ［英］D. H. 劳伦斯：《劳伦斯书信选》，哈里·莫尔编，刘宪之、乔长森译，北方文艺出版社 1988 年版，第 247 页。

是把生命意识寓于活生生的"血性意识"之中。

2. 血性意识的"性"

劳伦斯生命意识的"性",突出地表现在他的"血性意识"的主张。"血性",是指人的肉体、本能、知觉、情感等本性所蕴含的一种朝气蓬勃的、旺盛的生命力。劳伦斯的"血性意识"即指人的本性,尤其是性爱本性,得到完整、自由地表现出来的意识。劳伦斯以此反对肉体生命与精神生命的分裂与异化。在《儿子与情人》中,他展现了人的生命分裂的状态。保罗的情人米丽安只重情感圣洁而恐惧肉体,她对保罗的爱是精神的畸形;相反,保罗另一个情人克莱拉只重视肉体而不关注精神,她对保罗的爱是肉欲的畸形——两者都使保罗感到爱情的不完整。同样,在《查泰莱夫人的情人》中,康妮与梅勒斯分别冲出家庭也是因为各自婚姻的不完整。在劳伦斯看来,人之所以不是"活生生"的全面的、自然的人,是现代社会破坏了人的外在自然,更破坏了人的内在自然的结果导致。要使生命达到灵与肉的统一,必须重视肉体的基础作用。他认为,有"血性"才有生命,失去了"血性"就等于生命的死亡。

劳伦斯把"血性意识"看成具有先于思想道德的基础作用。他说:"我的伟大宗教就是相信血和肉比智力更聪明。我们的头脑所想的可能有错,但我们的血所感觉的、所相信的、所说的永远是真实的。……我全部的需要就是直接回答我的血液,而不需要思想、道德的无聊干预。"① 因此,他试图用"血性意识"来对抗工业机械文明,来摆脱人的异化,来追求人的解放。在《虹》中,劳伦斯通过布兰文一家三代的故事,反映了工业文明导致人的异化,而把解决的方法诉诸于自然的生命冲动和欲望,也就是"血性意识"。他强调,不能否定生命对于"血性"的依附性——不能靠掠夺别人的"血性"而使自己具有"血性",也不能靠身体上的自我完善来得到"血性"。而在《恋爱中的女人》中,劳伦斯通过一个女人的恋爱,进一步表达了这种"血性意识"。"她渴望他,抚摸着他,……这是一种神话,其真实永远也无法得知,这活生生的肉欲真实永远也不能转化成意识,只停留在意识之外,这是黑暗沉寂和微妙之活生生的肉体,是神秘而实在的肉体。她的欲望得到了满足;他的欲望也得到了满

---

① ［英］D. H. 劳伦斯:《致厄内斯特·柯林斯》,《劳伦斯书信选》,哈里·莫尔编,刘宪之、乔长森译,北方文艺出版社 1988 年版,第 63 页。

足。他们在各自对方的眼中是一样的——都是远古的神秘，真实的异体。"① 可见其"血性意识"的核心即在于"性"。

在劳伦斯那里，"性"从来都不是独立的，而是一种关系的存在。他认为人与其周围世界之间的完美关系就是生命本身，必须"完善我与另一个人、别人、一个民族、一个种族、动物、盛开鲜花的树、土地、天空、太阳、星星和月亮之间纯粹的关系"②，而对人类来讲，最伟大的关系不外乎就是男女间的关系。他试图追求"自然完美"的两性关系来实现生命的完善。按照他的想法，"只有通过调整男女之间的关系，使性变得自由和健康，英国才能从目前的萎靡不振中挣脱出来"③。而"若想要生活变得可以忍受，就得让灵与肉和谐，就得让灵与肉自然平衡，相互自然地尊重才行"。④ 这一观念在《查泰莱夫人的情人》中有了更为鲜明的体现。康妮与梅勒斯的性爱就是摆脱性压抑，尽情挥洒生命本能的结果，"超凡脱俗"，使她们的生命结合在一起，构成了"一个男人和一个女人之间充实、自然、和睦的关系"。⑤ 劳伦斯通过"血性意识"，不仅展示了"凡人"最普通的"性"以及所表露的蓬勃生命力，来抗拒衰落的现代文明，而且更重要的是，通过"性"去确证人的生命本质。

劳伦斯生命意识的"性"，还突出地表现在他对"生殖器意识"的推崇。实际上，他的"生殖器意识"就是其"血性意识"的有机组成部分。劳伦斯说："人之最基本的东西就是他的性与生殖生命，他不少强壮的本能和流动的直觉所依赖的就是他的性和生殖生命。人的亲缘本能使人们携起手来，这种血肉的亲和力促使本能意识的热流在人与人之间流淌。我们之所以能真正意识到对方，这靠的是本能和直觉而非理智。……或许在人与人的相互吸引中存在着最大的愉悦。"⑥ 所谓"生殖器意识是所有真正

① ［英］D. H. 劳伦斯：《恋爱中的女人》，毕冰宾译，北岳文艺出版社 1989 年版，第 403 页。

② ［英］D. H. 劳伦斯：《道德与小说》，《劳伦斯文艺随笔》，黑马译，漓江出版社 1994 年版，第 10—11 页。

③ ［美］D. H. 劳伦斯：《劳伦斯书信选》，哈里·莫尔编，刘宪之、乔长森译，北方文艺出版社 1988 年版，第 85 页。

④ ［英］D. H. 劳伦斯：《为〈查泰莱夫人的情人〉一辩》，《劳伦斯散文》，黑马译，人民文学出版社 2008 年版，第 266 页。

⑤ ［英］D. H. 劳伦斯：《致奥托莱恩·莫雷尔夫人》，《劳伦斯书信选》，哈里·莫尔编，刘宪之、乔长森译，北方文艺出版社 1988 年版，第 578 页。

⑥ ［英］D. H. 劳伦斯：《劳伦斯文艺随笔》，黑马译，漓江出版社 1994 年版，第 243 页。

温柔、真正美的源泉。……它们将把我们从恐怖中拯救出来"。① 在劳伦斯看来,当人们禁锢于理性和道德而失去活力,要恢复生命力的最好的途径是实现两性关系的自然达成。简单说就是以原初之性,挣脱一切压抑,复归生命本体。

不仅如此,劳伦斯还确信,一个凡人在追求性高潮刹那的极乐中所具有的充沛的生命活力,是生命走向完善和社会走向完美的一剂良方。查泰莱性功能的丧失正是其社会萎靡的象征,康妮和梅勒斯的性爱正是自由和健康的象征。作家力求让"性"的温暖、美丽与和谐,穿透工业社会的冰冷、机械与刻板,以拯救西方文明的衰落和现代人类的沉沦。这样,劳伦斯通过人物对生命的享受——男女之间最亲密接触的瞬间体验,反衬了工业革命乃至"一战"对人性的割裂与戕害。于是,康妮与梅勒斯以最为本真的性爱与大自然的蓬勃生机融为一体,康妮"在某种程度上成为英格兰的代表,如同一个睡美人,只有当阳物王子'猛烈的撞击'到来时才会再生"。② 这种"性"意识从觉醒到解放的过程,正体现了拯救人性的人文关怀和批判现代文明的道德力量。

但如果小说仅仅是超越于现实的拯救和批判,便不足为奇,传统经典已有深刻表现。劳伦斯的卓越之处更在于,他将"性"作为人的生命超越的一条理想通道,让被唤起的生命欲望化做一股动力,推动人性向更高境界升华,这就是"性本超越"。可以说,劳伦斯在西方文学诸多大师所建树的"神本超越"、"德本超越"、"情本超越"的模式之后,又为"性本超越"摇旗呐喊。这是他最惊世骇俗,也是最具争议的地方。无论如何,他的创作使西方文学生命超越主题之性本超越的探索柳暗花明。

3. 终极求索的"性"

如果说,劳伦斯以离经叛道的"性"去描写灵肉统一,以"血性意识"和"生殖器意识"去反讽现实、张扬生命活力的话,那么,其"性"的终极目的便是去建构"生命超越"的梦想。《查泰莱夫人的情人》"这本书的目的、真正意义便在这儿",作家"要让世间的男子、女子能更充分地、完备地、纯正地、无瑕地去想性的事情。纵令我们不能随心所欲地

---

① ［英］D. H. 劳伦斯:《致哈丽雅特·门罗》,《劳伦斯书信选》,哈里·莫尔编,刘宪之、乔长森译,北方文艺出版社1988年版,第566—567页。

② ［英］弗兰克·克默德:《劳伦斯》,胡缨译,生活·读书·新知三联书店1986年版,第188页。

作性的行动，但至少让我们有完全无瑕的性的思想"。① 这种思想是《查泰莱夫人的情人》表现"性"的起点，也是其归宿。

我们说，康妮挣脱丈夫查泰莱的精神禁锢，走进富有自然静谧的树林，与梅勒斯极具原始色彩的性爱结合，意味着超自然力量的赋予，也意味着人的自然本性的回归。而无论是激情燃烧的场面，还是激情过后的爱抚，抑或他们用野花缠绕身体的情景，都宛如生命的祭仪、性爱的神话。两人一丝不挂地在林中尽情舞蹈，与伊甸园中的亚当和夏娃何其相似。如此，那片树林、那间小屋已不再是什么偷欢之地，而是生命新生的乐土。它远离文明，远离社会，一年四季，生机盎然，孕育着旺盛的生命力。说到底，这就是人类理想的"性"之"伊甸"，也是劳伦斯对"性"的终极求索。

其实，劳伦斯对"性"的终极求索并非偶然，早在《恋爱中的女人》里已初露端倪。如小说第二十三章伯金与厄秀拉的性爱场景，劳伦斯详细记述了两人由性抵达"新生"的过程。厄秀拉就像开放在伯金"膝下的一朵美丽的花朵，一朵超越女性，放射着异彩的天堂之花"。"对他们来说都是完美的死亡，同时，又是对生命难以忍受的接近，是最直接的美妙的满足，它惊人地流溢自最深的生命源泉——人体内最黑暗最深处和最奇妙的生命力，它发自腰臀的基底。"②《查泰莱夫人的情人》也正是这种思想的进一步深化。康妮不再像厄秀拉那样在探索中游走，而是在梅勒斯这样一个充满大自然气息的真正男人那里找到了性爱与美的归属，体验到了美妙绝伦的快感与和谐完美的生命境界，"在一种温柔的、颤战的痉挛中，她整个生命最美妙处被触着了。她已经不存在了，她出世了：一个妇人"。③ 这是被工具理性与旧道德窒息的灵肉得救，这是枯萎生命的涅槃，这是从此岸到彼岸的新生。

劳伦斯对"性"的终极求索，回荡着原始社会"性崇拜"的遗响。在蛮荒时代，"原始人不明白生殖机能的科学意义，看见两性交媾而能生子，觉得是不可思议的怪事，因而对生殖器有一种神奇的迷信"。④ "性"

---

① 饶述一：《查泰莱夫人的情人·译者序》，载［美］D. H. 劳伦斯《查泰莱夫人的情人》饶述一译，湖南人民出版社1986年版，第3页。

② ［英］D. H. 劳伦斯：《恋爱中的女人》，毕冰宾译，北岳文艺出版社1989年版，第395—396页。

③ ［英］D. H. 劳伦斯：《查泰莱夫人的情人》，饶述一译，湖南人民出版社1986年版，第227页。

④ 茅盾：《中国文学内的性欲描写》，载张国星主编《中国古代小说中的性描写》，百花文艺出版社1993年版。

被想象为伟大的创造能源，能够使部落兴旺、动物繁育、植物茂盛。因此，他们崇拜"性"、歌颂"性"。通过原始岩画、雕塑、歌谣等遗存，可以感受到这种意识无处不在。如十分突出的男子巨大的阴茎；十分夸张的女性丰乳肥臀；十分传神的男女性爱等。原始人对"性"的崇拜，根本在于他们的巫术思维，认为性交可以与神沟通，其"极乐"的快感是人的灵魂与神灵合流而达到的通神境界。于是，他们在祭祀活动中常常用性交行为来诱合天地。"性"并非简单的生理欲望的满足，而是肩负着与神沟通的神圣行为——身体不是为淫乱，乃是为神。所以，委身和得救原本是一回事。原始社会从事这一活动的人，因部落的利益而颇受尊重。这从"亚美尼亚的阿娜伊蒂斯庙、科林斯的阿芙罗狄蒂庙的庙奴"① 现象可以见出，那些女子与前来拜神的男子发生性关系而被称为"圣妓"。

文明时代这种"性本超越"的诉求长期被压抑着。"中世纪是从具有性爱的萌芽的古代世界停止前进的地方接着向前走的"②，虽然文学中"创造了破晓歌的骑士爱"，但"性"被回避、被排斥、被丑化则四处弥漫。在英国，即便是文艺复兴的文学，对"性"还是犹抱琵琶半遮面；就是维多利亚时代的作品，"性"也依然笼罩于道学话语的氛围中。《简爱》（1847）、《呼啸山庄》（1847）、《双城记》（1859）、《德伯家的苔丝》（1891）等经典均对"性"躲躲闪闪。

劳伦斯则敢于直面性、渲染性。但他描摹的性，突出的是男女双方"性爱"的完美融合，是"美好的、水乳交融的爱与性的完成的、强烈而骄傲的爱，这两种爱结合成一种爱"。③ 这是双方变"占有"为"拥有"双向交流的性爱合力而达到的忘我的终极超越。恰如康妮的沁入骨髓的感觉："世上是没有需要掩藏的东西，没有需要害羞的东西，她和一个男人——另一个人，共享着她的终极赤裸。"④ 也恰如梅勒斯的酣畅淋漓的感受："我决不能得到我的快乐和满足，除非她同时从我这儿得到她的。"⑤ "他的灵魂也向她播射着。"⑥ 小说通过"性"带给彼此的分享与

---

① 恩格斯：《家庭、私有制和国家的起源》，载《马克思恩格斯选集》第 4 卷，人民出版社 1995 年版，第 64 页。

② 同上书，第 76 页。

③ ［英］D. H. 劳伦斯：《劳伦斯散文选》，马澜译，百花文艺出版社 1992 年版，第 28 页。

④ ［英］D. H. 劳伦斯：《查泰莱夫人的情人》，饶述一译，湖南人民出版社 1986 年版，第 382 页。

⑤ 同上书，第 289 页。

⑥ 同上书，第 405 页。

各自的主体性，赋予了生命抵达自由和永恒的超越品质。这是男女双方由性而获得的生命超越——超越了一切家庭、地位、权力、政治、世俗的"身体"阈限，超越了一切为生殖和道德观念的"生理"制约，超越了一切冠冕堂皇的、虚情假意的或功利性的"心理"障碍，而让生命在富于尊严、美感、平等、神圣的性的和谐中，获得身心的自由解放。可见，"性"是劳伦斯人生理想的终极化身，不仅蕴含着作家对现实的思想超越和道德超越，而且是对人的生命力量、生命本质的确证和张扬。

正是这份对"性"的终极求索的梦想，使劳伦斯不断地寻找使之变为现实的途径。早年，他寄希望于外部世界，也就是宗教式的伊甸园。所谓"回归到古老的日子，回到《圣经》之前的日子……"① 甚至要"把所有的人性投入一个熔炉之中，创造出一种新的人性出来"；"造就一个伟大的人类！一个自由的种族以及一个有个人自由的民族"。② 于是，"一种非上路不可的欲求"向他袭来，"而且是非要朝某一特定方向而去的欲求"。③ 后来，他发现了宗教的虚无便转而寄希望于人间的乌托邦。1915年，他曾想召集二十几个人，离开战火纷飞的社会，去寻找一个不使用货币，按需分配的地方。这个地方远离尘世、贴近自然，人人富足，个个受尊重，男女之爱自然和谐……他称之为"拉纳尼姆"。就如他对远离尘嚣的新墨西哥州的陶斯的感受，"在那里，时间充裕，生活闲适；在那里，高远清爽的空气中仿佛飘荡着一种若隐若现的乐声；在那里，最寻常的事也具有在其他地方所没有的美妙和意蕴"④。他认为"每一个大陆都有其伟大的地域之灵"⑤。为此，他四处游走，从意大利到澳大利亚，从新西兰到美洲大陆，都留下了他的足迹。但最终他并未找到这样一个地方。他痛苦地感叹道："什么地方才有人类至高无上的欣喜呢?"⑥

在外部理想之地无法找到之后，劳伦斯把探索目光转向"内在世界"。也就是把人的原始本能——"性"视为实现理想的依据，渴望从中探索人类"生命超越"的奥秘。"性"何以比人的灵魂更为重要，何以具

① ［英］弗丽达·劳伦斯：《不是我，而是风》，载吉西·钱伯斯等《一份私人档案：劳伦斯与两个女人》，张健、叶兴国译，上海知识出版社1991年版，第401页。

② ［英］D. H. 劳伦斯：《劳伦斯书信选》，哈里·莫尔编，刘宪之、乔长森译，北方文艺出版社1988年版，第192页。

③ ［英］D. H. 劳伦斯：《大海与撒丁岛》，袁洪庚等译，中国文联出版公司1997年版，第1页。

④ ［英］基思·萨格：《劳伦斯的生活》，高万隆等译，山东友谊出版社1989年版，第149页。

⑤ ［英］D. H. 劳伦斯：《劳伦斯论美国名著》，黑马译，上海三联书店2006年版，第6页。

⑥ ［英］D. H. 劳伦斯：《意大利的黄昏》，文朴译，中国文联出版公司1997年版，第36页。

有如此神奇的力量？对于劳伦斯来说，"性"是人的血肉、器官、机能之上的至高法则，是人类生命中最伟大、最本质的符号之一。它决定了生命的起源与繁衍，决定了生命的在场与完整，也显示了内在、超验、神秘的再生意义。"性"既可以使主体世界沉淀和升华，也可以使客体世界蔽晦和澄明，亦可以使异化的生命复苏和超越。这与其同时代的弗洛伊德的"性本能"有契合之处，亦与费尔巴哈的"我欲故我在"、尼采的"肉身哲学"一脉相承。所谓"根本的问题：要以肉体为出发点，并且以肉体为线索。……肯定对肉体的信仰，胜于对精神的信仰"。①

　　无论是挣脱外在世界的枷锁，还是回归内在世界的本性，劳伦斯对"性"终极求索的梦想就建立在"性"之伊甸的基础之上。"性"所能达到的可能性如神性一般，不是存在于人之外，而是内在于人的生命自身。不能不说这反映了劳伦斯渴望在有限的时空中求得完美，以巨大的感性冲动塑造生命辉煌的愿望。发生在林中小屋的"性爱"故事，注定成为了生命永恒的一道风景。唯其如此，我们才能理解劳伦斯"性本超越"的本质。劳伦斯不是思想家，但正如"艺术的整个美来自于思想"②，劳伦斯营造的"性"之伊甸使人感动，也使人深思。

　　劳伦斯临终前，把自己的一生概括为"残酷的朝圣之旅"。他的"性爱游走"又何尝不是如此。以"性"为基点来实现生命的拯救和超越，虽说能给生命带来"极限快感"，也能躲避"崇高"的虚伪，但是，"性"能否对抗社会异化？能否带来生命的和谐幸福？能否成为人的安身立命的坦途，乃至终极关怀的理想？劳伦斯并没有真正的答案。康妮和梅勒斯的结局只不过是"等待"：等待离婚，等待春天，等待孩子降生……如果本能欲望肆意地放纵，必然会导致人类的神圣、理性、道德、审美情感的堤坝垮塌；如果生命失去根基，也必然会导致"性本超越"的错乱与迷失。"本质的人性降格为通常的人性，降格为作为功能化的肉体存在的生命力，降格为凡庸琐屑的娱乐。"③ 劳伦斯扛起"性"的旗帜而奔走呼唤，到头来，发现生命不过是被抛掷在空虚人生的一场场春梦而已。正如小说开篇的那句话：这说到底是个悲剧的时代，我们却不愿以悲剧相

---

① ［德］尼采：《权力意志》，张念东、凌素心译，商务印书馆1991年版，第178页。

② ［法］罗丹口述，葛赛尔记：《罗丹艺术论》，沈琪译，人民美术出版社1978年版，第90—91页。

③ ［德］卡尔·雅斯贝尔斯：《时代的精神状况》，王德峰译，上海译文出版社1997年版，第40—41页。

对。以"性"追求生命的终极和人的安身立命的家园，终归被残酷地湮没在暗无天日的荒原之中，这正是劳伦斯的悲剧。

因此说，劳伦斯以"性"来复活人性的设想，与"神本超越"、"德本超越"、"情本超越"一样，本质上都是一种精神"乌托邦"而流于虚幻。在这个意义上，郁达夫称劳伦斯是"积极厌世的虚无主义者"①，实不为过。

总的来说，"性本超越"是人类"生命中不堪承受之重"。"在一个技术泛滥的世界里生活，我们常常被追求物质享受的利己主义贪欲窒息得透不过气来。我们总是'心不在焉'地活着，以至于忘记我们的根本，忘记我们的本能。"② 如果"性"被批量生产、被标准化、被剥夺了灵性，"性本超越"建立的新的生命超越体系则无法实现人的生命超越。当我们身处于超验信仰、道德意志、哲学认知和欲望体验中，或许有些许的安慰；当梦醒时分，则备感厌倦、无聊、恐惧、空虚。这种"超越性病态"（马斯洛语）实质就是生命在无家可归中的漂泊，在虚无中的游荡。

---

① 郁达夫：《读劳伦斯的小说——〈查泰来夫人的爱人〉》，转引自饶述一译《查泰莱夫人的情人》，（香港）艺苑出版社1988年版，第18页。

② ［西班牙］安·塔比亚斯：《艺术实践》，河清译，浙江摄影出版社1988年版，第25页。

第七章 生命超越主题之"虚无超越"

工业文明的无限制蔓延，大自然的惨遭毁坏，技术理性的自由泛滥，物质主义的恶性膨胀，战争的灭绝人性……是西方现代社会难以逃脱的厄运。人文精神日渐枯萎，使一些人远离了仁慈之心，成为内心冷漠的"空心人"。从前那些从高处给混乱世界以秩序、给无序人生以意义的"终极"、"绝对"、"至善"和"理想"代之以虚无主义的蔓延。这正是"神又算什么，我为什么要和神平起平坐呢？今天，我竭尽全力追求的，是超越神的东西"。① 而"世界的这种非精神化，并非由个人无信仰所致，而是那个如今已导向虚无的精神发展的可能后果之一。我们感觉到前所未有的实存之空虚。这是一种即使古典时代最激烈的怀疑论也得以避免的空虚感"②；"虚无"霸占了人类生命的舞台，将一切都打回到原初状态。人们无法得到神圣的启示，无法倾听自己命运的诉说，只是在尘世的迷宫不知所措地游荡。我们生活在一个无神的时代，一个无意义的时代，一个虚无的时代；同时也迎来了一个颠覆一切价值的时代。正所谓"虚无向西方思想提出挑战"。③"看透了人生的大思想家，他们的思想或多或少带着某种虚无的色彩。"④

就文学而言，"西方最伟大的作家颠覆一切价值"，正在于他们看到了"那些要我们在柏拉图或'以赛亚书'之中为我们的道德与政治观寻根溯源的学者，实在是与我们身处的社会现实脱了节"。⑤ 而以"虚无"

---

① ［法］加缪：《加缪全集》（第 2 卷），柳鸣九主编，李玉民译，河北教育出版社 2002 年版，第 16 页。

② ［德］卡尔·雅斯贝斯：《时代的精神状况》，王德峰译，上海译文出版社 2003 年版，第 20 页。

③ ［法］艾玛纽埃尔·勒维纳斯：《上帝·死亡和时间》，余中先译，生活·读书·新知三联书店 2003 年版，第 77 页。

④ 钱理群：《心灵的探寻》，北京大学出版社 1999 年版，第 66 页。

⑤ ［美］哈洛·卜伦：《西方正典》，高志仁译，立绪文化事业有限公司 1998 年版，第 41 页。

为凭表达生命超越的诉求成了其文学创作的目标，这就是以虚无克服虚无，以虚无超越虚无的"虚无超越"。"虚无超越"不是对人生价值的无视、回避和摧毁，而是在解构中深化人的生命超越意识，使之成为"生命超越主题"谱系中最具反讽性、最具反思性的一种形态。

一　"虚无超越"的哲思

"虚无"，就是一切皆空，一切都不存在，一切都没有意义。所谓"虚空的虚空，虚空的虚空，凡事都是虚空。"① 世界是否虚无？人生是否有意义？是古往今来萦绕哲人心中的一个重要问题。而超越虚无，寻觅意义，则是其永远无法割舍的内在诉求。如果说西方人从前是以"神"、"德"、"情"等形而上学价值对抗虚无以求得存在的意义，不过是造成了更大的"虚无"的话；那么，后来则借着正义、真理的模糊、上帝的缺席、情爱理想的悬缺、物欲本能的毁灭，把权力、意志、性本能等意义观念植入"虚无"之中，从而形成了反"虚无"的"虚无主义"。

"虚无主义"（nihilism）是对"虚无"认知的态度和深度思考，是以"虚无"为根本的追问价值和意义的世界观和形而上学。这一概念来自拉丁语，早在基督教神学家圣·奥古斯丁那里就见诸笔端②；后经德国宗教哲学家雅各比引入哲学③；尼采对其极富颠覆性和洞察力的阐释，使之成为20世纪以来西方文化最具影响力的关键词。

"虚无主义"有消极和积极之分。消极的"虚无主义"认为一切皆为乌有，一切皆无意义，漠视人存在的"需有"价值；而积极的"虚无主义"则认为"虚无"并不意味着什么都没有，应该在绝望、否定中探索人存在的价值和意义，主张重建一切价值体系，期望通过思与诗、否定与选择，以克服"虚无"，使人的存在获得意义。

---

① 《圣经·旧约全书》（中英对照），中国基督教两会（中国基督教三自爱国运动委员会、中国基督教协会）2008年版，第1057页。

② 奥古斯丁认为，上帝是宇宙间唯一的真实存在，其他一切存在都依赖于上帝，是上帝从虚无中造出来的。

③ 弗里德里希·海因里希·雅各比在1799年给费希特的一封信里提到虚无主义，他把唯心主义斥为虚无主义。

1. "价值"之思

西方关于"虚无主义"的阐释，总是伴随形而上学而来，必然离不开"终极价值"的思考。这种价值之思由来已久。如果你有宗教信仰，或者是一个理性主义者、审美主义者，你会相信世界是一个有意义的体系，人的生命在这套体系中早有安顿，自取意义，这是古希腊哲学的一个主要特征；而追求万事万物的本原、本体、本质，即追求终极性的存在、终极性的解释和终极性的价值，这是中世纪的形而上学，其所谓的"终极"成了上帝；近代形而上学则用"理性"取而代之，通过"理性"，把人们从匮乏、愚昧、灾难、奴役中解放出来，赋予其获得终极的完善、幸福和自由。然而，这种借助于"理性"来寻找意义"终极答案"的努力，却带来了更大的灾难：一切遁入"虚无"。西方对"终极"问题的价值思考就是在这两难中前行，即"形而上学以及对形而上学的质疑"。① 尤以尼采的思考最为深刻。

尼采认为，从柏拉图到黑格尔，整个西方的形而上学就是一种"虚无主义"，也就是说，两千年来形而上学的追寻，遗失了人的真正存在。柏拉图把世界分为现象界和本质界，并把人的价值意义安顿在本质界即理念世界中，那是一个凌驾于存在者之上以最高的"善的理念"为统治者的彼岸世界，人只有进入那个世界才会有价值和意义。然而，柏拉图的理念世界却不过是一种想象的悬设，人最终进入的是一种"虚无"。中世纪基督教神学把柏拉图这种"理念"置换为"上帝"，又造成人的"终极"追求的更大的"虚无"。因为，当人把一切价值和意义都归之于上帝，归之于死后进天堂时，这等于取消了人现世存在的价值和意义。尼采的呐喊"上帝死了"，意味着人们过去尊奉的最高价值、终极真理和智慧从此丧失了约束力和构造力，也意味着以某种最高价值的悬设来保证人的自身价值意义的形而上学，不过是想象和虚构，其本质就是对人的生命世界最大的虚无化。这不仅是对西方宗教"虚无主义"的批判，也是对西方形而上学"虚无主义"的批判。尼采"力图在致命真理的深处找到克服它的

---

① ［美］希利斯·米勒：《重申解构主义》，郭英剑译，中国社会科学出版社 1998 年版，第256 页。

力量"①，而"将虚无主义推向极端，主张一种彻底的、积极的虚无主义"。② 这就是"最高价值的自行贬黜"③。为此，尼采提出"重估一切价值"，即将过往一切形而上学颠倒的世界重新颠倒过来。

不过，"重估一切价值"，尽管在于摧毁旧价值重建新价值，但尼采对世界的审视，仍未能脱离统一性、真理性等价值尺度。因此这种颠覆，仍然是一种"虚无主义"的形而上学，即以"虚无"对抗"虚无"。如海德格尔所说，尼采的"虚无主义不只是最高价值之贬黜的过程，也不只是对这种价值的抽离。把这些价值安插入世界中，就已经是虚无主义了"④；"尼采的形而上学就不是一种对虚无主义的克服，它乃是向虚无主义的最后一次卷入"⑤；"尼采之所以必然以此方式来把握虚无主义，是因为他保持在西方形而上学的轨道和区域中，对西方形而上学作了一种臻于终点的思考"⑥；不仅仅是形而上学的颠覆，也是"虚无主义的完成"。⑦

由此可见，"重估一切价值"，既开启了虚无"祛魅"，也确立了在"虚无"中追问存在的理路。

2. "虚无"之追问

20世纪西方哲学家基本上都认可尼采把两千年来的形而上学视为虚无主义的看法，如海德格尔、萨特等。他们不仅探索"存在"，而且更追问"虚无"。

海德格尔曾断言"虚无主义"是现代性的宿命。在他看来，要克服"虚无主义"，不是到另外一个地方去寻，而是在"虚无"中去找。与其说"存在不是在某个地方孤立地隔离的，此外还悬缺着；而不如说，存在之为存在的悬缺乃是存在本身。在悬缺中，存在本身与它自身一道掩盖自己，这种向着自身消失的面纱（存在本身就是作为这种面纱在悬缺中本质性地现身的）乃是作为存在本身的虚无"。⑧ 也就是说，存在本身的

① ［美］朗佩特：《施特劳斯与尼采》，田立年、贺志刚等译，上海三联书店2005年版，第21页。
② 周国平：《周国平文集》第三卷，陕西人民出版社2002年版，第240页。
③ ［德］尼采：《权力意志》，孙周兴译，商务印书馆2007年版，第400页。
④ ［德］海德格尔：《尼采》，孙周兴译，商务印书馆2002年版，第718页。
⑤ 同上书，第970页。
⑥ 同上书，第693页。
⑦ 同上书，第680页。
⑧ 同上书，第984页。

掩盖就是"虚无";在"虚无"中现身就是存在。因此,存在便是"虚无"。所谓"本真的虚无主义的本质乃是在其无蔽状态之悬缺中的存在本身,这种无蔽状态作为存在自身的'它'(Es)本身而存在,并且在悬缺中规定着它的'存在'(ist)"。[①] 这意味着人的存在最终由"虚无"来承担,"虚无"将存在者引向它自身的存在,让存在作为存在自身向我们显现。

海德格尔认为,要想真正追问"虚无",必须通过思与诗。一个人如果没有体会过存在,他只能是一个处于在世沉沦状态的存在者,就不能领会人生意义。通过对死亡的思考,人才能被"唤醒",从而体会到世界的本真,"感到自己'在世界上','在家中',并且在这里找到了依靠"[②]。死亡是一个人(此在)必然的终点,只有站在终点上回头望去,想到自己的死,才会追问自己存在的价值和意义。这样,世界存在的意义是由能够思考死亡的人赋予的,世界的本原不再是物质实体,而是具有不断由人赋予、向人敞开的意义。人是在对"此在"的不断追问中实现自己的存在,成为特殊的存在者。海德格尔后来把对死亡的思,转向了语言的诗。所谓"词语破碎处,无物存在。"[③] 但"'诗'的'世界'是'存在'的'存留','诗'是'存在'的'呈现',诗'保存'了存在"。[④] 因为在语言之网中,人才能成为主体。而"一切作诗在其根本处都是运思。思的诗性本质保存着存在之真理的运作"。[⑤]

从"死",到"思",到"诗",再到"诗意的栖居",海德格尔"虚无"追问的结果,是让"存在"在场,是使"存在"的本性敞开。他像康德一样,通过划界的方式来设定形而上学限度,来拯救"虚无主义"的危机,却仍然没有跳出西方传统形而上学的理路。尽管海德格尔极力声称他是反形而上学的,但人们却做了相反的解读,就像他解读尼采一样。[⑥]

萨特与海德格尔类似,也是从"虚无"意义上谈论"存在"的。他们都强调"虚无"是意义的起源;都通过死亡畏惧的描述,认定"虚无"

---

① [德] 海德格尔:《尼采》,孙周兴译,商务印书馆 2002 年版,第 987 页。

② [德] 海德格尔:《路标》,孙周兴译,商务印书馆 2001 年版,第 246 页。

③ [德] 海德格尔:《海德格尔选集》,孙周兴译,生活·读书·新知三联书店 1996 年版,第 1066 页。

④ 叶秀山:《思·史·诗》,人民出版社 1988 年版,第 180 页。

⑤ [德] 海德格尔:《林中路》,孙周兴译,上海译文出版社 1997 年版,第 336 页。

⑥ 参考邓晓芒:《欧洲虚无主义及其克服——读海德格尔〈尼采〉札记》,《江苏社会科学》2008 年第 2 期。

对人的存在的超越性意义。只不过海德格尔的"虚无"是超越"存在者"而达到更为宏大的"存在";而萨特的"虚无"则是对人自身的深刻反思及使人成为自由存在的信念。萨特的"虚无"与"存在"不具有本源的同一性。他认为"虚无"是从"存在"中获得自身而成为一种独特的"存在";"存在"不是作为"虚无",而是先于"虚无"。"非存在(虚无)并不是存在的对立面,而是它的矛盾,这就意味着在逻辑上虚无是后于存在的,因为它先是被假定为存在,然后被否定。"① 也正是"虚无",才使人的"存在"有了希望,有了自由的选择。

在萨特看来,一切存在的根本是意识的存在,而意识的本质则是"虚无"。人只要生存就必须面临选择,一旦选择就是对另一可能性的否定,"虚无"是存在的基本状态,"虚无"提供了选择的无限可能,"虚无"意味着自由。他说:"意识没有实体性,它只就自己显现而言才存在,在这种意义下,它是纯粹的显像。但是恰恰因为它是纯粹的显像,是完全的空洞(既然整个世界都在它之外),它才能由于自身中显像和存在的那种同一性而被看成绝对。"② 意识的空洞和缺乏实体性,其本质必然"虚无",其活动必然是虚无化的。萨特从意识出发研究人的存在,就是从虚无出发研究人的存在,意识的虚无使人的存在虚无。当人们的意识聚焦于一点,环境的其他基质就被虚无化了,虚无就成为"他用于称呼消解本体真实的否定的述语"③。

"虚无"具有否定功能,但并不意味着空空如也,而是充盈着自由的希望。从这个意义上,萨特认为,"虚无"是自由的基础,"否定"是自由的条件,"选择"是自由的表现,"超越"则是自由的结果。"虚无"可以使人一无所有,更可以使人无所不能。如果人"是其所是",这就意味着他的存在是充实的、唯一的,就处处受到限制而不自由;如果人"不是其所是",或者"是其所不是",人就摆脱了唯一性的限制,可以无尽地选择。世界原本是没有意义的,只有通过选择,才会显现为其所是的。人通过选择而决定自在存在的意义,人通过存在的虚无而求实在,从存在的不完美而走向完美,这就是超越。"人的实在是它自身向着欠缺它的东西的超越,如果它曾是它所是的,它就向着它可能是的那个特殊的存

---

① [法]萨特:《存在与虚无》,陈宣良等译,生活·读书·新知三联书店1987年版,第43页。

② 同上书,第15页。

③ Gary Gutting. *French Philosophy in the Twentieth Century*. London: Cambridge University Press, 2001, p. 138.

在超越。"① 也就是超越不以人的意志为转移的自在世界，实现成为自因自在的存在，即自由的存在，不受他物限制而且控制他物的存在。

萨特通过"虚无"，使客观世界成为自由的处境，使意识自由成为人的本质属性，强调人的一切行动都是自由选择的结果，是一种意识自由的存在。萨特不信上帝，却相信有如上帝一样的意识。所谓"是人，就是想成为上帝，或者可以说，人从根本上说就是要成为上帝的欲望"。②

从柏拉图到黑格尔，都以绝对的神性和抽象的道德性，来作为生命超越的基点，把人类生命超越的目标建立在假想的实体、本体等彼岸世界，这是超越的虚无主义；而从尼采到海德格尔、萨特，他们不是诉诸于抽象的彼岸世界，而是以生命意志、本能、欲望作为超越追求的基点，把人类生命超越的目标建立在此岸世界、生命本身乃至语言游戏中，这是虚无主义的超越精神。无论是超越的"虚无主义"还是"虚无主义"的超越精神，都承诺将人类带向自由和解放的王国。正所谓"虚无主义者也许是值得轻蔑的，但虚无主义在人类复杂的精神里，一定是作为基础的一部分存在着，应是一切有价值的思想基础"。③

就是这样，无数思想者以虚无主义的方式，为探索人的生命本质开辟了一条特殊的通道。以"虚无"对抗"虚无"，就是以积极的虚无主义悬设一切无意义、无目的"虚无"，从中体悟生命的悲苦和自我的生成，以此表达一种强烈的、不可磨灭的超越欲望，一种对绝对自由的永恒追求，一种肯定生命意义的精神家园。这个"虚无主义就像一个无法超越的极点，但它又是超越的唯一真实途径，它是新开端的源泉"④；"以如此这般被理解的重估为目标的虚无主义将去寻求最有生命力的东西。于是，虚无主义本身就成了最充沛的生命理想"。⑤这一哲思也在西方文学中打上深刻的烙印，从而形成了"生命超越主题"中的一种另类形态——"虚无超越"。

---

① ［法］萨特：《存在与虚无》，陈宣良等译，生活·读书·新知三联书店1987年版，第133页。

② 同上书，第725页。

③ ［日］增田涉：《鲁迅的印象·鲁迅轻蔑虚无主义者》，载钟敬文译《鲁迅回忆录》下册，北京出版社1999年版，第1365页。

④ 刘小枫、倪为国：《尼采在西方——解读尼采》，生活·读书·新知三联书店2002年版，第147—148页。

⑤ 海德格尔：《海德格尔选集》下，孙周兴选编，生活·读书·新知三联书店1996年版，第779页。

二　"虚无超越"的表征

"虚无"在西方现代文学中有着极为突出的表现。当詹姆斯·乔伊斯让他的善良且懦弱的主人公尤利西斯在大街小巷漫无目的地闲逛的时候，一定是为现代人展现着这种"虚无"；当加缪让他的主人公莫尔索漠视一切地游荡人生，甚至对母亲的逝去亦丝毫无动于衷的时候，一定是为现代人反思这种"虚无"；当贝克特让他的流浪汉百无聊赖地等待一个既不存在也不可能到来的"戈多"的时候，一定是为现代人追问这种"虚无"；当海明威让他的老人桑提亚哥在与大海搏斗的千辛万苦中拖回一副没有血肉的鱼骨架的时候，一定是为现代人探寻这种"虚无"；而当罗伯—格里耶试图用他精心制作的"橡皮"把他的主人公的罪行一一擦去的时候，一定想为现代人解决这种"虚无"……

西方现代文学家对"虚无"的展现、反思、追问、探寻、解决，同样寄寓了"生命超越"的情怀。"深深体悟了前人之苦心，亲眼目睹了前人之失败的 20 世纪西方作家，则不屑重复那艰难的历程。他们更简捷地让基督教从神秘中抽象出来的元素重新归于神秘，更直接地将文学从绝望中沉淀出来的幻想重新归于绝望。现世价值的自相矛盾，使他们痛切地感到人生的荒诞；而在他们冷眼旁观的同时，却又能从中看到新的起点，又能顽强地滚动那块西绪弗斯的巨石。"① 从生到死，人生不过是"从虚无中来"又"回到虚无中去"的"荒诞游走"。这种游走是在一个陌生的、疏离的、变形的、循环的、异化的世界中完成的，成为文学家反思"虚无"的物质基础和精神形式。"虚无超越"即通过"荒诞游走"和"非人"形象表现出来。

1. "荒诞游走"

"荒诞游走"，就是置身于荒诞世界的游走。这是一种与其他"游走"不同的反向运动，充斥着碎片、滑稽、诡异、异化、悖谬、不可理喻、不合逻辑、似是而非等反传统元素。因为"我们的世界是一个不再有意义可言的空间，因为再也没有上帝来消解新的希望和梦想与人类生活经历之

---

① 杨慧林：《基督教的底色与文化延伸》，黑龙江人民出版社 2002 年版，第 136 页。

间的矛盾"。① 如果说"神界游走"从神那里得到安慰和升华，那么在"荒诞游走"中"上帝死了"；如果说"尘世游走"从仁义道德那里获得永世的快乐和幸福，那么在"荒诞游走"中"英雄死了"；如果说"情爱游走"以爱情的至情至爱使人成为真正的自由人，那么在"荒诞游走"中"至情人死了"；如果说"性爱游走"以性爱的生命力使人免于沉沦，那么在"荒诞游走"中"凡人死了"……人类哪里还有什么神圣的终极？不过是"被莫名其妙地拖着、拽着，莫名其妙地流浪在一个莫名其妙的、肮脏的世界上"②，成为无家可归的游荡者，一切乌有的虚无者。"何处是——我的故乡？……哦，永远的到处可寻，哦，永远的无处可寻，哦，永远的——徒劳！"③

　　"荒诞"与"虚无"就这样先天地构成一对互为因果的关系。如果"荒诞"是因，"虚无"就是果；如果"虚无"是因，"荒诞"就是果。"荒诞是指缺乏意义……人与自己的宗教的形而上的、先验的根基隔绝了，他的一切行为显得无意义、荒诞无用。"而"意义之虚无正是荒诞的本质"。④ "荒诞就是没有目的，和宗教、哲学甚至直觉的源泉切断联系，人感到迷惘。他所有的行为成为毫无意义、荒诞不经和没有用处。"⑤ "也就是说人的不存在……上帝的不存在，物质的不存在，世界的不真实性，抽象的空虚，生活的主题就是虚无。"⑥ 人类的终极追问陷入了迷茫和失语状态，这正是"荒诞游走"的土壤。

　　文学家通过"荒诞游走"，去表现人与世界的疏离、人与人的对抗、人与自我的异化、人内在本性的变形。力求在这种悖谬的"虚无"中，摆脱"虚无"，表达难以明晰、不可确定但能够启迪读者无限深思的意义。事实上，这种情形从原始神话到现代文学，一直存在。

　　当人类面对异己的、敌对的自然，如风云雷电、春夏秋冬、日月星辰、山河湖海、灾难疾病、异物怪兽时，就洞察到自然世界的荒诞一面，其"荒诞"感就油然而生。不仅对千变万化的自然现象感到困惑，而且对背后的可怕的自然力感到惊骇。这就有了永远喝不到水和吃不到水果的

① Albert Camus, *The Myth of Sisyphus and Other Essays*, New York：Vintage Books, 1995, p. 5.

② 叶廷芳：《卡夫卡——荒诞文学的始作俑者》，《文艺理论研究》1993 年第 4 期，第 76 页。

③ ［德］尼采：《查拉图斯特拉如是说》，钱春绮译，生活·读书·新知三联书店 2007 年版，第 328 页。

④ 朱立元：《当代西方文艺理论》，华东师范大学出版社 1999 年版，第 132、156 页。

⑤ 施咸荣等编译：《荒诞派戏剧集》，上海译文出版社 1980 年版，第 7 页。

⑥ 石昭贤等：《欧美现代派文学三十讲》，贵州人民出版社 1981 年版，第 218 页。

"坦塔罗斯"的传说，有了永远周而复始地推巨石上山的"西西弗斯"的神话。虽然其中充斥了自然界的光怪陆离，但核心则是抗争神秘、树立信心、憧憬未来，一句话，就是要把异己、敌对的自然，转变为可亲近的图景。因此，神话中的"荒诞"与"虚无"不乏对生命本身和生命意义的拷问，只不过是局部的、朦胧的。

当文明降临、神话消逝，自然和社会背后中"神秘"仍然对人类构成威胁，人类通过宗教中"神圣"的信仰、哲学中"理性"的弘扬、科学中"实验"的确证、艺术中"美"的创造等，去抗争、去超越。比如死亡的荒诞，就是人类挥之不去、无法释怀的阴影，充满着无尽的"虚无"：在古希腊悲剧命运的哀叹中；在莎士比亚"人生如痴人说梦，充满喧嚣与骚动，却没有任何意义"的感慨中；在堂吉诃德游侠历险的癫狂中；在特里斯丹与绮瑟的情天恨海的悲情中……都有着一种人生"荒诞"和"虚无"的倾诉。人都是行色匆匆、步履蹒跚的过客，都有走向死亡的归宿。来了，去了，一切正在经历，一切又迅速止于平息，从有复归于无。可以说，古典文学中的"荒诞"与"虚无"已在一些作家的创作中有了较为深刻的体悟。

当人类迈入现代社会，尤其是经历了世界大战之后，人的"荒诞"感与"虚无"感达到了顶点。战争残酷、环境破坏，金钱崇拜以及一切的物质化和技术化，使人们发现，"荒诞"与"虚无"不仅仅存在于局部，而存在于整个世界。"我们每一个人一定会在偶然之间感到世界的实体有如梦境，感到墙壁不再坚不可透……此时此刻，生活的全部，世界的全部历史都变得毫无价值，毫无意义，而且变得不可能存在了。"① 人是极其偶然地被抛到这个世界上来承受生老病死等无尽的苦难，无论人类生命能够存活多久，最终都会面对死亡。这是任凭谁也无法抗拒的自然规律，人与这个世界就是悖谬的、不合逻辑的、不近情理的、不可理喻的存在；就是孤独、无奈、困惑、恐惧、绝望的荒诞；就是一切都没有意义的虚无。如此，"荒诞"与"虚无"成为西方现代文学家最坦率、最强烈、最大张旗鼓地表达，便不足为奇。

然而，"荒诞"必然地传达"虚无"，却并不必然地传达"虚无超越"。古代经典虽有很多"荒诞游走"的言说，但真正以"虚无"为本寻求"生命超越"意义的则凤毛麟角；而现代主义经典则不然，"荒诞游

---

① ［法］尤奈斯库：《出发点》，载《外国现代剧作家论剧作》，陈焜译，中国社会科学出版社1982年版。

走"常常就是它们的基本象征，以"虚无"寻求"生命超越"往往就是它们基本的主题。卡夫卡的作品最具代表性，卡夫卡也因此被尊为西方现代主义文学的鼻祖。

卡夫卡以一种纯粹的非理性来把握"荒诞游走"，又以一种超越极限的艺术叩问"虚无"，对"荒诞"与"虚无"做了最全面、深刻、生动地表达。他的人变甲虫的故事，揭开了现代文学"荒诞游走"与"虚无"的序幕；他的《饥饿的艺术家》通过饥饿表演以及周围此起彼伏的尖叫到最后无人喝彩的丢弃，把"荒诞游走"与"虚无"引向深入；他的《审判》从主人公匪夷所思的罪过，到投诉无门，最后被莫名处死的惨剧，把"荒诞游走"与"虚无"演绎得入木三分；他的《城堡》通过不断走向可望而不可即的城堡，而又永远不得其门而入的故事，把"荒诞游走"与"虚无"推向了极致。卡夫卡以近似于残酷的冷峻描摹了人生的"荒诞"，以深沉博大的悲悯意识演绎了人生的"虚无"。卡夫卡总是忧心忡忡地追问：是否还有出路？是否还有路可逃？而他最终得到的结果则是："目标确有一个，道路却无一条，我们谓之路者，乃踌躇也。"[①] 这里有对人生"虚无"的彻悟，更有消解"虚无"、寻找拯救的微弱幻想。就如卡夫卡自己所认定的那样："写作就是敞开心扉直至超越极限。"[②] 其过程无疑是"荒诞游走"的过程。

其后的达达主义、超现实主义、存在主义、荒诞派、黑色幽默、"垮掉的一代"等文学，都是沿着卡夫卡走过的道路前行的。不仅展示其荒诞的生命体验，同时也使读者感受其体验过程而彻悟荒诞，并为"虚无"赋予终极色彩。

例如达达主义。其一方面反对现存制度，所谓"那些被称为现代文明的一切形式——它的制度本身、它的逻辑、它的语言，都是我们无法忍受的"。达达"什么也不是，是虚无，是乌"。"对于我们来说，无神圣可言。……我们唾弃万事万物，包括我们自己。我们的象征是乌有，是真空，是空虚。"另一方面则是追求生命自由。所谓"自由，达达，达达，达达，这是忍耐不住的痛苦的嚎叫，这是各种束缚。矛盾。荒诞的东西和不合逻辑事物的交织，这就是生命。"[③] 因此，其文学作品中都存在对抗

---

① ［奥地利］卡夫卡：《卡夫卡散文》，叶廷芳选编，浙江文艺出版社 2001 年版，第 5 页。

② ［奥地利］卡夫卡：《卡夫卡全集》第 9 卷，叶廷芳主编，河北教育出版社 1996 年版，第 213 页。

③ 陈慧：《西方现代派文学简论》，花山文艺出版社 1985 年版，第 115—116 页。

"荒诞"与追问"虚无"的双重意义。

例如尤奈斯库的创作。他的《椅子》就是这样一部作品。当我们跟随老人穿行、徘徊、踟蹰于杂乱的"椅子"中间，也仿佛置身于一个混乱、空虚、物化的世界。"这出戏的主题不是老人的信息，不是人生的挫折，不是两个老人的道德混乱，而是椅子本身。也就是说，缺少了人，缺少了上帝……是说世界的非现实性，形而上的空洞无物。"① 尤奈斯库的《秃头歌女》，则通过人物的一次做客的经历，把"人生是如此荒诞不经"表现得淋漓尽致。剧本并无什么剧情，如果说有剧情的话，也不过是废话连篇罢了。其中一对男女在朋友家相遇，闲谈中想起他们曾经见过，并且是同乘一车，同往一地，同住一屋，甚至同睡一床……然而他们竟然互不认识，直到最后才恍然大悟。共同生活了多年、一起养育了孩子的夫妻，如此淡漠形同陌路，实在是荒诞至极。剧中其他人物的对话，也基本是把清新的字眼变成了支离破碎、颠三倒四的胡言乱语。观众在笑过之后，体味到那荒诞背后的巨大空虚而黯然深思。

此外，我们从艾略特的那祈求上天甘霖来复苏荒原（《荒原》）的意象中，听到的只是阵阵干枯的雷声和回荡在人们的内心深处的生命颤音；从詹姆斯·乔伊斯的布鲁姆（《尤利西斯》）游走于纷扰街市的意识流动中，体验到的也是日复一日虚空、皮囊一样的生存和一声声不知所措、碌碌无为的生命叹息；从奥尼尔的人的灵魂被虚无掏空的漫长旅程中（《进入黑夜的漫长旅程》），感受到的是生命的哀婉与忧伤；从杰克·凯鲁亚克笔下的那些年轻人"不听命于政府，也不皈依于上帝，无须许诺永恒责任"的游荡中（《在路上》），也看到了生命在荒诞之路上的狂放与躁动……在"一切皆虚妄"、"一切皆容许"的氛围中，道德、友谊、善良、诚实"全是一场空"（萨特《墙》）；"就那么一回事"（冯内古特《第五屠宰场》）；"我周围的一切，全是虚假的"②（加缪《卡利古拉》）；"就是再奋斗也没有用"③（贝克特《等待戈多》）……这就是人们还置身于其中的虚无人生。当人们心目中的神、上帝不复存在了，人们还拿什么来矗立自己的精神圣殿？

"荒诞游走"是人类精神超越的一个过渡，它的意义就在于对人类精

---

① 朱虹：《英美文学散论》，生活·读书·新知三联书店1984年版，第163—164页。
② ［法］加缪：《加缪全集》（第2卷），柳鸣九主编，李玉民译，河北教育出版社2002年版，第10页。
③ ［爱尔兰］贝克特：《等待戈多》，余中先译，湖南文艺出版社2006年版，第257页。

神文明的失落的揭示，对绝对权威、绝对真理的怀疑，对“虚无”所能生成的存在力量的追寻。所谓“人宁可追求虚无，也不能无所追求”。①“只有面临虚无，才会想起存在。”在这里，“虚无”不再是虚幻莫测、一切皆无，而是“聆听存在的声音”；也不再是存在的解体，而是意义的超越——走向人的生命永恒和自由。从这个意义上说，“虚无”并不必然导致绝望，反而开启了生命的另一种可能性。它让人更深切地感受虚无，彻悟虚无，进而超越虚无。

　　“虚无超越”的言说表明，尽管人在荒诞的、虚无的世界中的游走，没有目标，没有希望，有的只是卑微、落魄、孤独、软弱、怪异、扭曲；然而，在人的内心深处总是怀着超越“荒诞”、超越“虚无”的梦想。这不仅表现在“荒诞游走”的模式上，也表现在“非人”形象的塑造上。正如马克思所说：“一个人，如果想在天国这一幻想的现实性中寻找超人，而找到的只是他自身的反映，他就再也不想在他正在寻找和应当寻找自己的真正现实性的地方，只去寻找他自身的映象，只去寻找非人了。”②

2. “非人”形象

　　“非人”既不像游走于神界的“神人”，也不像游走于尘世中的“完人”、“至情人”、“凡人”，而是“无缘无故地来到世上”，又莫名其妙地被世界抛弃的“无家可归”的丧失了人性的“人”。他们或远离于尘世而不得其“出”；或千方百计归“家”而不得其“入”；或对一切感到反胃、恶心；或对一切都毫无感觉，麻木、冷漠；或胡言乱语，语无伦次，灵魂空虚，不知所措；或失去了人的主体性，在不知不觉中变化了人形……在他们身上充满着疏离感、孤独感、陌生感、荒诞感，呈病态化、物化、动物化等非常态化的特征。虽然在西方现代文学中的表现各式各样，但异化是其共同点。“非人”形象典型的有“变形人”和“局外人”。

　　“变形人”是一种与自我完全隔绝的、或变为动物、或变为无生命物的“非人”形象。“变形”本是最古老、最原始的艺术表现形式之一。诸如希腊神话中宙斯为赢得欧罗巴的芳心变成公牛；达芙妮为拒绝阿波罗的爱情变成月桂树；赫拉为加害宙斯的情人塞墨勒施毒计变成塞墨勒的奶妈；织女亚拉克妮被雅典娜变成蜘蛛；奥德修斯的手下被女巫喀耳刻变成猪等。古罗马诗人奥维德的《变形记》中充满了诸多人变成动物、植物、

---

① ［德］尼采：《论道德的谱系》，周红译，生活·读书·新知三联书店1992年版，第76页。
② 《马克思恩格斯选集》第1卷，人民出版社1995年版，第1页。

星星、石头的形象，阿普列尤斯的《变形记》（又名《金驴记》）中也有人变驴的故事。其后这类变形形象在文学作品中也比比皆是。有解救武士的老妪变为如花似玉的美眷（乔叟的《坎特伯故事集》）；有乡巴佬被精灵变成大嚼干草的蠢驴（莎士比亚的《仲夏夜之梦》）；有年过半百的学者饮魔汤变为风度翩翩的青年（歌德的《浮士德》）；有王子变成青蛙（格林童话）；有男孩变成天鹅（安徒生童话）；有年轻女子变成猪（玛丽·达理厄塞克《母猪女郎》）；有年轻男子变成甲虫（卡夫卡《变形记》）；也有众人变为犀牛（尤奈斯库《犀牛》），等等。

　　尽管"变形人"形象都借助了荒诞奇谲的形式，但古典文学与现代文学有很大不同。前者是寓荒诞于幻想，后者则是寓荒诞于现实；前者多为感性的方式，后者则多为理性的方式；前者多不能自行恢复，但通过特殊的魔法可以把人带入一个魔幻世界，从而显示一种神奇的、超人的变化，后者非但外在变形不能复原，而且内在心理变形更是一种荒诞情状，从而表现人生的荒诞与虚无。可见古典文学中的"变形人"形象，并不着眼于"变形"本身，而是通过"变形"来传达道德的、宗教的、哲理的主旨等；现代文学中的"变形人"形象则志在表现人与自我关系的异化，如工具理性对人的主体性的消解和人的尊严的剥夺等。这样的"作品不屈就于实物，它试图表现某种不可表现的东西；它不模仿自然，它是一个赝像，一个幻影"。① 其中有对现实的不满与批判，也有对人的可悲处境和命运的揭示，更有对人的出路的追问和拯救，最终拷问人生的虚无和意义的超越。

　　卡夫卡的《变形记》中的格里高尔堪称"变形人"的典型。一方面，格里高尔的"变形"是现代人陷于虚无困境的一个缩影。小说中格里高尔"变形"的经历，也是他审视人世一切的过程。他看到了公司秘书主任不分青红皂白的威胁，也看到了亲人的震惊、伤心、厌恶、疏远、鄙夷、漠视乃至绝情的情感变化。因此，变为虫的格里高尔注定成了映射人性的一个视点，成了注视现代人类心理变形的一个"他者"。与其说这是格里高尔个体的"变形"，莫如说这是整个社会的"变形"；与其说这是一个小职员的灾难，莫如说这是现代人的灾难。作家以现代社会中的格里高尔不知不觉地丧失了人的个性、尊严，走向了动物化，变成了一个丧失主体和存在意义的抽象符号，展示了现代人共同的荒诞困境和无可避免地陷入虚无的命运。另一方面，格里高尔的"变形"也是卡夫卡忧患意识

---

① ［法］利奥塔德：《非人——时间漫谈》，罗国祥译，商务印书馆2000年版，第113页。

和超越精神的一面镜子。虽说"变形"在人的生理上是荒诞的，但在人的心理上却不是不可能的。格里高尔变成甲虫而孤独死去的悲剧，既表现了人的存在的荒诞本质，也具有了更为耐人寻味的超验意义。这个形象从人到虫再到死亡的过程，既是作家反思生命意义的过程，也是通过人的虚无化来寻找"生命超越"的过程。

尤奈斯库的《犀牛》也是"变形"的经典。如果说卡夫卡的《变形记》以个体变形写出了人的身不由己的被迫变形及其孤独卑微和无奈无助的话；那么，《犀牛》则以群体变形表现了人的死心塌地的主动变形及其随波逐流和自甘堕落。《犀牛》展现了一个小城的人几乎都变成犀牛的荒诞过程。开始是个别人变成犀牛，渐渐地，从社会名流到普通百姓，越来越多的人变成了犀牛。主人公贝兰吉周围的那些本来鄙弃人变犀牛的同事、恋人也加入变为犀牛的行列。很快，犀牛占据了街道、广场、广播站，人变犀牛成为一种时尚。最后，贝兰吉成了小城唯一的人。这场人变犀牛的"荒诞游走"，展示了人生走向虚无的旅程。它不仅惊醒了人的在世沉沦，而且成为呼唤人性的一份宣言。尽管其中也有怀疑，如贝兰吉这一坚持人性的人，也"似乎觉得犀牛的脸比人脸好看"；但更多的是冷眼关注人生。因为只有正视虚无，才会思考人生的终极，才会使人在荒诞的现实中追求生命的超越。

"局外人"也是一种与常人迥异，与世界、社会、他人隔绝和异化的"非人"形象。他们或者是独立于生活之外，或者是被抛置在生活的边缘。加缪《局外人》中对一切都漠不关心的莫尔索；萨特《恶心》中视一切都恶心的洛根丁；约瑟夫·海勒的《第二十二条军规》中一再被捉弄的尤索林；贝克特《等待戈多》中的等待戈多的戈戈、迪迪等，就是如此。

加缪的莫尔索是一个极端冷漠的"局外人"形象。莫尔索也因小说题为"局外人"而成为这类形象的代表。被边缘于世的莫尔索，漠视一切，别说是对母亲的死无动于衷，就是自己被判死刑也漠然处之，最终"幸福地"面对死亡。加缪说："我只能靠眼见为实的东西生活。造物是我的故土。这就是为什么我选择又荒诞又无意义的努力。这就是我为什么站在斗争的一边"；[①]"荒诞启发了我没有未来。从此这就成为我极大自由的依据"。[②]这"极大自由"是无法回返、走向虚无的绝对自由。这与存

---

① ［法］加缪：《加缪全集》第 3 卷，柳鸣九、沈志明主编，河北教育出版社 2002 年版，第 362 页。

② 同上书，第 101 页。

在主义文学干预社会的主张是一致的。尽管《局外人》并不清楚走出虚无困境的方法，但这一形象令人震撼地揭示了世界的荒诞和人生的荒诞：人类的奋斗是徒劳无功的，人类与对永恒的理想是"断裂"的，人是一个"永远无法召回的流放者"，被荒诞世界所包围，既无法反抗，又不能有所作为。然而，"看到生活的荒诞，这还不能成为目的，而仅仅是个起点。这是一个真理，几乎所有的伟大思想都由此起步。令人感兴趣的不是发现（荒诞），而是人从其中引出的结论和行动准则"。① 莫尔索的"冷漠"表明，人生是荒诞的，也是虚无的，而在荒诞虚无的尽头，应该是充盈的世界。其中包含着作家寻找灵魂归属和生命意义的探索。

萨特的《恶心》中的洛根丁是一个极端孤独的"局外人"形象。学者洛丁根为撰写一部研究 18 世纪的一个人物传记而来到了小城布威尔。除了去市立图书馆外，他常去"铁路工人餐厅"消磨时光。然而在他的记忆和意识中，一切皆空。他不自觉地反复听同一张唱片《在那些日子里》，他的生活失去了意义。而涌上心头的"恶心"感，时时笼罩在他看人看物的一切感觉之中，无论是啤酒杯、废纸、刀子，还是电车、公园的长椅、盘根错节的树根茎，还是无法控制的梦境，抑或是在一起卿卿我我的人，都是丑陋得令人作呕。"恶心"充斥着他的感官，也吞噬着他的精神，使他惶惶不可终日。于是他决定离开布威尔，去巴黎创作，希望逃避"恶心"，摆脱"虚无"，感知自我的存在。尽管《恶心》也并未指明如何规避"恶心"感觉的出路，但它一方面展示存在的"荒诞"，所谓"没有道理、没有原因、也没有必然性"，世界是荒诞虚无的，人也是荒诞虚无的存在；另一方面则表达超越"虚无"的思想。所谓"人活在世界上是多余的"，"永生永世都是多余的"。相比那些醉生梦死的没有感觉的人来说，洛根丁至少是还有感觉的。而让他感到"恶心"的正是荒诞的人生。因此，"恶心"意味着荒诞，意味着孤独，也意味着愤世嫉俗，更意味着对荒诞虚无的抗拒和超越。在小说的结尾，萨特寄望于洛根丁的那部像钢铁一样美丽而坚实的"新作"，"必须能使人透过印出的字和书页，猜出某些不可能存在的、超出于存在之上的东西"。② 已经暗示了这一点。

约瑟夫·海勒的《第二十二条军规》中的尤索林是一个边缘于体制外的"局外人"。小说以一条荒诞的军规而把人生推向悖谬的渊薮。"第

---

① ［法］加缪：《评让·保尔·萨特的〈恶心〉》，杨林译，载《文艺理论译丛》（3），中国文联出版公司 1985 年版，第 305 页。

② ［法］萨特：《恶心》，载郑永慧编《萨特作品精粹》，河北教育出版社 1980 年版。

二十二条军规"自相矛盾的规定，意味着飞行任务永无休止。那些参战的飞行员，是任由官僚体制操纵的没有尊严，没有个性，没有自我，没有自由的"非人"。尤索林则是其中难得的一个觉悟者。他满怀正义的热忱参战，立下战功，被提拔为上尉。当他完成了飞行次数去申请停飞，却被牢牢套在"第二十二条军规"的荒谬之中——非但未获准停飞，飞行次数反而一再增加。而他富于同情心的善良行为，也被视为疯子之举。如此颠倒是非的世界，使尤索林看不见天堂，看不见天使，也看不见圣者，所能看见的是那些官僚不择手段地拼命捞钱，在战争中一次次制造人间悲剧。深陷荒诞境遇的尤索林终于凭着自己的意志和力量挣脱了军规的枷锁，逃往一个没有硝烟的理想国度。如果说"第二十二条"军规是人生荒谬虚无的象征的话，那么，尤索林逃离的正是这虚无。因此，与其说他是为求生而开小差，莫如说他飞向的是一条生命超越之路——超越了专制黑暗的残酷现实，超越了"非人"的存在，更超越了既不存在，又无所不在的荒诞。因此，这个形象与那些陷于荒诞陷阱而无法自拔的悲剧性的"非人"形象不可同日而语。

此外，奥尼尔的《毛猿》、阿尔比的《动物园的故事》，也通过孤独的"局外人"扬克和杰瑞形象的塑造，演绎了这种荒诞感和虚无感。他们的悲剧表明，人是一个于世界无足轻重的匆匆过客，人在生活中找不到一个确定的位置，更找不到人生的归属。人与人之间也像动物园里的动物一样，被无形的栅栏阻隔，无法沟通。要想沟通，只能付出生命的代价。然而，人是唯一能许诺未来的动物，不仅能体验存在，而且能超越存在。虽然"虚无"把人置于一个无意义、无价值、无真理又是无家可归的世界中，但也足以让人彻骨地体会生命的创造和终极的超越。

正因为看到了世界沉沦于价值绝对虚无的境地，意识到一切已有的外在秩序与价值体系都行将崩溃，人们才千方百计摆脱虚无，探索"虚无"背后存在的意义。正所谓"使人之为人的生存得以可能的条件虽然是人的虚构，但却是非此不可的虚构"。[①] 这就是为什么对"虚无"有着更为深刻体认的文学家，常常是真正创造自我生命独立意义的人的原因之所在。他们不厌其烦地塑造一个个在荒诞游走之中的"非人"形象，不仅仅在于为人们揭示一个异化的、悖谬的世界，也不仅仅在于表现虚无、否定的人生，而是要让人们在虚无中，唤醒存在的意义，实现生命自由的意

[①]　余虹：《艺术与归家——尼采·海德格尔·福柯》，中国人民大学出版社 2005 年版，第 23 页。

义重建。这意义就在格里高尔的"变形"中；在饥饿艺术家的"绝食"中；在洛根丁的"恶心"中；在《第二十二条军规》的"荒谬"中；在《等待戈多》的遥遥无期的"等待"中……

从"人"到"非人"，并非是理想主义的消解和否定（消解的只是虚幻的神性意识，否定的是超验的信仰之维），而是让理想的存在浮现出来。"荒诞的世界比起其他的来更是从这种悲惨的诞生中获得了它的高贵。"① 就如西西弗斯周而复始地推石上山的努力是徒劳的和无意义的，但其本身却充满着尊严和高贵。这样，"虚无"不仅有一种迷茫、绝望的焦虑，还有一种对自身完整性的精神吁求，更有一种对世界、对人类命运终极关怀的形上维度，即生命的永恒和自由。从生存意义上说，"虚无"是人类存在的悲剧性的呈现；从超越意义上说，"虚无"是人类面对整个宇宙而向世界索求一种绝对意义的方式，是在本质的虚无中渴望生命永恒的另类表达。这是"虚无超越"的真正内涵。

总之，西方现代文学家们通过"荒诞游走"的"非人"形象，将人带入由不完满向完满的超越之路，以创造一切价值、支配一切力量的自足感和自由度挑战虚无，冲破荒诞，进而走向人性的永恒意义的探索之中。

三　"虚无超越"的经典：《等待戈多》

塞缪尔·贝克特（1906—1989）的《等待戈多》（1952），是20世纪最具影响的荒诞派戏剧，也堪为"虚无超越"的经典。它不仅用荒诞的手法表现了世界与人的荒诞性；而且也通过"虚空地带"——存在与虚无、在场与缺场、活着与死亡的体验与思考，表达了返回到绝对自由的形上思想。②

1. 百无聊赖的"等待"

《等待戈多》突出地表现了现代人的精神困境。这种困境是通过特殊的象征意象来传达的，即"不是为了讲述故事；而是为了传递如诗般的

---

① ［法］加缪：《加缪文集》，郭宏安译，译林出版社1999年版，第630页。

② Welle. Shane. A *Taste for the Negative*：*Bekett and Nihilism*，London：Modem Humanities Research Association and Maney Publishing，2005，pp. 123 – 124.

意象……就像象征主义和意象派的诗一样”。① 这个象征的核心就是百无聊赖的“等待”。

两个流浪汉——爱斯特拉贡（Estragon）（戈戈）和弗拉第米尔（Vladimir）（迪迪），在邻近乡村小路的一棵大树下等待一个素不相识的人——戈多（Godot）。其间，有主仆二人波卓（Pozzo）和幸运儿（Lucky）由此经过。黄昏时来了一个小男孩，他对两个流浪汉说，戈多今天不来了，明天再来。第二天，在同样时间，同样地点，两个流浪汉走到一起，继续等待。波卓和幸运儿又经过此地，只不过一个变成了瞎子，一个变成了哑巴。那个小男孩又来了，他说戈多不来了。两个流浪汉企图上吊未果。全剧就在他们犹豫是否要继续等待的焦灼中落幕。这是一出几乎没有什么情节的两幕剧。有的只是处处凄凉、绝望的气氛和不着边际的对话、莫名其妙的动作。剧本也没有什么矛盾冲突。两个流浪汉——戈戈和迪迪，明为等待戈多，却活脱脱是这场等待的“局外人”。一对主仆——波卓与“幸运儿”，好端端地一夜之间变成了盲人和哑巴，一个什么也看不见，一个什么也说不出，只有一根绳子联结彼此。除了小男孩略显清醒之外，其他人物，话语颠三倒四，行为亦真亦幻。

我国对《等待戈多》主题的解读，起初基本持一种否定的态度。如有人把贝克特归之于“当代资本主义世界最走红运的一个颓废文学流派”，不仅思想消极，“而且还是对人类进步传统、对今天世界上的进步势力一种恶毒的诬蔑”②。也有人把此剧看成“人永远找不到他活在世上的真正意义，人生只是一部不断盼望、不断失望、最后只有等待死亡的悲剧”，它是西方资产阶级“陷于死胡同”的“反面教材”③；“是以现代资产阶级哲学为基础的唯心论和神秘主义创作思想的产物，描写的是非理性和反逻辑的形象，歌颂的是‘无意识的本能’，以及由此造成的晦涩难懂和作品总倾向有害于人民群众认识和改造世界”④；“更因为他在剧中把受苦受难的流浪者与奴隶描绘成为愚蠢低能而又驯服的人物形象，这些正好符合了西方资产阶级的要求”⑤。

改革开放后，这种情形逐渐改观。如这部作品“再现了腐朽没落的

---

① Martin Esslin, *The Theatre of Absurd*, 3rd Edition, New York： Pelican Books, 1983： p. 23.

② 董衡巽：《戏剧艺术的堕落——法国“反戏剧派”》，《前线》1963 年第 8 期。

③ 丁耀瓒：《西方世界的“先锋派”文艺》，《世界知识》1964 年第 9 期。

④ 尹岳斌：《略论〈等待戈多〉及其它》，《湖南城市学院学报》1983 年第 1 期。

⑤ 陈嘉：《谈谈荒诞派剧本〈等待戈多〉》，《当代外国文学》1984 年第 1 期。

资本主义社会的本相"，也流露出"对冷酷现实的悲观主义和虚无主义倾向"①；"揭示了人类对于自己的命运一无所知、不能主宰的处境"②；"揭示了人类在一个荒诞的宇宙中的狼狈处境"③；也揭示了"世界的不可知、命运的无常、人的低贱状态、行为的无意义、对死的偏执"④ 等。随着研究的深入，学界把对《等待戈多》的主题的探讨上升到人的存在的本体论高度。如，"《等待戈多》对人类生存境况与悲哀绝望仅仅是一种表现，它不是求得问题的解决，而是加重问题的分量"⑤；"荒诞的存在并不是人的存在本身荒诞，而是人在荒诞的现实里向无限的冲击和超越"⑥；它"探索了传统价值体系倒塌后人类心灵无所依附的迷茫、恐惧、孤独和挣扎"，即从"完整"到"分裂"再到"虚无"的演化⑦；剧中的爱斯特拉贡和弗拉第米尔可以理解为某个生命死后所处的灵肉分离的状态，其"无行动之行动"或许就是灵魂和身体在等待一次新的"联合"，生命在等待一次新的"出生"或"开始"，而戈多就是那个能把二者重新连接起来的东西。⑧

　　西方对《等待戈多》的主题的研究，多围绕救赎问题来进行。而其关于人的救赎问题，基本上有两种解决方案：一种是诉诸上帝，即"神本超越"，也就是把一个有限的人类无限延伸到永恒的神圣乐园之中；另一种是回归自身，即"人本超越"，也就是把有限的人类无限延伸到"德"、"情"、"性"等永恒象征体系之中，以否定"神"的权威而瞩目人的能动性，放弃彼岸的救赎而回归到此岸的解放。因此西方人多在这两种意义上解读《等待戈多》的主题。

　　一种观点认为，《等待戈多》追求了一种"超验"的寄托。这部戏

---

① 蒋庆美：《贝凯特及其剧作》，《当代外国文学》1981 年第 2 期。

② 萧曼：《盛行西方的一个戏剧流派——荒诞派》，《人民戏剧》1979 年第 7 期。

③ 袁可嘉：《象征派诗歌·意识流小说·荒诞派戏剧——欧美现代派文学述评》，《文艺研究》1979 年第 1 期。

④ 朱虹：《荒诞派戏剧述评》，《世界文学》1978 年第 1 期。

⑤ 黎跃进：《等待：现代文明中的人生处境——简论贝克特的〈等待戈多〉》，《衡阳师范学院学报》2002 年第 5 期。

⑥ 陶家俊：《贝克特的荒诞派艺术——对贝克特三部荒诞剧的阐释批评》，《四川外语学院学报》1997 年第 1 期。

⑦ 张亚东：《贝克特戏剧中的自我探索》，中国知网，上海外国语大学 2002 年博士学位论文。

⑧ 赵山奎：《死狗、绳子与曼德拉草——〈等待戈多〉的用典与文字游戏》，《国外文学》2014 年第 4 期，第 84—85 页。

剧就是表现两个流浪汉"怎样等待戈多，而戈多不来，他的本性就是他不来。他是被追求的超验，现世以外的东西，人们追求它为了给现世生活以意义"。① 这个"超验"的本质指向就是基督教的上帝。虽然两个流浪汉说不清道不明，剧作家也没有明释，但很多人相信戈多就是"上帝"。例如，英文"Godot"（戈多）与"God"（上帝）非常相近；传递消息的小男孩说戈多有着白色的胡子，就与《圣经》描摹的"头与发皆白，如白羊毛，如雪，眼目如同火焰"② 的上帝一致；剧中出现的福音书、十字架、救世主、耶稣、忏悔、得救、地狱、该隐、牧羊人等词语与意象，也都弥漫着基督教气息；小男孩说戈多喜欢他而不喜欢他的弟弟，也暗含着《圣经》记载的上帝与亚伯、该隐兄弟俩献供的故事③；就是作为戏剧背景的一棵树，也不由得让人想起伊甸园里那棵能分辨善恶的树……因此认为贝克特面对西方现代人生存困境，期望以神来应对和拯救，有案可稽。于是，人们信仰的上帝，成为超越的依据。人是被逐出乐园的，等待，就是希望救赎，就是希望重返天国。这是数世纪以来，西方所奉行唯一明径。如此，《等待戈多》所表现的就是以上帝为依托的"神本超越"，就是贝克特对现代人回归上帝怀抱的期望。

　　另一种观点，虽认同上面的解读不无道理，但认为把戈多看成上帝只是看到了该剧的表象，而没有深入其实质。他们承认《等待戈多》与宗教有着千丝万缕的联系，也承认该剧有很多或隐或显的基督教意象，但强调这并不表明剧作家期望倚靠宗教，或者以上帝作为拯救人类的依托。学者冈塔斯基就认为这部剧作的主题就是荒诞："贝克特所展现的是人处于一个荒诞的、断裂的世界中，一个没有理性原则和秩序的世界……生活，无论是外在的，还是内在的，都是混乱的，流动的，荒诞的，杂乱无章的。"④ 而剧评家马丁·艾斯林的观点则最具代表性。艾斯林认为这部"剧作的主题并非戈多而是等待，是作为人的状况的基本和特有方面的等待行动。在我们的全部一生中，我们总是在等待什么东西，戈多只是代表

---

① 罗伯·吉尔曼：《现代戏剧的形成》，载《荒诞派戏剧集》，施咸荣等译，上海译文出版社1980年版，第6页。

② 《圣经·新约全书》，中国基督教两会（中国基督教三自爱国运动委员会、中国基督教协会）2008年版，第426页。

③ 同上书，第6页。

④ Gontarski，S. E. *The intent of undoing in Samuel Beckett's art*，Modern Fiction Studies，1983，29（1）：15

了我们等待的对象……它可以是一个事件、一个事物、一个人、或者死亡"。① 可见，这样的解读已完全摆脱了"神"。

在笔者看来，对《等待戈多》主题的认识虽有不同，但大都包括在人的"生命"问题之中，因为它揭示的不是一个琐碎生活中的小问题，而是关乎人的生命存在、人的终极关怀的大问题，确切地说，它表现的正是人的形上追问而反映了生命超越主题之"虚无超越"。《等待戈多》的构想来自基督教又超乎其上，本质上是对人们过去习以为常的宗教超越予以解构。

首先，从《等待戈多》的文本来看，表现了对神圣真理的质疑。如果戈多是博爱的上帝，当人类陷于荆棘丛生的"肮脏的鬼地方"② 的时候，他为何对此无动于衷？为何不来拯救人类？如果戈多是全能的神，为什么"他什么都不做"③，"他什么都不能答应？"④ 而让人无休止地"等待"他的到来？如果戈多是信义的神，为何失信于众？为何不能兑现承诺？无怪乎弗拉第米尔说："我们如约而至，就这些，再没有别的。我们不是圣人，但我们如约而至。有多少人能够说出这样的话呢？"⑤ 而人，在荒诞世界里充其量不过是"恳求者的角色"⑥；人的权利，也已经在神圣的光芒中"匆匆地把它们放弃了"⑦。这不能不让人感到神的伪善和无能。"而那些勾当，乍看之下显得很有道理，但到头来我们已经习以为常。你会对我说，那是为了阻止我们的理性免于泯灭。这是一件显而易见的事情。但是，它难道不是已经游荡在这深似地狱一般的没完没了的长夜里了吗，这就是我时不时在问自己的问题。"⑧ 在这里，贝克特对无所不在，无所不知，无所不能的上帝真理的怀疑、讥讽和否定溢于言表。因此，与其说"等待上帝"就是希望，莫如说"等待上帝"就是徒劳。所谓"信仰就是荒诞"，或者"荒诞就是信仰"⑨。人类重返上帝怀抱的终极梦想就这样被荒诞地瓦解了。这种反讽性设计，正是对以神为依托的

---

① ［英］马丁·艾斯林：《荒诞派戏剧》，华明译，河北教育出版社 2003 年版，第 27 页。

② ［爱尔兰］贝克特：《等待戈多》，余中先译，湖南文艺出版社 2006 年版，第 321 页。

③ 同上书，第 372 页。

④ 同上书，第 252 页。

⑤ 同上书，第 351 页。

⑥ 同上书，第 253 页。

⑦ 同上书，第 253 页。

⑧ 同上书，第 352 页。

⑨ ［英］马丁·艾斯林：《荒诞派戏剧》，华明译，河北教育出版社 2003 年版，第 56 页。

"神本超越"的反拨。

其次，从《等待戈多》的人物来看，表现了对"人"的终极意义的眷注。剧中的人物都不是什么具体的人，而是抽象的人。以剧中四个人物的名字为例，Estragon（爱斯特拉贡）、Vladimir（弗拉第米尔）、Pozoo（波卓）和 Lucky（幸运儿），他们分别指代法国、俄国、意大利、英国人，无疑是作家抽象化的人。不仅如此，他们的习惯和性格也都是互补的。如果按照艾斯林的说法，波卓和幸运儿是"人的物质和精神"① 的象征，那么，爱斯特拉贡和弗拉第米尔则是人的感性和理性的象征。剧中多次表现戈戈和迪迪的"拥抱"和"分手"，便是这种象征及其矛盾的隐约表达。在第一幕的末尾俩人试图分手却又实难分开；而在第二幕他们又重蹈覆辙，结果还是相互依赖。弗拉第米尔对爱斯特拉贡说："你总是动不动就说这话。而每一次你总是回心转意。"② 对于一个完整的人来说，感性和理性应是统一的。两者分离，人就变得行动迟缓、失魂落魄、不知所措；两者统一，才能显示作为人的权利与价值。

这种抽象还体现在并未出场却始终决定了流浪汉行为的"戈多"的意义上。从人的维度来考量，"戈多"（Godot）将替代"上帝"（God）成为人类寻找摆脱困苦、摆脱孤独的途径。这样，在一些人看来"戈多"可理解为爱斯特拉贡与弗拉第米尔的昵称——戈戈、迪迪的合写，便顺理成章。也只有从人的立场出发，才能真正理解贝克特所描绘的人的现实处境及其终极眷注。因此，戈戈和迪迪就是人的自我，等待戈多就是等待自我、发现自我。如此说来，他们成了剧作家对人类的隐喻了。

最后，从《等待戈多》的思想来看，表达了寻找生命皈依的宗教情怀。贝克特原本生活在一个信奉新教的家庭，然而，经历20世纪上半叶的工业化、现代化以及两次世界大战的贝克特，早已放弃了上帝至高无上的宗教信仰。他曾直言："我不信宗教。我曾经有过宗教情绪，那是我第一次领圣餐。再就没有了。我母亲非常虔诚。我哥哥也是，他会跪在床头，能跪多久就多久。我父亲没有信仰。我的家庭信奉新教，但那对我来说只是令人厌恶，所以我就放下了。"③ 但他从未放弃过对生命归属的追求。他的人生脚步，在爱尔兰的徘徊，在欧洲的漫游，在法国的自我放

① ［英］马丁·艾斯林：《荒诞派戏剧》，华明译，河北教育出版社2003年版，第48页。

② ［爱尔兰］贝克特：《等待戈多》，余中先译，湖南文艺出版社2006年版，第322页。

③ Graver, Lawrence. & Federman, *Raymond. Samuel Beckett：The Critical Heritage*，London：Routledge & Kegan Paul，1979：220.

逐，以及由此带来的国家的主权、民族的独立、个人的身份等问题……已化为思想的符号熔铸于其创作的字里行间，《等待戈多》尤其如此。仅就两个流浪汉的焦虑状态就可以看出其强烈的无家感和归属感。只不过，贝克特不再像前人那样以上帝来化解人的存在的有限性与希望的无限性之间的矛盾，而旨在靠人的自我重新寻找一条"回家"的路。不能不说这是一种浓厚的宗教情怀。但这种宗教情怀的艺术呈现，不是基于神的信仰，而是一种超越于神的精神维度。这个维度就是人性本身。

2. 以"虚无"超越"虚无"

如果说该剧的"等待"是在宗教框架下，呼唤人性回归的话，那么，它是在以虚无为凭据中完成的，倾注了以"虚无"超越"虚无"的深刻意义。如贝克特在其《障碍的画家》中所说：揭开面纱，抵达无法揭开之物，抵达虚无，重新抵达事物本身。①

首先，"等待"的对象是虚无的。表面看，两个流浪汉等待的对象就是戈多。但是，往前看，目标不确定，戈多是谁，何时到来，不确定；往后看，人失去了一切支撑，留下的只是孤独与落寞。因此，这个等待不仅是盲目地等待，而且是放弃了自我的权利的等待。在第一幕，爱斯特拉贡问："咱们的权利，咱们已经失去了吗？"弗拉第米尔答道："咱们已经匆匆地把它们放弃了。"② 而到了第二幕，尽管等待依旧，但其中却含有一丝选择甚至创造之韵。我们看，随着信使传递戈多不来了的信息后，他们有了几分改变，不是放弃希望，而是增加了一些"思索"的成分。虽说"我们现在做什么？""我们等待戈多。"这样的问答在剧中出现多次，但这样的问答，都是在忽而沉默、忽而思索中进行的，其中生发了关于"寻找"、"决定"、"思索"的思想意味。

　　　　爱斯特拉贡：我们现在做什么？
　　　　弗拉第米尔：我们等待戈多。
　　　　爱斯特拉贡：没错。（沉默。）
　　　　弗拉第米尔：这可真难啊！
　　　　爱斯特拉贡：你唱个歌怎么样？

① 参见［爱尔兰］贝克特《贝克特选集1：世界与链子》，郭京昌译，湖南文艺出版社2006年版，第351页。
② ［爱尔兰］贝克特：《等待戈多》，余中先译，湖南文艺出版社2006年版，第253页。

　　弗拉第米尔：不，不，（他寻找着什么）我们只需要重新开始就成。

　　爱斯特拉贡：依我看来，这并不太难，确实。

　　弗拉第米尔：万事开头难。

　　爱斯特拉贡：我们可以从随便什么东西开始。

　　弗拉第米尔：是的，但是必须作出决定。

　　爱斯特拉贡：没错。（沉默。）

　　弗拉第米尔：帮我一个忙。（沉默。）

　　爱斯特拉贡：我在寻找呢。

　　弗拉第米尔：当我们寻找时，我们听见。

　　爱斯特拉贡：没错。

　　弗拉第米尔：这就妨碍了寻找。

　　爱斯特拉贡：正是。

　　弗拉第米尔：这就妨碍了思索。

　　爱斯特拉贡：照样可以思索。

　　弗拉第米尔：哦不，不可能。正因为如此，我们

　　爱斯特拉贡：正因为如此，我们陷入了矛盾。

　　……①

　　这段对话，恰如人的内在思绪的外现，在闪烁其词的矛盾中所表达的从头开始、寻找救赎的愿望依稀可辨。弗拉第米尔就反复表述着他的执着。他说："我们不必冒险思索了。"又说："思索，那可不是最糟糕的。"后来又说："最可怕的是，是思索。"② 由此，戏剧透露出在寄予了极大希望的"戈多"缺席之后，人的精神所引发的新变化，这就是摆脱了上帝的掌控而积极思索如何重新寻找，重新开始。从而也带来了人的生命觉醒、创造和希望的讯息。

　　从唯物主义的认识论来说，任何开始都是从没有和不确定而来。在作为经验的存在之中，虚无可以靠近，虚无可以"无"中生"有"，而创造正源于虚无。或者说，虚无成了创造的源泉。从这个意义上说，人的存在就是从纯粹的、不确定的虚无中开始的。两个流浪汉似是而非又略显沉重的话语，让我们隐约感受到了"重估一切价值"的呼声也在剧中荡漾。

---

① ［爱尔兰］贝克特：《等待戈多》，余中先译，湖南文艺出版社 2006 年版，第 324—325 页。

② 同上书，第 325—326 页。

其次，"等待"的过程是虚无的。贝克特以一场百无聊赖的"等待"，让人物置身于一个荒诞不经的人生场景，体悟人的存在的虚妄与幻灭。无论是戈戈和迪迪，还是波卓和幸运儿，他们一次次的人生"过场"，典型地表现了现代人类荒诞、虚无的境遇。于是看似两天时间里在等待过程中的荒诞游走，实则蕴含人生无奈、醉生梦死，且循环往复的象征况味。

在等待过程中，剧中人的那些重复性动作是耐人寻味的。比如，戈戈和迪迪日复一日地在树下等待，小男孩一而再地传递戈多不来了的口信，波卓和幸运儿一来二往地由此经过，甚至一段戏中戏，戈戈与迪迪重复波卓与幸运儿主奴角色的恶作剧等，无不带有虚无色彩。人生就是如此，无聊无奈，日复一日，毫无生气，毫无意义。

最为突出的是戈戈和迪迪在等待的过程中不断重复的行为。他们一会儿亲密拥抱，像是朋友；一会儿互相谩骂，好似仇敌。更不可思议的是，他们一会儿脱鞋穿鞋，一会儿又脱帽戴帽。在第一幕开始不久便有一个这样的场景，爱斯特拉贡脱下靴子，试图在里面寻找着什么。"爱斯特拉贡使尽了吃奶的力气，终于脱下了一只鞋子。他瞧了瞧里头，伸手进去摸了一圈，把它倒了过来，摇了摇它，往地上瞧了瞧，看看是不是有什么东西从鞋子里掉了出来，结果什么都没发现，便又把手伸到鞋子里，两眼茫然无神"，弗拉第米尔寻问怎么回事——

> 爱斯特拉贡：什么都没有。
> 弗拉第米尔：让我看看。
> 爱斯特拉贡：没什么好看的。
> 弗拉第米尔：试试再把它穿上。
> 爱斯特拉贡：（仔细察看着他自己的脚）我要让它稍稍再透透气。
> 弗拉第米尔：瞧瞧，好一个家伙，自己的脚有问题，反倒怪起鞋子来啦。（他又一次摘下帽子，瞧了瞧里头，伸手去摸了摸，摇了摇它，又拍了拍，往里吹了吹，又把帽子戴上）这变得让人担心起来。（沉默。爱斯特拉贡晃动他的脚，让脚趾头分叉开来，好让空气更好地从中流动）窃贼中有一个得救了。（略顿）这是个合理的百分比。……①

----

① ［爱尔兰］贝克特：《等待戈多》，余中先译，湖南文艺出版社2006年版，第239页。

他们把穿脱靴子当做"一种消遣"、"一种放松"、"一种娱乐"、"一种活在世上的感觉"①，就如爱斯特拉贡说："东拉西扯，鸡毛蒜皮，关于靴子。……昨天晚上，我们聊到了靴子。这都持续得有半个世纪了。"②如此，无聊的穿鞋脱鞋蕴含了他们荒诞游走的意味。而这种荒诞游走又岂止半个世纪？

最后，"等待"的目的是虚无的。两个流浪汉自始至终只是等待戈多，为的是"向他祈祷，向他祈求"。"他要是来了呢？""咱们就得救啦。"然而，剧作却把这个等待的目的置于巨大的虚空，甚至是死亡的虚空之中。

这从剧中不断出现的"死亡"与"新生"意象可以见出。诸如坟墓与分娩，死狗与曼德拉草③，十字架与福音书，地狱与救世主，天黑与天亮，尸骨堆与树，还有光秃秃的树枝与长了几片新叶的树枝，等等。"死"与"生"的对立意象相应地呈现为两个系列，其中的"分娩"、"曼德拉草"、"福音书"、"救世主"、"天亮"、"树"等象征"生"的意象，始终被"坟墓"、"死狗"、"十字架"、"地狱"、"天黑"、"尸骨堆"等象征"死"的意象所笼罩，使人的等待陷于凄凉的虚空之中。死亡，也总是出现在戈戈和迪迪的行为和对话里。如睡在地狱般的"沟里"，如"我们手拉手跳下埃菲尔铁塔"，如"上吊"，"投河"等。我们来看下面这段对话：

> 爱斯特拉贡：咱们已经有多少时间总是待在一起了？
> 弗拉第米尔：我不知道。兴许有五十年了吧。
> 爱斯特拉贡：你还记得我跳进杜伦斯河的那一天吗？
> 弗拉第米尔：咱们当时在摘葡萄。
> 爱斯特拉贡：你把我捞了上来。
> 弗拉第米尔：所有这一切都已经死了，埋进了坟墓。
> 爱斯特拉贡：我的衣服在太阳底下晒干。④

---

① ［爱尔兰］贝克特：《等待戈多》，余中先译，湖南文艺出版社 2006 年版，第 333—334 页。
② 同上书，第 329 页。
③ 曼得拉草，一种具有麻醉和催情作用的草，其根分叉，似人体。传说其种子是绞刑犯人行刑前滴下的精液，化入土壤而能新生。
④ ［爱尔兰］贝克特：《等待戈多》，余中先译，湖南文艺出版社 2006 年版，第 311—312 页。

这一切，都使等待的目的变得飘忽无常：似远似近，不确定；似有似无，不确定；似生似死，亦不确定。或许是两个流浪汉在生命树下等待得救，或许是两个灵魂在另一个世界的对话也未可知。人的出生——死亡，死亡——出生，不过是走向死亡的徒劳旅程。那么，人生还剩下什么？人生目的何在？所谓"就是再奋斗也没有用"①，"就是再挣扎也没有用"②，唯一可做的就是"等待"。随着时间的推移，两个流浪汉的"等待"（wait）变成了漫长的、无止境的"等待着"（waiting）。弗拉第米尔这样说："一切都死了，只有树活着。"③ 或许作家试图表明，人只有懂得了死，才能真正体会生，才能真正承担起自身的命运。然而不论是死亡还是重生，一切既是存在的又是虚无的。

因此，与其说《等待戈多》的"等待对象"、"等待过程"、"等待目的"都弥漫了无奈、机械、矛盾、不确定的荒诞性，莫如说这就是现代人类的生存状态——既是虚无性的存在，也是虚无性的结局。在这个世界里，虚无反倒是一种真实的存在。人类就是这样，日复一日地重复那毫无意义的如脱鞋穿鞋一样的琐碎空虚的生活。这种空虚和不确定才是人生的本真，如波卓和幸运儿不知道怎么就变成了瞎子和哑巴，小男孩不知道活得快乐还是不快乐，戈戈和迪迪不知道什么时候能够等到戈多，甚至戈戈弄不清自己的靴子的颜色等诸如此类的随处可见的颠三倒四与犹疑踌躇。亦如贝克特所说的那样：（昨天的存在）"沉重而危险地进入我们的生命，成为我们无可更改的组成部分。让我们感到更为垂头丧气的不仅仅是昨天，还有别的东西：在灾难性的昨天之后，我们已经不是昨天的我们。一个灾难性的日子，它的灾难性并不一定是指其内涵而言，无论客观世界是善还是恶，到头来都既非现实也无意义。……这世界即是我们自身内部的有待唤醒的意识，而这个内宇宙的结构已混乱一片。这样看来，我们正置于坦塔罗斯的处境之中，所不同的是，这种可望而不可即的苦楚的处境，是我们自找的。"④

这是人类的抗争精神，这是人类的超越情怀。尽管苦苦等待的戈多是一个不可目见，不知何在，不知何时出现的一个难解之谜，抑或是被虚构

---

① ［爱尔兰］贝克特：《等待戈多》，余中先译，湖南文艺出版社 2006 年版，第 257 页。

② 同上书，第 258 页。

③ 同上书，第 374 页。

④ ［爱尔兰］贝克特等：《普鲁斯特论》，沈睿、黄伟译，社会科学文献出版社 1999 年版，第 9—10 页。

出来的幻影，甚至连影子也没有——就像爱斯特拉贡拉住报信的小男孩的胳膊说的，"所有这一切全是他妈的谎言！"① 但在戈多缺席（抑或人性缺失）的日子里，人类寻找那个属于自我的精神原乡的信心未变。

贝克特正是基于人的存在与虚无的思想考量，积极寻找一种解救深陷于虚无困境中的现代人类的良方。他一面体验于此岸世界的荒诞存在，一面沉浸于对彼岸世界的无限期待，寻求超越荒诞，超越虚无的精神寄托。因此，与其说乌托邦世界遥不可及，毋宁说文学家将生命超越投射在荒诞世界的展现之中，希求在破碎人生之上来抵抗意义的虚无或毁灭。也正是从这个意义上，剧本展现了对传统观念中的上帝和绝对真理的质疑与颠覆，并以"虚无超越"，或可说是在虚无中再建一个希望的前景。所谓"上帝死了"，"天理灭了"，"虚无来了"。"虚无意味着：一个超感性的、约束性的世界已经不在场。"② "它反映的是在一个似乎毫无意义的世界中，一切均是无益和徒劳的。"③ 其中不乏悲观主义色彩。但"这种悲观主义以其丰富的同情心，拥抱了对人类的爱，因为它了解剧变的极限，一种绝望必须达到痛苦的顶峰才会知道没有了同情，所有的境界都将消失。贝克特的作品发自近乎绝灭的天性，似已列举了全世界的不幸。而他凄如挽歌的语调中，回响着对受苦者的救赎和遇难灵魂的安慰"。④

《等待戈多》的"虚无超越"，"显示出西方人重建有意义的宇宙秩序的努力"⑤，无论是"Godot"代替"God"，还是让人物永无休止地等待，都是这种努力的写照。但同时也表明其超越于虚无的承诺也不过是另一个虚构的幻象。实际上，依托于"神"、"德"、"情"、"性"、"虚无"的超越都不过是幻象。在幻象中，文学家既远离又返回，既放弃又寻觅，既解构又建构，从而进行永无止境的精神流浪。在幻象中，人的生命不朽是虚假的，人的生命自由也变得无家可归。而以"神"、"德"、"情"、"性"、"虚无"作为超越依据，也只能是在缥缈的幻影中虚构的精神超越。这与尼采所谓道德家发明了一个完美的世界以充当现实的目的，哲学家发明了一个理性的世界以充当现实统一，宗教家结合二者发明一个神的世界以充

① ［爱尔兰］贝克特：《等待戈多》，余中先译，湖南文艺出版社 2006 年版，第 306 页。
② 俞吾金：《究竟如何理解尼采的话"上帝死了"》，《哲学研究》2006 年第 9 期，第 72 页。
③ ［英］J. L. 斯泰恩：《现代戏剧的理论与实践》（二），郭建等译，中国戏剧出版社 1989 年版，第 184 页。
④ 毛信德：《诺贝尔文学颁奖演说集》，百花洲文艺出版社 1991 年版，第 547 页。
⑤ 王晓华：《后上帝时代的等待者——对荒诞派戏剧〈等待戈多〉的文本分析》，《深圳大学学报》（人文社会科学版）2000 年第 5 期。

当现实世界的目的与统一①，也就没有多大分别了。这样的生命超越所追求的永恒也成了一个无法把握、无法企及的目标。其努力最终并非是高歌凯旋，而是低吟悲凉，如尼采的痛惜，"漫游人掩上自己身后的门，站着哭了起来"。②

如何突破这一界限，实现真正的生命超越？马克思主义的"革命实践"开启了其可能性与可行性的结合之路。一方面，马克思主义看到了虚无主义荡除一切超验的神圣和崇高的惊世骇俗的力量；另一方面，也看到了这种虚幻性和无根基性的特征。通过深入剖析资本所具有的颠倒、混淆和毁灭价值的本性，马克思主义将人的生命超越思想建立在"革命实践"的基础之上。这个革命实践就是共产主义运动。这样，西方文学"生命超越主题"谱系迎来了最震撼人心的形态——"革命超越"。

---

① 周国平：《周国平文集》第三卷，陕西人民出版社 2002 年版，第 273 页。
② ［德］尼采：《快乐的知识》，黄明嘉译，中央编译出版社 2001 年版，第 309 页。

第八章　生命超越主题之"革命超越"

当人们以积极的"虚无主义"对抗消极的"虚无主义",企图使"虚无"充盈起来而呈现一种价值和意义时,却发现"虚无"创造的自由也不过是一种精神的自由、意志的自由、想象的自由。生命的永恒和自由,仍然无法把握、无法企及。而当马克思主义的革命理论伴随着无产阶级革命实践一路高歌登上了历史舞台,人们从中看到了希望。"革命",不仅使人憧憬了面向未来的理想蓝图,也找到了实现这个蓝图的现实之路。"革命"在19世纪末20世纪初成为主流话语是历史的必然选择。

"革命"一词前文已及,不再赘述。在这里,"革命"是指以马克思主义为思想指导的无产阶级革命,具有能够改造非人道的现实世界的形而下意义,也具有能够带领人类迈进理想之境的形而上意义,核心是人类"全面而自由的发展"。人的自由本质正是人类物质生产实践的产物,并且是在人类的物质生产实践中得以展开的。因此,如果说,从神界天国到人间天堂(乌托邦)到荒诞世界,人类的"游走"就是走向生命的升华和超越,而这一切都不过是某种"神"或"虚无"的化身的话,那么,人类并不是在"神"乃至"虚无"中毁灭自身,而是千方百计破除这一切幻影,不断找寻一条通往理想王国的道路,那是向着生命最高境界前行的艰难之路,是人类力图摆脱任何形态的"神"的控制而表现人的独立意志的超越之路。这条路就是以实践为本的"革命超越",它通过"革命游走"传达着人从必然王国走向自由王国的深刻底蕴。

一　"革命超越"的哲思

尽管尼采们对虚无主义有高贵与卑贱、积极与消极之分,期望以权力意志和"超人"克服虚无主义,但最终还是无能为力地返回到了前柏拉图的"狄奥尼索斯"那里,即陷入精神虚幻之中。马克思则不然。"对于现代资产阶级社会的虚无主义力量，马克思的理解要比尼采深刻得多。"①
他不仅通过批判资本的虚无本质来遏制虚无的发生，从根本上拒斥虚无主
义，还通过生命价值独立性、全面性的重建，来探索拯救虚无的良方，并
最终找到了一条可行的道路，这就是以人的全面发展为目标的共产主义革
命实践。马克思的共产主义革命理想，使"生命超越"哲思彰显了划时
代的意义。

1. "终结"之思

马克思是最系统而深刻地揭示人类虚无主义命运、并把虚无主义的终
结作为哲思核心价值的思想家。他虽然没有专门撰文探讨如何终结虚无主
义的问题，但在对资本主义的批判中，他早已给出了明确的终结判断。

首先，马克思深刻地认识到资本的虚无本质。他说："生产的不断变
革，一切社会状况不停的动荡，永远的不安定和变动，这就是资产阶级时
代不同于过去一切时代的地方。一切固定的僵化的关系以及与之相适应的
素被尊崇的观念和见解都被消除了，一切新形成的关系等不到固定下来就
陈旧了。一切等级的和固定的东西都烟消云散了，一切神圣的东西都被亵
渎了。"② 在马克思看来，资本亵渎了一切高大、永恒与神圣的东西，消
解了生命中一切的独立、全面与丰富。资本不仅建构了资本主义，而且从
根本上掏空了它的灵魂，使之归于虚妄。这成为资本主义发展不可避免的
宿命。"按照马克思的分析，资本主义条件下的物化必然导致虚无主义。
虚无主义是资本主义的必然产物，正如资本主义条件下物化已成为控制人
并奴役人的异化的生存方式，虚无主义也成为资本主义无法克服的痼
疾。"③ 因此说，马克思揭示了资本价值虚无化的本性，也揭示了资本主
义必然灭亡的命运。

其次，马克思科学地阐释了资本虚无的运作规律。这就是资本把交换
价值和市场"价格"作为衡量一切的至上规则，从而遮蔽了真、善、美
的价值维度，使人的生命失去了存在的意义。"只要付钱，任何事情都行

---

① ［美］马歇尔·伯曼：《一切坚固的东西都烟消云散了》，徐大建、张辑译，商务印书馆2003
年版，第144页。
② 马克思恩格斯《共产党宣言》，中央编译出版社2005年版，第29页。
③ 邹诗鹏：《现代性的物化逻辑与虚无主义课题——马克思学说与西方现当代有关话语的界
分》，《天津社会科学》2009年第3期。

得通。这就是现代虚无主义的全部含义。"① 这样，一个人的价值不是由我的个性决定，而是由交换价值和市场价格（金钱、货币）决定。"我是一个邪恶的、不诚实的、没有良心的、没有头脑的人，可是货币是受尊敬的，因此，它的占有者也受尊敬。货币是最高的善，因此，它的占有者也是善的。……我是没有头脑的，但货币是万物的实际头脑，货币占有者又怎么会没有头脑呢？""凡是我作为人所不能做到的，也就是我个人的一切本质力量所不能做到的，我凭借货币都能做到。"② 资本挖掉了一切价值判断的根基，使之失去了真实的规范性。在资本的掌控下，"人与物的关系从此颠倒，不再是人支配与使用物，反而是物奴役和控制人"。③ 正所谓，"劳动为富人生产了奇迹般的东西，但是为工人生产了赤贫。劳动生产了宫殿，但是给工人生产了棚舍。劳动生产了美，但是使工人变成畸形。劳动用机器代替了手工劳动，但是使一部分工人回到野蛮的劳动，并使另一部分工人变成机器。劳动生产了智慧，但是给工人生产了愚钝和痴呆"。④

最后，马克思还揭示了超越虚无的终极理想。马克思不仅从人生命的角度来追求人性的完美复归，而且从"生命超越"的角度强调人的终极关怀，更为可贵的是，他立足于资本的现实，找到了一条对抗、克服、终结虚无主义的合理可行路径，即创造具有丰富、全面而深刻感觉的"新人"。这种"新人"能够彻底地摧毁私有制，并建构一种新的社会形态——"共产主义"，最终实现全人类的解放。对于这一终极目标，马克思并不是进行抽象的价值论证，而是将其置之于现实基础之上，做历史性的考察。因为在马克思看来，那种离开了世界、历史、现实的价值把握，最终是不可能实现的。人存在的终极价值和意义是历史生成的产物，需到"现实世界"中寻找。他说："全部社会生活在本质上是实践的。凡是把理论引向神秘主义的神秘东西，都能在人的实践中以及对这个实践的理解中得到合理的解决。"⑤ 马克思这种具有现实科学性与价值性的理想悬设——共产主义，为人类"生命超越"提供了有史以来最为坚实、可行

① ［美］马歇尔·伯曼：《一切坚固的东西都烟消云散了》，徐大建、张辑译，商务印书馆2003年版，第143页。

② 马克思：《1844年经济学哲学手稿》，人民出版社2000年版，第143—144页。

③ 刘宇等：《论马克思超越政治解放的市民社会批判》，《三峡大学学报》2011年第6期。

④ 马克思：《1844年经济学哲学手稿》，人民出版社2000年版，第54页。

⑤ 《马克思恩格斯选集》第1卷，人民出版社1995年版，第56页。

的理论基础。

　　当然，共产主义理想，不是那种"到处否定人的个性"、把人变成物的"粗陋的共产主义"，而是每个人自由全面发展的共产主义。马克思说："人以一种全面的方式，就是说，作为一个总体的人，占有自己的全面的本质。"① 这"是一个联合体，在那里，每个人的自由发展是一切人的自由发展的条件"。② 恩格斯也说："文化上的每一个进步，都是迈向自由的一步。"③ 这是人"最终地脱离了动物界，从动物的生存条件进入真正人的生存条件"，人们"成为自然界的自觉的主人和真正的主人"，"成为自身的社会结合的主人"，"人们才完全自觉地自己创造自己的历史"，"这是人类从必然王国进入自由王国的飞跃"④。可见，马克思主义的"自由"，不是什么脱离现实的抽象化、形式化的主观自由，而是与一切社会关系相联系的实践自由，蕴含在人类全面发展的过程中。不仅包括我靠什么生存，也包括我怎样生存；不仅包括我实现自由，也包括我在自由地实现自由。自由不是思辨的，不只是思想中的东西，而是人的实践自由。根本是消灭阶级差别——人剥削人、人压迫人，实现每个人的全面发展的永恒自由。"这种共产主义，作为完成了的自然主义＝人道主义，而作为完成了的人道主义＝自然主义，它是人和自然界之间、人和人之间的矛盾的真正解决，是存在和本质、对象化和自我确证、自由和必然、个体和类之间的斗争的真正解决。"⑤

　　关于马克思的这一哲思，有人认为不过是一个完美的"乌托邦"而已。斯坦利·罗森认为马克思的历史主义就是虚无主义的一种形式⑥；马歇尔·伯曼认为马克思的共产主义是一种具有破坏性的"共产主义的虚无主义"⑦；汉娜·阿伦特与列奥·施特劳斯等人也认为马克思的共产主义构想极易导致历史的虚无主义⑧。也有人认为《资本论》只可能是哲学推理，不可能

---

① 马克思：《1844 年经济学哲学手稿》，人民出版社 2000 年版，第 85 页。

② 马克思恩格斯：《共产党宣言》，中央编译出版社 2005 年版，第 46 页。

③ 《马克思恩格斯选集》第 3 卷，人民出版社 1995 年版，第 456 页。

④ 同上书，第 758 页。

⑤ 马克思：《1844 年经济学哲学手稿》，人民出版社 2000 年版，第 81 页。

⑥ ［美］斯坦利·罗森：《马克思与虚无主义问题》，邓先珍译，《现代哲学》2011 年第 2 期。

⑦ ［美］马歇尔·伯曼：《一切坚固的东西都烟消云散了》，徐大建、张辑译，商务印书馆 2003 年版，第 147 页。

⑧ ［美］列奥·施特劳斯、约瑟夫·克罗波西：《政治哲学史》（下），李天然等译，河北人民出版社 1998 年版，第 926 页。

是科学实证，等等。这些观点的核心，是说马克思的"共产主义"是一种不可能实现的"乌托邦"。

实际上，马克思的共产主义理想与乌托邦有本质的区别。马克思不仅悬设了"共产主义"的终极内涵——永恒自由，而且把这一理想置之于历史语境中，通过揭示其"客观规律"来求得"历史之谜"的解答。在马克思看来，资本主义不仅为共产主义创造了超越的物质基础，也为共产主义创造了新的历史主体，这就是使理论变成物质力量的无产阶级。"资产阶级不仅锻造了置自身于死地的武器，它还产生了将要运用这种武器的人——现代的工人，即无产者。""资产阶级用来推翻封建制度的武器，现在却对准资产阶级自己了。"① 马克思把无产阶级视为改变世界的物质力量，视为改变世界的不二法门。

无产阶级能否超越资本的物化、虚无而实现人类超越的理想？卢卡奇曾在《历史与阶级意识》中就显露出一丝怀疑。而马克思则给予明确的肯定——资本的物化，并不必然地导致虚无，这要由所承担的历史主体来决定。

对于资产阶级而言，资本的物化必然陷入虚无主义之中而无法自拔。因为资本根源于人类的商品生产，而商品（襁褓中的资本）"是天生的平等派"，"是'令人惬意的平等派'"②。在商品生产和交换中，"每个主体都作为全过程的最终目的，作为支配一切的主体而从交换行为本身中返回到自身。因而就实现了主体的完全自由"③。"如果说经济形式，交换，确立了主体之间的全面平等，那么内容，即促使人们去进行交换的个人材料和物质材料，则确立了自由。"④ 然而，在资本主义制度下，人的自由被异化为资本的自由。"原来的货币所有者成了资本家，昂首前行；劳动力所有者成了他的工人，尾随于后。一个笑容满面，雄心勃勃；一个战战兢兢，畏缩不前，像在市场上出卖了自己的皮一样，只有一个前途——让人家来鞣。"⑤ 这样，资本成为了一种颠倒黑白的力量。资本使一切价值判断都失去了真实的根据，归之于虚无。

而对于无产阶级而言，资本的物化却可以充当理想的根基，创造一种

---

① 马克思恩格斯：《共产党宣言》，中央编译出版社 2005 年版，第 32 页。
② 《马克思恩格斯全集》第 23 卷，人民出版社 1972 年版，第 103 页。
③ 《马克思恩格斯全集》第 46 卷（下），人民出版社 1979 年版，第 473 页。
④ 《马克思恩格斯全集》第 46 卷（上），人民出版社 1979 年版，第 197 页。
⑤ 《马克思恩格斯全集》第 23 卷，人民出版社 1972 年版，第 200 页。

不同于资本主义的新文明。因为无产阶级具有之前所有阶级所不具有的优越性。无产阶级在历史辩证法基础上，可以对资本进行积极扬弃和改造，也就是说，资本主义的一切积极成果都将成为共产主义的基础。"共产主义是私有财产即人的自我异化的积极的扬弃，因而是通过人并且为了人而对人的本质的真正占有；因此，它是人向自身、向社会的即合乎人性的人的复归，这种复归是完全的、自觉的和在以往发展的全部财富的范围内生成的。"① 这就是说，作为资产阶级掘墓人的无产阶级，并不必然地导致虚无，相反，可以联合全世界被压迫者，推翻资本主义制度，实现从必然王国走向自由王国的人类解放——共产主义。

2. "革命"之追问

终结资本虚无，建立共产主义，在于新历史主体——无产阶级，归根到底在于无产阶级革命。马克思主义哲思的根本，不在"解释世界"，而在"改变世界"。这一改变只能由人类的"革命实践"来完成。这里的"革命"已突破其传统意义，不再是封建主义社会的改朝换代，也不再是资本主义社会的"光荣"演变，而是赋予人类发展以崭新内容，改变了人类历史走向，以马克思主义为思想指导的"共产主义实践"。

"实践"话语并非马克思首创，而以"实践"为"生命超越"的根据则始于马克思。历史上，有亚里士多德的"实现目的性的活动"的实践；有康德的"具有自主性的活动"的实践；有费希特的"能动的创造性的活动"的实践；有黑格尔的"主观改造客观的活动"的实践以及费尔巴哈的"感性的直观活动"的实践，等等。他们都把实践看作是一种富于创造性的能动活动，但其能动本质多表现为与感性基础分裂，成为一种抽象的理性活动，而限于精神方面。尽管费尔巴哈的实践是一种感性活动，但因其缺乏能动性而仍然带有抽象色彩。如恩格斯指出的那样，"从费尔巴哈的抽象的人转到现实的、活生生的人，就必须把这些人作为在历史中行动的人去考察"。"对抽象的人的崇拜……必定会由关于现实的人及其历史发展的科学来代替。"②

马克思的"实践"有多种表述，如"客观的活动"、"革命的实践"、"实践的"、"生产物质生活本身"、"历史活动"、"劳动"、"能动的生活过程"、"实践的唯物主义"、"实际地反对和改变事物的现状"、"现实生

---

① 马克思：《1844 年经济学哲学手稿》，人民出版社 2000 年版，第 81 页。
② 《马克思恩格斯选集》第 4 卷，人民出版社 1995 年版，第 241 页。

活"、"现实性和力量",等等。这些表述有一个共通特征,即"不仅具有普遍性的品质,而且还具有直接现实性的品格"①,不仅能按照客体对象本身的规律改造对象、变革现实,而且还能把主体的不具有现实性的理论、观念、思想等主观的东西变成现实。"人类精神生活的超越性正是从现实的实践活动中升华出来的,实践本身就具有自我超越的因子,这就是实践作为一种'有意识的生命活动'和'自由自觉的生命活动',本身所固有的精神性要素。"② 从本质上说,马克思革命追问的实践指向的是一种改造世界的现实活动,是实现生命超越的根据。

马克思以实践为改造世界、实现生命超越的思考,颠覆了以往关于人类"生命超越"哲思的虚幻性。早期人类受自然界的威胁和制约,处于一种孤立的、异己的不自由的状态,而创造了巫术。为此,人类通过与万物的灵魂交好,来获得安宁和解脱,这是寄予神话的超越。随着自然的人化,人的社会化,人类不仅受到自然的奴役,而且又受到社会的奴役,人与人的对抗超过了人与自然的对抗。一部分人处于统治地位,剥削人、压迫人、残害人,而绝大多数人处于被奴役的极不自由的状态。为此,人类通过宗教的神的世界、伦理的道德境界、生命中的欲望和情感地带,给人以希冀、安慰和许诺。虽然这些思考都能开启自由之域,使人的生命赢得了向世界、向未来无限敞开的可能性,但并不能实现人的真正的"生命超越"。诚然,马克思也极为赞赏审美的精神超越,也希望通过"按照美的规律来构造"的途径,来消除人格分裂,恢复人类的完整本性。但是,马克思关于"生命超越"的思考,并没有止步于此。他没有纠缠于生命不朽的无限追求,而是强调人的自由本性的彻底解放;也没有像尼采们那样从理性走向非理性,而是通过"革命实践"的超越,把现存世界改造成理想的存在形态,并在对现存世界的不断改造中确证人的超越本性和形上诉求,实现自在生存向自觉生存的转变。也就是,消灭私有制、阶级、国家、最终消灭人的"异化",实现"人希望成为其自身"的超越,建立人成为全面而自由的人的"联合体"——共产主义社会。这是以一种全新的阐释方式实现了对以往生命理论的跨越——"革命超越"。

"革命超越",不是要为人类确立一个抽象的、静止的终极信仰,也不是统一性的终极实体,而是把无限追求视为一个革命实践运动的过程。"共产主义"作为一种"生命超越"的目标,不是具有确定性的历史"终

---

① 《列宁全集》第 55 卷,人民出版社 1990 年版,第 183 页。

② 邓晓芒:《什么是新实践美学——兼与杨春时先生商讨》,《学术月刊》2002 年第 10 期。

结"，而是由无数阶段点构成的人类社会发展进程中的一个高级阶段，每
一个阶段点都将被后一个阶段所超越。"共产主义和所有过去的运动不同
的地方在于：它推翻一切旧的生产关系和交往关系的基础，并且第一次自
觉地把一切自发形成的前提看作是前人的创造……这样，共产主义者实际
上把迄今为止的生产和交往所产生的条件看作无机的条件。"① 这说明共
产主义是人的解放的一个现实的、对下一段历史发展来说是必然的环节，
是作为否定之否定的肯定，具有无限发展趋势的最高的实践活动。对于永
不满足、不断自我否定的实践的人来说，人类的理想追求永远也不会有一
个终点，只有永恒的无限追求的延伸过程。因而马克思谨慎地断言"共
产主义对于我们来说不是应当确立的状况，不是现实应当与之相适应的理
想。我们所称为共产主义的是那种消灭现存状况的现实运动"。②

这种运动本质上是通过改变现实进而改变整个世界的革命实践。"对
实践的唯物主义者即共产主义者来说，全部问题都在于使现存世界革命
化，实际地反对并改变现存的事物。"③ 革命实践是长期的、曲折的。"我
们在思想中已经认识到的那正在进行自我扬弃的运动，在现实中将经历一
个极其艰难而漫长的过程。"④ 这样的过程本质上就是人的生存活动的实
践性。历史什么也没做，创造一切的是人，现实的活生生的人。

马克思放弃了绝对超越理论对绝对超越存在的终极追求，把人的
形上追求与人的形下生活紧密结合在一起，从而在实践的基础上阐释
了革命的形上意义。这意味着"生命超越"从"精神"向"实践"
的历史转向；也意味着"革命超越"有了向现实敞开的无限可能。从
这个意义上看，人类全面解放的共产主义运动，意味着人类"生命超
越"的真正旨归。

从对资本虚无的批判，到历史新主体——无产阶级的建构，一直
到历史之谜的解答，马克思这一充满着历史与逻辑的形上思考，强调
了共产主义超越天国、超越乌托邦的现实性，不仅把握住人类历史发
展的规律，也规范着人类精神活动的内容和形式。表现在文学的感性
世界里，就构成"生命超越主题"谱系中最激动人心的形态："革命
超越"。

---

① 《马克思恩格斯选集》第 1 卷，人民出版社 1995 年版，第 122 页。

② 同上书，第 87 页。

③ 同上书，第 75 页。

④ 马克思：《1844 年经济学哲学手稿》，人民出版社 2000 年版，第 128 页。

二　"革命超越"的表征

"革命超越"是革命文学的主题之一。"革命文学"在性质上有资产阶级革命文学和无产阶级革命文学之分。我们这里是指后者，它发端于19世纪三四十年代的英、法、德等国的无产阶级革命运动，代表为英国宪章诗歌、德国革命诗歌和法国巴黎公社文学等；发展于史无前例的"十月革命"，代表为俄苏文学；兴盛于20世纪30至50年代席卷全球的"红色运动"，代表为各国无产阶级革命文学。它构成了西方文学史上的一道最为绚丽的风景。"革命超越"主题通过"革命游走"的描述和"革命者"形象的塑造表现出来。

1. "革命游走"

"革命游走"，是在改造旧世界的洪流中为实现革命理想的现实与精神统一的生命游走。作为无产阶级革命文学中的组成部分，"革命游走"不同于"神界游走"的神话性，"尘世游走"的乌有性，"情爱游走"的幻想性，"性爱游走"的欲望性以及"荒诞游走"的虚无性，其本质是把精神的幻想与现实的可行、深刻的欲望与激动人心的理想结合起来的游走，表达着生命的有限性与无限性、现实关怀与终极关怀的统一。简言之，就是共产主义运动诉诸于文本，表现为"意识到的历史内容"与革命者的觉醒热忱、成长经历和革命理想及终极承诺的凝聚。《国际歌》、《母亲》、《铁流》、《钢铁是怎样炼成的》等一大批优秀作品成为"革命游走"的典范。

欧仁·鲍狄埃（1816—1887）的《国际歌》以崭新的时代内容，吹响了全世界无产者"革命游走"征程的集结号。诗人号召"饥寒交迫的奴隶"、"全世界受苦的人"团结起来，丢掉"救世主"、"神仙皇帝"的幻想，把"旧世界打个落花流水"，把"吃尽了我们血肉"的"寄生虫"、"毒蛇猛兽"消灭干净。诗人深情地写道："这是最后的斗争，团结起来到明天"，"英特纳雄耐尔就一定能实现"。这不仅是巴黎公社的革命者的伟大理想，而且也成为全世界劳苦大众的坚定信念。

高尔基（1868—1936）的一系列作品把"革命游走"征程演绎得灿烂夺目。他的《海燕》暗示了无产阶级革命风暴的到来；他的《小市民》、《在底层》从哲理高度探讨了"革命游走"的出路问题；尤其是他的《母亲》通过儿子巴威尔和母亲尼洛夫娜的"革命游走"的生命历程，表现了为革命真理而舍弃家庭乃至生命的革命豪情和英雄气概，在世界文学史上第一次反映了无产阶级革命斗争和广大群众必然走向革命道路的历史趋势。

绥拉菲莫维奇的《铁流》是一支红军队伍在艰险斗争中的突围、远征，也是革命群体改造和成长的"革命游走"。小说开始时的塔曼军是一群无组织纪律的"乌合之众"："步枪上挑着尿布，大炮上吊着摇篮"，"像蝗虫一样"噬光了路边的庄稼。经过革命的锻炼和洗礼，在远征结束时这支队伍却变得坚不可摧，"千千万万人在行进，无数的心变成一个巨大的心脏在跳动着"，成为一股革命的"铁流"。

法捷耶夫的《毁灭》是一支红军队伍在白匪围追堵截下从一百五十人到只剩下十九个人的斗争历程，也是"人的最巨大的改造"、英勇壮烈的"革命游走"。在这一过程中，无产阶级新人莫罗兹卡经受了生死考验，走向觉醒和升华；而小资产阶级知识分子美谛克，却在残酷的斗争面前吓破了胆，走向堕落与沉沦。

富尔曼诺夫的《恰巴耶夫》是苏联国内战争时期的一个英雄传奇，也是一个英雄锻造钢筋铁骨的"革命游走"。恰巴耶夫出身于贫苦农民家庭，给人帮过佣，也流浪过，还在沙皇军队当过兵。在十月革命的影响下，他加入了布尔什维克。经过党代表雷契科夫的帮助和一次次血雨腥风的战斗考验，他由一个意气用事的草莽英雄而变为英勇善战的红军将领。

阿·托尔斯泰的《苦难的历程》是知识分子痛苦曲折的心路历程，也是他们不同道路选择的"革命游走"。捷列金与达莎、罗欣与卡佳等从对革命的不理解，到中立旁观，到找到真理投身革命的转变，反映了第一次世界大战、十月革命到国内战争期间的俄国社会现实，更可看出革命熔炉对革命者塑造的伟大力量。

特瓦尔多夫斯基的《春草国》是和平年代的农民走向集体化的步伐，也是农村社会主义建设道路的"革命游走"。长诗描写了不愿参加集体农庄的中农尼基塔·马尔古诺克为寻找传说中的幸福之地"春草国"而四处游走的经历。在与神父、富农、农庄庄员和布尔什维克的交往之后，他的思想发生了巨变，把集体化道路看成是俄罗斯农民的幸福自由之路。长诗采用了涅克拉索夫的《谁在俄罗斯能过好日子》的结构，回答了涅克拉索夫未及回答的问题，表达了对未来（共产主义）前景的热切展望。

20世纪50年代之后，伴随着"解冻"（以爱伦堡的《解冻》为标志）思潮的到来，"革命游走"有了触及革命人道主义问题的新特点。肖洛霍夫通过"一个人的遭遇",表达了革命英雄主义精神,也反思了战争之于人性的戕害,使"一个人"的游走成为全人类的共同命运;瓦西里耶夫的《这里的黎明静悄悄》,通过五个女兵投身反法西斯战争的革命游走,表现了革命者的壮烈情怀和和平理想,也追问了人的生命的价值和意义。艾特玛托夫的《一日长于百年》、邦达列夫的《选择》、格拉宁的《探索者》通过对"革命游走"路途上的新的探索,表达了对共产主义的向往,也批判了社会中的某些阴暗面。

可见,"革命游走",不仅是一种叙述形式,也是一种叙述内容,集中体现为现实或理想两个维度。现实的维度,是通过对黑暗的资本主义制度的批判,表现无产阶级的觉醒,通过无产阶级的革命斗争和社会主义建设,表现无产阶级的成长;理想的维度,是通过革命的艰难过程,展示人类未来家园的美好前景,表达出人类生命中最崇高的主题,即生命不朽和自由。而这理想维度所昭示的就是"革命游走"中最高尚、最深刻、最富哲理、最激动人心的部分,即"革命超越"主题。

"革命游走",虽说控诉资本主义制度的黑暗,揭发资产阶级的罪恶占据了很大篇幅,但无产阶级的觉醒是其基本内容之一。无产阶级革命运动从小到大,关键在于无产阶级革命主体的觉醒。如果说《国际歌》反映了无产阶级觉醒的萌芽,那么,母亲的觉醒则更具普遍意义,表达了无产阶级从自发走向自觉的思想变化过程;如果说《铁流》反映了一个革命集体的觉醒,那么,《恰巴耶夫》则反映了一个革命个体的觉醒;如果说《毁灭》表现了工人、农民、士兵的觉醒,那么,《苦难的历程》则表现了知识分子的觉醒。觉醒在其他国家的无产阶级文学中也有广泛的表现,如法国巴比塞的《光明》、美国约翰·里德的《震撼世界的十天》等。

"革命游走"也表现了革命斗争的内容。有觉醒才有斗争,斗争又必然深化觉醒,二者相辅相成。通过对资本主义制度的批判,无产阶级觉醒觉悟了;通过与一些剥削阶级的艰苦斗争,无产阶级成长壮大了。苏联的无产阶级革命是以暴力夺取政权来建立社会主义国家,这就决定了革命斗争既有革命战争的内容,如体现于苏联国内战争和卫国战争之于革命成果的捍卫等方面,也有反映革命建设的内容。因为建设社会主义与为这个社会建立的斗争同样艰难。革拉特柯夫的《水泥》以表现革命建设而著称。作品通过水泥厂恢复生产的描写,反映了内战后经济建设时期纷繁复杂的社会生活画面,也反映了作为新时代的主体、新社会的建设者的革命热情,并把他们的劳动与解放人本身的事业有机地结合在一起。

"革命游走"最具历史超越性的内容则在终极承诺方面。号召无产阶级团结起来、推翻资产阶级的统治虽然是其表述的核心，但通过无产阶级的自身拯救和人类解放来展望共产主义理想，实现人类生命意义的情怀——生命永恒和自由，则是其表现的最具震撼力的华章。这个终极承诺，就是尼洛夫娜被捕时所呐喊的——"真理是用血海也不能扑灭的"①；就是莫尔顿所相信的——"工人阶级一定能使自己得到解放"，就是欧仁·鲍迪埃所展望的——"英特纳雄奈尔就一定要实现"，就是保尔·柯察金所说的——为了人类解放的"最壮丽的事业"。这一切，共同奏响了"革命游走"的主旋律。

勃洛克的长诗《十二个》，是"革命游走"的一部隐喻诗篇。《十二个》主要表现了十二个赤卫队员在红旗的指引下，冒着风雪在彼得格勒街头巡逻的情景。虽然弥漫着一派朦胧的意象，但诗中充满的打碎旧世界走向美好未来的凝重和信心依稀可见。在诗的开头，诗人提出"什么在前方行"的问题，在结尾则是"戴着白色的玫瑰花环，是基督在前方行"。基督形象在这里的出现并非偶然，作为象征主义的杰出诗人的勃洛克最谙熟象征之道。尽管此时他还不完全理解十月革命的意义，但从他最初欢呼十月革命的立场看，期望在纯洁大地上建设一个新家园则成为其创作的内在诉求；尽管这首诗所渴望的新家园是由基督引导来实现的，但我们看到诗中的基督已远非宗教意义的那个基督，而象征着一种烈火后再生的净化力量。可以想见，勃洛克已经把基督置换为能够指引人、拯救人于水火之中的革命者，从而寄予一种精神升华的理想，憧憬了"革命游走"进程的终极目标。因此"与其说是《十二个》保留了政治的色彩，不如说是作者对基督教原型的文化记忆使长诗中的革命主题具有了神圣意蕴"。②

无产阶级革命是人类迄今为止最伟大的理想运动，它传达了人类灵魂中伟大的终极价值，把人的"形而上"的追求提高到了一个新的境界。由于革命的两面性——暴烈残酷与人文关怀，使之可以摧毁生命，也可以拯救生命；可以显露生命丑陋，也可以使生命获得崇高、净化和超越。无产阶级革命要用暴力来夺取政权，就不能不产生你死我活的斗争和对抗，就不能不造成血腥和破坏，"在任何革命中极端总是难以避免的"。③ 然

---

① ［俄］高尔基：《母亲》，仰熙译，花山文艺出版社 1995 年版，第 518 页。

② 王志耕：《宗教象征叙事与俄苏革命文学》，《外语与外语教学》2013 年第 1 期。

③ ［德］艾克曼：《歌德对话录》，载北京大学西语系资料组编《从文艺复兴到十九世纪资产阶级文学家艺术家有关人道主义人性论言论选辑》，商务印书馆 1971 年版，第 491 页。

而，革命的出发点和落脚点在于人——人的自由全面的发展和解放。如果革命割裂了手段和目的的辩证关系，只关注暴力，关注暴力夺取政权的手段，而忽略了革命的目的是建立一个人的全面自由发展的新世界，就会导致革命本质的丧失、理想的空洞化和革命的异化。如果革命背叛了自己的初衷和目的，就会由一个令人激动和向往的天使变成令人恐惧和无所适从的魔鬼，革命理想就会从一剂解决社会问题的灵丹妙药、一个"黄金天堂"的现世承诺变成噩梦和灾难。这使"革命游走"既慷慨激昂又令人反思。"革命游走"只有与人的全面自由的发展结合起来，并建立在人的丰富性和多样性基础之上，方能显示出其革命超越的意义。

"革命游走"最集中地表现于"革命者"形象的塑造上。

2. "革命者"形象

纵观西方文学史，尽管我们能从《神曲》中看到诗人上天入地，追求神圣境界的满腔热情；从堂吉诃德抱打人间不平的游侠中看到道德完善的崇高意义；从安娜·卡列尼娜身上看到了献身爱情的至情至美的灵魂；从查泰莱夫人的性爱看到了追问人性的生命悲剧；从贝克特的"等待"中看到荒诞生存的人生虚无……但我们知道，这些以"神"、"德"、"情"、"性"、"虚无"为依托的追求，最终并不能够真正指向生命的永恒和自由，而是诉诸精神幻想，建构的不过是一个个"生命超越"的神话。对这种"虚幻性"有清醒认识的，当属歌德。歌德的浮士德的生命游走就是以"实践"为依托，使之成为一个"前革命者"的形象。

歌德的"浮士德"不仅是智人，也具有庸人的弱点；不仅是歌德的自我形象，也是德意志民族的象征；不仅是上升时期西方资产阶级的典型，也是西方自文艺复兴以来先进知识分子的代表。归根结底，歌德试图把他刻画成整个人类精神的代表。因为他要"和全人类一起最终消磨！"这种"消磨"，表面上是"天上、人间、上帝、魔鬼、灵魂拯救"的图画，实际上则是人类失去乐园、流浪天涯中如何重返、如何永恒的历程。也就是说，浮士德的生命游走表达的正是人类的从有限处境追求无限境界的精神，即是"向那崇高的灵的境界飞驰"的精神，其核心就是"自由的人民生活在自由的土地上"。正因为如此，马克思才倍加喜爱和赞赏《浮士德》。

浮士德的生命游走所表现的最大特点就是不断进取、自强不息。从书斋烦恼到知识虚无，从爱情愉悦到官能享乐，从世俗权力到古典审美，总是不断否定，不断扬弃——他否定他的种种追逐，是因为它们单调、贫乏、狭隘，无法获得丰富的人生；他扬弃他追逐的本身，是因为它们庸俗、堕落、停滞，阻碍生命意义的实现。最终，浮士德游走的脚步落在"填海造地"、创建理想的人间乐园上。他情不自禁地发出了来自心灵深处的声音："我抱着这种高度幸福的预感，现在享受这个最高的瞬间"，"一瞬间这样的生活，比麻木昏睡，浑浑噩噩、庸俗无聊地活上一百年还要有意义得多"。① 这样，浮士德的生命就从自我而走向全人类的事业——既是个体生命的感性存在，也是整体生命的理想存在；既是"人类灵魂的历史"② 的呈现，更是把超越思想置于坚实的"大地"之上，也就是建立人间乐园的实践上。

从这个意义上看，歌德的浮士德堪称"生命超越"形象的集大成者。因为他超越了以往的一切超越形象，如"神人"、"完人"、"凡人"、"至情人"、"非人"等；同时，他也是一个"前革命者"形象。因为在他身上已经萌芽了建立理想王国的实践因子，从而奠定了"革命者"实践探索的基础。这样看来，歌德的浮士德就是西方文学"生命超越"主题的表现上不可或缺的承上启下的形象。遗憾的是，浮士德"生命游走"的本质不过是建立一个资产阶级的理性王国而已，而诗人在看到了实践的重要性的同时，把实践的道路最后悬置在"上帝"那里而走向了虚无。

因此，与其说西方文学中的无产阶级革命者延续了这种"生命游走"，莫如说是对这种"生命游走"的扬弃和超越。也就是说，真正能够把超越神话变成现实的当属无产阶级"革命者"以实践为依托的"革命超越"。这在于，"革命者"以"改造世界"为依托，以实现人类的彻底解放为己任，通过"革命实践"最终达到生命的永恒和自由。

"革命者"形象，不是以个人情感支撑的"凡人"，不是以神的信仰支撑的"神人"，不是以仁义道德支撑的"完人"，更不是充满虚无色彩的"非人"，而是有着革命情感、革命信仰和理想的英雄。他们"生为革命生，死为革命死"。他们来自需要英雄而且正在诞生英雄的时代。"英雄的形象就意味着人类向往更完美的精神发展，并要求超越他那不完美的现状。"③

"革命者"有许多鲜活的艺术形象。他们是"一无所有"的无产者、"饥寒交迫的奴隶"、"全世界受苦的人"（《国际歌》）；是为了支持儿子革命不分冬夏地走遍各省的"母亲"尼洛夫娜（《母亲》）；是在革命铁

---

① 以上引文见歌德的《浮士德》，钱春绮译，上海译文出版社1989年版。

② 郭沫若：《浮士德·序言》，人民文学出版社1954年版。

③ ［俄］瓦·哈利泽夫：《文学学导论》，周启超译，北京大学出版社2006年版，第89页。

流中体现整个队伍的意志和灵魂的指挥员郭如鹤（《铁流》）；是使陷于危难之中的战士冲出重围的莱奋生（《毁灭》）；是所向披靡的传奇英雄恰巴耶夫（《恰巴耶夫》）；是有着钢铁意志的保尔·柯察金（《钢铁是怎样炼成的》）……不论是群像还是个体，从他们身上，可以看到鲜明的革命意识、坚定的斗争精神；也可以看到为信念奋斗、为理想牺牲的崇高价值；更可以看到人间乐园建立的至上愿望。"革命者"在显示其超凡品质的同时，也表现了人生的崇高境界。那就是，他们以生命超越的情怀，以承载人类自由解放的生命超越意志，以彰显生命超越主题最富魅力的价值，被深深镌刻于世界文学史上。他们言说着"生命超越"的伟大"长征"。

"革命者"形象往往通过"受难"行为来传达"生命超越"的意义，因此，"革命者"常常是"受难"的英雄。"受难"是普通人走向"革命者"的必由之路。"受难"对于普通人来说可能导致肉体的崩溃与精神的丧失，而对于"革命者"来说，"受难"越残酷，越接近生命的极限，越能显示豪迈和壮烈。"受难"仿佛是"革命者"信仰革命的崇高灵魂的锤炼，正是通过"受难"，"革命者"获得了精神的升华，实现了生命的自由。

"革命者"形象也往往通过"牺牲"行为来传达"生命超越"的意义。因此，"革命者"也常常是"牺牲"的英雄。"牺牲"是人生的极限，是肉体生命的丧失。对于"革命者"来说，"牺牲"虽然意味着个人生命的完结，但却是真正生命的脱胎换骨地转换，是个体生命与整个革命事业合为一体时革命精神的质的飞跃。它让灭绝人性的惨烈战争、丑化人格的残酷刑罚变成了革命者高贵的殉难仪式。

这种"受难"和"牺牲"，可追溯到原始仪式中的"献祭"。众所周知，"献祭"就是祭祀仪式中所奉献给神灵的祭品，目的是趋利避害：或祈求丰收，或祈降甘霖，或稳固权力，或出入平安，或赎罪、或感恩，等等。献祭作为人类文明突破期重要的文化方式本身具有非常复杂的性质，它喻示人类生命意识的初步觉醒，意味着人对超验世界交流的欲望，也意味着个体从利益的割舍甚至生命的消失中享有自我生命的存在意义。虽不乏原始的贪婪、嗜血的残忍，但其本质是通过牺牲利益（部分或全部）来显示对神的信赖与忠诚。

《圣经》中就不乏其例。亚伯拉罕作为以色列的第一代族长，耶和华许诺庇护他及其后裔。为考验亚伯拉罕的忠诚，耶和华命亚伯拉罕带着独生子以撒（亚伯拉罕与正妻所生）往摩利亚地献为燔祭。亚伯拉罕遵从神意，带着儿子到指定地点备柴筑坛，忍痛将以撒绑在祭坛上面。就在他拿刀举向以撒的时候，上帝派天使阻止了亚伯拉罕。声称已经知道亚伯拉罕对上帝的敬畏了，并明示前面林子里有一只羊，可抓来代替献祭。于是亚伯拉罕照办了。① 耶弗他为了打败亚扪人而求神相佑，并向耶和华许愿，如果得胜，"无论什么人，先从我家门出来迎接我，就必归你，我也必将他献上为燔祭"。当耶弗他凯旋，第一个出门迎接的是他的独生女。撕心裂肺的耶弗他，最后还是听从了女儿的劝说而兑现了诺言。②《圣经》中最令人感慨的则是耶稣为人类赎罪的献祭。耶稣是以舍己的方式，背负沉重的十字架以承担人类的罪孽，"他亲身担当了我们的罪，使我们既然在罪上死，就得以在义上活。因他受的鞭伤，你们便得了医治"。③ 耶稣的献祭与复活，成为生命超越的永恒传奇。可见，献祭既意味着生命的付出和丧失，也意味着生命的得道和超越。

革命者的"献祭"也充满了这种受难和牺牲精神。不同的是，革命"献祭"主要是以抒写革命者为革命信念甘洒热血写春秋的壮志豪情，从而凸显"生命超越"的主题。革命者将自己的生死安危置之度外，不仅捍卫了革命的尊严，也承载了革命的崇高意义。受难和牺牲赋予其共产主义信仰的笃信和坚守，意味着向终极理想的皈依和超越。这个过程就是从必然王国走向自由王国的精神游走，也就是真正实现了生命永恒和自由。革命者的牺牲以肉体的毁灭证明和昭示了共产主义理想的正义性，也使牺牲者的生命获得了永恒的意义。无数革命者用热血和生命筑成的共产主义信仰的火炬将革命引向美好的未来。正所谓，"以英雄主义为核心的理想主义向人们提供的精神补偿与文化心理认同的印证集中地表现在：对个体生命的生物意义消亡之后其在意识形态化的符号意义上获得了不死的承诺，使生命不朽的冲动在一个更持久的意义上朝向了整体存在的延伸；或使其有限的个体生命融入一个无限整体，因其整体生命力的恒久而获得永生。"④

《母亲》中的尼洛芙娜就是这样一位为革命理想而献身的革命者形象。虽然尼洛芙娜不是巴维尔那样的无产阶级革命领袖式的人物，没有正式参加革命，也没有革命斗争的伟大壮举，只是出于"为了儿子"的目

---

① 《圣经·旧约全书》（中英对照），中国基督教两会（中国基督教三自爱国运动委员会、中国基督教协会）2008 年版，第 30—31 页。

② 同上书，第 402—403 页。

③ 同上书，第 404 页。

④ 施津菊：《历史视野中的死亡叙事——十七年文学宏大叙事中的死亡话语及其审美意境》，《天津师范大学学报》2003 年第 4 期。

的；但她在儿子的革命思想影响下，渐渐走出狭小的个人世界，从一个逆来顺受的家庭主妇，变成了为苦难兄弟姐妹而反抗旧世界的革命者。她在车站散发革命传单而被捕的场面尤为悲壮，在命悬一线的紧要关头，她把个人生死置之度外而疾呼革命思想的豪言壮语，成就了她成为一个真正的革命者，也终归实现了一个革命者为理想而牺牲的"革命超越"。

《绞刑下的报告》中的伏契克（1903—1943）就是这样一个宁死不屈的革命者。在监狱里，他备受酷刑的折磨，一次次地面对死亡，一步步地迫近死亡的深渊，却没有任何妥协和屈服。支撑他的意志的力量就是颠扑不破的革命真理。他说："千百万人正在为争取人类自由而进行着最后的斗争，成千上万的人在斗争中倒下了。我就是其中的一个，而作为这最后斗争的战士中的一个，这是多么壮丽啊！"① 这是人类最美好的灵魂，最圣洁的伟大形象。

《钢铁是怎样炼成的》中的保尔·柯察金就是这样一个忠诚革命并为之奋斗一生的革命者。在革命战争最艰苦的岁月里，他以勇敢与坚强，战胜了敌人也战胜了自己。战后的保尔的唯一财产就是他那备受摧残的躯体。但他仍投入到伟大的社会主义建设中去，一次次地病倒，又一次次地站了起来。保尔以自己宝贵的青春践行了他的人生诺言，以其有限的肉体生命实现了永恒的精神生命的超越。（后文详述）

值得称道的是，"革命者"的"受难"、"牺牲"，不是凄苦、悲凉，而是视死如归。革命者常常用激情狂欢的方式超越身体的痛苦，以乐观主义的生命体验寄望于美好的未来，以革命必胜信念抒写生命的不朽和自由。从这个意义上讲，"革命者"是"欢乐"英雄。狂欢，是人类生活中具有世界性和普遍性的文化现象。它否定权威、消除等级、突破规范、颠覆秩序、倡导民主、崇尚自由。狂欢的本质就是自由。欢乐与笑成为达到自由的途径。革命者的"欢乐"表明革命者对制度的限制有明确的价值判断，他要将不合理的、束缚人的一切瓦解、克服，使人获得真正的自由。因为在欢乐的过程中，革命者成为一个向他人开放的生命体，既向他人释放自己的生命能量，也吸纳他人的生命能量，从而一步步向生存的理想境界迈进。让欢笑赋予生命永不僵化、永不枯竭的动力，激励"革命者"为实现人类的终极和谐而前赴后继。

因此，无论现实题材，还是历史题材，革命者的受难、牺牲，都是洋溢着革命激情，充满着乐观精神。这样的形象，不仅战胜了死之恐惧，而

① ［捷克］伏契克：《绞刑下的报告》，蒋承俊译，人民文学出版社1997年版，第18页。

且觉悟到了向死而生的庄严与神圣。这种死亡体验，促使革命者在沉思中力求超越生命的界限，趋向无限的精神价值，从而充满了乐观主义精神。所谓"绞刑架下的报告"，所谓"法庭上的演说"，所谓"被捕时的呐喊"，还有皮鞭和炮火下对革命的忠心赤胆……任何地方，不管是监狱、刑场，还是战场，只要有革命者的存在，就有欢乐、自由的灵魂的存在。"我们为欢乐而生，为欢乐而战斗，我们也将为欢乐而死。"① 这是伏契克在狱中写下的《绞刑下的报告》所留给后人的最后遗言，可谓感天动地。

因革命而欢乐，因欢乐而自由，这样的革命者能够超越一切死亡的威胁而获得精神的永恒。这种欢乐是以革命的终极目的——地上自由天国的实现为支撑的，正是这种终极目的的召唤，必然会赋予革命者壮美的结局：要么憧憬光明的到来，要么融于光明之中。为了共产主义的实现，个人可以牺牲一切，包括生命。这种慷慨激昂的终极超越，使革命者形象绚丽之至。

应该指出，西方文学中的"革命者"形象具有两种倾向的意义。一方面具有形而上的终极超越性。"革命者"以人的生命的最高境界书写了西方文学中最为壮丽的篇章，他们超凡脱俗的生命诉求，为文学世界的生命超越主题提供了一个前所未有的范本。这样的"革命者"是一种探询生命意义、寻找精神家园的社会存在，其"革命游走"的过程也是一种否定性、超越性的存在。其以打碎旧势力"枷锁"的革命实践为依托的"革命超越"——追求生命的永恒和自由，正是无产阶级文学的魅力所在。另一方面具有形而下的功利性。"革命者"是为了当下的斗争，为了革命利益而奋斗的。可是，由于对革命理解狭隘化、实用化、机械化，刻意追求革命利益而忽视个体生命，有的"革命者"形象则成了某种政治话语的载体，看似极高、极纯、极美——在身体上是高大威武的，精神上是神性化的，在道德上是纯洁化的，在能力上是全能化的；却没有独特性格，失去真性情，充其量是被抽空了灵魂而徒有其表的躯壳。这样的"革命者"形象不仅缺乏艺术感染力，也缺乏对生命的思考和追问，因而也就消解了生命超越的意义。

如何看待"革命者"形象？如何理解其"革命游走"历程所体现的"革命超越"主题？我们通过小说《钢铁是怎样炼成的》可以找到问题的关键。

---

① ［捷克］伏契克：《绞刑下的报告》，蒋承俊译，人民文学出版社1997年版，第18页。

三　"革命超越"的经典:《钢铁是怎样炼成的》

选择《钢铁是怎样炼成的》（1932—1934）这部小说解读"革命超越"主题,是因为它典型地体现了革命者在革命道路上的"生命游走"。小说描述了主人公保尔忘我战斗、无私奉献、勇于牺牲的革命经历,表达了作家奥斯特洛夫斯基身残志坚、永不掉队的英雄主义精神,更表达了无产阶级"革命者"的觉醒、成长、憧憬未来——为共产主义事业奋斗终生的超越情怀。小说既具有形而下的现实功利意义,又具有形而上的终极超越精神,激发了一代又一代人的欣赏热情。

这部小说从诞生至今已走过了八十多个春秋。不仅创下了用61种文字印刷3000余万册的世界纪录,而且搬上舞台,拍成电影、电视,编入连环画,还进入中学课本和大学讲坛,产生了极为广泛的世界性影响。然而,自20世纪90年代以来,对这部小说价值质疑的声音此起彼伏,涉及作者、题材、主题、人物、创作过程以及出版、翻译、读者接受等问题,形成了众声喧哗的争鸣局面。就其主题的解读而言,这些争论拓宽了解读视阈,但也留下了些许缺憾。

1. "众声喧哗"中的缺憾

奥斯特洛夫斯基的《钢铁是怎样炼成的》在出版①之初,并未产生多大反响。自著名记者兼作家米·柯尔卓夫在《真理报》上发表了一篇特写,介绍作者身残志坚的事迹后,才在苏联引起了巨大轰动,"两年之内再版四十次"②,被视为革命文学的经典,受到了人们的普遍赞誉。法捷耶夫说:"在苏联文学当中,目前也还没有一个像保尔这样纯洁得令人心爱的、生动的形象"③;A. 普拉东诺夫说:"保尔·柯察金是终于塑造出那种身受革命的培育、给予自己时代的一辈人以崭新的、高尚的精神品质

---

① 这部小说是被编辑部大量删改的版本。苏联青年近卫军出版社于1990年年底出齐的《奥斯特洛夫斯基文集》的第一卷末尾,附有该书被删减的全部内容,共47页。参见林华《〈钢铁是怎样炼成的〉内幕》,《中国残疾人》1995年第4期。

② ［俄］拉伊莎·帕尔菲里耶芙娜·奥斯特洛夫斯卡娅:《一部成为斗争武器的长篇小说——奥斯特洛夫斯基夫人谈〈钢铁是怎样炼成的〉》,宁望译,《世界文化》1983年第5期。

③ ［俄］法捷耶夫:《法捷耶夫谈〈钢铁是怎样炼成的〉——给尼·奥斯特洛夫斯基的信》,黄维道译,《文化译丛》1982年第3期,第51页。

的人的比较成功的尝试之一，并且他成为自己祖国全体青年效仿的榜样"①；肖洛霍夫说："奥斯特洛夫斯基的著作已成为一部别开生面的生活教科书"②；斯大林说：这本书对苏联文学来说是"重要的不可轻视的正面现象。"③ 这一局面直到苏联解体才有了变化。人们开始质疑这部小说，形成了褒贬不一的看法。

在中国，率先提出质疑的是刘小枫；最有影响的是来自余一中教授和任光宣教授之间的争论。

刘小枫的《记恋冬妮娅》（1996）从人性视角，挖掘冬妮娅形象的意义，试图唤回那失落已久的人文精神。一方面认为冬妮娅"的生命所系固然没有保尔的生命献身伟大，她只知道单纯的缱绻相契的朝朝暮暮，以及由此呵护的质朴蕴藉的、不带有社会桂冠的家庭生活"；另一方面则认为冬妮娅的生活富有人性，"保尔有什么权利说，这种生活目的如果不附丽于革命目的就卑鄙庸俗，并要求冬妮娅为此感到羞愧？"因而，他感到保尔的形象在心中"已经黯淡了"，而"冬妮娅的形象却变得春雨般芬芳、细润、亮丽而又温柔地驻留心中"④。刘小枫由此开启了《钢铁是怎样炼成的》的另一种解读，引发了人们对这部"革命经典"的价值和意义的重新审视。

余一中认为，"《钢铁》不是一本好书，应当把它送进历史的博物馆，而不是把它介绍给年轻一代"⑤。理由是小说没有反映出苏联革命和建设初期的整体风貌，美化了这一时期的历史；视角单一、回避矛盾，对现实的苦难表现不足。他说："保尔·柯察金只是 30 年代苏联官方文学理论的一种演绎"，"只是当时苏联主流政治路线的传声筒"，"在这一形象身上几乎看不到同乌克兰或俄罗斯文化传统相联的东西"，"看不到马克思、恩格斯所倡导的那种无产阶级革命战士应有的以解放全人类为己任的热爱生活、热爱人们的思想和情怀"⑥。"在《钢铁》一书里，革命和内战中双方激烈而残酷的较量及其所引起的思想震荡、感情波澜成了简单的态势转述、白军暴行和小市民心态的漫画式描写；富有活力的新经济政策时期

---

① 任光宣：《重读长篇小说〈钢铁是怎样炼成的〉》，《俄罗斯文艺》1998 年第 2 期。

② 同上书，第 58 页。

③ 余一中：《历史真实是检验现实主义文学作品的重要标准——再读〈钢铁是怎样炼成的〉》，《俄罗斯文艺》2004 年第 3 期。

④ 刘小枫：《记恋冬妮娅》，《读书》1996 年第 4 期。

⑤ 余一中：《〈钢铁是怎样炼成的〉是一本好书吗？》，《俄罗斯文艺》1998 年第 2 期。

⑥ 同上。

成了小说的主人公'理所当然'感到'义愤'和'大粪坑'似的集市盛行、'银幕上争风吃醋'的时期；充满困惑、迷误、阴谋和痛苦思索及悲剧性的党内斗争成了简单得不能再简单的'无产阶级'（准确地说，是'左派'幼稚病患者和斯大林路线拥护者）高唱凯歌，节节胜利的过程。"① 其表现的社会生活及其基本性格和特色过于简单、片面、肤浅。②

任光宣则与余一中的观点针锋相对。他基本坚持传统的正面评价，把这部作品看成"是苏联文学中的一部描写革命者的最优秀的作品"，因为"小说描写二三十年代苏联的动荡而艰苦的社会生活，描写苏维埃人为自己的崇高理想和目标所进行的艰苦卓绝的奋斗，表现出当时人们的精神风貌和实干精神"。其中保尔形象极具精神力量和革命意义。他说：保尔是"符合时代的呼唤和时代的精神的英雄人物"，"是对俄罗斯文学里具有'自我牺牲精神'的文学形象的继承"。"我们从保尔·柯察金的人生道路中可以发现一个人的人生价值，看到真正人生的全部意义，是革命人生观的最完美的体现。"同时也强调，"他身上的优秀品质属于人类永恒的道德范畴，具有一种普遍的意义"。这是"保尔形象永放光芒，保尔的革命精神永存"③ 的原因所在。

这场争论，在中国遂推演为一场《钢铁是怎样炼成的》的大讨论，在20世纪90年代末达到高潮，至今余波尚存。

质疑者认为，作者是没有多少文化的穷孩子，"由于不能把握整个社会形态的全貌，不能对国家乖张多变的政治、经济政策有深刻的认识，从而为潮流所挟裹，他眼中的历史以及他对历史事件的评价是多么片面和主观"。④ 有人还从"国家订制"和意识形态色彩来质疑《钢铁是怎样炼成的》的真实，认为这是一部反映斯大林主义的当代神话，奥斯特洛夫斯基本人也是人为制造的神话。保尔这位红色使徒已为当代社会所不需，⑤

① 余一中：《〈钢铁是怎样炼成的〉是一本好书吗?》，《俄罗斯文艺》1998年第2期。

② 余一中：《历史真实是检验现实主义文学作品的重要标准——再读〈钢铁是怎样炼成的〉》，《俄罗斯文艺》2004年第3期。

③ 任光宣：《重读长篇小说〈钢铁是怎样炼成的〉》，《俄罗斯文艺》1998年第2期，第58—62页。

④ 赵育春：《被延宕的反思——重读〈钢铁是怎样炼成的〉》，《当代外国文学》2000年第1期。

⑤ 李萌：《也谈"苏联文学的光明梦"》，《读书》1995年第9期，第97页。

不过是"一种神谕的偶像","缺少独特的人格艺术魅力的美感"。① 这一"革命者"形象所体现出来的那些理想信念不过是缺乏人性向度的假大空、伪崇高。

肯定者则认为，"作家奥斯特洛夫斯基从十月革命爆发，国内战争、国民经济恢复年代的苏联现实生活为背景，以自己的亲身经历为线索，通过艺术的构思创作出《钢铁是怎样炼成的》这部小说"，具有很高的思想意义，因为保尔的"命运是苏联走向革命的普通工人心路历程的真实写照"②。"《钢铁》所表现的对压迫者的仇恨，对革命的热爱和献身，都是有其真实性的。"③ 保尔为广大读者所接受、所热爱，除了他的英雄品质，还在于他的掺杂着许多缺点的"人情味"④。保尔是革命者的典型，保尔精神"作为革命战争年代特殊要求的那些精神层面"，在"今天的和平年代已呈现出历史性特征，但那些关于生命意义、人生态度、人生追求的精神层面，在我国社会发生深刻变革的转型期、有着非常迫切的现实意义"。⑤

无论是肯定的观点，还是质疑的观点，基本上是围绕"革命"内容所体现的现实功利性来论及小说的成败，而忽视了小说主题的形上层面——即以实践为依托的终极超越性。虽说有些学者谈到了其形上意蕴，但并未做更深入的探讨。

在笔者看来，小说主题的重心，在于一个普通革命者为共产主义理想的奋斗和追求。这一奋斗和追求，固然在前人的文学作品中有过表现，但《钢铁是怎样炼成的》不仅表现了这一终极，而且诉诸"革命实践"，使"革命超越"具有了可行性。因此，对小说主题的认识，不仅仅在真伪之辨，更在形上层面的解读。

2. 不只在真伪之辨

从《钢铁是怎样炼成的》的论辩可知，人们基本是从"真"、"伪"

---

① 丁帆：《怎样确定历史的和美学的坐标——重读〈钢铁是怎样炼成的〉札记》，《文艺争鸣》2000 年第 5 期。

② 吴泽霖：《保尔的命运和被亵渎的理想——〈钢铁是怎样炼成的〉问世 70 年祭》，《俄罗斯文艺》2004 年第 3 期。

③ 姚新勇：《应该怎样为〈钢铁是怎样炼成的〉定位——兼与姜长斌、余一中教授商榷》，《探索与争鸣》2005 年第 3 期。

④ 杜林：《跳出去，走进来——我看〈钢铁是怎样炼成的〉》，《俄罗斯文艺》1999 年第 1 期。

⑤ 吴俊忠：《我们是否还需要"保尔精神"?》，《俄罗斯文艺》2000 年第 3 期。

角度来看待其价值。不论肯定与否，都是从其自传性入手，将现实中的作者与小说中的"保尔"统一起来，将其所描绘的一切达成了历史真实的同构，从而导致双方辨析的结果截然相反。从这一点上看，仅凭辨其真伪来认识这部小说的主题，是无法获得其真正底蕴的。

我们应该看到，《钢铁是怎样炼成的》的主题所反映的"真"是具有相对性的。

一方面，是作家的主观之"真"的展现。奥斯特洛夫斯基"毕竟是描写自己所熟悉的人物，大都有原型，有所经历的真事为本"。① 虽说"实践出真知"，但任何人的实践都是有局限性的，因而任何"真"的表述都会大打折扣。"谁能说得清，究竟什么才是那个时代的'真实'。"② 何况，本质上讲，历史真实是无法完全还原的，即使是在当时，许多真相就已经成为一个个谜团。无怪乎人们说历史就像一个小姑娘，任由人们打扮。自传性文学作品所展示的真实也不过是相对的真实：不仅源于作家生活，更高于作家的生活；不仅有事件的记载与记录，更有真相的改写与建构；不仅包含社会的客观真实和细节真实，更包含生活的主观真实和本质真实。固然，与同时代的作家相比，奥斯特洛夫斯基的《钢铁是怎样炼成的》没有像帕斯捷尔纳克的《日瓦戈医生》那样，从人性视角去描写战争对人性的戕害；也没有像肖洛霍夫的《静静的顿河》那样，从命运视角去表现历史动荡对人生命的冲击；而是从革命的视角表现了一个革命者为共产主义奋斗的历程。这是他从自己的选择中去描述他所看到的历史，这是亲身经历过、感受过，化作血肉，浸入心灵的东西。我们不能苛求其主题表现的一致性，也不能与历史真实等量齐观。文学是真实，也是虚构，更是人的情感的捕捉，是艺术的呈现，是理想的寄托。正如王蒙先生指出的，"艺术与理想更多地取决于人们的主观感受，更多地是满足人们精神的追求，……"③ 因此，对作品的认识更在于跨越生活走向审美。

另一方面，也是特定历史和意识形态的客观之"真"的折射。也就是说，文学作品不仅传达作家个人的"小我"，也传达时代、社会、种族、阶级、政治的"大我"。我们承认《钢铁怎样炼成的》存在某些局限性，其对时代、社会、革命、阶级、未来的歌颂，带有对现实权力——斯

---

① 刘心武：《重读〈钢铁是怎样炼成的〉》，《文学自由谈》1997 年第 5 期。

② 何云波、刘亚丁：《价值多元与保尔的命运——关于〈钢铁是怎样炼成的〉的对话》，《俄罗斯文艺》2004 年第 1 期。

③ 王蒙：《苏联文学的光明梦》，《读书》1993 年第 7 期。

大林主义歌颂的倾向。但是，与其说这是《钢铁是怎样炼成的》的偏颇，倒不如说这是一切经典的宿命。就像莎士比亚之于伊丽莎白的赞美、莫里哀之于路易十四的歌颂。一味追求作品所反映的"真相"或将审美问题政治化的做法，都只能是隔靴搔痒。真正的艺术就是对生活的感悟，对生命的感悟。因此，《钢铁是怎样炼成的》与那些经典一样，同样承载着时代的梦想与荣光。正所谓"保尔形象的真实性首先不在于具有强烈的自传性，而在于他的命运是苏联走向革命的普通工人心路历程的真实写照。在他身上反映着那个'理想燃烧'的时代所赋予、同时也支撑着那一时代的精神品质和特有局限。当我们站在 21 世纪的高度回望这一悲壮的历史过程时，保尔的形象会成为理解、反思那个时代的珍贵思想资源"。①

我们还应该看到，《钢铁是怎样炼成的》的主题所反映的"真"更在于"真诚"。保尔从最初自发的反抗到自觉的革命、再到最后形成理想信念的思想变化，不仅表达了对革命事业的至诚至尊的情感，而且也符合了历史的呼唤和革命者的生命诉求。因此，与其说作者亲历了那个动荡变革的年代，把所见所闻及其真情实感诉诸艺术的真实；莫如说它经由革命的真诚而物化为生命的真诚。这种真诚，既基于朴素的无产阶级感情之上的"革命者"对革命的赤胆忠心；也基于存在意义之上的"人"对理想的热切向往。这典型地表现在小说的"筑路"情节上。

"筑路"描写的是 1921 年深秋到年底，为了解决城市木材供应问题，保尔和他的战友们在冰天雪地里，修筑一条从博亚尔卡站到伐木场的窄轨铁路的艰苦劳动。他们穿的是又重又冷的湿透了的"沾满了泥浆的衣服"；吃的是"素扁豆汤，和一磅半像煤一样黑的面包"；住的是四面透风、仅存"骨架"的破屋；睡的是"铺上薄薄一层麦秸的水泥地"②。这场没有硝烟的战斗，是人与环境的挑战，与意志力的挑战，也是与自我的挑战。可以想象，如果没有对革命的忠诚，也就难以在如此极端恶劣的条件下完成这一任务。当冬妮娅与保尔在严寒中邂逅，被包裹在大衣里面的冬妮娅简直难以相信面前"这个像叫花子的衣衫褴褛的人"就是她的初恋情人；而保尔并没有因为自己"穿着又破又旧的短裤，一只脚穿着破靴，另一只脚穿着古怪的套鞋，脖子上围着一条脏毛巾，脸好久都没洗

---

① 吴泽霖：《保尔的命运和被亵渎的理想——〈钢铁是怎样炼成的〉问世 70 年祭》，《俄罗斯文艺》2004 年第 3 期。

② ［苏］尼·奥斯特洛夫斯基：《钢铁是怎样炼成的》，梅益译，人民文学出版社 1995 年版，第202 页。

过”而感到羞愧，反倒是“那双永远炯炯发光的眼睛还像从前一样”①。可以说，为了这条路，保尔付出了自己的能量与热情，透支了自己的健康与青春；得到的却是关节炎、肺炎、痈疽、伤寒等疾病的折磨，几次与死神擦肩而过。然而，无论处在怎样的逆境，无论经受怎样的艰难困苦，保尔都是无怨无悔地奉献自己的一切。这正是出于对革命的真诚。

如果要问为什么，保尔在凭吊那些英勇就义的战友时的心中所想就是最好的回答：“为了那些生于贫贱的、那些一出生就当奴隶的人们能有美好的生活……”② 这样，筑路就不仅是一场抗击险恶环境而舍生忘死的“恶战”，而且成了在革命道路上考验革命者的试金石。在筑路工地上，一些人经不起艰难困苦的考验，成了贪生怕死的逃兵；但更多的人，那些热血青年为了拯救城市和百姓，如保尔的引导者朱赫来所说的那样，“把这钢铁动脉通到那堆放大量木材资源——温暖与生命的泉源里去”。③ 它见证了保尔们为革命理想的奉献与牺牲和生命存在的价值。

而仅仅看到这一点是不够的。所谓“我们从不空着手进入认识的境界，而总是携带着一大堆熟悉的信仰和期望”。④ 保尔们对无产阶级革命的这份真诚，实为一种基于时代又超越于时代的生命所能够达到的极限。

过去，人们总以为革命文学就是宣扬一种极致的无神论而忽视终极。其实不然。只不过它不是求得精神的解脱，而是求得身心的解放。这种解放，不依赖神灵的神秘力量，而依靠自身的力量，实践的力量。换句话说，宗教文学的救世，是以虚幻和屈从为代价，人只有在向往和趋近神的过程中，才能把精神引向超越；无产阶级文学的救世，则是以实践为依据，体现为革命过程中的道德修为，也体现为对共产主义的执着和奉献。因此，保尔受尽磨难的人生行旅看起来好似耶稣一般，却是共产主义信仰在胸中燃烧的结果。所谓“共产主义革命与基督教人类拯救这一对应性主题几乎在所有革命文学中不断地被重复，这也是此类文学样式往往带给我们以崇高性启示的原因”。⑤ 不仅如此，“筑路”还包含着为信念而承受苦难、渴求生命升华的俄罗斯传统，会让人想起俄罗斯的圣徒形象，把有

---

① ［苏］尼·奥斯特洛夫斯基：《钢铁是怎样炼成的》，梅益译，人民文学出版社 1995 年版（2005 年重印），第 222 页。

② 同上书，第 232 页。

③ 同上书，第 216 页。

④ ［德］汉斯·罗伯特·耀斯：《审美经验与文学解释学·作者中文版前言》，上海译文出版社 2006 年版，第 6 页。

⑤ 王志耕：《宗教象征叙事与俄苏革命文学》，《外语与外语教学》2013 年第 1 期，第 81 页。

限的肉体生命与永恒的精神生命融合起来；"筑路"更是"具有了一种超越具体时空的，可为全人类大多数所认同的人道精神"①，包含着人类永恒的意义，也会让人想起人类终极理想的超越形象。

从这个意义上说，"筑路"是《钢铁是怎样炼成的》中最精彩的华章，不仅传达了保尔和他的战友们的革命精神，更传达革命超越的终极意义。如果说，以往文学对生命超越之路的描摹更多的倾向于一种虚幻性的话，那么，《钢铁是怎样炼成的》则趋向于一种实在性。也就是说，"革命超越"不仅仅在于革命"目标"的确立，更在于革命"道路"的构筑。这"道路"决定"革命超越"成功的可行性；也决定人性全面自由的发展的可能性；更决定革命终极理想的实现，即生命永恒和自由的可能与可行。因此，保尔们不仅是以血汗筑路、以意志筑路，而是以生命筑路，以灵魂筑路；不仅筑拯救之路，筑革命之路，筑理想之路，更筑自我生命超越之路。

保尔就是这样，把追求生命永恒与自由的生命超越情怀嵌入了共产主义的追求中。他用生命筑起人类通向理想的可行道路，是一条自我精神完善之路，也是一条通往人类解放的自由之路，根本上说，是人类终极关怀的超越之路。这正是《钢铁是怎样炼成的》"革命超越"主题的形上本质。它内蕴于保尔的崇高精神之中。

3. 走向崇高

保尔的形象，并非像有的人所说的"缺乏以'人'的全面自由发展的价值目标的'历史合理性'判断原则"。实际情况恰恰相反。如前所述，这个形象体现了特定年代"革命游走"的现实意义与象征意义。在保尔身上，我们不难看到一个革命者可歌可泣的生命历程，他对人类的自由和解放的关怀，对人类最壮丽的事业的热切憧憬，彰显了形而上的崇高精神。

所谓崇高，是指主体在自由精神的引导下，以坚实的生命信念，激发生命创造和超越的欲望，以求人生的高尚境界。"崇高任何时候都必须与思想境界发生关系，也就是和赋予智性的东西及理性理念以凌驾于感性之上的力量的诸准则发生关系"②，而内在于人的灵魂深处。具有崇高精神的人"就是这样一种人，他勇敢，无所畏惧，百折不挠，在巨大的危险

---

① 刘心武：《重读〈钢铁是怎样炼成的〉》，《文学自由谈》1997 年第 5 期，第 17 页。

② ［德］康德：《判断力批判》，邓晓芒译，人民出版社 2004 年版，第 114 页。

中仍然沉着地英勇地工作着".① 保尔形象正是如此。

保尔的崇高精神,首先表现为对革命事业的执着,指向的是现实的、有限的自由,强调的是人的现实关怀。这是在革命熔炉中锻造出来的,是内在于其心灵的崇高诉求,也是一个革命者的高尚风范,只有通过革命斗争才能体现出来。"我们从保尔·柯察金的人生道路中可以发现一个人的人生价值,看到真正人生的全部意义,是革命人生观的最完美的体现。"② 如果不是革命,他或许早已葬身于战乱,或许一辈子浑浑噩噩。沧海横流方显英雄本色,保尔对敌斗争的勇敢如此,革命建设的奉献如此,写书的顽强亦如此。保尔不为名,不为利,不顾个人安危的崇高精神,是在革命思想的形塑下完成的;保尔舍弃一切的所为,也是源于对革命事业的忠诚——为解救劳苦大众而慷慨奋斗。

保尔的崇高精神,还表现为对革命未来的信念,指向的是理想的、无限的自由,强调的是人的终极关怀。保尔的投身革命,不惜一切的献身精神,表达了生命的终极追求;他一生为自由、为理想而义无反顾,就是向着至善不断接近的过程。这一点不单单体现为一个革命战士所具有的优秀品质,而且也体现为人类古往今来所肯定与赞美的崇高气节,与人类最为崇高的精神追求紧密相连。"它在当时的政治气候中可能放弃了对现实中某些问题的反映,但那毕竟是一个人以其全部的热情对生命价值如何实现的思考。"③ 这种思考归根到底是一种超越于人的个体生命而对人的整体生命的终极关怀,不仅把握社会存在,也把握人类的未来,更把握人的生命乃至灵魂。

保尔的崇高精神,本质上是革命者的优秀品质与人类终极追求的融合,革命精神与自由精神的融合,也是有限自由与无限自由的统一。向外是俯仰于天地的浩然之气,向内则是吐纳于身心的高尚情操。保尔以残弱的身体,道出了健全的思想;以生命的彻悟,照亮了人们内心的黯淡;以满腔的热忱,践行了为理想奋斗的誓言。他把有限的肉体献给革命,追求无限,更实现了人的生命存在的超越意义。这不仅昭示着"革命者"的尊严与神圣,也昭示着至真、至善、至美以致无穷的境界,也就是超越古今的崇高信仰——共产主义。

共产主义从来都是尊重人的价值和意义,视"每个人的自由发展"

① 蒋孔阳:《德国古典美学》,商务印书馆1997年版,第97页。

② 任光宣:《重读长篇小说〈钢铁是怎样炼成的〉》,《俄罗斯文艺》1998年第2期,第60页。

③ 王志耕:《"红色经典"在俄国的命运》,《读书》2006年第9期,第18页。

为"一切人的自由发展的条件"。① 其中包含着强烈的人的解放的意义，是"必须推翻那些使人成为被侮辱、被奴役、被遗弃和被蔑视的东西的一切关系"②。共产主义的自由，就是一种革命实践下的对人的价值的必然认识和超越。它不再是空洞的和虚假性的，而是有着坚实基础和可行之路的自由；不仅是个人的，更是全人类的自由。对于革命者来说，人的一生最重要的，就是实现这种以个人自由为条件的全人类的自由。

正是对共产主义的信仰，保尔才用整个生命回答了人生终极关怀的问题——"人最宝贵的是生命。生命每个人只有一次，人的一生应当这样度过：当回忆往事的时候，他不会因为虚度年华而悔恨，也不会因为碌碌无为而羞愧；在临死的时候，他能够说：'我的整个生命和全部精力，都已经献给了世界上最壮丽的事业——为人类的解放而斗争。'"③ 这段经典独白，堪为保尔崇高精神和伟大灵魂的折射。"一个终生墨守着狭隘的、奴从的思想和习惯的人，绝不可能说出令人击节称赏和永垂不朽的言辞。……崇高的谈吐往往出自胸襟旷达志气远大的人。"④ 因此，这个形象本身的力量不仅在于其为共产主义的献身精神，更在于其所内蕴的形而上的崇高情愫。这是《钢铁是怎样炼成的》"革命超越"的意义所在。

我们并无意拔高保尔的形象。保尔不是没有缺点的。由于自身的局限，保尔常陷于革命的狂热之中而未免偏激。如他理解的革命就是泯灭个人情感：他疏远冬妮娅的爱，以为革命不能有卿卿我我的私情；他反感哥哥兴家立业的田间劳作，以为革命不能顾念自己的小家；他蔑视"鸽子迷"的聚会，以为革命不能有个人的兴趣……虽然他以革命原则审视一切，但因其有崇高的共产主义信仰，有不屈不挠的坚强意志，有真诚的生命超越的情怀，则微瑕亦不能遮蔽其散发出来的魅力。这是保尔以有限的肉体而闪耀的灵魂永恒的生命之光。这光芒能够辐射人们对英雄理想的价值认同和重塑自我的精神内化，依然能够抗拒物欲横流、精神空虚的现实，也依然能够使那些消解生命神圣价值的肆无忌惮行为

---

① 马克思恩格斯：《共产党宣言》，中央编译出版社 2005 年版，第 46 页。

② 《马克思恩格斯选集》第 1 卷，人民出版社 1995 年版，第 10 页。

③ ［苏］尼·奥斯特洛夫斯基：《钢铁是怎样炼成的》，梅益译，人民文学出版社 1995 年版（2005 年重印），第 232 页。

④ ［古希腊］朗吉弩斯：《论崇高》，载章安祺、缪灵珠编《美学译文集》第 1 卷，中国人民大学出版社 1987 年版，第 87—88 页。

有所收敛。

正如在反法西斯战争中，许多战士都怀揣着《钢铁是怎样炼成的》等作品，"随同俄罗斯大地一起经受了烈士们鲜血的洗礼"① 一样，保尔形象所体现出的崇高精神，是任何时代的正能量所必需的。当"生活亵渎了神圣"②，当腐败堕落猖獗于世，当"躲避崇高"蔓延于人心，保尔的崇高精神不会过时。"这就是为什么在现代世界面临形上理想解构、人生价值失落的精神危机的今天，人们希望以保尔形象的光辉照耀青年们人生之路，希望青年在保尔身上看到献身人类理想而自强不息、抗争命运、积极进取的人生追求。"③ "保尔身上寄予着几代人当年自己'虽不能至而心向往焉'的难以割舍的美好情结，凝聚着几代人的心灵的历史和命运。……对于多少'过来人'来说，解读保尔和审视自己心灵的历史和命运恰恰应该是一种统一的历史反思。而对于青年人来说，也只有理解了保尔，才能更成熟，更坚定地走上我们心目中由保尔所象征的理想之路。"④

总之，《钢铁是怎样炼成的》，既反映了"形而下"的意义——为革命事业、为穷苦大众的解放不惜牺牲一切的奋斗精神，也在其上体现了"形而上"的意义——人的灵魂走向崇高、走向终极，实现生命的永恒和自由的精神超越，即通过保尔这个革命者的生命游走，表达了以革命实践为依托的"革命超越"主题。奥斯特洛夫斯基不仅通过革命实践映照理想，而且诉诸文学笔端表达对理想的信念；不仅艺术地反映了革命者的无私无畏的革命精神，而且真诚地表达了他们在通往共产主义道路上的生命超越情怀。它昭示人们，"只要你为了一个伟大的目标做出了最大的努力，则这一目标能否达到便并不重要，重要的是你舍弃了肉体的自我，完善了精神的自我"。⑤

无论如何，在"革命游走"的路上，有千千万万个保尔仍在继续前行。

"革命超越"主题，必须与人的全面自由的发展结合起来，并建立在

---

① 王志耕：《"红色经典"在俄国的命运》，《读书》2006 年第 9 期，第 14 页。

② 王蒙：《躲避崇高》，《读书》1993 年第 1 期，第 14 页。

③ 吴泽霖：《保尔的命运和被亵渎的理想——〈钢铁是怎样炼成的〉问世 70 年祭》，《俄罗斯文艺》2004 年第 3 期，第 54 页。

④ 同上书，第 53 页。

⑤ 王志耕：《"红色经典"在俄国的命运》，《读书》2006 年第 9 期，第 17 页。

人的丰富性和多样性基础之上，方能经久不衰。"人是生而自由的，但无往不在枷锁之中。"① 既然自由是人类对于必然的一种认识和超越，那么自由本质上就是人类实践的产物。马克思主义不仅在理论上找到了通往自由的坦途，而且在现实社会中不断地实践之，是以"自由王国"为旨归。"在那里，每个人的自由发展是一切人的自由发展的条件"。② 那么，未来文学生命超越主题路在何方？"艺术家将会向社会揭示灿烂的未来，并以新文明的前景激励人们。"③ 我们有理由相信，生命超越主题的自由指向一定会改变空想性质而具有真正超越的价值和意义。这是"生命超越主题"的重构之路和必然之路。

---

① ［法］卢梭：《社会契约论》，何兆武译，商务印书馆 1990 年版，第 7 页。

② 马克思恩格斯：《共产党宣言》，中央编译出版社 2005 年版，第 46 页。

③ ［美］丹尼尔·贝尔：《资本主义文化矛盾》，赵一凡、蒲隆、任晓晋译，生活·读书·新知三联书店 1989 年版，第 80 页。

余　论

　　本书基于跨文化视阈和主题史脉络，把生命超越主题置于西方文学发展历程之中，既审视其历史萌芽、原型及其置换变形的动态过程，又把握其哲学思考的逻辑过程，重要的是立足于文学"游走"世界的象征谱系来整合其流变特征，描绘了一幅西方文学"生命超越主题"形态的图谱，建构了"生命超越主题"的研究体系。但尚有一些问题不能释怀。

一　一元与多元

　　根据西方文学生命超越主题呈现的规律，本书把握历时性的顺序，沿着西方文学发展脉络的中轴线，对西方文学生命超越主题的不同阶段反映的主流形态及其经典文本进行了研究。我们看到，西方从古希腊柏拉图的理念理性主义开始，经过中世纪基督教的上帝理性主义，一直到文艺复兴、启蒙运动所开启的近代科学理性主义，乃至于19世纪生命哲学体系和进步思潮，始终认为对问题的认识必然有一个可靠的实现途径，也必然有一个答案。而且，每一个答案不仅是前者的继承和融合，更是对其创新和超越，最终构成一个新的答案体系。我们把西方文学生命超越主题演绎的这种过程看成一系列隐含着阶段性变异的过程，以此确立了这项研究，并遵循"理想类型"的研究方式，把握历时性的从"一"而终的研究路径，从而形成了西方文学"生命超越主题"的研究谱系。

　　这样，我们在追溯了生命超越主题的发生学原理和阐释了生命超越主题的"原型"之后，便以文学"游走"的象征模式为视点，系统梳理了西方文学生命超越主题的文学谱系。从"神本超越"开始，即沿着"神"的道路进行"人"的生命超越的言说；当"上帝"死了，则代之以"德本超越"；当"英雄"死了，则代之以"情本超越"、"性本超越"；当"人"死了，一切化为乌有，则代之以"虚无超越"，是以荒诞形式去追问生命超越意义，以变形手段去寻觅生命超越的终极目标；而当马克思主义终结了"虚无主义"，则代之以"革命超越"，从而赋予了人的生命超越以空前的革命性意义和终极价值。如此，我们基于生命超越主题在不同阶段文学的主流性的把握，而形成了西方文学生命超越主题形态研究的结构顺序，依次为"神本超越"、"德本超越"、"情本超越"、"性本超越"、"虚无超越"、"革命超越"等。

　　然而，生命超越主题形态的呈现不独是一个"历时性"的过程，也是一个"共时性"的存在。也就是说，生命超越主题在西方文学发展史的每个阶段所呈现的形态并非是单一化的，而是多元的。无论是"神本超越"，还是"德本超越"，还是"情本超越"、"性本超越"乃至"虚无超越"、"革命超越"等，几乎在每个阶段的文学中，都有其不同程度的表现。例如，14—17世纪西方文学中的生命超越主题多表现为"神本超越"，同时也存在"德本超越"等形态，既有《神曲》这样的"神本超越"的典范，也有《堂吉诃德》这样的"德本超越"的经典，也有《罗密欧与朱丽叶》这样的"情本超越"的佳作；再如，19世纪西方文学中的生命超越主题既有"情本超越"，亦不排除"神本超越"、"德本超越"的体现，既有如《巴黎圣母院》、《双城记》中的卡西莫多、卡尔登这样的"情本超越"的类型，也有《悲惨世界》中的冉阿让这样的蕴含着"德本超越"与"神本超越"的聚合；再如，20世纪以来的西方文学生命超越主题既有"情本超越"、"性本超越"形态，同时也有"生命超越"主题的其他形态，如《母亲》、《钢铁是怎样炼成的》等"革命超越"的凸显，如《变形记》、《等待戈多》等"虚无超越"的呈现。只不过每个阶段的生命超越主题都有其内在的主流倾向罢了。

　　不仅如此，任何经典文本，其生命超越主题的表达倾向也未必是单一的。歌德的《浮士德》是"神本超越"与"德本超越"掺杂其中；易卜生的《当我们死者醒来》在"情本超越"中又有着"虚无超越"的意向；陀思妥耶夫斯基的《白痴》也是"神本超越"与"德本超越"相互交织……还有，《钢铁是怎样炼成的》则是以保尔·柯察金舍弃一切的奋斗历程，成为表现"革命超越"与显示道德力量的"德本超越"结合的典范……它们都以各自洋溢着的多向度的生命超越主题，受到了一代又一代人的激赏。

　　再者说，任何时代伟大文学家的创作都不可能只表现一种类型的主题。如莎士比亚的戏剧，既有生命超越主题，也有婚恋主题、人性主题、政治主题等。而同样是表现生命超越主题，一些作家的创作也不一定只表现一种形态。如列夫·托尔斯泰的作品，既有安娜·卡列尼娜（《安娜·卡列尼娜》）那种为爱弃命的"情本超越"，亦有列文（《安娜·卡列尼娜》）这般为追求道德完善的"德本超越"，更有萨伦采夫（《光在黑暗中发亮》）那样的集"德本超越"与"神本超越"于一身的圣徒品格……

正如文本的言说不可能把同时发生的事情同时表述出来一样，对于西方文学生命超越主题的研究，我们也仅仅是出于表述的逻辑需要而选择了一元论取向，但同时也实难放弃多元论。更何况，"对一个文本或一部艺术作品里的真正意义的汲舀是永无止境的，它实际上是一种无限的过程"。① 对生命超越主题的研究来说也是如此。

二　可能与可行

从西方文学生命超越主题及其对人的生命存在的意义求索可以看出，生命超越主题揭示的往往是一种可能性存在。如马尔库塞所说，"不在于达到一个虚构和空幻的王国，而在于抵达一个具体可能性的天地"。② 亦如米兰·昆德拉所言："小说不研究现实而是研究存在。存在并不是已经发生的，存在是人的可能的场所，是一切人可以成为的，一切人所能够的。小说家发现人们这种或那种可能，画出'存在的图'。再讲一遍：存在就是在世界中。因此，人物与他的世界都应被作为可能来理解。"③

我们对西方文学生命超越主题的研究，必然要把握文本所呈现的这种"可能性"存在，而不能把生活中的生命超越现象与文学作品中所显示的生命超越主题混为一谈。无论如何，但丁的灵魂由化为天使的贝雅特丽齐带到天国的极乐世界，是成神人的超越之境；堂吉诃德所演绎的一个游侠骑士的癫狂，是成完人的道德超越；安娜·卡列尼娜至情至美的情爱，是成至情人的一种灵魂的召唤的情本超越；康妮与梅勒斯的性爱，是成凡人回归人性乐园的性本超越；两个流浪汉永无休止地荒诞等待，是成

---

① ［德］伽达默尔：《真理与方法》，洪汉鼎译，上海译文出版社1999年版，第383页。
② ［美］赫伯特·马尔库塞：《审美之维》，李小兵译，广西师范大学出版社2001年版，第147页。
③ ［捷克］米兰·昆德拉：《小说的艺术》，孟湄译，生活·读书·新知三联书店1992年版，第42页。

"非人"的流浪以重寻"人"的家园的虚无超越；而保尔·柯察金舍弃肉体的追求，则是成"革命者"走向纯粹精神性的革命超越……都是一种"可能性"存在。

也正是由于这种"可能性"，才使生命超越主题存在的终极性意义有了无限敞开的空间。不论是神本超越的基点，还是德本超越的立场，抑或是性本超越的依据，都是人类希冀从此岸到彼岸，从有限至无限，在时间维度上达到生命不朽，在空间维度上达到生命自由。从古至今，文学以其丰富多彩的形式演绎了人类生命超越的探索之旅，而并不因其形态各异而相互冲突，也不因其意向的不同而分出高下。我们不能说陀思妥耶夫斯基的梅什金公爵的精神超越就一定强于列夫·托尔斯泰的聂赫留朵夫，也不能说牛虻的慷慨赴死就高于伏契克的英勇就义，更不能说但丁以神人般游历三界的非凡超越就比塞万提斯的堂吉诃德完人般的道德超越显得高明。他们共同创造和丰富了西方文学生命超越主题史。

一部西方文学生命超越主题史足以表明，任何一个时代的文学始终是与人类良知、智慧和理想分不开的；任何一个时代的文学经典始终是关注人类共同关心的问题，包括人类的生存和命运，亦包括人类的可能与未来。生命超越主题无论是以什么为依托去表现"可能性"——或"神"，或"德"，或"义"，或"情"，或"性"，或"虚无"，或"革命"等，都必然以审美为基础，最终"通过表现出形而上性质才达到它的峰顶"①。这是经典之所以成为经典的本质。从这个意义上，兰波说，"诗人应该是一个通灵者，使自己成为一个通灵者。必须使各种感觉经历长期的、广泛的、有意识的错位，各种形式的情爱、痛苦和疯狂，诗人才能成为一个通灵者；他寻找自我，并为保存自己的精华而饮尽毒药。在难以形容的折磨中，它需要坚定的信仰与超人的力量；它与众不同，将成为伟大的病夫，伟大的罪犯，伟大的诅咒者——至高无上的智者！"② 卡尔维诺说："只要人性受到沉重造成的奴役，我想我就应该像柏修斯那样飞入另外一种空间去。"③ 他们都道出了杰出文学家生命超越的文学使命。正所谓，"人们必

---

① ［波兰］英伽登：《文学的艺术作品》，载蒋孔阳《二十世纪西方美学名著选》（下），复旦大学出版社 1988 年版，第 261 页。

② ［法］兰波：《致保尔·德梅尼》，载黄晋凯、张秉真、杨恒达主编《象征主义、意象派》，中国人民大学出版社 1989 年版，第 34 页。

③ ［意］卡尔维诺：《未来千年文学备忘录》，杨德友译，辽宁教育出版社 1997 年版，第 1 页。

须为不可能的东西而不懈奋斗，否则就不可能达到可能的东西了"。①

无疑，那些文学经典通过种种可能性所展示的生命超越主题，经过岁月风雨的洗礼与考验，已成为文学圣殿中的瑰宝，带给人类以永久的思考。而这种可能性是否只能通过幻化的文学主题以一种可行性而存在？固然，走向天堂、至善、至情、至性，都充满着乌托邦的意味，但这绝不能成为拒斥可行性的口实。实际上，我们在"革命超越"一章已辨析了可能性向可行性转化的必然趋势。因为"革命超越"不仅仅是一种精神信仰，像它之前所有"生命超越主题"形态一样；同时，它也是一种运动——共产主义运动，这又是与其他"生命超越主题"形态的虚幻性的最大不同。这一运动不仅怀抱远大的、崇高的共产主义理想，更把"目标"确立在"道路"的建设之上。

三　短暂与永恒

从西方文学生命超越主题的发展历程和形态可以看出，生命超越主题既是蕴含深刻的文学主题，也是文学的永恒主题。它以其诗性本质，通过栩栩如生的文学形象、文学意境，不仅表现文学家的古今感慨和价值判断，也突出其道德信念和精神操守，更重要的是彰显了在现实生活和审美情韵之上人的生命意义的升华。

然而，生命超越主题总是在矛盾中存在着，既充满着追求永恒的强烈诱惑，也充斥生命短暂的巨大缺憾。就生命意义而言，人的生命的意义可以无限地生成，生命能够永恒而生生不息；而就生命规律而言，生命不可能重复，更不可能永恒。生命的存在和超越必然是悲剧性的，生命超越主题也同样充满了悲剧色彩。无论是上帝、真主，还是神灵、精怪，还是天国、仙境，还是彼岸、终极，不过是幻象——既是神圣的又是超验的；既是存在的也是虚妄的。"世界、生活和人类只是一种幻影、一种虚无、一种梦幻……"② 生命超越的意义也只是人类自己的一种精神"虚设"而已。这是无法逾越的悖论。也恰恰是因为短暂与永恒的悖论，方才彰显出生命超越主题所带给人类的抗争性和悲壮性。正如卡夫卡所说："道路是

---

① Max Weber. *The Sociology of Religion*, Boston: Beacon Press, 1963, p. 144.
② ［瑞典］斯特林堡：《斯特林堡文集》第 4 卷，李之义译，人民文学出版社 2005 年版，第329 页。

没有尽头的，无所谓减少，无所谓增加，但每个人却都用自己儿戏般的尺码去丈量。'诚然，这一尺码的道路你还得走完，它将使你不能忘怀。'"①也正如20世纪那些真正伟大的思想家都与陀思妥耶夫斯基有直接的血缘关系一样，因为维系着他们的共同的东西，就是抗拒生命短暂与沉沦而走向生命超越以及由此带来的永恒希望与梦想。

在全球化和市场经济大潮的冲击下，精神颓废、道德沦丧、金钱至上等不良现象，以及酗酒、吸毒、暴力、色情等丑恶行为泛滥肆虐。难道这一切与高尚的情操、纯洁的情感、善良的品质、正义的能量具有同样的合理性吗？对此，一些文学家仍期望以"神本超越"去拯救，或渴望用"德本超越"来建构人的生命超越的目标，或以"情本超越"诉诸于永存不朽的生命价值；而另外一些文学家则把他们的目光转向欲望喧嚣的场域，或通过纵情纵欲地渲染，或通过荒诞、变形地摹写，企图以"虚无超越"去寻找生命的意义；还有一些文学家则怀恋20世纪上半叶高扬纯朴、真挚的美好时光，一如保尔·柯察金的"革命超越"之于苏联、中国乃至世界其他国家所产生的令人无限回味的巨大影响……正是这样，生命超越主题体现了诗人、作家们在短暂的生命之旅仍不肯醉生梦死，而是在极力寻找"诗意家园"的一种深沉博大的悲剧意识。这正是，"人借语言创造、毁灭、沉沦，并且向永生之物返回，向主宰和母亲返回，人借语言见证其本质……"② 因此，生命超越主题所反映的形而上学的思想和观念，虽说只能在人的内心、在人的精神生活中找到确证，但在科学飞速发展带给人类生活翻天覆地变化的今天，依然闪烁着它的生命之光。

如此说来，生命超越主题的灵魂，就是一个个殉道者——殉"神"道，殉"德"道，殉"情"道，殉"性"道，殉"虚无"之道，殉"革命"之道……在给文学命脉注入活力与激情的同时，也在通向永恒与自由的天堂诠释着人类生命的意义。只不过这个"天堂"不在别处——"天堂存在于人类日常保持自我的斗争中，存在于人类在荒谬的大海和非人道的荒漠中建立意义和存在小岛的奋斗中……天堂不仅可以达到，而且可以永远地追寻。通向对于人类可能存在的天堂之路必须穿过我们自己的地狱。"③

---

① 叶廷芳选编：《卡夫卡散文》，浙江文艺出版社2001年版，第8页。

② ［德］海德格尔：《荷尔德林诗的阐释》，孙周兴译，商务印书馆2002年版，第38页。

③ ［德］古茨塔夫·勒内·毫克：《绝望与信心》，李永平译，中国社会科学出版社1992年版，第21页。

　　从这个意义上看，生命超越主题研究基于文学又不止于文学。如果物质主义、消费主义成为现代社会趋之若鹜的力量，超越现实的崇高理想和追问终极价值的人生求索被淡忘甚至沦丧的话，人类将面临失去家园的精神危机。人成为"单向度的人"，成为"非人"，是每个有良知的人都不愿看到的。无论如何，人都希望生命走向和谐与完善，成为真正意义上的人。当然这不是文学所能承担的。文学不是布道，但文学可以澄明。生命超越主题研究，对人的生命、人的本质的探寻，是以开放的姿态留有一个通往意义澄明的空间。它不仅具有深刻的文学意义，为拓展主题学研究、探索文学规律以及文学经典研究开辟一个新的视阈；而且也具有积极的现实意义，可以激发人们对社会、对人生的终极关怀与反思，对弘扬人文精神，对消弭目前普遍存在的信仰危机和精神危机亦能产生有益的启示。

　　彼岸永远存在，超越永无止境。生命超越主题作为一种悲剧性的存在，不会也不可能在文学创作中缺席。正所谓，"窈兮冥，其中有精；其精甚真，其中有信"。① 生命超越主题之于人的精神和心灵的引领与提升，是其永远存续的最大理由。

---

① 《老子·第十八章》，载《诸子集成》第 3 卷，团结出版社 1996 年版，第 26 页。

参考文献

1. Albert Camus, *The myth of sisyphus and other Essays*, New York: Vintage Books, 1995.

2. Attanasio, S. &. Bergin. T. G. , *Giants of World Literature*: *Cervantes*, NewYork: American Heritage Press, 1970.

3. Joseph Campbell, *Myths to Live By*, New York: Bantam Books, 1980.

4. Jacques Derrida, *Margins of Philosophy*, Trans by Alan Bass. Chicago: Chicago University Press, 1982.

5. Gary Gutting, *French philosophy in the twentieth century*, London: Cambridge University Press, 2001.

6. Gilles Deleuze, *Nietzsche and Philosophy*, London: The Athlone Press, 1983.

7. Gilles Deleuze and Felex Guattari, *A thousand Plateaus*: *Capitalism and Schizophrenia*, Trans by Brian Massumi, London and Minneapolis: University of Minnesota Press, 1987.

8. Graver, Lawrence. & Federman, Raymond, *Samuel Beckett*: *The Critical Heritage*, London: Routledge & Kegan Paul, 1979.

9. J. Habermas, *The Theory of Communicative Action*, VOL. 1 : *Reason and the Rationalization of Society*, Trans by Thomas Maccrthy, Boston: Beacon Press, 1985.

10. Max Weber, *The Sociology of Religion*, Boston: Beacon press, 1963.

11. Northrop Frye, *Fables of Identity*: *Studies in Poetic Mythology*, New York: Harcourt Brace & World, 1963.

12. Northrop Frye, *The Secular Scripture*: *A Study of the Structure of Romance*, Harvard University Press, 1978.

13. Soren Aabye Kierkegaard, *The opinion of view*, Oxford University

Press，1939.

14. Soble，A.，*The structure of love*，New Haven：Yale University Press，1990.

15. Rene Descartes，*Meditationson First Philosophy*，trans by John Cottingham，China Socal Sciences Publishing House，1999.

16. Walter Pater，*The Renaissance*：*Studies in Art and Poetry*，London：Macmillan，1913.

17. Welle. Shane. A.，*Taste for the Negative*：*Beckett and Nihilism*，London：Modem Humanities Research Association and Maney Publishing，2005.

18. Martin Esslin，*The Theatre of Absurd*，3*rd Edition*，New York：Pelican Books，1983.

19. Gontarski，S. E.，*The intent of undoing in Samuel Beckett's art*，Modern Fiction Studies，1983，29（1）.

20. ［日］阿部正雄：《禅与西方思想》，王雷泉、张汝伦译，上海译文出版社 1989 年版。

21. 阿兰·邓蒂斯编：《西方神话学论文选》，朝戈金等译，上海文艺出版 1994 年版。

22. ［苏］阿尔森·古留加：《康德传》，贾泽林等译，商务印书馆 1992 年版。

23. ［古罗马］奥古斯丁：《忏悔录》，周士良译，商务印书馆 1963 年版（1996 年重印）。

24. ［英］爱德华·泰勒：《原始文化》，连树声译，上海文艺出版社 1992 年版。

25. ［德］艾克曼辑录：《歌德谈话录》，朱光潜译，人民文学出版社 2000 年版。

26. ［英］霭理士：《性心理学》，潘光旦译，商务印书馆 1997 年版。

27. ［法］艾玛纽埃尔·勒维纳斯：《上帝·死亡和时间》，余中先译，生活·读书·新知三联书店 2003 年版。

28. ［西班牙］安·塔比亚斯：《艺术实践》，河清译，浙江摄影出版社 1988 年版。

29. ［意］巴蒂斯塔·莫迪恩：《哲学人类学》，李树琴、段素革译，黑龙江人民出版社 2005 年版。

30. ［爱尔兰］贝克特：《等待戈多》，余中先译，湖南文艺出版社 2006 年版。

31.〔爱尔兰〕贝克特等：《普鲁斯特论》，沈睿、黄伟译，社会科学文献出版社 1999 年版。

32. 北京大学西语系资料组：《文艺复兴到十九世纪资产阶级文学家艺术家有关人道主义人性论的言论选辑》，商务印书馆 1971 年版。

33. 北京大学哲学系外国哲学史教研室编译：《西方哲学原著选读》（上下），商务印书馆 1986 年版。

34.〔美〕保罗·蒂利希：《蒂利希选集》（上），何光沪选编，上海三联书店 1999 年版。

35.〔美〕保罗·蒂利希：《文化神学》，陈新权、王平译，工人出版社 1988 年版。

36.〔意〕薄伽丘：《但丁传》，伍蠡甫等编《西方文论选》，上海译文出版社 1979 年版。

37.〔古希腊〕柏拉图：《柏拉图全集》第 1 卷，王晓朝译，人民出版社 2002 年版。

38.〔古希腊〕柏拉图：《理想国》，郭斌和等译，商务印书馆 1997 年版。

39.〔古希腊〕柏拉图：《会饮》，刘小枫译，华夏出版社 2003 年版。

40.〔古希腊〕柏拉图：《文艺对话集》，朱光潜译，人民文学出版社 1983 年版。

41.〔俄〕别尔嘉耶夫：《别尔嘉耶夫集》，汪剑钊选编，上海远东出版社 2004 年版。

42.〔俄〕别尔嘉耶夫：《别尔嘉耶夫文集》1—3 卷，方珊主编，上海人民出版社 2007 年版。

43.〔俄〕别尔嘉耶夫：《俄罗斯思想》，雷永生、邱守娟译，生活·读书·新知三联书店 2004 年版。

44.〔俄〕别尔嘉耶夫：《论人的使命》，张百春译，学林出版社 2000 年版。

45.〔俄〕别尔嘉耶夫：《论人的奴役与自由》，张百春译，中国城市出版社 2002 年版。

46.〔俄〕布宁：《托尔斯泰的解脱》，陈馥译，辽宁教育出版社 2000 年版。

47.〔美〕C. 恩伯、M. 恩伯：《文化的变异》，杜杉杉译，辽宁人民出版社 1988 年版。

48. 曹顺庆、吴兴明：《正在消失的乌托邦》，《文学评论》2003 年第

3 期。

49. 车文博主编：《弗洛伊德文集》第 4 卷，长春出版社 1998 年版。

50. 陈慧：《西方现代派文学简论》，花山文艺出版社 1985 年版。

51. 陈麟书、陈霞主编：《宗教学原理》（新版），宗教文化出版社 1999 年版。

52. 陈建华编：《托尔斯泰思想小品》，上海社会科学出版社 1999 年版。

53. 陈正炎、林其锬：《中国古代大同思想研究》，上海人民出版社 1986 年版。

54. 陈传才：《论世纪之交的文学精神》，《中国人民大学学报》1996 年第 2 期。

55. 陈嘉：《谈谈荒诞派剧本〈等待戈多〉》，《当代外国文学》1984 年第 1 期。

56. 陈鹤鸣：《但丁〈神曲〉宗教灵魂观念探源》，《外国文学研究》1998 年第 3 期。

57. 陈众议：《经典的偶然性与必然性——以〈堂吉诃德〉为个案》，《外国文学评论》2009 年第 1 期。

58. 程祥徽、黎运汉：《语言风格论集》，南京大学出版社 1994 年版。

59. ［英］D. H. 劳伦斯：《查泰莱夫人的情人》，饶述一译，湖南人民出版社 1986 年版。

60. ［英］D. H. 劳伦斯：《恋爱中的女人》，毕冰宾译，北岳文艺出版社 1989 年版。

61. ［英］D. H. 劳伦斯：《灵与肉的剖白——D. H. 劳伦斯论文艺》，毕冰宾译，漓江出版社 1991 年版。

62. ［英］D. H. 劳伦斯：《劳伦斯文艺随笔》，黑马译，漓江出版社 1994 年版。

63. ［英］D. H. 劳伦斯：《劳伦斯书信选》，哈里·莫尔编，刘宪之、乔长森译，北方文艺出版社 1988 年版。

64. ［英］D. H. 劳伦斯：《劳伦斯散文》，黑马译，人民文学出版社 2008 年版。

65. ［英］D. H. 劳伦斯：《性与美》，黑马译，湖南文艺出版社 2004 年版。

66. ［英］D. H. 劳伦斯：《劳伦斯论美国名著》，黑马译，上海三联书店 2006 年版。

67. ［英］D. H. 劳伦斯:《意大利的黄昏》,文朴译,中国文联出版公司 1997 年版。

68. ［意］但丁:《神曲·地狱篇》,田德望译,人民文学出版社 1990 年版。

69. ［意］但丁:《神曲·炼狱篇》,田德望译,人民文学出版社 1997 年版。

70. ［意］但丁:《神曲·天国篇》,田德望译,人民文学出版社 2001 年版。

71. ［美］丹尼尔·贝尔:《资本主义文化矛盾》,赵一凡、蒲隆、任晓晋译,生活·读书·新知三联书店 1989 年版。

72. ［英］丹皮尔:《科学史及其哲学和宗教的关系》,李珩译,商务印书馆 1975 年版（1997 年重印）。

73. ［德］笛卡尔:《第一哲学沉思录》,庞景仁译,商务印书馆 1986 年版。

74. ［德］德里达:《论文字学》,汪堂家译,上海译文出版社 2005 年版。

75. 邓晓芒:《欧洲虚无主义及其克服——读海德格尔〈尼采〉札记》,《江苏社会科学》2008 年第 2 期。

76. 邓晓芒:《什么是新实践美学——兼与杨春时先生商讨》,《学术月刊》2002 年第 10 期。

77. 董衡巽:《戏剧艺术的堕落——法国"反戏剧派"》,《前线》1963 年第 8 期。

78. 丁帆:《怎样确定历史的和美学的坐标——重读〈钢铁是怎样炼成的〉札记》,《文艺争鸣》2000 年第 5 期。

79. 丁帆、王世沉:《十七年文学:"人"和自我的失落》,《唯实》1999 年第 3 期。

80. ［美］杜·舒尔茨:《现代心理学史》,杨立能等译,人民教育出版社 1981 年版。

81. 段德智:《死亡哲学》,湖北人民出版社 1996 年版。

82. 恩格斯:《论早期基督教的历史》,《马克思恩格斯全集》第 22 卷,人民出版社 1979 年版。

83. ［德］恩斯特·卡西尔:《卢梭·康德·歌德》,刘东译,生活·读书·新知三联书店 1992 年版。

84. ［德］恩斯特·卡西尔:《神话思维》,黄龙保、周振选译,中国社会科学出版社 1992 年版。

85. ［德］恩斯特·卡西尔：《人论》，甘阳译，上海译文出版社 1985 年版。

86. ［俄］法捷耶夫：《法捷耶夫谈〈钢铁是怎样炼成的〉——给尼·奥斯特洛夫斯基的信》，黄维道译，《文化译丛》1982 年第 3 期。

87. ［德］费尔巴哈：《费尔巴哈哲学著作选集》上下卷，荣震华等译，商务印书馆 1984 年版。

88. ［加拿大］弗莱：《诺斯洛普·弗莱文论选集》，吴持哲编译，中国社会科学出版社 1997 年版。

89. ［加拿大］弗莱：《批评的剖析》，陈慧、袁宪军、吴伟仁译，百花文艺出版社 2006 年版。

90. ［加拿大］弗莱：《伟大的代码——圣经与文学》，郝振益、樊振帼、何成洲译，北京大学出版社 1998 年版。

91. ［加拿大］弗莱：《现代百年》，盛宁译，辽宁教育出版社 1998 年版。

92. ［加拿大］弗莱：《批评的剖析》，陈慧、袁宪军、吴伟仁译，百花文艺出版社 2006 年版。

93. ［捷克］伏契克：《绞刑下的报告》，蒋承俊译，人民文学出版社 2004 年版。

94. ［法］福柯：《尼采·谱系学·历史学》，《学术思想评论》第四辑，辽宁大学出版社 1998 年版。

95. ［法］福柯：《性史》，姬旭升译，青海人民出版社 1999 年版。

96. 傅浩：《二十世纪英语诗选》，河北教育出版社 2003 年版。

97. ［英］弗兰克·克默德：《劳伦斯》，胡缨译，生活·读书·新知三联书店 1986 年版。

98. ［美］弗拉基米尔·纳博科夫：《文学讲稿》，申慈辉等译，上海三联书店 2005 年版。

99. ［英］弗雷泽：《金枝》（上下），徐育新、汪培基、张泽石译，中国民间文艺出版社 1987 年版。

100. ［奥地利］弗洛伊德：《精神分析引论》，高觉敷译，商务印书馆 1984 年版。

101. ［俄］高尔基：《母亲》，仰熙译，花山文艺出版社 1995 年版。

102. 高旭东：《一个温情的反异化神话——论〈查泰莱夫人的情人〉的哲理意蕴》，《外国文学》2000 年第 5 期。

103. 高毅：《福柯史学刍议》，《历史研究》1994 年第 6 期。

104. 耿幼壮：《重读古希腊悲剧》，《博览群书》2003 年第 1 期。

105. ［德］古茨塔夫·勒内·毫克：《绝望与信心》，李水平译，中国社会科学出版社 1992 年版。

106. ［德］海德格尔：《海德格尔选集》（上下），孙周兴译，上海三联书店 1996 年版。

107. ［德］海德格尔：《存在与时间》（修订译本），陈嘉映、王庆节译，生活·读书·新知三联书店 1999 年版。

108. ［德］海德格尔：《荷尔德林诗的阐释》，孙周兴译，商务印书馆 2002 年版。

109. ［德］海德格尔：《路标》，孙周兴译，商务印书馆 2001 年版。

110. ［德］海德格尔：《林中路》，孙周兴译，上海译文出版社 1997 年版。

111. ［德］海德格尔：《尼采》，孙周兴译，商务印书馆 2002 年版。

112. ［美］哈利·列文：《批评的各种方法》，乌尔利希·韦斯坦因《比较文学与文学理论》，刘象愚译，辽宁人民出版社 1987 年版。

113. ［美］哈罗德·布鲁姆：《影响的焦虑》，徐文博译，生活·读书·新知三联书店 1989 年版。

114. ［美］哈洛·卜伦：《西方正典》，高志仁译，立绪文化事业有限公司 1998 年版。

115. ［德］海涅：《海涅全集》（第七卷），胡其鼎译，河北教育出版社 2003 年版。

116. ［德］汉斯·罗伯特·耀斯：《审美经验与文学解释学》，顾建光、顾靖宇、张天乐译，上海译文出版社 2006 年版。

117. ［阿根廷］豪·路·博尔赫斯：《作家们的作家——豪·路·博尔赫斯谈创作》，倪华迪译，云南人民出版社 1995 年版。

118. ［美］赫伯特·马尔库塞：《爱欲与文明》，黄勇、薛民译，上海文艺出版社 1987 年版。

119. ［美］赫伯特·马尔库塞：《审美之维》，李小兵译，广西师范大学出版社，2001 年版。

120. 何光沪：《多元化的上帝观》（增订版），中国人民大学出版社 2009 年版。

121. 何星亮：《中国自然神与自然崇拜》，上海三联书店 1992 年版。

122. 贺照田主编：《学术思想评论》第六辑，吉林人民出版社 2002

年版。

123. 黄晋凯、张秉真、杨恒达主编:《象征主义、意象派》,中国人民大学出版社 1989 年版。

124. 黄南珊:《文艺审美超越论要》,《广西社会科学》2008 年第 1 期。

125.〔德〕黑格尔:《美学》第 1—2 卷,朱光潜译,商务印书馆 1979 年版。

126.〔德〕黑格尔:《历史哲学》,王造时译,商务印书馆 1963 年版。

127.〔德〕黑格尔:《逻辑学》(上),杨一之译,商务印书馆 1982 年版。

128.〔德〕胡塞尔:《欧洲科学的危机与超越论的现象学》,王炳文译,商务印书馆 2001 年版。

129.〔美〕惠特曼:《草叶集》,赵萝蕤译,上海译文出版社 1991 年版。

130.〔英〕J. L. 斯泰恩:《现代戏剧的理论与实践》(二),郭建等译,中国戏剧出版社 1989 年版。

131.〔德〕伽达默尔:《真理与方法》,洪汉鼎译,上海译文出版社 1999 年。

132.〔法〕加缪:《加缪文集》,郭宏安等译,译林出版社 1999 年版。

133.〔法〕加缪:《加缪全集》,柳鸣九、沈志明主编,河北教育出版社 2002 年版。

134.〔法〕加缪:《评让·保尔·萨特的〈恶心〉》,杨林译,《文艺理论译丛》(3),中国文联出版公司 1985 年版。

135.〔法〕加斯东·巴什拉:《梦想的诗学》,刘自强译,生活·读书·新知三联书店 1996 年版。

136.〔美〕简·盖洛普:《通过身体思考》,杨莉馨译,江苏人民出版社 2005 年版。

137. 蒋孔阳主编:《19 世纪西方美学名著选》,复旦大学出版社 1990 年版。

138. 蒋孔阳:《德国古典美学》,商务印书馆 1984 年版。

139. 蒋承勇:《〈堂吉诃德〉的多重讽刺视角与人文意蕴重构》,《外国文学评论》2001 年第 4 期。

140.〔英〕吉西·钱伯斯、弗丽达·劳伦斯:《一份私人档案:劳伦斯与两个女人》，张健、叶兴国译，上海知识出版社 1991 年版。

141. ［奥地利］卡夫卡：《卡夫卡全集》，叶廷芳主编，河北教育出版社 1996 年版。

142. ［奥地利］卡夫卡：《卡夫卡散文》，叶廷芳选编，浙江文艺出版社 2001 年版。

143. ［意］卡尔维诺：《未来千年文学备忘录》，杨德友译，辽宁教育出版社 1997 年版。

144. ［德］康德：《判断力批判》，邓晓芒译，人民出版社 2004 年版。

145. ［德］康德：《康德书信百封》，李秋零译，上海人民出版社 1992 年版。

146. ［德］康德：《逻辑学讲义》，许景行译，商务印书馆 1991 年版。

147. ［德］康德：《未来形而上学导论》，庞景仁译，商务印书馆 1987 年版。

148. ［俄］康·洛穆诺夫：《托尔斯泰传》，李桅译，天津人民出版社 1981 年版。

149. ［法］克劳德·列维－斯特劳斯：《神话是如何消亡的》，载《结构人类学》，陆晓禾、黄锡光译，文化艺术出版社 1989 年版。

150. ［俄］拉伊莎·帕尔菲里耶芙娜·奥斯特洛夫斯卡娅：《一部成为斗争武器的长篇小说——奥斯特洛夫斯基夫人谈〈钢铁是怎样炼成的〉》，宁宇译，《世界文化》1983 年第 5 期。

151. ［德］赖因哈德·劳特：《陀斯妥耶夫斯基哲学》，沈真等译，东方出版社 1996 年版。

152. ［美］朗佩特：《施特劳斯与尼采》，田立年、贺志刚等译，上海三联书店 2005 年版。

153. 梁宗岱：《诗与真·诗与真二集》，外国文学出版社 1984 年版。

154. ［德］利奇德：《古希腊风化史》，杜之、常鸣译，辽宁教育出版社 2000 年版。

155. ［法］利奥塔德：《非人——时间漫谈》，罗国祥译，商务印书馆 2000 年版。

156. ［美］列奥·施特劳斯：《现代性的三次浪潮》，贺照田主编《西方现代性的曲折与展开》（"学术思想译论"第六辑），吉林人民出版社 2002 年版。

157. 《列宁全集》第 55 卷，人民出版社 1990 年版。

158. ［俄］列夫·托尔斯泰：《安娜·卡列尼娜》（上下），周扬、谢素台译，《列夫·托尔斯泰文集》第九、十卷，人民文学出版社 1990、1992 年版。

159. ［俄］列夫·托尔斯泰：《列夫·托尔斯泰文集》第十七卷，陈馥、郑揆译，人民文学出版社 2000 年版。

160. ［俄］列夫·托尔斯泰：《列夫·托尔斯泰文集》第十五卷，倪蕊琴选编，人民文学出版社 1989 年版。

161. ［俄］列夫·托尔斯泰：《天国在你们心中》，上海三联书店 1997 年版。

162. ［法］列维 – 布留尔：《原始思维》，丁由译，商务印书馆 1985 年版。

163. 李泽厚：《哲学探寻录》，载《世纪新梦》，安徽文艺出版社 1998 年版。

164. 李泽厚：《美学四讲》，载《美学三书》，安徽文艺出版社 1999 年版。

165. 李萌：《也谈"苏联文学的光明梦"》，《读书》1995 年第 9 期。

166. 黎跃进：《等待：现代文明中的人生处境——简论贝克特的〈等待戈多〉》，《衡阳师范学院学报》2002 年第 5 期。

167. 刘建军：《基督教与文艺复兴运动时期的欧洲文学》，《外国文学研究》2007 年第 5 期。

168. 刘建军：《基督教文化与西方文学传统》，北京大学出版社 2005 年版。

169. 刘心武：《重读〈钢铁是怎样炼成的〉》，《文学自由谈》1997 年第 5 期。

170. 刘宇等：《论马克思超越政治解放的市民社会批判》，《三峡大学学报》2011 年第 6 期。

171. 林方主编：《人的潜能和价值》，华夏出版社 1987 年版。

172. 刘小枫：《记恋冬妮娅》，《读书》1996 年第 4 期。

173. 刘小枫、倪为国：《尼采在西方——解读尼采》，生活·读书·新知三联书店 2002 年版。

174. 刘小枫：《拯救与逍遥》（修订本二版），华东师范大学出版社 2007 年版。

175. 刘小枫：《沉重的肉身——现代性伦理的叙事纬语》，华夏出版社 2004 年版。

176. 刘小枫：《走向十字架上的真》，上海三联书店 1995 年版。

177. 刘小枫主编：《尼采注疏集》，华东师范大学出版社 2007 年版。

178. 柳杨编译：《花非花——象征主义诗学》，旅游教育出版社 1991 年版。

179. ［法］卢梭：《论人类不平等的起源与基础》，李常山译，商务印书馆 1997 年版。

180. ［法］卢梭：《社会契约论》，何兆武译，商务印书馆 2005 年版。

181. 鲁迅：《〈解放了的堂吉诃德〉后记》，《解放了的堂吉诃德》，人民文学出版社 1954 年版。

182. 陆扬：《欧洲中世纪诗学》，上海社会科学出版社 2000 年版。

183. ［法］罗丹口述，葛赛尔记：《罗丹艺术论》，沈琪译，人民美术出版社 1978 年版。

184. 罗念生：《罗念生全集》第 2 卷，上海人民出版社 2004 年版。

185. ［法］罗曼·罗兰：《托尔斯泰传》，傅雷译，商务印书馆 1998 年版。

186. 罗婷：《劳伦斯研究——劳伦斯的生活、创作和思想》，湖南文艺出版社 1996 年版。

187. ［法］吕西安·戈德曼：《文学社会学方法论》，段毅、牛宏宝译，工人出版社 1989 年版。

188. ［英］马丁·艾斯林：《荒诞派戏剧》，华明译，河北教育出版社 2003 年版。

189. 马克思：《1844 年经济学哲学手稿》，人民出版社 2000 年版。

190. 马克思恩格斯：《共产党宣言》，中央编译出版社 2005 年版。

191. 《马克思恩格斯选集》第 1—4 卷，人民出版社 1995 年版。

192. 《马克思恩格斯全集》第 23 卷，人民出版社 1972 年版。

193. 《马克思恩格斯全集》第 46 卷（上下），人民出版社 1979 年版。

194. ［德］马克斯·韦伯：《社会科学方法论》，韩水法、莫茜译，中央编译出版社 2006 年版。

195. ［英］马林诺夫斯基：《文化论》，费孝通等译，中国民间文艺出版社 1987 年版。

196. ［英］马林诺夫斯基：《巫术科学宗教与神话》，李安宅译，中国民间文艺出版社 1986 年版。

197. ［美］马斯洛：《自我实现的人》，许金生等译，生活·读书·

新知三联书店 1987 年版。

198. ［美］马斯洛：《人性能达到的境界》，林方译，云南人民出版社 1987 年版。

199. ［美］马歇尔·伯曼：《一切坚固的东西都烟消云散了》，徐大建、张辑译，商务印书馆 2003 年版。

200. 毛信德：《诺贝尔文学颁奖演说集》，百花洲文艺出版社 1991 年版。

201. 缪灵珠编：《美学译文集》第 1 卷，中国人民大学出版社 1987 年版。

202. ［英］麦格拉思：《基督教概论》，马树林、孙毅译，北京大学出版社 2003 年版。

203. ［英］麦格拉思编：《基督教文学经典选读》（上下），苏欲晓译，北京大学出版社 2004 年版。

204. ［德］莫里茨·盖格尔：《艺术的意味》，艾彦译，华夏出版社 1999 年版。

205. 梅新林：《红楼梦哲学精神》，华东师范大学出版社 2007 年版。

206. ［法］梅洛－庞蒂：《知觉现象学》，姜志辉译，商务印书馆 2001 年版。

207. 孟昭毅：《比较文学通论》，南开大学出版社 2003 年版。

208. ［英］弥尔顿：《复乐园》，朱维之译，上海译文出版社 1981 年版。

209. ［罗］米尔恰·伊利亚德：《神圣与世俗》，王建光译，华夏出版社 2002 年版。

210. ［德］米切尔·兰德曼：《哲学人类学》，阎嘉译，贵州人民出版社 1988 年版。

211. ［捷克］米兰·昆德拉：《小说的艺术》，孟湄译，生活·读书·新知三联书店 1992 年版。

212. ［捷克］米兰·昆德拉：《贬值的塞万提斯的遗产》，艾晓明译，《东华大学学报》（社会科学版）2006 年第 2 期。

213. ［美］诺姆·乔姆斯基：《语言与心理》，牟小华、侯月英译，华夏出版社 1989 年版。

214. ［苏］尼·奥斯特洛夫斯基：《钢铁是怎样炼成的》，梅益译，人民文学出版社 1995 年版（2005 年重印）。

215. ［德］尼采：《悲剧的诞生》，周国平译，生活·读书·新知三联书店 1986 年版。

216. ［德］尼采：《查拉图斯特拉如是说》，钱春绮译，生活·读书·新知三联书店 2007 年版。

217. ［德］尼采：《论道德的谱系》，周红译，生活·读书·新知三联书店 1992 年版。

218. ［德］尼采：《快乐的知识》，黄明嘉译，中央编译出版社，2001 年版。

219. ［德］尼采：《权力意志》，张念东、凌素心译，商务印书馆 1991 年版。

220. ［德］尼采：《权力意志》，孙周兴译，商务印书馆 2007 年版。

221. 倪蕊琴：《列夫·托尔斯泰比较研究》，华东师范大学出版社 1988 年版。

222. ［墨西哥］帕斯：《帕斯作品选》，赵振江编选，云南人民出版社 1993 年版。

223. 潘知常：《审美体验的本体阐释》，《上海社会科学院学术季刊》1996 年第 1 期。

224. 彭富春：《中国当代思想的困境与出路——评李泽厚哲学与美学的最新探索》，《文艺研究》2001 年第 2 期。

225. 彭兆荣：《文学与仪式：文学人类学的一个文化视野——酒神及其祭祀仪式的发生学原理》北京大学出版社 2004 年版。

226. 钱理群：《丰富的痛苦——堂吉诃德和哈姆雷特的东移》，北京大学出版社 2007 年版。

227. 钱理群：《心灵的探寻》，北京大学出版社 1999 年版。

228. ［法］乔治·巴塔耶：《色情史》，刘晖译，商务印书馆 2003 年版。

229. ［法］热内·居伊昂：《性与道德》，李迈等译，国际文化出版公司 1988 年版。

230. 任光宣：《重读长篇小说〈钢铁是怎样炼成的〉》，《俄罗斯文艺》1998 年第 2 期。

231. ［瑞士］荣格：《分析心理学的理论与实践》，成穷、王作虹译，生活·读书·新知三联书店 1991 年版。

232. ［瑞士］荣格：《荣格文集》，冯川译，改革出版社 1997 年版。

233. ［瑞士］荣格：《探索心灵奥秘的现代人》，黄奇铭译，社会科学文献出版社 1987 年版。

234. ［美］塞雷纳·南达：《文化人类学》，刘燕鸣、韩养民编译，陕西人民教育出版社 1987 年版。

235. ［西班牙］塞万提斯：《堂吉诃德》（上、下），杨绛译，人民文学出版社 1983 年版。

236. ［德］斯宾格勒：《西方的没落——世界历史的透视》上册，齐世荣、田农等译，商务印书馆 1991 年版。

237. ［法］萨特：《存在与虚无》，陈宣良等译，生活·读书·新知三联书店 1987 年版。

238. ［法］萨特：《萨特作品精粹》，郑永慧编，河北教育出版社 1980 年版。

239. ［瑞典］斯特林堡：《斯特林堡文集》，李之义译，人民文学出版社 2005 年版。

240. ［俄］苏霍姆林斯基：《关于爱的思考》，张金长等译，广西人民出版社 1986 年版。

241. ［美］苏珊·朗格：《艺术问题》，滕守尧、朱疆源译，中国社会科学出版社 1983 年版。

242. ［德］舍勒：《伦理学中的形式主义与质料的价值伦理学》（上），倪梁康译，生活·读书·新知三联书店 2004 年版。

243. ［德］舍勒：《人在宇宙中的地位》，王维达编译《哲学人类学视野中的"人"》，湖北人民出版社 1989 年版。

244. ［法］斯特伦：《人与神——宗教生活的理解》，金泽、何其敏译，上海人民出版社 1991 年版。

245. 沈从文：《抽象的抒情》，载刘一友等编选《沈从文别集》，岳麓书社 1992 年版。

246. 沈从文：《看虹录》，《沈从文全集》第十卷，北岳文艺出版社 2002 年版。

247. 沈从文：《道师与道场》，《沈从文全集》第五卷，北岳文艺出版社 2002 年版。

248. 《圣经·旧约全书》（中英对照），中国基督教两会（中国基督教三自爱国运动委员会、中国基督教协会）2008 年版。

249. ［德］叔本华：《叔本华哲理美文集》，李瑜青主编，安徽文艺出版社 1997 年版。

250. ［德］叔本华：《作为意志和表象的世界》，石冲白译，商务印书馆 1982 年版。

251. ［美］斯坦利·罗森：《马克思与虚无主义问题》，邓先珍译，

《现代哲学》2011年第2期。

252. ［瑞士］索绪尔：《普通语言学教程》，高名凯译，商务印书馆1980年版。

253. 孙琴安：《性文学十讲》，重庆出版社2001年版。

254. 施津菊：《历史视野中的死亡叙事——十七年文学宏大叙事中的死亡话语及其审美意境》，《天津师范大学学报》2003年第4期。

255. ［英］T. S. 艾略特：《基督教与文化》，杨民生、陈常娜译，四川人民出版社1989年版。

256. ［英］T. S. 艾略特：《T. S. 艾略特文集》，陆建德主编，上海译文出版社2012年版。

257. ［日］汤浅博雄：《巴塔耶：消尽》，赵汉英译，河北教育出版社2001年版。

258. ［英］特伦斯·霍克斯：《结构主义和符号学》，瞿铁鹏译，上海译文出版社1987年版。

259. ［俄］陀思妥耶夫斯基：《群魔》，南江译，人民文学出版社1983年版。

260. ［俄］陀思妥耶夫斯基：《卡拉马佐夫兄弟》，耿济之译，人民文学出版社1981年版。

261. ［俄］瓦·哈利泽夫：《文学学导论》，周启超译，北京大学出版社2006年版。

262. 王安忆、陈思和：《两个69届初中生的即兴对话》，《上海文学》1988年第3期。

263. 汪民安、陈永国：《身体转向》，《国外文学》2004年第1期。

264. 王军：《新中国60年塞万提斯小说研究之考察与分析》，《国外文学》2012年第4期。

265. 王蒙：《躲避崇高》，《读书》1993年第1期。

266. 王晓华：《后上帝时代的等待者——对荒诞派戏剧〈等待戈多〉的文本分析》，《深圳大学学报》（人文社会科学版）2000年第5期。

267. 王元骧：《关于形而上学性的思考》，《文学评论》2004年第4期。

268. 王志耕：《"红色经典"在俄国的命运》，《读书》2008年第9期。

269. 王志耕：《宗教象征叙事与俄苏革命文学》，《外语与外语教学》2013年第1期。

270. ［美］韦克斯：《性，不只是性爱》，齐人译，光明日报出版社 1989 年版。

271. ［美］韦勒克、沃伦：《文学理论》，刘象愚译，生活·读书·新知三联书店 1984 年版。

272. ［意］维柯：《新科学》，朱光潜译，人民出版社 1986 年版。

273. ［美］威廉·赖希：《性革命——走向自我调节的性格结构》，陈学明、李国海、乔长森译，东方出版社 2010 年版。

274. ［奥地利］维特根斯坦：《哲学研究》，陈嘉映译，上海人民出版社 2001 年版。

275. ［美］沃格林：《没有约束的现代性》，张新樟、刘景联译，华东师范大学出版社 2007 年版。

276. 吴大吉、何耀华：《中国各民族原始宗教资料集成·彝族卷》，中国社会科学出版社 1996 年版。

277. 伍蠡甫主编：《西方文论选》，上海译文出版社 1979 年版。

278. 吴天明：《中国神话研究》，中央编译出版社 2002 年版。

279. 吴培显：《"红色经典"创作得失再评价》，《湖南师范大学社会科学学报》2002 年第 2 期。

280. 吴泽霖：《保尔的命运和被亵渎的理想——〈钢铁是怎样炼成的〉问世 70 年祭》，《俄罗斯文艺》2004 年第 3 期。

281. ［西班牙］乌纳穆诺：《生命的悲剧意识》，段继承译，花城出版社 2007 年版。

282. ［德］席勒：《论悲剧题材产生快感的原因》，孙凤城、张玉书译，载《古典文艺理论译丛》第 6 辑，人民文学出版社 1963 年版。

283. ［德］席勒：《审美教育书简》，徐恒醇译，中国文联出版公司 1984 年版。

284. ［美］希利斯·米勒：《重申解构主义》，郭英剑译，中国社会科学出版社 1998 年版。

285. ［德］谢林：《先验唯心论体系》，梁志学、石泉译，商务印书馆 1976 年版。

286. 谢选骏：《神话与民族精神》，山东文艺出版社 1986 年版。

287. 谢有顺：《身体修辞》，花城出版社 2003 年版。

288. 徐岱：《文学本体的人类学思辨》，《文学评论》1988 年第 5 期。

289. ［英］雪莱：《雪莱抒情诗选》，查良铮译，人民文学出版社 1993 年版。

290. ［德］雅斯贝尔斯：《存在与超越——雅斯贝尔斯文集》，余灵灵、徐信华译，上海三联书店 1988 年版。

291. ［德］雅斯贝斯：《时代的精神状况》，王德峰译，上海译文出版社 1997 年版。

292. ［古希腊］亚里士多德著，苗力田主编：《亚里士多德全集》第 7 卷，中国人民大学出版社 1993 年版。

293. ［古希腊］亚里士多德：《诗学》，罗念生译，上海人民出版社 2006 年版。

294. ［俄］亚历山德拉·托斯泰娅：《托尔斯泰传》（上下），郭锷权、戴启篁、贾明译，湖南文艺出版社 1992 年版。

295. 阎连科、梁鸿：《巫婆的红筷子》，春风文艺出版社 2002 年版。

296. 严平编选：《伽达默尔集》，邓安庆等译，上海远东出版社 2003 年版。

297. 杨慧林：《基督教的底色与文化延伸》，黑龙江人民出版社 2002 年版。

298. 杨周翰编：《莎士比亚评论汇编》（上下卷），中国社会科学出版社 1981 年版。

299. ［俄］叶夫多基莫夫：《俄罗斯思想中的基督》，杨德友译，学林出版社 1999 年版。

300. 杨经建：《西方流浪汉小说与中国当代流浪汉小说之比较》，《社会科学》2004 年第 5 期。

301. 叶舒宪：《神话——原型批评》，陕西师范大学出版社 1987 年版。

302. 叶舒宪：《〈浮士德〉的辩证思想——文学与思想史研究片论》，《海南广播电视大学学报》2003 年第 3 期。

303. 叶舒宪：《神话如何重述》，《长江大学学报》2006 年第 1 期。

304. 叶廷芳：《卡夫卡——荒诞文学的始作俑者》，《文艺理论研究》1993 年第 4 期。

305. 叶朗：《胸中之竹》，安徽教育出版社 2002 年版。

306. 叶秀山：《思·史·诗》，人民出版社 1988 年版。

307. ［法］尤奈斯库：《出发点》，《外国现代剧作家论剧作》，陈焜译，中国社会科学出版社 1982 年版。

308. ［英］伊格尔顿：《审美意识形态》，广西师范大学出版社 2001 年版。

309. 余虹：《艺术与归家——尼采·海德格尔·福柯》，中国人民大学出版社 2005 年版。

310. 俞吾金：《究竟如何理解尼采的话"上帝死了"》，《哲学研究》2006 年第 9 期。

311. 俞建章、叶舒宪：《符号：语言与艺术》，上海人民出版社 1988 年版。

312. 余一中：《〈钢铁是怎样炼成的〉是一本好书吗?》，《俄罗斯文艺》1998 年第 2 期。

313. 余一中：《历史真实是检验现实主义文学作品的重要标准——再读〈钢铁是怎样炼成的〉》，《俄罗斯文艺》2004 年第 3 期。

314. 殷国明：《西方狼》，上海文化出版社 2005 年版。

315.［法］雨果：《九三年》，郑永慧译，人民文学出版社 2004 年版。

316.［英］约翰·班扬：《天国历程》，西海译，上海译文出版社 1983 年版。

317.［波兰］英伽登：《文学的艺术作品》，载蒋孔阳《二十世纪西方美学名著选》（上下），复旦大学出版社 1988 年版。

318.［英］詹·乔·弗雷泽：《金枝》（上下），徐育新、汪培基、张泽石译，中国民间文艺出版社 1987 年版。

319.［美］詹姆斯·利文斯顿：《现代基督教思想》，何光沪译，四川人民出版社 1992 年版。

320. 张首映：《西方二十世纪文论史》，北京大学出版社 1999 年版。

321. 张紫晨：《中国巫术》，生活·读书·新知三联书店 1990 年版。

322. 张国星：《性·人物·审美——〈金瓶梅〉谈片》，《文学遗产》1997 年第 4 期。

323. 张亚东：《贝克特戏剧中的自我探索》，中国知网，上海外国语大学 2002 年博士学位论文。

324. 赵山奎：《死狗、绳子与曼德拉草——〈等待戈多〉的用典与文字游戏》，《国外文学》2014 年第 4 期。

325. 赵育春：《被延宕的反思——重读〈钢铁是怎样炼成的〉》，《当代外国文学》2000 年第 1 期。

326.［日］增田涉：《鲁迅的印象·鲁迅轻蔑虚无主义者》，钟敬文译《鲁迅回忆录》下册，北京出版社 1999 年版。

327. 曾艳兵：《西方后现代主义文学研究》，中国社会科学出版社，2006 年版。

328. 曾思艺:《丘特切夫诗歌研究》,人民出版社 2012 年版。

329. 周辅成编:《西方伦理学名著选辑》上卷,商务印书馆 1987 年版。

330. 周国平:《周国平文集》第三卷,陕西人民出版社 2002 年版。

331. 周宪:《审美现代性批判》,商务印书馆 2005 年。

332. 朱狄:《原始文化研究》,生活·读书·新知三联书店 1988 年版。

333. 朱光潜:《西方美学史》(上下),人民文学出版社 2002 年版。

334. 朱虹:《英美文学散论》,生活·读书·新知三联书店 1984 年版。

335. 朱立元:《当代西方文艺理论》,华东师范大学出版社 1999 年版。

336. 周宁:《幻想中的英雄——论〈堂吉诃德〉的多重意义》,《厦门大学学报》1996 年第 1 期。

337. 朱虹:《荒诞派戏剧述评》,《世界文学》1978 年第 1 期。

338. 邹诗鹏:《现代性的物化逻辑与虚无主义课题——马克思学说与西方现当代有关话语的界分》,《天津社会科学》2009 年第 3 期。

后　记

　　本书是在我的博士毕业论文《游走的言说与生命的超越——生命超越主题形态研究论纲》的基础上，经过三年多时间的大幅度增删修改完成的。

　　研究西方文学生命超越主题的念头萌生于我对生命超越问题的关注。在研究文学的过程中，我发现文学永远经营着一种深层意识，这就是我们永远无法割舍的生命超越情怀。尽管最初的认识是朦胧的，但一直在心中挥之不去。是的，生命超越，她在我血脉中的每一次轻缓地跳动，都会给我宁静的内心带来一场风暴。她相伴于我的人生旅程，给予我生命的力量，幸福的体验，也猎获了我的叹息，我的心血，甚至我的爱。对于生命超越问题研究就这样在我的生命中埋下了种子。后来经过攻读硕博，对文学中的生命超越问题渐渐地纳入主题学的范畴，从而促成了关于西方文学生命超越主题的研究的成行。而它作为我博士论文选题之初，导师组存有赞赏和怀疑两种意见。赞赏者支持本研究的创新性、系统性和思想性；怀疑者则认为宏大叙事难以驾驭。经过反复论证和修改，终使这项以西方文学为视角的生命超越主题研究得到了一致肯定——既为拓宽主题学研究提供了有益的尝试，也为探索文学发展规律以及创作意义发掘了新的思考；尤其是，这项研究触及了文学的终极关怀，其对人的生命、人的本质的追问留有一个通往意义澄明的空间，对弘扬人文精神、消弭信仰危机亦能产生有益启示。

　　因为前人少有涉猎，这一研究极富挑战性，同时也带给我从未有过的艰辛和难以释怀的激动。无论如何，古往今来的文学家们的精神追求、人格风范以及超越情怀，总是一次又一次地撞击我的心灵，使我一次又一次受到思想的洗礼。完成本书，虽说不是脱胎换骨，却如同经历一场灵魂深处的生死考验，我获得了一次新生。不仅仅是这项"工程"，更重要的是那魂牵梦绕的精神升华的愉悦让我忘却了世俗的种种烦忧。它使我感受生命超越主题的博大精深，激励我在茫茫语言的路途中去实现生命的救赎。

而这一切则应归功于那些使我永远不能忘怀的恩情。

　　首先，我最要感谢的是我的恩师——天津师范大学的博士导师孟昭毅教授。孟昭毅教授德高望重，成就斐然，年届古稀仍日理万机、笔耕不辍。他的激情洋溢、循循善诱的课堂，一如引领我们开拓创新的航标，他的奉献精神和人格魅力，始终是鼓舞我们进取的动力。每每聆听他的教导总使我们享受研究的理趣与思想快乐，拜读他的作品，总有醍醐灌顶之感。在我毕业论文写作的过程中，他曾多次强调要在"形而上性质"的基础上，进行具体文本的阐发研究。是他的诚恳批评，让本书在原初感悟式构想中找到了一条清晰的理路；是他的热情鼓励，让我不再拘于文本的偏狭而视野开阔。没有他的精心指导和谆谆教诲，我的梦想难以照进现实。师恩情深永生铭记。

　　感谢诸位博导的教导。王晓平教授博学仁厚，平易近人，虽不苟言笑，却字字珠玑，他对本书所提出的建议，使我茅塞顿开；曾艳兵教授才华横溢，他在课堂上旁征博引，谈笑风生，总能让我们进入一种超然物外的境界，他对本书的指教，使我少走了许多弯路；曾思艺教授才情洒脱，是集研究家、翻译家和诗人于一身的学者，他的课堂总是充满奇思妙想，他的诗作挥洒着浓厚的浪漫情怀，他对我的点拨，使我在研究上找到了宏观与微观统一的方法；黎跃进教授率直幽默，虽然没有直接给我们上过课，但他无疑是我的导师，他的作品和他的人品一样纯净而真诚，严谨而豁达。针对我的这项研究，他有赞赏，有质疑，更有鼓励。感动之情难以言表。

　　感谢南开大学的博士导师王志耕教授和王立新教授。王志耕教授曾是我的同门师兄，而我始终奉他为我的老师。他的贤德与大度，他的敏锐与犀利，从治学、为文到为人都让我格外敬佩。他给予本书的指点，尤其是关于生命超越主题的形态问题，使我受益匪浅；而王立新教授，我们只有一面之缘，但他的率真与谦逊，他的渊博与求实，都给我留下深刻印象。他对本书的高度评价给了我申报后期资助的信心，他还提出了诸多好的建议，使我深受启发和感动。他们让我领教了谦谦君子的大家风度。

　　感谢我的师兄、山西师范大学的博导亢西民教授。他的正直淳朴，他的善良敦厚，他的丰富学养和进取精神，使我一向尊他为师。无论是教学、科研他都给予我诚挚的关怀和鼓励。感谢他的知遇之恩。虽然他逢人便说，他是在山西师范大学比较文学与世界文学专业青黄不接的艰难时期把我"忽悠"至此的，但我深深地感受到了这个大家庭给予我的温暖与厚爱。在此，我同样要感谢山西师范大学的领导和同仁们对我的关爱。

　　我还要感谢我的家人，没有他们的支持，我的研究难以为继。感谢我的爱人，他是我最强有力的精神支柱和内在动力。是他，用他那坚实的臂膀撑起家的温馨和幸福；是他，一直理解我、支持我和宽宥我；是他，不离不弃无怨无悔地陪伴一个在外人看来疯疯傻傻不会享受生活的人经历了无数思与诗对话的艰苦而愉快的旅行。不若如此，我将寸步难行。感谢我的女儿，她是我永远的骄傲！虽说她不懂我研究的是什么，但她坚信我是对的。每当我遇到困难甚至想放弃的时候，她依偎在我怀里的喃喃细语和搂着我的脖子的轻轻抚慰，总能让我重拾信念；而她冰雪聪明，活泼自信和她一直名列前茅的学习成绩，总能带给我无尽的喜悦，让我看到生命的意义。她就在那充满稚气的、渴望母爱的目光的闪烁中，就在我来去匆匆地倏忽之间渐渐长大……想来也总是心存愧歉。这本书分明也凝聚着他们的浓浓爱意和殷殷期待。

我要特别感谢我的父母。他们堪称我的启蒙老师。虽说他们都是出生入死、立下战功的革命军人——父亲不满十五岁就放弃学业，背负着民族的希望成了八路军中的一员，从冀东抗日到南征北战，从全国解放到抗美援朝前线；母亲也是个风华正茂的中学生就从衣食无忧的家庭里跑出来投身革命，从湖南到海南，从松花江到鸭绿江……然而，战场的硝烟并未销蚀他们的温情与浪漫。他们对文学的酷爱，濡染到了我的每一个细胞。父亲在全军新年晚会的舞台上朗诵他自己创作的十六字令——《鹰》的一幕，至今犹在目前；而我们四兄妹围坐在父母身边一起谈论莎士比亚戏剧的情景，永远铭刻在我的记忆深处……我常想，如果不是战争，他们的事业一定与文学密切相关；如果不是和平，我也不可能走上文学之路。相信父母的在天之灵一定会为他们的女儿对文学的这份执着而感到欣慰。谨以此书献给他们！

最后，感谢任明编辑真诚、无私和辛勤地付出，感谢张依婧、李寡寡认真细致地校对和印制。感谢中国社会科学出版社的大力支持。感谢所有支持我、帮助我的良师益友。

在本书修葺的这一刻，我又一次经历了夜的静谧与孤独。想起了巴门尼德诗残篇的开端："骏马把我驮到正义女神的路上，她引领求知的人走过所有的城邦。"而我，正行进在这样的路上。前方，冥冥之中总有个声音在说，"灵魂，大地上的异乡者"……能否找到生命超越的那片圣地？我确信："道行之而成。"

孟 湘

于 2013 年 12 月 30 日子夜